UNA RELACIÓN INAPROPIADA

© Hilda Rojas Correa, 2018

Diseño portada: Pamela Díaz Rivera
Imagen de portada: Period Images / Freepik / Unsplash
Corrección: Andrea Araya Valenzuela y Pamela Díaz Rivera

Primera edición, agosto 2018
©Editorial Pamela Díaz Rivera E.I.R.L
San José de la Estrella 0610, La Granja
Santiago, Chile

Safe Creative 1803025953844
ISBN: 9789569752346

Una RELACIÓN Inapropiada

Hilda Rojas Correa

«Solo hay una felicidad en esta vida; amar y ser amado.»

George Sand

Prólogo

Londres, Junio de 1815

El eco de los golpes que retumbaban en la puerta, resonaron hasta colarse en el apacible sueño de Olivia, haciéndola despertar con una sensación de mareo y de confusión. Se incorporó y miró a su alrededor. Oscuridad. Todavía era de noche.

El ruido insistente cesó de golpe, dejando solo una reverberación muriendo en las alturas. El silencio denso invadió de nuevo el ambiente. Olivia se sentía inquieta, algo pasaba, ¿quién podría estar llamando a esas horas?

El sonido amortiguado de pisadas firmes y apresuradas se fue acrecentando, hasta llegar al frente, a su puerta.

Silencio.

Solo se podía ver un tenue haz de luz por debajo de la puerta, mas nadie decía palabra alguna, como si estuvieran a la espera. El tiempo se le antojó eterno a Olivia, el temor la invadió y se quedó paralizada. No podía hablar, la voz moría antes de poder abrir la boca.

Finalmente, suaves golpes tocaron con premura.

—Olivia, querida —llamaba la voz grave de su padre, anunciando su entrada.

Era definitivo, sucedía algo muy serio, rara vez él usaba su nombre de pila.

Volvieron dar golpes a la puerta, ahora un poco más fuerte. Olivia dio un respingo y salió abruptamente de su trance. Inspiró hondo, se levantó apurada y se puso la bata para estar presentable.

—Adelante —autorizó con un hilo de voz.

Albert Martin, marqués de Bolton, entró en sus aposentos portando una palmatoria, trayendo luz a la estancia. Miró a su hija que lo esperaba erguida, de pie y con porte digno.

Avanzó unos pasos, dejó la palmatoria sobre la chimenea intentando aplazar unos segundos más su misión. Necesitaba tranquilidad.

—¿Qué sucede, papá? —interrogó, aparentando serenidad, pero la voz trémula que salía de su garganta la delataba.

—Livy, hija… —Albert se pasó la mano por el espeso cabello castaño y entrecano, evidenciando su nerviosismo, no quería mirar a Olivia a la cara y presenciar el dolor que él mismo le iba a infligir.

—Papá, dímelo de una vez… por favor —exhortó, susurrando llena de incertidumbre.

Albert respiró pesadamente, tomó valor y se prometió no flaquear. Debía hacerlo por ella.

—Hija… Magnus… Cuando volvía de Camberley… Unos salteadores de camino emboscaron el carruaje y…

—Papá… no… —murmuró, tapándose la boca. Sabía lo que su padre iba a revelarle.

—Lo siento mucho, hija. Magnus falleció. No sobrevivió a las heridas.

Olivia, por un segundo, pensó que estaba teniendo una brutal pesadilla, pero la opresión que sentía en su pecho era demasiado real.

Magnus.

Muerto.

Pensó en el sencillo, pero hermoso vestido verde manzana que estaba colgado, esperando a ser usado en siete días más en su boda con él.

Ahora debía usar otro, de un riguroso negro para el funeral, para ver cómo se iba dentro de un féretro junto con él, su amor, su vida, sus sueños, sus anhelos. Su futuro.

Imaginar a Magnus muerto fue un golpe demasiado intenso para Olivia. Todo empezó a darle vueltas, su existencia y su mundo se lo tragaba ese vórtice en el cual ella se encontraba justo en el centro.

—¡Olivia!

Fue lo último que escuchó antes de sumirse en la más absoluta negrura, cuando la voz de su padre pronunciaba su nombre con desesperación.

Capítulo I

Cragside, verano, julio 1818

Andrew Witney desmontó su caballo negro con un poco de dificultad y un leve dolor en la cadera, que le hizo hacer una mueca al momento de plantar sus pies en el suelo. El viaje desde Londres fue largo, pero siempre disfrutó cabalgar, y ahora debía hacerlo sin forzar demasiado su cadera, por lo que un viaje que usualmente duraba una semana, a él le tomaba dos. Detestaba la sensación de claustro de los carruajes, prefería mil veces cabalgar en vez de sufrir el calor sofocante que le provocaba estar en una de aquellas cajas con ruedas.

Sacó su bastón, que estaba asegurado en una de las alforjas, y empezó a caminar sobre la gravilla, apoyándose en él. Contempló la imponente mansión, símbolo del vizcondado, Rosebud Manor, cuya arquitectura opulenta, reflejada en los exquisitos detalles artísticos, databa del siglo anterior. Los jardines abarrotados de rosales —los cuales le daban el nombre a la mansión—, ya estaban en flor, salpicando los arbustos de rojo y blanco, y le otorgaban al aire aquel suave aroma floral tan característico.

No pasó mucho rato observando y lo recibió un pecoso y desgarbado mozo de cuadra, al cual —luego de la típica impresión inicial que recibía cuando lo miraban por primera vez— le entregó las riendas de *Luck*. Andrew se deshizo de esa incómoda sensación y admiró su entorno, no había estado ahí desde que era un imberbe y pasaba todos los veranos en ese lugar. Tenía recuerdos maravillosos de esos lejanos días donde sentía que era libre.

—Llévalo a tomar agua y dale una ración extra de zanahorias —indicó Andrew con amabilidad—. ¿Cuál es tu nombre, muchacho? —preguntó con interés.

—Leo... Leopold, milord —balbuceó el joven, nervioso y sorprendido porque el señor le hacía semejante interrogante. Nunca, nadie le preguntaba por su nombre. Pero la voz tranquila y grave del amo le calmó un poco, porque, por el contrario, su aspecto le daba mucho miedo.

—Muy bien... *Luck*, él es Leopold, pórtate bien con él, no seas un granuja maleducado —aconsejó al caballo, que respondió con un resoplido, y luego dirigió su mirada a Leopold—. Antes de cepillarlo, dale unos terrones de azúcar para que se acostumbre a ti, es un poco malhumorado —indicó, esbozando una sonrisa.

—Sí, milord —aseguró, todavía asombrado por la actitud cordial del señor—. Como usted, diga.

El muchacho rápidamente se perdió de vista hacia las caballerizas, Andrew inspiró profundo, el aroma de las rosas volvía a invadir sus fosas nasales, y cerró los ojos. Los cálidos rayos del sol de mediodía le daban de lleno en la cabeza y una brisa fresca le acariciaba el rostro.

Todavía no podía creer que todo eso era suyo.

Nunca se consideró alguien importante, era el hijo menor de su fragmentada familia. A sus veintisiete años, Andrew se encontraba prácticamente solo. Sus padres fallecieron mientras él estuvo combatiendo en la guerra contra Napoleón, y sus dos hermanas mayores lograron casarse convenientemente con caballeros de buena cuna y posición, lo cual, por supuesto, no aseguraba que fueran del todo felices, ya que sus respectivos esposos ostentaban la fama de ser en exceso disolutos —por no decir libertinos que preferían regalar joyas a sus amantes y pasar eternas noches de juerga—. Pero, al menos, su consuelo era que ellas no pasaban penurias económicas —todavía— y tenían sus propias familias de las cuales preocuparse.

Habían pasado tres largos años desde la batalla de Waterloo y con ello, el fin de la guerra. Ese día era lejano para todos, pero no para él. Ser testigo de la miseria de la humanidad a causa de la guerra, era algo que no se lo daba a nadie, y había aprendido a apreciar las cosas simples de la vida.

Como un buen baño con agua caliente.

De aquellos difíciles y tortuosos días, no quedaba nada, salvo una leve cojera de su pierna izquierda y una gran cicatriz que había curado muy mal y atravesaba en vertical todo el lado derecho de su rostro, desde la frente, hasta llegar a la mandíbula, que le recordaba constantemente su paso por el campo de batalla y le daba una apariencia monstruosa y amenazante. Lo sabía, era consciente de su fealdad, no le gustaba mentir y menos a sí mismo, por más que se vistiera como todo un caballero y portara con elegancia su bastón para caminar, la gente se le quedaba mirando como si fuera un fenómeno de circo.

Le había costado más de un año recuperarse de sus heridas y resignarse a que la vida continuaba después de la guerra; aprender a vivir con las consecuencias de ello.

Y hasta hacía solo dos meses, su futuro no era el más esplendoroso, pero estaba conforme. Le costó mucho conseguir un trabajo, y pese a la mala fama de su padre, ser pariente lejano del vizconde Rothbury, su tío abuelo, le otorgó algunos contactos que, en honor al respeto y admiración que le tuvieron a él, le permitieron obtener un puesto administrativo en el ministerio de asuntos exteriores y así tener lo suficiente para vivir.

Eso, hasta que el viejo vizconde falleció hace un año. Su tío James, como era de esperarse, al ser su pariente más próximo, heredó el título pero, desafortunadamente, solo fue vizconde por nueve meses. También falleció junto a toda su familia cuando, sin explicación alguna, los caballos que tiraban el carruaje se desbocaron, haciendo que se volcara estrepitosamente. Solo la hija menor de cinco años, sobrevivió.

Y el siguiente en la línea de sucesión era Andrew.

Nunca imaginó que el título fuera a parar a sus manos, no le importaba en realidad, y tampoco fue parte de sus aspiraciones. Él creció sabiendo que ni siquiera su padre podía optar a ello, los herederos ya estaban asegurados, su tío gozaba de buena salud, su primo, si bien era un pomposo granuja sin cerebro, estaba destinado a, tarde o temprano, sentar cabeza con alguna dama que tuviera más inteligencia que él y darle más herederos al título y perpetuar su línea de sangre.

Y de la noche a la mañana era Andrew Witney, décimo vizconde Rothbury, y su deber, dedicarse en cuerpo y alma a aumentar la fortuna familiar, con propiedades que administrar, mantener contentos a los inquilinos que trabajaban la tierra, un escaño en el parlamento que tomar, y una pupila que educar, Marian, su pequeña prima que no emitía palabra alguna desde el accidente que segó la vida de su familia.

Y también debía casarse. Engendrar un heredero.

Ni siquiera fue criado para ello, se suponía que tenía que llevar las riendas de su vida, no las del vizcondado. Siempre supo que él debía forjar su propio camino solo, no cometer los mismos errores de su padre, y menos el más grande que era depender de la caridad de su tío abuelo. Por ello, Andrew eligió una carrera militar que, si tenía mucha suerte, le iba a dar fama y gloria, y en el mejor de los casos, una muerte violenta y rápida para no volver desmembrado. Fue bastante iluso de su parte pensar que obtendría alguna de sus dos alternativas. Pero, al menos, tenía un trabajo decente gracias a la guerra.

Así era su vida, y fue una sorpresa mayúscula cuando el abogado de su tío le anunció que, debido a la tragedia, era el nuevo y flamante vizconde Rothbury, y que apremiaba tomar el mando en todo sentido, y eso incluía contraer un matrimonio ventajoso y tener hijos que continuaran la línea de sangre. A Andrew no le simpatizaba mucho la idea de cumplir con esa obligación que su posición le imponía. Pero si él no dejaba herederos, todo iría a parar a las arcas del príncipe regente y futuro rey. Que el esfuerzo de sus ancestros por casi siete siglos fuera despilfarrado en los excesos de Prinny[1], no le hacía mucha gracia.

No era justo aquel destino. No solo debía hacerse cargo del vizcondado, también debía pensar en Marian, sus hermanas y sobrinos que, aunque tuvieran en la actualidad una vida de relativa tranquilidad, no era garantía que sus respectivos esposos fueran a cambiar sus licenciosos hábitos.

Andrew pensaba que, si bien podía aprender con rapidez todo lo relacionado con sus obligaciones, lo más complicado era el famoso asunto del matrimonio. Tal vez, si todo hubiera pasado antes de ir a la guerra, habría sido más fácil esa tarea de buscar una esposa. En ese entonces, él no era un hombre tan feo. Tenía todavía todos sus dientes —casi todos, le faltaba un premolar que perdió por un golpe— y podía ostentar una buena altura, una frondosa cabellera rubia —cortesía de su padre—, los ojos azules y la casi recta nariz —que se la quebraron en sus tiempos de soldado y que nunca más volvió a tener su forma original—, que provenían de su madre.

Nunca fue un hombre por el cual las mujeres suspiraran —y ahora menos—, pero Andrew suponía que en aquella época

---

1 Prinny: apodo otorgado por los súbditos al Príncipe Regente quien, debido a los episodios de locura de su padre George III, el Príncipe de Gales, se convirtió en el Príncipe Regente en 1811, dando paso a un período de exuberancia en la moda y la literatura llamada "La regencia".

algo de atractivo tenía en ese cuerpo que era bastante corpulento cuando era niño, que se endureció en la adolescencia, y todavía más, durante su paso por el ejército, a punta de hambre y esfuerzo físico —y que mantenía en buen estado, consumiendo una dieta frugal para poder ahorrar todo el dinero que pudiera y comprar una pequeña propiedad—.

Aunque si él lo pensaba mejor, en ese entonces tampoco habría sido fácil contraer matrimonio. No ayudaba mucho a la labor el hecho de que no tenía demasiado dinero gracias a su padre, quien fue uno de los hombres más licenciosos de Londres, un verdadero parásito para su tío, el vizconde. Desde joven, Andrew fue un hombre austero consigo mismo —tampoco tacaño— y a esas alturas de su vida no daba nada por sentado.

Y ahora que era el nuevo vizconde, tampoco.

Lo que más le molestaba de la idea de contraer nupcias era saber que, si lo hacía por el método tradicional y como le exigía su posición —eligiendo a su futura esposa solo por su cuna, virtud y dote— estaría condenado a vivir con una persona que apenas lo toleraría, y para qué decir si lo miraría alguna vez directo a la cara. Él sabía a la perfección cuál era la impresión de las personas al conocerlo. La discreta mueca de asco por parte de los varones y los pocos disimulados gritos ahogados de las damas en cuanto veían la cicatriz y su cojera, y después de ello, la expresión de lástima hacia él. Y aunque sabía que muchas de esas damas estaban dispuestas a yacer con él por su título y fortuna, a él no le apetecía para nada hacerlo con alguien que probablemente estuviera asqueada e inmóvil cada vez que cumpliera con sus deberes maritales.

No, el método tradicional y apropiado no le agradaba para nada, y tampoco un enlace por amor, pues era un imposible, ¿quién se iba a enamorar locamente de él? Eso era lo más difícil, dada las horrendas primeras impresiones que él daba. Andrew no pedía demasiado en una mujer para quererla, solo que fuera bondadosa, de un corazón generoso, tierno, y lo suficientemente inteligente para sostener una conversación que fuera más allá del clima, y por supuesto, agradable a la vista. No una belleza descomunal, solo agradable.

Miren quien habla, el epítome de la belleza masculina pidiendo una esposa agradable a la vista. Andrew se rio de sí mismo ante ese pensamiento.

Agradable a la vista… A esas alturas a él no le importaba quien, ni de dónde venía, ni que tan virtuosa fuera. Andrew podía aceptar a cualquier mujer que lo quisiera de verdad, a él, al hombre.

—¡Señor, bienvenido! ¡Qué alivio que haya llegado sano y salvo! —exclamó Adam Churchill, su secretario y amigo, fueron compañeros de batallón y era el único al que le confiaría hasta su vida.

—Churchill —saludó Andrew, frunciendo el ceño, mientras se acercaba a él—. ¿Puedes dejar de ser tan servil para dirigirte a mí? No sé cuántas veces debo repetirlo. —Estrecharon sus manos y le dio unos golpecitos con el bastón en el hombro.

—Me gusta recalcarle el giro inesperado de su vida, señor —respondió socarrón, luciendo una afable sonrisa.

—Pero eres mi amigo, necio. —Andrew dirigió su mirada hacia la entrada de Rosebud Manor, donde todo el servicio estaba en dos filas, esperando su llegada para las presentaciones. Churchill le hizo un gesto para que lo siguiera.

—Sí, pero solo lo hago para fastidiarte, Rothbury —susurró informal, tal como solían hacerlo antes—. Sígame, milord —solicitó con un tono firme de voz para ser escuchado por los sirvientes, que los observaban con disimulada curiosidad.

—Por favor, limita tu pomposidad cuando estemos frente a la servidumbre y a los extraños —exigió Andrew, repitiendo que no exagerara con el trato por ¿décima, vigésima vez?... ¡Ya había perdido la cuenta!

—Eso quiere decir, frente a todo el mundo —refutó socarrón—. Y prácticamente, a todas horas... señor.

Andrew entrecerró su ojo bueno —el otro estaba permanentemente entrecerrado—, molesto porque su amigo tuviera la razón.

—Cómo sea, Churchill.

—Como diga, señor.

Al llegar, ambos se quedaron de pie en silencio, uno al lado del otro. Churchill miró a Rothbury con gesto interrogante y él asintió firme como respuesta.

—Le presento a Carruthers, el mayordomo...

Después de una hora de presentaciones, en las cuales Andrew intentó memorizar nombres y caras de la servidumbre, pudo entrar a la mansión. La señora Stanley, ama de llaves, le dio un recorrido general, a pesar de saber que el vizconde la conocía como la palma de su mano. Pero habían pasado unos veinte años desde la última vez que el nuevo amo estuvo en ese lugar y algunas cosas habían cambiado.

Al terminar, la señora Stanley lo guio a los aposentos vizcondales para que se pusiera cómodo. Andrew admiró la opulencia de la habitación, era diferente a cómo la recordaba, seguramente, su tío había cambiado el antiguo mobiliario por uno de sobrios muebles de ébano y cortinas de terciopelo de color burdeos, todo muy masculino.

—Milord, el señor Churchill nos indicó que no tocáramos sus baúles de ropa. Los dejamos en el vestidor —señaló la señora Stanley.

—Muy bien, necesitaré un ayuda de cámara. Supongo que me puede conseguir uno que sea confiable para que se ocupe de mantener mi nuevo guardarropa. Solo para eso, no me agrada que me ayuden a vestirme y me las puedo arreglar con el afeitado.

—El sobrino de Carruthers, el joven Ethan, podría ser de mucha ayuda, milord —sugirió.

—Entonces, con eso me basta, confío en su criterio, no por nada ha sido ama de llaves desde que el tío abuelo era joven. —La señora Stanley esbozó una sonrisa de satisfacción, fue la única emoción que se permitió exteriorizar—. Una cosa más. Me gusta tomar un baño de tina todos los días después de la cena, no debe estar muy llena, el agua debe estar tibia y necesitaré algo de jabón. —El ama de llaves abrió los ojos de manera desmedida ante esa inusual petición, ¿quién en su sano juicio se baña todos los días? Pero, finalmente, no dijo nada, siempre los señores tenían sus particularidades. Al menos este, de momento, no había heredado las malas costumbres de su padre y no le pellizcaba el trasero a las criadas.

—Como usted diga, milord. ¿Necesita algo más? —preguntó solícita. Debía admitir que le simpatizaba y auguraba que sería todo un honor servirle, pues, a excepción de la instrucción del baño diario, el nuevo vizconde era bastante sencillo y no daba muestras de ser un déspota, cosa que a ella le alegraba. El viejo vizconde se dirigía a ella con una amable frialdad, pero también había momentos en que se transformaba en un ser terrible y despreciable.

—Nada más, señora Stanley. Muchas gracias, puede retirarse a sus quehaceres.

La señora Stanley asintió con su cabeza y se retiró, cerrando la puerta tras de sí.

Andrew lanzó el bastón sobre la cama, que rebotó una vez antes de quedarse en medio del colchón, y se dirigió al gran ventanal por donde entraba la luz del sol y le daba una gran vista de su inesperado y nuevo futuro, se cruzó de brazos, pensando en todo lo que tenía por delante. Era demasiado... abrumador, sobre todo la parte del matrimonio.

Pero él no era un cobarde... Y no, no estaba huyendo de Londres para evitar la vida social que requería su posición. Era verano, todos visitaban sus casas en el apacible campo para pasar los bucólicos días de calor... y ahí se quedaría, por lo menos, hasta que fuera absolutamente necesario.

—Will, no te metas eso a la boca —reprendió Olivia sin decirlo muy en serio. Tenía una cálida sonrisa mientras observaba embelesada y con un infinito amor a su pequeño que jugaba con una bola de estambre—. Pareces un gatito.

El niño estaba inmerso en su mundo, sin atender a su madre, hablaba lo justo y necesario, pero eso a Olivia no le preocupaba, pues estaba convencida de que esa característica la había heredado de Magnus, el cual era muy reservado. Era lo único que le recordaba a él en su hijo, pues William era el vivo retrato de ella, facciones simétricas y armoniosas, ojos castaños y cabello de igual color, una diminuta nariz, la suave piel blanca moteada con algunas pecas que habían aparecido a causa del sol.

Olivia miró por la ventana hacia el diminuto, pero bien cuidado jardín, que llenaba de aromas florales la estancia. No importaba lo precaria que era su situación, vivir en un lugar tan bello y alejado de las convenciones sociales, de la hipocresía y la falsa moral, más que un castigo parecía un premio.

Y vaya que Olivia sí lo creía.

El dolor de perder a Magnus fue inmenso para su alma, pero no se dejó vencer por la tristeza, y se negó con tanta vehemencia —al punto de amenazar con quitarse la vida— a no abandonar a su hijo en cuanto diera a luz, que ni el mismo duque de Hastings, su abuelo, pudo decir que no. Y el precio a pagar fue irse lejos de la familia cortando todo vínculo, con una estrecha asignación que le permitía vivir con lo justo.

Olivia aceptó estoica que su abuelo la repudiara y la hiciera desaparecer de sus vidas, como si nunca hubiera existido. Nadie debía enterarse que en sus entrañas estaba creciendo el bastardo de Magnus Woods, conde de Felton. Ella desafió hasta el final a su abuelo para conservar a su hijo porque sabía que, si bien era escandaloso e indecente haber entregado su virtud antes del matrimonio, no era algo tan fuera de lo común en la aristocracia, pero que jamás, jamás se confesaba. Si Olivia no hubiera estado comprometida, y de haber vivido Magnus, ese niño habría nacido en la santa institución del matrimonio, siendo el heredero de un conde.

Solo por esa atenuante, le concedieron la gracia de ser madre, y porque el bebé era hijo de Felton.

Para la sociedad, la versión oficial de los hechos era que ella se retiró a una vida austera y de penitencia para vivir su duelo, prometiendo no volver a casarse. De la noche a la mañana nadie sabía dónde estaba ella viviendo, ni tampoco la volvieron a ver en la capital.

En medio de un bosque y cerca del lago Tumbleton, en una propiedad que le pertenecía a su padre, Pine Park, vivía Olivia con su hijo William y una doncella que, a esas alturas, era una gran y fiel amiga, y se había convertido en su único lazo con el exterior.

Olivia, no obstante, no estaba enojada con su familia, que aceptó lo que el viejo duque decretó. No los culpaba, no podía aceptar que su hermano y su padre también fueran repudiados por defenderla, bastaba solo con ella. Tarde o temprano el duque moriría y su padre levantaría aquel castigo.

Aunque ella, a veces, lo dudaba, ya con setenta años, su abuelo era ridículamente longevo y no daba señales de perder su jovial lucidez, por lo que todavía tenía el suficiente poder de decretar lo que se le antojara, sin que su familia le llevara la contraria.

El aliciente de Olivia era saber que estaba lejos de todo eso, y gracias a ello, nunca antes había sido tan libre en su vida. Podía hacer su voluntad respecto a cómo cuidar y criar a su hijo sin consultar a nadie. No le importaba levantarse al alba, cuidar unas cuantas gallinas, enviar a Mary, su doncella, a comprar lo que les faltara a los pueblos cercanos, hacer su propia ropa, cocinar. Era una vida muy diferente al lujo con el que fue criada, sin embargo, sentía que era inmensamente feliz en ese lugar, alejado de la mano de hierro de su abuelo.

—¡Lady Olivia! Ni se imagina de lo que me acabo de enterar en la tienda del señor Copton —exclamó Mary, emocionada, entrando en la habitación.

—¿La señora Weasley tuvo otro par de gemelos? —interrogó divertida; Mary siempre le traía noticias frescas.

—¡Oh no!, es mucho más interesante, señora —negó Mary—. El nuevo vizconde llegó a Rosebud Manor hace dos días.

—¿Y por eso vienes así de alterada? Era lógico que algo así sucediera, muere uno, hereda otro, muere uno, hereda otro... —explicó lo que todo el mundo sabía sobre el ciclo sin fin de la aristocracia.

—No, nada de eso, dicen que es un enorme adefesio que puede espantar hasta a un ciego —exageró lo que oyó en el pueblo, lo que a su vez ya habían exagerado anteriormente—. Tiene la cara desfigurada por una gigantesca cicatriz y cojea.

—No me digas, ¿y tiene joroba también? —bromeó Olivia, llevándose las manos a las mejillas, fingiendo horror.

—¿¡Cómo lo supo!?

Olivia rio a carcajadas... Ah, incluso, eso podía hacer sin tener miradas reprobadoras encima de ella.

—¿Cuándo vas a dejar de prestar oídos a las habladurías? Siempre son invenciones de gente ociosa —reprendió con cordialidad, sin dejar de reír—. ¿Trajiste lo que faltaba?

—Sí, señora. Queso, vino, harina, pescado ahumado, levadura y maíz para las gallinas.

—Bien —aprobó con entusiasmo y volvió a mirar por la ventana—. En la canastilla hay unos huevos que recolecté esta mañana, para que los comamos en la cena —indicó, poniéndose de pie—. Hace mucho calor esta tarde. ¿Puedes hacerte cargo de Will por un momento? Iré un rato al lago Tumbleton esta vez, el Debdon queda demasiado cerca y necesito estirar las piernas, aparte refrescarme un poco. Después hornearemos algo de pan.

—Sí, señora. No se preocupe.

—Gracias, Mary. —Olivia se despidió con una sonrisa.

Se quitó el delantal, acarició el rostro de su hijo y salió. Caminó por el sendero que iba recto hacia el lago, era una tarde calurosa y agradecía poder vestir con sencillez; un corsé corto, que no se tomaba demasiada molestia en apretar, enagua y un vestido de lino gris. La muselina no iba acorde a la vida rural, vendió todos los finos y delicados vestidos que tenía, pues después del nacimiento de William, su cuerpo ya no fue el mismo. Se llenó de exuberantes curvas, sus caderas se ensancharon, y sus pechos que todavía daban leche, estaban siempre llenos para alimentar a su hijo. Para qué ser presa de la vanidad, estaba conforme con su nuevo cuerpo y no estaba dentro de sus planes atraer la atención de un hombre.

Olivia volvió a reír. ¡Hombres! Al único que veía desde que llegó a Cragside era el viejo secretario de su padre, que le traía una vez al año el dinero de su asignación y le contaba brevemente cómo estaba la familia en Londres.

En resumen, lo había visto tres veces. Magnus llevaba tres años muerto.

—Magnus… Te quise tanto… —susurró al recordarlo con nostalgia—. Nuestro William es callado como tú, pero me demuestra todo su amor con sus ojos y sus caricias —continuó, mientras seguía caminando y limpiaba una solitaria lágrima que rodaba por su mejilla.

Era viuda y a la vez no lo era, el solo hecho de no estar frente a un altar con Magnus la convertía en una golfa, según las palabras de su abuelo, quien compartía ese juicio y pensamiento que tenía todo el resto de su clase social sobre las mujeres como ella. Tal vez, si no hubiera vivido en carne propia todo lo que sucedió, emplearía ese mismo criterio para lapidar a una mujer que simplemente amó con toda su alma y su ser.

Las cristalinas aguas del lago se presentaron ante ella, brindándole una brisa fresca y húmeda que agradeció. Se mojó los labios ante la expectativa de sentir el agua fría en el cuerpo. Se sacó los zapatos y se quitó el vestido, quedando solo con la delgada enagua, desató la lazada del corsé por delante y se lo quitó.

No alcanzó a meter un pie en el agua cuando un hombre imponente emergió del lago, como si fuera una especie de deidad de agua dulce… No, como una exótica bestia acuática.

Olivia se reprendió enseguida por pensar de ese modo, el hombre le daba la espalda desnuda —la más ancha y musculada que había visto en su vida—, ajeno a ella, que se encontraba a medio vestir a la orilla del lago y un tanto paralizada. El hombre se sumergió en el agua otra vez, y por al menos un minuto, no volvió a la superficie.

Olivia se decía que debía regresar en ese mismo instante a la casa y olvidarse por esa tarde de refrescarse en el agua, pero sus pies no le obedecían. Sentía una profunda curiosidad, no aquella virginal por ver el cuerpo de un hombre semidesnudo, sino por el simple hecho de ver a otro ser humano que no fuera Mary, William o el secretario de su padre. Sabía que había más gente en la región, pero encontrarse con alguien ahí era inusual, pues esas tierras le pertenecían al vizconde y nadie entraba en la propiedad. Pero ella, sin vergüenza alguna, lo hacía de todas maneras y disfrutaba de las bondades del lago Tumbleton, teniendo el lago Debdon mucho, mucho más cerca de su casa.

«Solo quería caminar un poco», se justificó Olivia mentalmente, sin poder moverse.

El hombre volvió a emerger del agua, pero esta vez estaba de frente. Si la espalda era musculada, el pecho también. Olivia observaba como él sacudía su cabeza para luego quitarse el exceso de agua de la cara, y en ese momento fue evidente la enorme cicatriz que la marcaba.

—El vizconde, ¡diantres! —blasfemó en voz baja y sintiendo esa leve adrenalina por decir lo que quería, aunque fuera solo para ella—. No le encuentro nada de adefesio deforme, sino todo lo contrario —susurró, y de pronto pudo moverse, como si se hubiera roto un hechizo.

Recogió sus pertenencias con apremio y un inusitado nerviosismo, y salió corriendo hacia el sendero de donde vino, antes de que él notara su presencia. Se le cayó un zapato, y con torpeza, se devolvió a buscarlo.

—¡Señorita! —tronó la voz del hombre, pero no le provocó miedo a Olivia, más bien, le preocupaba la tesitura en la que estaba metida, ya que la enagua le transparentaba todo.

Olivia ignoró deliberadamente al vizconde, recogió el zapato y se echó a correr nuevamente, perdiendo en el proceso, sin darse cuenta, su corsé.

Andrew, con los pantalones estilando agua se acercó cojeando al sendero y con un dedo tomó la prenda que había visto cómo había resbalado de las manos de su dueña, dejándola atrás. La estudió de arriba abajo, enarcando sus cejas, y luego rio.

—Me siento como en una versión bastante peculiar del cuento de la cenicienta… y la bella y la bestia. —Lanzó un silbido agudo y al cabo de unos segundos llegó *Luck*, trotando hacia él.

Estaba muy asombrado de la manera en que lo miraba la mujer, sin asco, ni repulsión, y le provocó la suficiente curiosidad para animarse a comprobar que no había imaginado lo que había visto. Tenía que buscar algún pretexto para volver a verla… pero primero, tenía que saber de dónde era.

Sin duda, la tarea iba a ser como la del príncipe buscando a la cenicienta… el príncipe bestia eso sí. Le divirtió la idea de probar el corsé a todas las damiselas casaderas hasta encontrar a quien le calzara a la perfección.

Volvió a reír con más ganas. Ah, la vida era una ironía.

Se puso la camisa como pudo gracias a la humedad que pegaba la tela a su piel, guardó en la alforja del caballo el resto de la ropa que estaba amontonada en un rincón, y le dio un último vistazo a su pequeño tesoro de algodón blanco antes de guardarlo también en la alforja. Montó a *Luck* y se dirigió a Rosebud Manor, pensando con cinismo que era su deber devolver aquella indispensable prenda a su dueña, aunque ella no la necesitara realmente, porque todo estaba bien puesto en su lugar y era muy, muy agradable para la vista.

Y su ojo bueno nunca se equivocaba.

Capítulo II

Olivia miró hacia atrás para cerciorarse de que el vizconde no la seguía. Un alivio tremendo la invadió cuando notó que nadie iba tras sus pasos, por lo que dejó de correr y decidió que lo mejor era vestirse con tranquilidad. Se calzó primero sus zapatos y grande fue su sorpresa al darse cuenta de que no tenía entre sus pertenencias el corsé. Cerró sus ojos y se reprendió mentalmente por su torpeza. Estaba en la disyuntiva de volver a recuperarlo o regresar a casa y fingir que lo había perdido.

—Podré confeccionar otro sin problema —resolvió determinada y se vistió con premura. Una de las cosas que le gustaba a Olivia de la vida en el bosque, era prescindir de otra persona para vestirse, su ropa era sencilla y no necesitaba realizar grandes y engorrosos esfuerzos para ponerse un simple vestido.

Una vez adecentada, empezó a caminar de nuevo con pasos largos y briosos hacia su casa, ya pensando en que tendría que enviar a Mary a Hillside o a Rothbury a comprar algo de tela, pero se detuvo de manera brusca.

—¿Y cómo le explico que perdí mágicamente el corsé si al final no me refresqué? Es muy evidente cuando estoy sin él, Mary lo notará enseguida y me mirará de esa forma cuando sabe que oculto algo —pensó en voz alta—. Si cuento la verdad sobre lo que pasó, ella se va a partir de la risa. ¡Ah, qué vergonzoso!

Decidió que debía recuperar su íntima prenda, por lo que volvió sobre sus pasos intentando no hacer ruido, observando con atención el suelo por si lo encontraba tirado. Olivia estaba segura de que lo había perdido en algún punto del sendero, pero su ansiedad empezó a aumentar a niveles alarmantes a medida que se acercaba al lago y no encontraba el corsé.

Cuando faltaban unas cuantas yardas para llegar a la orilla, escuchó los cascos de un caballo que se alejaban al trote. Esperó un poco, hasta que el sonido se transformó en apenas un murmullo y salió.

Buscó desesperada por todas partes y no encontró nada. Miró hacia el sur y solo se veía la figura de la espalda ancha del vizconde a lomos de su caballo negro.

Olivia suspiró, incluso de lejos, todavía le resultaba imponente, se movía como si fuera uno con su montura, revelando que era un excelente jinete. De inmediato, volvió a ella la sensación que sintió cuando notó la cicatriz en su rostro, mostrándole la identidad de aquel hombre. Definitivamente, no era repulsión, tal vez fue porque estaba protegida por la distancia y no se notaba lo impresionante que era; si se hubiera encontrado con él en otras circunstancias...

Pero no era el caso.

Ella, a lo largo de los últimos tres años, no había visto a nadie que frecuentara el lago, y por ello, pensaba que era natural que la sensación primaria al verlo emerger del agua fuera la curiosidad. Pero luego sintió otra, que fue más inquietante, atávica y más intensa.

Se detuvo a analizar aquello, el corazón empezó a bombear más sangre al recordarlo, transformándose en un hormigueo que le recorría el cuerpo.

Inexplicablemente, el hombre le atraía. Olivia tenía ganas de tocarlo, ver si era de verdad esa piel ligeramente tostada, comprobar si era duro o blando al hundir su dedo en el valle serpenteante de los músculos de su vientre. Escuchar de nuevo esa voz relatándole la historia del origen de esa cicatriz. ¿Habría sido en una pelea en algún burdel, o por alguna apuesta de cartas que salió mal, o defendiéndose a sí mismo en la guerra?

—Estoy desvariando —murmuró molesta, sin poder dejar de mirar al vizconde, cuya silueta era apenas visible. Sintió que su intimidad se estremeció, recordándole que esa parte de su ser todavía existía—. Solo es un hombre.

Sí, solo era un hombre, al que vio medio desnudo y le provocó ser consciente de su cuerpo de las sensaciones maravillosas que podía experimentar.

Todavía podía recordar con claridad cómo fue la última vez que vio a uno en esas condiciones.

Magnus.

Él fue tan dulce con ella las dos veces que tuvieron intimidad. La inició de forma tan delicada, con tanto amor y cuidado en los placeres que solo pueden vivir un hombre y una mujer cuando se unen sus cuerpos.

«Voy a despertar sus sentidos poco a poco, mi preciosa», volvió a su memoria la voz grave de Magnus.

Al parecer, él había despertado muchas cosas en ella que no había notado hasta ese momento, como el descaro de apreciar y comparar el cuerpo del vizconde con el de su difunto prometido.

Eran absolutamente diferentes. Pero deliciosamente masculinos.

«Con razón me enviaron a este lugar perdido de la mano de Dios», pensó Olivia sorprendida de sus descubrimientos acerca de sí misma. «Soy una licenciosa descarada, desvergonzada y ni siquiera me abochorno de sentir esto, ¿cómo es eso posible?»

Estar aislada, rodeada de la paz y la quietud del lugar, el tener que preocuparse de William, en cómo administrar su tiempo, su casa, su dinero, el dolor de perderlo todo; y sin embargo, obligarse a ser feliz por ella, porque tenía la dicha de ver crecer a su hijo. Era el costo de tener una vida independiente de su familia, sola. Durante esos tres años, en ningún momento se detuvo a pensar en sí misma, en cómo se sentía ser una mujer que amaba, que podía tener necesidades… que experimentó el placer.

Lo había olvidado todo, hasta ahora.

Y en ese instante, como si fuera una epifanía, entendió que el real objetivo del duque al enviarla a un lugar aislado, con escasos recursos y no ligado a él de manera directa. No era solo para ocultar a un bisnieto bastardo, sino para mantenerla ocupada y reprimir a una mujer que era consciente de lo que sucedía entre un hombre y una mujer, el sexo, el placer, y de su poder. Ella, con su virtud mancillada, era un peligro para la reputación de la familia. Porque lo que hizo con Magnus, lo podía hacer con cualquiera, estando soltera.

Sí, después de ver al vizconde, estaba segura que podría volver a hacerlo. Es más, lo deseaba.

Fue como un balde de agua fría.

Su hermano mayor podía ser un libertino, podía tener amantes, disfrutar de su libertad.

Pero ella no.

A su hermano —que lo adoraba— le hacían vista gorda de cualquier escandalillo en el que estuviera envuelto, incluyendo a ese pequeño que vivía en algún lugar de Cornwall.

A ella, en cambio, la condenaron al repudio y al ostracismo. Apenas le concedieron quedarse con William, y a su padre, solo le permitieron darle la asignación para protegerla de algún modo.

Solo porque era mujer.

Era injusto... y era triste darse cuenta de cómo era el mundo. Mientras fue una dama privilegiada, solo vio el lado bueno de su condición. Iba a casarse por amor, porque tuvo la fortuna que en su primera temporada ella y Magnus se conocieron y se enamoraron. Pertenecían a la misma clase social y él pidió su mano en matrimonio y la pudo cortejar hasta comprometerse.

Todo era perfecto. Hasta que falleció.

Y de pronto, la inundó una miríada de sensaciones en las que se traslapaban unas con otras; el vacío, la añoranza, querer salir y dejar de ocultarse, la injusticia, el deseo de rebelarse, de amar, sentir la pasión, porque no estaba muerta... ser feliz... vivir... ¡Vivir!

Se dio cuenta de que, realmente, se estaba conformando con muy poco. ¿Qué iba a pasar con ella el día que William se convirtiera en un hombre y saliera a buscar su destino? Probablemente, él trabajaría en algún oficio y formaría una familia. Así era la vida

¿Acaso, ella iba a estar para ese entonces marchitándose en lo profundo de ese bosque?

¿Iba a esperar a que pasara el tiempo y que muriera su abuelo para salir?... ¿Quería hacerlo?

La respuesta llegó sola y clara.

No, no quería.

Era increíble a todas las impactantes conclusiones a las que llegó solo por ver a un hombre. Se preguntó si su cuerpo y deseos reaccionarían de la misma manera al ver a otro.

De momento, necesitaba refrescarse... de nuevo.

Y no tendría que dar mayores explicaciones acerca de su corsé perdido.

Andrew estaba sentado en el gran sillón de cuero y roble a juego del lustroso escritorio que reinaba en la gran biblioteca, su lugar de trabajo como vizconde. Le gustaba aquel lugar, estaba lleno de libros, recordaba que el tío abuelo solía comprar de los más diversos temas y siempre estaba leyendo. Las otomanas y poltronas eran ideales para dedicarse a esa afición. Pero en ese momento nada de aquello le importaba, él solo miraba ensimismado la copa que contenía el delicioso oporto, sin decidirse a tomarlo. El trabajo de cristalería de aquella copa era exquisito, destellaba minúsculos haces de luces iridiscentes cuando le daba el ángulo perfecto de la luz de las velas.

Sin duda, era una pieza fina y delicada. Casi tanto como esa prenda de ropa interior que tenía escondida en su recámara. Él no era muy versado en lencería femenina, pero sin duda ese trozo de algodón era indicativo de que su dueña no era como todas, que se esmeraba en ocultar las imperfecciones de su cuerpo, estrechando su cintura u oprimiendo su vientre hasta dejarlas sin respiración de una manera antinatural. Supuso que ella usaba esa prenda solo para mantener en su lugar ese precioso y generoso par de…

—¡Rothbury! —exclamó Churchill que estaba sentado frente a él, chasqueándole los dedos casi encima de su rostro. Andrew parpadeó confundido y se fijó que su amigo lo miraba ceñudo—. ¿Sí o no?

—Perdón, no estaba prestando atención —respondió, reacomodándose en su asiento, sintiendo una inesperada tensión en sus pantalones.

«¡Maldición!», blasfemó mentalmente y a la vez asombrado. Por mucho tiempo pensó que sus deseos masculinos estaban muertos y que su cojera había afectado a su virilidad hasta cierto punto. Ni siquiera al pensar en ir a un burdel hacía que se le «levantara el ánimo». No, un burdel, definitivamente, no le llamaba la atención en lo absoluto.

—Ya me di cuenta. Concéntrate, estaba hablando de la pequeña Marian —reprendió Churchill para que su amigo dejara su estado meditabundo para otro momento—. ¿Vas a ir a visitarla?

Andrew respiró hondo, hacerse cargo de su pequeña prima era tan complejo como el matrimonio. No sabía a ciencia cierta cómo hacer el papel de tutor y hacer lo mejor para ella… Pero prefería hacerle frente a lo que fuera más fácil.

Se tomó el oporto de un solo trago y dejó la copa en el escritorio.

—La niña me tiene miedo —respondió lacónico—. Prefiero estar alejado de ella y no provocarle más angustia. Para ella debo ser una especie de monstruo cojo y feo.

Churchill reconoció que eso era posible, pero no imposible de resolver. El estado emocional de la pequeña era muy susceptible, si se tomaba en cuenta que perdió a toda su familia y que ahora vivía con un hombre al que apenas conocía, y él debía reconocer que la apariencia de Rothbury era impresionante a los sensibles ojos de una niña, si incluso los adultos lo miraban con recelo.

Sin embargo…

—Lady Marian todavía no dice ninguna palabra, y tú podrías intentar acercarte a la pequeña. Sabemos que no es muda… y la institutriz renunció esta mañana porque, según ella, la niña no colabora —reveló, anticipando la reacción de Andrew.

—¿Y en qué momento me ibas a informar eso?

—Lo estoy haciendo ahora. La señorita Edwards estaba muy alterada, dijo que no tenía experiencia con niñas mudas y con evidente demencia y que aconsejaba enviarla a una institución mental. La verdad, no creo que sea así, solo una evidente mediocridad por parte de la señorita Edwards ante los desafíos. Los dos sabemos que Marian no es lo uno ni lo otro, así que no le pedí que se quedara a esperarte a que volvieras de tu recorrido por la propiedad. Le pagué sus honorarios y dejé que se fuera.

Andrew frunció el ceño, estaba de acuerdo con su amigo y su proceder. Para él, su pequeña prima era un enigma, pero por ningún motivo demente.

—Menos mal que no me lo dijo directamente, la hubiera estrangulado por difamación. ¡¿Cómo se le ocurre aconsejar enviar a una niña a semejante lugar!?

—Por eso te pregunto si irás a visitarla. Creo que solo debe acostumbrarse a ti. Eres la cabeza de la familia…

—Pedazos de familia querrás decir.

—Y tu deber es…

—¿Sabes lo agobiante que es tener deberes con todo el mundo cuando solo me debía a mí mismo? —Un incómodo silencio reinó. Andrew sintió que había hablado más de la cuenta, su espíritu estaba inquieto, había aguantado bastante bien el asunto de su repentino título, pero sentir empíricamente ser responsable de la vida y el futuro de una pequeña que le temía le provocó una inusual angustia—. Perdón, Churchill… yo.

—Andrew… —Adam se permitió usar su nombre de pila, necesitaba llegar a su amigo, no al vizconde—. Te entiendo perfectamente, hemos sido compañeros, ¿hace cuánto, siete años? Cubriste mis espaldas, yo cubrí las tuyas, pero te debo la vida y casi moriste a causa de ello, fui testigo de todo lo que te costó recuperarte. Me prometí acompañarte en esta nueva aventura y es mi objetivo devolver en parte lo que has hecho por mí —declaró para que su amigo supiera que contaba con él.

—Adam...

—¿Vas a visitar a Marian, sí o no? —insistió.

Andrew sonrió.

—Mañana subiré al cuarto de niños. Lo intentaré de nuevo —claudicó, debía pensar en alguna estrategia para no causarle terror a Marian.

—Bien. Y tenemos que conseguir una nueva institutriz para ella.

—Hazte cargo de ello, confío en tu juicio, y cuando tengas algunas candidatas me las presentas. Mañana iremos a visitar a los inquilinos, hoy solo hice un recorrido de avanzada para tener una visión general del asunto —comentó, omitiendo a propósito el episodio del lago.

—Muy bien, buscaré en Hillside, Cragside, Rothbury y Throptom. ¿Necesitas algo más?

—Ahora que lo pienso... El guardabosque no estaba cuando me presentaron al personal el día que llegué —indicó, tratando de averiguar quién era la mujer del lago. No quería revelar todavía a su amigo su interés por la desconocida y animarlo a sacar conclusiones apresuradas.

—Es porque no hay guardabosque... Según me comentó Carruthers, hace un mes se fugó con una señorita de la pequeña aristocracia rural de Hillside, fue todo un escándalo —relató Churchil con un cierto tono de secretismo.

—¿Era casado? —indagó, pensando que a lo mejor la mujer era la esposa abandonada del guardabosque infiel.

A Churchill le llamó la atención ese interrogatorio, Andrew no era dado a los rumores. Pero le restó importancia, ya que un vizconde debía estar al tanto de todo lo que pudiera afectarle, por muy nimio que fuera, por lo que Adam empezó a hacer memoria y no recordaba en el relato que mencionaran a ninguna esposa, ahí el escándalo hubiera sido mayor.

—Me temo que era soltero —respondió Churchill.

—Qué extraño —susurró, sintiendo un cierto secreto alivio por aquella misteriosa mujer. Se echó para atrás, apoyándose en el mullido respaldo de cuero y juntó las yemas de sus dedos, haciendo que solo se golpetearan los dedos índices. Si esa mujer no era la esposa del guardabosque, que era la única explicación plausible para la presencia de ella en el lago, entonces, ¿quién era?—. ¿Quién es el propietario de la tierra que colinda con nuestra propiedad, al noroeste del lago?

—La verdad, es que no he llegado a interiorizarme respecto a la información de nuestros vecinos —justificó, y sacó su libreta de asuntos pendientes, además de una pluma; la untó en el tintero que estaba sobre el escritorio y escribió con rápida y pequeña caligrafía «*Averiguar quiénes son todos los vecinos de Rosebud Manor*».

—Tienes razón, solo llegaste una semana antes que yo y has hecho un trabajo impecable. ¿Puedes averiguar? Según los planos recientes de la propiedad, al noroeste del lago limita con un terreno, pero no específica a quién le pertenece.

—Haré las averiguaciones correspondientes.

—Excelente.

En ese momento reverberó el gong que anunciaba que en quince minutos la cena sería servida.

—¿Sabes qué es lo que me gusta de que estemos acá y no en Londres, Rothbury? —comentó Churchill, levantándose de su asiento.

—Ilústrame, amigo mío.

—Que no estamos obligados a cambiarnos de ropa para cenar.

—Que de algo sirva ser el señor de esta casa, ¿no crees?

—Absolutamente, vizconde, absolutamente.

A la mañana siguiente, Andrew estaba frente a la puerta de la habitación de juegos, donde Marian pasaba la mayor parte del día. No se atrevía a golpear, pero se obligó a hacerlo. Estuvo gran parte de la noche pensando en qué sería lo mejor para su prima, y recordó aquella época en que era un niño. Así que decidió que intentaría darle lo que él necesitó en su momento y que, probablemente, también necesitaba su prima. Un padre, una familia.

Inspiró profundo y golpeó dos veces de manera firme.

La niñera le entreabrió la puerta y al levantar la vista abrió los ojos sorprendida, tanto por la inesperada presencia del vizconde, como por su aspecto. Daba lo mismo si esa mañana vestía de manera sencilla, seguía siendo amenazante.

—Vengo a visitar a lady Marian —anunció solemne.

La niñera asintió y bajando la vista abrió más la puerta dejando pasar al señor de la casa.

Andrew atravesó el umbral y observó a la pequeña que jugaba abstraída y en silencio con unas muñecas, como si estuvieran en un mundo aparte. No quiso llamar la atención de la niña de inmediato, inseguro, estaba debatiéndose en poner en práctica el plan que había ideado para no asustarla. Ahora que estaba frente a ella lo encontraba ridículo.

Pero ridículo y todo, prefirió intentarlo de una vez por todas.

Con su mano derecha tapó la mitad de su rostro para cubrir su marca y se aclaró la garganta.

Marian dirigió su atención hacia la puerta y observó al visitante que se tapaba la cara. Sus rasgos le eran familiares, intentó hacer memoria, pero no lo recordaba... Pero le gustaba el tono de azul del ojo que podía ver del hombre.

—Lady Marian, buenos días —saludó Andrew, suavizando su tono de voz, y al ver que la niña no montaba un espectáculo, sino todo lo contrario, se animó a avanzar y se acercó con cautela hacia ella. Se agachó para quedar relativamente a la altura de la pequeña para ir de igual a igual—. ¿Me recuerdas? —interrogó.

Marian negó sin quitarle los ojos de encima.

—Soy tu primo —explicó—. Mi nombre es Andrew. —Se quedó callado, buscando de qué hablar, ya que la niña solo lo miraba con curiosidad—. Te quiero contar que...

Marian lo interrumpió cuando le apuntó con su minúsculo dedo índice hacia la mano que cubría la cara de él.

—¿Por qué me tapo la cara? —preguntó, sintiendo que en tan solo unos segundos avanzaba a pasos agigantados. Marian asintió—. Tengo una horrenda cicatriz, y todo el mundo me encuentra feo y se asustan cuando la miran. Solo los valientes pueden mirarla... ¿Tú eres valiente?

La niña negó, y su rostro se arreboló en solo dos segundos.

—Tener miedo no es malo —afirmó Andrew, convencido—. Cuando enfrentamos nuestros miedos nos volvemos más valientes, más fuertes —aconsejó, pensando que él era un asno, daba buenas recomendaciones y no las aplicaba para su propia vida—. Supongo que algún día te llenarás de valor y me podrás mirar sin miedo, y yo no tendré que cubrir mi rostro.

La niña solo lo miraba. Andrew se quedó quieto, sabía que lo estudiaba, estaba seguro de ello. Esos pequeños ojos azules como zafiros, que eran tan parecidos a los propios, se clavaban en su rostro como si tratara de encontrar respuestas.

—Lady Marian —Andrew interrumpió el silencio de pronto—, ¿le puedo proponer un trato?

Marian inclinó la cabeza con interés y esbozó una ladina sonrisa, Andrew también sonrió, pero algo le decía que debía ir de a poco y no imponerle a lo bestia su presencia.

—Si usted se atreve a mirarme sin miedo, le juro solemnemente que le concederé un deseo, lo que quiera... —La tentó para matar dos pájaros de un tiro, que fuera valiente y que hablara. Él no podía leer los pensamientos de Marian, ella en algún momento debería expresarlo con palabras—. Uno que sea simple y que un hombre como yo pueda realizar, mi poder no llega a tanto —advirtió socarrón—. ¿Tenemos un trato?

Marian asintió, esbozando una sonrisa. Andrew extendió su mano izquierda para sellar el compromiso. La niña miró la gran mano que estaba suspendida en el aire, y recordando fugazmente a su padre, imitó el gesto con su manita, dejándola también en el aire. Andrew la tomó con gentileza, apretó lo suficiente para que ella sintiera el contacto y le devolviera el gesto.

—Muy bien, lady Marian, ha dado un paso importante —la felicitó Andrew—. Es el primero que da para convertirse en una auténtica dama. —Soltó la mano de la pequeña y con lentitud se irguió y le hizo una regia inclinación de caballero—. Me retiro, lady Marian. Ha sido un maravilloso placer conversar con usted. Mañana la volveré a visitar.

Se dio media vuelta y se encontró con una anonadada niñera. Solo por su ridícula reacción, Andrew se descubrió el rostro con cierta brusquedad para castigarla, mostrándole su horrible apariencia.

—Volveré mañana a esta misma hora —anunció conciso.

Salió de la habitación y cerró la puerta tras de sí. Soltó todo el aire de sus pulmones. Decidió que al día siguiente empezaría a sobornar a la damita con golosinas. Sabía de muy buena fuente que la señora Ramsey, la cocinera, hacía deliciosas galletas.

Capítulo III

La luz matinal entraba a raudales por las ventanas de la casa. El aroma del rocío, que ya empezaba a evaporarse, colmaba el olfato de Olivia, quien daba diminutas puntadas con precisión. Durante los últimos cinco días esa labor le brindaba algo de paz mental. Quería que su nuevo corsé corto quedara perfecto. Debía concentrarse en hacerlo bien y no pincharse los dedos pero, por sobre todo, no quería seguir alimentando la ira que crecía en ella, no quería que le nublara el juicio.

Después de llegar a la triste conclusión de que ser una mujer en un mundo gobernado por hombres era vivir para siempre en una total desventaja, ya sea siendo rica o pobre, empezó a sentir una furia y una sed de justicia que no sabía cómo canalizar.

Por eso, de momento, solo se empeñaba en terminar el corsé en sus pocos ratos libres. Debía relajarse, centrarse y buscar una salida honorable a su situación. En primer lugar, no quería depender de ningún hombre, ni siquiera de su padre, que era incapaz de contradecir al viejo duque. Aquella asignación le quedaba justa…, pero no holgada, y ella había decidido que no iba a seguir sufriendo estrecheces. Debía conseguir más dinero.

Ya no quería ser la mujer escondida en el bosque. Si su familia le daba la espalda por obedecer al duque, pues bien, les iba a dar más razones para que se avergonzaran de ella. No era una de ellos, no era una dama, ya no pertenecía a esa sociedad que dictaba sus mojigatas normas de lo que era decoroso o no para ella.

La vida no era solo blanco y negro, tenía infinidades de matices, ahora lo sabía. Hasta ese momento estaba viviendo en tonos grises, su existencia solo era coloreada por Will.

Debía enfrentar su realidad, era una mujer soltera con un hijo al cual criar, y su principal objetivo era hacer de William un hombre fuerte, de bien, porque por el simple hecho de ser un bastardo, todo se le iba a poner cuesta arriba en la vida. Debía demostrarle que si ella pudo sobrevivir sola, siendo una simple mujer, él también podría salir adelante.

Dado todo lo anterior, decidió entonces que iba a buscar un trabajo en lo que fuera…, casi lo que fuera, ella también tenía escrúpulos. No iba a ser la amante de nadie, ni la prostituta de nadie. No iba a unir su vida con la de un hombre por conveniencia. Si llegaba a ocurrir ese milagro, solo lo haría por amor… Y ni siquiera en esa instancia dejaría que le arrebatasen lo que aprendió los últimos tres años de su vida, y eso era valerse por sí misma. Si le iba a entregar su libertad a un hombre, este debía ser muy especial. La ley era clara y dictaba que ella pasaría a ser propiedad de su marido desde el momento en que diera el sí ante un vicario. No deseaba estar unida a uno que la tratara como si fuera un animal reproductor, sin voluntad, sin deseos, sin potestad para decidir.

Remató la última puntada y cortó el hilo. Observó con orgullo su nuevo corsé. Sí, había quedado perfecto.

Miró a su alrededor, estaba sola, ni William ni Mary estaban en la estancia. Dejó a un lado su labor recién terminada y se levantó. Adecentó la tela de su vestido de delgado lino de color azul, se irguió derecha y con dignidad determinada. Oyó la vocecilla de William que provenía del jardín y que la llamaba, por lo que salió en su búsqueda.

—¡Mami! —exclamó el pequeño corriendo con torpeza hacia ella—. ¡*Mady* me come! —chilló riendo, nervioso.

—¡Ven, Will! —Olivia le siguió el juego—. ¡Yo te salvo, mi hombrecito!

Se fundieron en un abrazo y alzándolo, Olivia inhaló el inconfundible olor de su pequeño que reía y gritaba. ¡Cuánto lo amaba! ¡Todo valía la pena por él!

—¡Aquí estás, bribonzuelo! —exclamó Mary, agitada, sonriendo al ver la felicidad que se reflejaban en los ojos de lady Olivia cuando abrazaba a su hijo—. Lady Olivia, la mañana está hermosa y perfecta para pasear —comentó de buen humor.

—Sí, tienes razón… —Esbozó una sonrisa que Mary casi no recordaba en lady Olivia. Algo estaba tramando su señora—. ¿Vamos a pasear a Rothbury?

—¿Vamos…? ¿Rothbury? —replicó casi balbuceando. El duque había prohibido que lady Olivia saliera de la propiedad de Pine Park, la casona principal que estaba del otro lado del bosque.

—Sí, vamos. No queda tan lejos, perfectamente podremos ir caminando con William. —El niño la miró al escuchar su nombre e inclinó su cabecita—. Oh, sí, caballero, por supuesto que iremos con usted.

—¿Llevaremos a William? —La quijada de Mary ya estaba cerca de tocar el suelo. Al parecer, lady Olivia estaba perdiendo el juicio. Nadie desafiaba al duque. Nadie desobedecía sus órdenes.

—Lady Olivia, su excelencia se va a enterar. No lo provoque, se lo suplico —exhortó Mary muy asustada por las consecuencias.

—¿Sabes, Mary? A partir de hoy, la opinión de su excelencia me tiene sin cuidado. He decidido hacer lo que se me plazca. Voy a buscar un trabajo —dictaminó firme.

—Pero, mi señora, no puede ir a buscar un trabajo, usted es una…

—Yo no soy nadie, Mary —interrumpió lo que sabía que iba a decir su doncella y amiga—. El duque me repudió, no existo para él. Y como no existo, bien poco debería importarle si salgo de aquí o no, si trabajo o no… si vivo o muero.

«Nunca más será bajo sus términos», se juramentó Olivia en lo profundo de su corazón.

Mary no pudo esgrimir más razones para intentar convencer a lady Olivia, era inútil, su señora tenía toda la razón. Si el viejo duque tomaba represalias, no serían peores de las que ya estaban viviendo, salvo, si lady Olivia dejaba de recibir su asignación. Si eso sucedía, ella tendría que dejar a su señora y volver a Londres a buscar un nuevo trabajo o, tal vez, a la granja de sus padres en Hull.

—Entonces, vayamos, señora —claudicó Mary con un suspiro y el rostro de Olivia se iluminó. Tanto tiempo sin ver una chispa de vida en el rostro de su señora, que se alegró por ella. La acompañaría hasta el final.

—Me iré a preparar, no tardaré —anunció Olivia con entusiasmo.

—Lady Olivia, deje que le ayude a vestirse y peinarse —ofreció Mary, solícita, quería que su señora se viera magnífica, a pesar de la sencillez de sus atuendos.

—No te preocupes, Mary, solo me pondré dos enaguas más y un bonete. No estamos en Londres… Y por lo mismo, no seré más lady Olivia, solo seré Olivia Martin. No volveré a usar ese nombre nunca más, el último vínculo con mi familia se ha roto aquí y ahora.

Mary entendía el repentino cambio de actitud de Olivia, y no le sorprendía. Desde hacía unos días la veía más melancólica y taciturna que de costumbre, y también, desde hace algunos meses con menos paciencia, cuando se trataba de dinero. Ya quedaban unas pocas libras, y era muy posible que no alcanzara hasta la próxima visita del secretario. Y aunque su señora intentaba ser optimista, quedaba claro que el asunto había cobrado mucha importancia, si ocurría cualquier emergencia era posible que no podrían financiarla.

Por eso, Olivia necesitaba trabajar. Pero Mary intuía que había algo más profundo. Algo muy importante había acontecido para que Olivia Martin despertara.

Rothbury quedaba a poco menos de una milla. Si bien no era una gran distancia, debían atravesar el bosque, el cual no era fácil de sortear, y siempre les brindó anonimato, esa zona pertenecía a las tierras del padre de Olivia y nadie podía entrar a la propiedad sin el permiso expreso del conde.

Una cárcel muy conveniente.

Al llegar a la entrada del pueblo, Olivia sintió que su voluntad se dividía en dos. Por una parte, temía que sería inútil encontrar algún trabajo para alguien como ella, y por otra, sentía el impulso de avanzar y no dejar que su vida se estancara.

Enderezó su postura, haría hasta lo imposible.

—Allá está la iglesia de Todos los Santos —indicó Mary para orientar a Olivia—. El señor Jones es el vicario, está casado y tiene dos hijas… no son muy agraciadas las pobres, van directo a la soltería.

—La soltería no es tan terrible —refutó Olivia, enarcando una ceja.

—Usted puede hacer lo que quiera ahora que ha decidido salir de Pine Park. No tiene un padre estricto que no permite que ningún caballero se les acerque. Para el señor Jones, nadie es digno de sus hijas.

—Al parecer, no hay mucho para elegir en Rothbury o sus alrededores —comentó Olivia, admirando la arquitectura medieval de la iglesia.

—Muy poco, está el vizconde en Cragside, un baronet que tiene unas tierras al este de Rothbury, sir Anthony Ascott es ya muy mayor. El resto son respetables caballeros, en su mayoría, y buenos partidos, pero no tienen mayor alcurnia.

—Entonces, el único «pez gordo» es el vizconde —advirtió Olivia.

—Sí, señora, pero… ya sabe, ninguna mujer en su sano juicio intentaría llamar la atención de él.

—¿Por qué? —interrogó Olivia, fingiendo inocencia, ella sabía cómo era la apariencia del vizconde.

—¿No recuerda lo que le conté el otro día? Tiene el rostro deforme y cojea, imagínese vivir todos los días con un monstruo con joroba. Cualquier dama por muy soltera que sea, se lo piensa dos mil veces antes de aceptar ser esposa de él.

—¿Esposa? ¿No está casado lord Rothbury?

—¿No le mencioné ese detalle? —Olivia negó con la cabeza—. Cuando falleció el anterior vizconde, que Dios lo tenga en su santa gloria, todas las damas casaderas perdieron la cabeza cuando se enteraron de que el nuevo lord era un hombre joven. Pero cuando lo vieron atravesar el pueblo para llegar a Rosebud Manor, montado en un corcel negro y sin ocultar su fealdad, fue toda una conmoción y decepción. Imagine cómo saldrían sus hijos si heredan su deformidad. ¡Válgame el cielo!

—Creo que exageran demasiado. Tal vez, sus defectos no son de nacimiento —comentó Olivia, recordando cuando ella lo vio de lejos, y siendo honesta, no consideraba que fuera un monstruo. Un leve estremecimiento la recorrió. Cada vez que lo recordaba le sucedía lo mismo.

—Solo es cuestión de estar media hora en este pueblo y lo escuchará usted misma.

Y así sucedió. Mary, William y Olivia pasearon un rato por el pueblo, compraron algunas cosas que necesitaban en la mercería, y de manera solapada, buscaron alguna alternativa de trabajo adecuado para Olivia. En eso estaban, cuando una de las criadas que pasaba por ahí, haciendo encargos, se detuvo a saludar a Mary, muy pronto el principal tema de conversación era sobre los últimos cotilleos y el protagonista era el adefesio de Rothbury. Olivia se mantenía al margen y alejada de aquel diálogo para no llamar demasiado la atención.

—Hace unos días nos enteramos de que la hija del difunto vizconde fue la única sobreviviente y que está viviendo en Rosebud Manor bajo la protección de lord Rothbury —detalló la criada a Mary, muy emocionada. El vizconde daba material de chismes cada día.

—¿En serio?, ¡qué interesante! —Mary avivó el relato para que lady Olivia oyera.

—Y eso no es todo. El secretario de lord Rothbury está desesperado buscando una institutriz desde hace cinco días, ya que la última renunció después de un mes de intentos para domar a la pequeña, y ahora ninguna quiere el puesto. Dicen que la niña está demente, y es muda, ¡¿cómo la van a educar?! Hay que ser muy valiente para estar en Rosebud Manor con el vizconde y la niña demente.

—Pues tendrán que buscarla en Londres, si aquí nadie quiere el puesto —argumentó Mary, ya muy interesada en lo que le contaban.

—Así es —asintió la criada—. ¿Y quién es la dama que te acompaña? —preguntó susurrando y mirando de manera indiscreta a Olivia, que aparentaba no poner atención mientras jugaba con William.

—Ah, es mi señora, trabajo para ella. Su nombre es Olivia Martin… es viuda la pobre. —Fue la versión que acordaron dar para no escandalizar al resto, después de todo, no había modo de corroborar si Olivia era soltera o no.

—No la había visto nunca. ¿Por qué no está de luto?

—Ha estado de luto y se ha consagrado a su hijo, por ello nunca ha salido de su casa. Pero decidió que tres años es suficiente, ahora guarda semi luto.

—Comprendo… —La criada en ese instante se quedó en silencio y de pronto recordó la tarea que sus amos le habían encomendado—. ¡Ay, válgame Dios, es tardísimo! ¡Si no llevo este encargo mi señora me va a regañar como si mañana fuera el juicio final! —Le tomó las manos a Mary y les dio un apretoncito de despedida—. ¡Nos vemos! —La criada se alejó corriendo, perdiéndose entre las calles.

Mary dirigió su atención hacia Olivia, y parpadeó desconcertada, su señora estaba hablando con un caballero. Era joven, vestía impecable y con sobriedad, su cabello negro contrastaba con su piel pálida y su complexión era delgada, pero fuerte. Era muy atractivo, sus ojos verdes eran únicos. La doncella pensó que a pesar de la maternidad, los años y la tristeza, lady Olivia no perdía sus encantos en el sexo opuesto.

De pronto, él le sonrió abiertamente a Olivia y luego miró a William y negó enérgico con la cabeza, y luego continuó sonriendo. Olivia se llevó la mano al pecho y asintió con mesura. Se excusó por un momento con el hombre y le hizo un gesto a Mary para que se acercara.

—Mary, el señor aquí presente es Adam Churchill, secretario de lord Rothbury —presentó Olivia. Mary, haciendo gala de su recién descubierta capacidad de ocultar su estupefacción, hizo una respetuosa reverencia y bajó la vista—. Me ha dado una gran noticia, hay un puesto de trabajo para ser la institutriz de lady Marian en Rosebud Manor... Sería maravilloso si el vizconde aprueba que yo la eduque.

Por fortuna y gracias a las reglas sobre lo que es apropiado, Mary no tenía que hablar. Menos mal, porque estaba total y absolutamente anonadada. ¿Cómo se le ocurría a lady Olivia ir a Rosebud Manor? ¡De institutriz! ¡Qué Dios las amparara!

—Pierda cuidado, señora Martin. No importa si no tiene referencias, podríamos ponerla a prueba por un tiempo para comprobar sus aptitudes. Estaba a punto de partir a Londres para buscar una institutriz, lo cual hubiera sido un incordio, tanto para lord Rothbury como para mí —explicó—. Si usted logra congeniar con lady Marian, lo demás será fácil... Y creo que su hijo ayudará de mucho. A la pupila del vizconde le hará muy bien tratar con un niño. Pero me estoy adelantando demasiado, eso lo decidirá lord Rothbury... ¿Sería mucho pedirle que nos acompañe a Rosebud Manor en este mismo instante? —pidió, rogando al cielo que la señora Martin aceptara.

Para Adam fue una casualidad caída del cielo encontrarla, él estaba dispuesto a viajar a Londres, no sin antes intentarlo una vez más. No había dimensionado la terrible fama infundada que tenía el vizconde en el pueblo. ¡Ninguna dama quería ser institutriz! Esa mujer, la señorita Edwards escupió todo su veneno ponzoñoso antes de marcharse, y de paso, sembró el pánico en las posibles candidatas para ocupar su lugar.

Dicen que las brujas no existen, pero a juicio de Adam, la señorita Edwards estaba muy cerca de refutar aquello.

Iba caminando apurado, pero una exclamación de la cristalina voz de la doncella de la señora Martin lo distrajo y por poco y no se cae de bruces. La situación no pasó desapercibida para la señora Martin, que se dio cuenta de todo y rio suave ante la vergonzosa tesitura que él atravesaba. Churchill no había visto nunca a la señora Martin en el pueblo, por lo que dejando la vergüenza de lado, y con gran curiosidad, se presentó y entabló una respetuosa conversación donde ella le comentó que buscaba trabajo de institutriz, y le explicó su situación. Viuda y madre de un hijo, y con pocos recursos económicos, vivían de manera precaria; de su antigua vida solo pudo conservar a Mary, que era su más fiel doncella y la seguía a todas partes. Y lo mejor de todo, no había oído los infames rumores sembrados por la señorita Edwards.

Churchill pensó que tener a la señora Martin, al niño y la doncella de ella en Rosebud Manor, bien podía valer la pena, si le ahorraba el viaje a Londres. Y sería todo un acierto si la señora Martin lograba que lady Marian se educara y empezara a hablar... Es más, sería un milagro.

—En realidad, no tengo nada más que hacer. Veamos de inmediato si lord Rothbury me aprueba para ser la institutriz de lady Marian —aceptó Olivia, demostrando ser toda una dama que estaba a la altura de los acontecimientos. Pero internamente estaba muy nerviosa, ya que en cuanto el señor Churchill mencionó al vizconde, sintió una oleada de curiosidad. Quería saber si lo que él le provocaba era algo pasajero o imaginaciones de ella. Olivia se había dado cuenta que ella no reaccionaba de la misma manera con otros hombres, como lo hacía cuando evocaba el episodio del lago. Debía admitir que el señor Churchill era muy atractivo, encantador y educado. Pero no le atraía en lo absoluto, no había ningún punto de comparación con lord Rothbury, quien le daba la impresión de que era una especie de... bestia contenida.

Y también necesitaba un trabajo respetable, y mejor aún si la aceptaban con Will y Mary.

—Síganme, por favor, si son tan amables. —Churchill ofreció su brazo a Olivia y ella respondió, aferrándose a la manga de la levita de él.

Nada, ni una chispa, el contacto le era tan indiferente como si estuviera sosteniendo una escoba.

Llevaban diez minutos de recorrido y el pequeño William estaba cansado, haciendo pucheros y gestos le pidió a Mary que lo llevara en brazos, y ella con gusto lo cargó. Pero Olivia sabía a la perfección que su hijito era bastante pesado, por lo que pasados unos diez minutos más, ella la relevó para llevarlo en brazos por el resto del camino. Churchill se ofreció a ayudarle, pero Olivia se negó. Conocía a Will, y dado a su aislamiento, él se pondría a llorar si un desconocido lo tocaba o le hablaba. Al menos, eso siempre ocurría con el secretario de su padre. Y ahora, ella no quería correr el riesgo de provocar una rabieta innecesaria. El comportamiento de su hijo no supondría problema si ella o Mary estaban a su lado.

Y si todo salía bien, el niño se podría acostumbrar rápidamente al contacto con otras personas.

Veinte minutos más tarde llegaron a la imponente y antigua mansión que quitaba el aliento. A Olivia el lugar le recordaba a la propiedad del duque en Northampton, que tenía similar arquitectura. A su memoria volvieron las sensaciones de los tiempos felices, el amor de su padre y de su hermano, aquel verano en que Magnus pidió su mano...

Estaba decidida, debía hacer su vida y no volvería a permitir que nadie le impusiera nada. Olivia encomendó su suerte a Dios para que guiara sus pasos y —aunque ella no fuera el ejemplo vivo de la obediencia— que la bendijera para seguir por el buen camino.

El aroma a rosas que se impregnaba en el aire la distrajo de sus plegarias. Debía concentrarse, era importante obtener el trabajo.

Churchill las guió al interior de la mansión hasta llegar al salón matinal, para que esperaran al vizconde. El lugar era acogedor, pinturas de bellos paisajes adornaban las paredes de color crema, la luz entraba por las cristaleras que daban acceso al jardín, que se mostraba en todo su esplendor. Había una mesita para tomar el té, un par de poltronas y una otomana, todas del mismo estilo, un tanto recargado en adornos y tapizado en un suntuoso terciopelo azul cobalto. En el centro de la habitación reinaba una exquisita alfombra de lana de colores crudos, la cual era, sin duda, lo que le confería ese toque cálido y hogareño.

Mary, guardando las normas, permaneció de pie al lado de Olivia. William andaba de aquí para allá examinando todo, tocando la madera de los muebles, acariciando con sus dedos las cristaleras, dejando en ellas su pegajosa huella. Siempre curioso, pero nunca travieso.

—Lady Olivia, ¿está segura de hacer esto? —susurró Mary, nerviosa.

—Por supuesto, mejor oportunidad que esta no vamos a tener de encontrar un trabajo respetable —respondió en el mismo tono de secretismo—. Y recuerda que ya no debes llamarme de ese modo...

Mary iba a replicar, pero en ese momento el picaporte de la puerta se movió, anunciando la llegada de alguien. Olivia mantuvo su postura, sentada erguida, elegante y digna, y Mary fue a buscar a William para tomarlo en brazos.

En primer lugar entró Churchill, que abrió la puerta y dejó pasar al vizconde.

Olivia se puso de pie, con la vista clavada en un punto indeterminado de la estancia para evitar mirarlo fijo. Escuchó los pasos irregulares que evidenciaban la famosa cojera que todo el mundo señalaba, pero no desvió su mirada, esperó a que lord Rothbury estuviera frente a ella, e hizo una regia reverencia y luego levantó la vista.

«Magnífico», fue lo que ella pensó al tenerlo tan de cerca. Sin duda, era enorme, y su anatomía era más tosca que la que ostentaban otros caballeros de su clase, pero había algo en él que le hacía pensar que era precisamente como tenía que ser.

Y ahí estaba de nuevo esa sensación, ahora en conjunción con un delicioso y tenue aroma a sándalo. No era recargado, ni tampoco estaba mezclado con el olor corporal tan típico de los caballeros que no frecuentan demasiado el baño. Era puro, limpio.

En su mente se recreó la imagen de días atrás, cuando lo vio a torso desnudo nadando en el lago, pero ahora, vestido de esa manera, tampoco le restaba nada a su encanto, sino todo lo contrario…

«Sin duda, es atractivo», pensó Olivia. Su mente empezó a cuestionar los rumores. ¿Por qué todo el mundo consideraba su cicatriz como algo horroroso? ¿Será porque el corte había cegado su ojo derecho? Lo tenía entreabierto y lo poco que se veía era solo un atisbo blanco del globo ocular, su párpado evidenciaba que el ojo estaba casi destrozado y se notaba que el corte había sido profundo, la piel estaba levantada y quedaban vestigios de las puntadas que debieron ponerle. No pudo contarlas a simple vista, no obstante, era fácil imaginar que eran muchas.

Sin embargo, aquella marca que atravesaba aquellos rasgos masculinos no opacaba la belleza de su lado bueno. Su ojo tenía un hermoso color azul con unas vetas grises, como si fuera una rara piedra preciosa. Su cabello corto, rubio y un tanto despeinado le recordaba el cálido tono de la arena de playa.

Andrew creía que estaba inmerso en alguna especie de fantasía muy vívida. La mujer del lago estaba ahí, esperándolo, como si ella hubiera vuelto a reclamar su prenda con dignidad o como si el destino se hubiera encargado de traerla a su casa.

O tal vez, como una inusual cenicienta que no esperaba a que el príncipe fuera a golpear su puerta.

No importaban los motivos, ella estaba ahí. Todas las noches había invadido sus sueños, amanecía siempre agitado, sudoroso y horriblemente excitado, le alegraba el hecho que ya no tendría que pensar en algún pretexto para volver a verla sin parecer un lunático. Se veía tan preciosa, tal como la recordaba, incluso más. Él sabía lo que había debajo de ese sobrio y casi soso vestido de lino. Y al igual que la primera vez que se encontraron, la mirada penetrante de ella lo estudiaba, pero no veía ningún atisbo de miedo o repulsión en esos iris de color avellana. No, esos ojos reflejaban otra cosa, interés, curiosidad.

Definitivamente, estaba fantaseando.

Bajó la vista y le dio un segundo de disfrute a su ojo bueno con la preciosa vista cenital del generoso busto de la mujer. Ahora entendía el efecto de la diminuta prenda que aún conservaba en su recámara. Realzaba esos senos de manera orgullosa, era como si aquellos montículos de piel sedosa se estuvieran ofreciendo impúdicamente a ser lamidos, para oler en ellos esa fragancia de alhelíes que esa dama desprendía.

—Milord, le presento a la señora Olivia Martin —interrumpió Churchill la miríada de pensamientos lascivos que invadían a Andrew—. Señora Martin, le presento a Andrew Witney, vizconde Rothbury.

No, ella no era una fantasía. Estaba ahí, real, de carne y hueso, frente a él.

El silencio se extendió por unos segundos en el salón matinal, ellos se miraban y se reconocían, pero no evidenciaron a los presentes ese hecho. Aquella situación era la cosa más insólita que le había tocado presenciar a Churchill. Tosió con disimulo para llenar el vacío que se dilataba sin motivo aparente.

—Bienvenida, señora Martin —Andrew reprimió el impulso de tomar la enguantada mano de la candidata a institutriz y besarle los nudillos. No era apropiado, en vez de ello, hizo una breve inclinación de respeto—. Es todo un placer conocerla. Por favor, tome asiento.

La voz de lord Rothbury era viril, sin ser demasiado grave; autoritaria, pero no dictatorial. Un timbre perfectamente equilibrado que encantó a Olivia.

—El placer es todo mío. Gracias, milord, por recibirnos. —Olivia se sentó y Andrew apoyó su elegante bastón en el costado de la poltrona que estaba frente a ella, y se sentó—. Churchill, lleve a la señorita… ¿Mary? —preguntó para confirmar a su secretario que ya le había puesto al tanto de manera general de la situación de la señora Martin. Adam asintió sin decir una palabra—. Lleve a la señorita Mary y al joven William a visitar a la señora Ramsey, que debe estar preparando galletas —ordenó para tener una conversación sin testigos.

Churchill, sin cuestionar a su amigo por aquella solicitud, guió a Mary y a William fuera de la estancia, con la promesa de galletas y otras delicias.

Ambos se quedaron a solas y el silencio volvió a reinar.

Él sabía que ella lo reconocía.

Ella sabía que él la reconocía.

Capítulo IV

La puerta se cerró, ambos seguían mirándose sin ningún disimulo, cada uno esperando a que el otro empezara.

—¿Siempre visita el lago, señora Martin? —Al fin preguntó Andrew, ignorando el motivo principal de la entrevista.

Olivia se centró en su propósito, pero estar tan cerca de él se lo ponía difícil. Definitivamente, el efecto que él tenía sobre ella, no lo sentía en presencia de otros varones. Tomó aire e intentó relajarse para tomar las riendas de sus emociones.

—Habitualmente lo hago, milord —contestó Olivia con honestidad. Para qué mentir, era absurdo—. El agua helada es muy vivificante en esta época del año.

—Sin duda lo es —concordó—. Asumo que usted sabe que esa parte del bosque me pertenece —afirmó sin prepotencia, solo quería medir las palabras de Olivia.

—Ciertamente, milord. Pero nadie va a ese lugar, al menos los últimos tres años, que es el tiempo que llevo viviendo en el bosque de la propiedad que colinda con la suya. Me sorprendió de sobremanera verlo ahí. Por favor, dispense mi intromisión sin permiso, nunca fue mi intención haberlo perturbado.

«Pero lo hizo... más de la cuenta», pensó Andrew, recordando el hecho.

—Disculpas aceptadas, señora Martin, no le voy a negar que su intromisión fue bastante... interesante —comentó con un tono monocorde—. Por favor, siéntase con la libertad de visitarlo y disfrutar de sus aguas cuando quiera, independiente del resultado de esta entrevista. El viejo vizconde no visitaba la propiedad hacía ya mucho tiempo, y falleció hace un año. Mi difunto tío, el que lo sucedió, dudo que haya venido dado el corto tiempo que fue vizconde. Era uno de los pocos que siempre permanecía en Londres. El campo no era parte de sus preferencias —explicó—. Bien, señora Martin, puedo suponer que a usted le gustan los niños —continuó encausando la conversación.

—Siempre me han gustado, milord. Ser madre me brinda mucha más experiencia para tratar con los niños, de entenderlos mejor y medir su potencial, a diferencia de alguien que no tiene hijos. Educar no es solo entregar conocimientos académicos, también es formar con valores, con disciplina, pero también con mucho cariño —respondió con aplomo.

Andrew estaba gratamente sorprendido con las palabras de Olivia, y si lo analizaba tan solo un momento, todo cobraba sentido. Se sintió un poco estúpido por buscar una dama soltera para educar a Marian. Era cosa de comparar a Olivia con la señorita Edwards, la diferencia era abismal.

—Es una ventaja que no había visto desde ese punto de vista, señora Martin, y lo encuentro muy razonable —concordó Andrew y decidió dar más detalles—. Le hablaré de lady Marian. Ella es mi prima, y fue la única sobreviviente del accidente que le quitó la vida a toda su familia. Desde entonces ella no habla, por lo que es complicado discernir si avanza con sus lecciones porque se niega a comunicarse con palabras.

—Es todo un desafío, milord. ¿Cuántos años tiene lady Marian?

—Tiene cinco años. No sé a ciencia cierta, si la anterior institutriz tuvo algún tipo de avance respecto a su educación, mi secretario solo recibía quejas de parte de la señorita Edwards. Apenas he logrado que la niña tolere mi presencia, solo si me cubro la mitad del rostro. La he visitado últimamente todas las mañanas en las que entablo una especie de monólogo y ella me responde con gestos.

—¿Por qué se cubre, milord?

—La primera vez que me vio chilló y se escondió en una esquina de la habitación, mi cicatriz le provocó un terror atroz. Costó que se tranquilizara, y eso ocurrió hace unos meses cuando tomé la tutela. No quise volver intentarlo para no perturbarla con mi fealdad, me rompe el corazón hacer sufrir a una niña inocente… Eso fue hasta que la institutriz renunció, me vi en la obligación de cerciorarme que era una vil mentira lo que ella aseguraba. Debía conocer a fondo a mi prima de algún modo… y que ella se acostumbrara a mí, por ello le oculto mi marca.

—¿Qué decía la institutriz anterior de lady Marian, milord?

—Que la niña está demente —reveló, evidenciando en su tono de voz la molestia que le producía las duras palabras de la señorita Edwards y que tantos incordios provocó—. Pero estoy muy seguro de que ella no lo es y que no es muda por alguna enfermedad.

—¡Dios santo! Eso fue perverso y poco comprensivo de parte de esa mujer. Ha debido ser difícil para la pequeña atravesar por tantas cosas en tan poco tiempo. Tengo la certeza que solo se trata de tener paciencia y darle mucho cariño. Lo académico puede venir después, milord. Ha sido muy sabio de su parte ocultarle su cicatriz a lady Marian, pero tarde o temprano deberá mostrarse tal cual es y hacerle ver que usted no tiene nada que esconder. No considero que su marca sea algo horrible —aseveró con honestidad y comprensión.

Andrew se sorprendió con esa afirmación y estaba de acuerdo con ello, pero lo que más le gustó saber fue que Olivia no lo viera como un ser horrendo. De hecho, ella no evadía el contacto visual, era como si su cicatriz no existiera, le hacía sentir… normal.

—¿Es usted ciega, señora Martin? —interrogó con ansias de saber con más detalle la apreciación que tenía ella sobre él.

—Tengo una vista privilegiada, milord. Como un halcón —respondió relajada, esbozando una sonrisa, muy orgullosa de sí misma.

—Es usted muy singular. Si me permite la infidencia, desde que obtuve esta marca, usted es la segunda persona que no me ha mirado con repugnancia o lástima. Me llama la atención ese hecho, ¿podría explicarme el motivo?

—Sin saber las circunstancias de qué fue lo que le pasó, no suelo juzgar a las personas por su apariencia. Todos tenemos marcas, algunas ocultas por nuestra ropa, otras que nunca se verán porque están en el corazón, en el alma… Todas son pruebas, tangibles o no, de que hemos tenido experiencias que dejan, de alguna u otra forma, una huella…, que no hemos tenido una vida plena, indemne de vicisitudes. Supongo que sería muy aburrido vivir sin que nada pase de verdad. En realidad, debo confesar, milord, que lo único que me provoca su cicatriz es curiosidad —respondió, diciendo exactamente lo que su corazón y su mente le dictaban. Ella sentía fluir en sus venas un poder que nunca había puesto en práctica desde su relación con Magnus, decir lo que pensaba a un hombre.

El vizconde era uno muy diferente a los de su clase social. Cualquier otro, por muy desesperado que estuviera, no hubiera concebido siquiera la idea de que una viuda sin referencias y con un hijo fuera la institutriz de su pupila. Eso decía mucho de él, era un hombre generoso, de buen corazón. Un corazón hermoso.

Lord Rothbury se estaba ganando su admiración, estaba haciendo lo posible con lady Marian para cumplir con su rol de tutor; no le había recriminado con dureza el hecho de haber invadido su propiedad; no era rígido respecto a las convenciones sociales.

Él, sin saberlo, le daba libertad de acción y de palabra.

—¿Le provoco curiosidad? —preguntó Andrew alzando las cejas, sin notar que lo había hecho en voz alta. Pero no se arrepintió de hacerlo, Olivia era una persona con un carácter formidable. Se preguntó cuáles serían las marcas de ella. Quería conocerla más.

—Saber por qué la tiene. No es por el mero morbo, solo conocer la historia que hay detrás de ella —respondió sincera.

Andrew estuvo tentado de contarle cómo sucedió. Pero se recordó que debía mantener distancias con la agradable señora Martin. Ella era una mujer franca, como si no necesitara recurrir a ninguna artimaña para llegar a él. Le hizo sentir en su corazón la misma sensación que experimentaba en su cuerpo al sumergirse en las aguas del lago en verano, vivo, fresco, sereno. Andrew se sentía cómodo conversando con ella. Sentía que podía hacerlo por horas.

Sin embargo, sin importar lo a gusto que se sentía con ella, debía concentrarse, ambos estaban ahí por un asunto que debía ser zanjado a la brevedad.

—Algún día, señora Martin, saciaré su curiosidad —evadió Andrew para continuar con la entrevista por derroteros menos peligrosos para sus emociones—. Sé que no tiene experiencia previa, pero sus respuestas me han convencido de que podemos intentar algo diferente con lady Marian, ya que ella es un caso muy especial… Puedo ver que usted es muy franca, y me gusta esa cualidad. Dígame, señora Martin, cuáles son sus conocimientos para formar a una dama.

—Fui educada en Londres, por lo que domino todo lo concerniente a lo que una dama de intachable reputación debe ser y saber. Sin embargo, la vida me ha enseñado que, independiente de las infinitas normas que hay sobre lo apropiado o no, somos seres humanos y no estamos exentos de cometer errores. Me puedo comprometer a formar a una dama sin igual, con exquisitos modales, que aprenda todo el conocimiento académico que su mente pueda asimilar, y que sepa cuál es el lugar que puede ocupar en la sociedad. Pero nunca me pida quebrantar su espíritu para hacer que lady Marian se amolde a lo que se espera de ella pasando a llevar sus propios deseos o su forma de ser. Voy a educar a una mujer, no una cosa que no pueda pensar por sí misma. Estoy desesperada por conseguir este trabajo, pero no transaré mis convicciones —manifestó con vehemencia sin llegar a ser osada. Quería, en el fondo, formar una mujer que pudiera tomar el control de su vida.

—Veo que usted es bastante... atípica, señora Martin. Pero me gusta. No me puedo imaginar a lady Marian hablando necedades, asintiendo y sonriendo como una bobalicona, y si educarla no funcionó de la manera convencional, no pierdo nada haciendo todo lo contrario. —Andrew se puso de pie y Olivia lo imitó—. Por favor, acompáñeme a la habitación infantil para conocer a lady Marian.

Esta vez, Andrew no se reprimió, sin importarle si era correcto o no, le ofreció el brazo a Olivia, y ella aceptó sin ningún tipo de reticencia. En cuanto puso su mano, Olivia pudo percibir el calor y la dura musculatura de él.

Aquel toque los estremeció. Bajo la correcta máscara de la educación, ahogaron aquella inenarrable sensación. Era extraño, apenas se habían conocido, pero algo profundo y sin explicación les hacía sentir que un lazo los unía.

Salieron del salón matinal en silencio y se dirigieron a la inmensa escalera central que, en cuya cúspide, se dividía en dos. Subieron y luego tomaron rumbo al ala derecha de Rosebud Manor. Entre ellos solo se escuchaba el sonido de sus pasos dispares, el susurro de las telas de sus ropas, y el bastón que usaba él para apoyarse.

Andrew de mala gana se deshizo del contacto y golpeó la puerta. La niñera entreabrió la puerta y Olivia pudo notar cómo ella lo miraba, primero con repulsión y enseguida bajaba la cabeza para dejarle entrar. Lord Rothbury se cubrió el rostro con la mano derecha y le indicó a Olivia que ingresara primero a la habitación.

Olivia fue testigo de cómo la pequeña dejó de jugar de inmediato para observar a quien entraba. La miró con interés, y luego sus expresivos ojos azules se posaron sobre el vizconde, y esbozó una genuina sonrisa.

—Buenos días, lady Marian. Veo que su muñeca tiene un vestido nuevo —advirtió Andrew con un tono paternal—. Es muy bonito, ¿lo ha hecho usted? —preguntó mientras se agachaba a la altura de la niña con cierta dificultad, apoyándose con su bastón hasta arrodillarse y luego lo dejó en el suelo.

Marian negó con su cabeza y apuntó a su niñera.

—¡Oh!, ha sido Lizbeth, tiene un gran talento para la costura, es magnífico el trabajo que ha hecho —alabó con sinceridad la labor de la niñera, que se ponía colorada como tomate maduro—. ¿Cómo se llama su muñeca? —Preguntó para ver si su prima contestaba, pero en lugar de ello, Marian se encogió de hombros—. ¿No le ha puesto un nombre? —La niña negó suave—. Debe tener un nombre, todos tenemos derecho a tener uno, ¿no le parece? Tal vez, nos pueda ayudar la señora Martin a bautizarla —propuso Andrew instando a Olivia a que se acercara, y la invitó a arrodillarse—. Lady Marian, le presento a la señora Olivia Martin, ella será su nueva institutriz —dijo Andrew, dándole el trabajo en ese instante a Olivia, quien se llenó de alegría y esperanza. Agradeció a Dios por ser tan generoso con ella y poner a un gran hombre en su camino.

Marian la miró, le gustó mucho el rostro sonriente de Olivia. Era muy bonita y no tenía cara de haber chupado un limón demasiado ácido, como la señorita Edwards, que siempre la regañaba.

—Buenas tardes, lady Marian —saludó Olivia—. Espero que nos llevemos muy bien, y coincido plenamente con lord Rothbury, su preciosa muñeca debe tener un nombre, ¿le parece si elegimos uno ahora?

Marian asintió de buena gana, la voz de la señora Martin era como la de su mamá, suave, dulce —cuando estaba de buenas—. No rígida y mandona como la pesada de la señorita Edwards.

Olivia se quedó pensativa unos segundos mirando al cielo y golpeaba con elegancia su mentón con el dedo índice. Hasta que halló un nombre perfecto.

—¿Que tal Jane?, ¿le gusta? —preguntó con entusiasmo Olivia a Marian, siguiendo el juego propuesto por lord Rothbury. Debía admitir que el modo en que el vizconde se estaba involucrando en pos del bienestar de su prima era encomiable.

Y la niña estaba muy lejos de ser demente, pues con una linda sonrisa aceptó el nuevo nombre de la muñeca.

—Es un muy bonito nombre, señora Martin, una excelente elección —comentó Andrew.

—Gracias, milord. Mi talento para nombrar muñecas no se ha mermado con el tiempo —bromeó de buen humor—. Lady

Marian, ¿le puedo hacer una pregunta? —La niña la miró con atención y luego dijo sí con su cabeza—. ¿Lord Rothbury es bueno con usted? —Marian asintió entusiasta y le sonrió con cariño a Andrew—. Ah, maravilloso, concuerdo con usted. Entonces, si sabemos que él es bueno, ¿no sería justo que él pueda descubrir su rostro para probar si todavía le da miedo? De ese modo, él podría jugar con usted usando sus dos manos.

Lady Marian se quedó dubitativa. A decir verdad, ella ya se había dado cuenta de que su primo no era ese hombre que se le aparecía en las pesadillas. Andrew era amable, le traía golosinas y a veces despachaba a la niñera para quedar a solas y jugar con ella a las muñecas. Ese era el gran secreto que compartían.

Andrew estaba pasmado con lo que Olivia propuso y más todavía con la respuesta de su prima, no había sido consciente de que le importaba mucho la opinión de Marian hacia él. Estaba contento porque su prima lo aceptaba y lo consideraba un hombre bueno. Se sumergió en esa atmósfera, era como si se hubiera obrado una especie de magia en la habitación.

—Haremos lo siguiente, lady Marian. Lord Rothbury, bajará su mano poquito a poco, para ir mostrando su rostro. Si le da miedo me toma la mano y él se detendrá, ¿está de acuerdo?

Marian asintió lentamente, mirando a Andrew, que se puso nervioso ante esa prueba y a la vez ansioso por saber el resultado.

El vizconde fue descubriendo su rostro con parsimonia, como si fuera una especie de ritual. Iba estudiando las facciones de Marian para estar atento a sus reacciones y detenerse apenas fuera preciso.

Su mano fue descendiendo y la niña nunca le tomó la mano a Olivia. Marian fue asimilando muy bien la marca que atravesaba el rostro de su primo, ya no le daba miedo, porque sabía que Andrew era bueno y cariñoso. Además, el otro lado de su cara era muy lindo.

Marian sonrió de nuevo.

La cicatriz estaba del todo expuesta a los inocentes ojos de la niña. Andrew no pudo contener la emoción, tomó la delicada mano de Marian y se la besó, feliz de no provocar pavor en su prima.

Si todo continuaba por ese sendero, las cosas progresarían muy pronto, y Andrew sentía que Olivia era todo un milagro, era lo que le faltaba a su prima, el toque cariñoso y femenino de una imagen maternal. Ahora le importaba un reverendo pimiento si debía aceptar que ella viviera en su casa con su hijo y su criada. Podía aceptar que el niño jugara con su prima, si tenía muy claro que ella lo estaba educando de la misma manera en que iba a educar a Marian.

Ella formaba personas de bien, no había problema alguno con ello.

—Gracias por aceptarme, lady Marian —agradeció Andrew con sinceridad, habían avanzado un paso colosal—. Y gracias, señora Martin. Sin duda, usted es lo mejor para mi prima. Más tarde hablaremos sobre su salario y las condiciones. Pronto será la hora de almorzar, será un honor que nos acompañe a Churchill y a mí en la mesa. Dispondré que su hijo y lady Marian almuercen juntos aquí con la ayuda de su doncella y de la niñera. Así podrán conocerse.

Con aquella espontánea propuesta, Olivia quedó más que convencida que Andrew Witney, lord Rothbury, era un hombre muy singular, único en su clase. Podía intuir que el luchaba con tratar de adoptar el estilo de vida de la clase social privilegiada a la cual pertenecía, pero él daba muestras de que no era igual a ellos, y no de un mal modo. Era una combinación perfecta entre un caballero honorable y un hombre común.

Su corazón empezó a latir frenético. Ella ya había experimentado esa sensación largo tiempo atrás. Olivia se dijo que fue por la emoción de felicidad que el vizconde le transmitió por ese pequeño triunfo que habían logrado juntos.

Ella tenía un trabajo, podía estar con su hijo, y Mary podía seguir acompañándola, ¿qué haría sin ella, sin su amistad? Estaba feliz, porque todo eso significaba que no iba a volver a la casa del bosque por una muy larga temporada.

En el fondo, no esperaba volver nunca más.

Olivia le devolvió la sonrisa a lord Rothbury, su cicatriz no hacía mella en esa cálida, bella e imperfecta sonrisa.

—El honor será todo mío, milord.

Capítulo V

Dos días después de aquella entrevista, todas las pertenencias de lady Olivia, Mary y William, estaban instaladas en Rosebud Manor, y lord Rothbury, a petición de la nueva institutriz, dispuso que los tres compartieran una de las habitaciones cercanas al dormitorio de lady Marian.

A pesar que era impensable que una doncella durmiera en la misma habitación que su ama, para Olivia no podría ser de otro modo. Durante tres años habían compartido una habitación mucho más pequeña que la asignada en la mansión del vizconde, y juntas habían vivido experiencias que las unían por un vínculo más fuerte, el de una sincera y pura amistad. Olivia necesitaba la presencia de Mary, no soportaba la idea de que ella durmiera con el resto de la servidumbre en un simple camastro, y ella, cómodamente, en una mejor habitación.

Andrew respetó aquella petición, pues, más allá de ello, la señora Martin no había exigido nada más y había aceptado de buen grado todos los términos y condiciones del puesto de trabajo. Sin embargo, debía admitir que estaba más acostumbrado a ser testigo de la devoción que le profesaba un sirviente a su amo y no al revés. Mary era la doncella de la señora Martin, y ella era quien le pagaba su salario, por lo que lord Rothbury no se inmiscuyó en esa decisión que, de todos modos, no le afectaba en nada. Es más, entendía a la señora Martin, porque él mismo se sentiría perdido sin el apoyo de Churchill, su secretario y amigo.

Los días transcurrieron, catorce para ser exactos. Todos los días Andrew observaba desde la ventana de la biblioteca el paseo matinal que daban la señora Martin, Marian y el pequeño William.

Se volvió una agradable rutina, en la que él se convirtió en un furtivo admirador. A la misma hora, ella daba una lección al aire libre, podía ser de cualquier materia, y en esa ocasión, la institutriz hablaba entusiasmada apuntando a las nubes en el cielo. Era una mañana soleada y fresca, perfecta para disfrutar de las bondades del jardín, los niños estaban encantados, la habitación infantil era divertida, pero era mejor disfrutar del buen tiempo del verano que no era extremadamente caluroso en esa parte del país.

A través del vidrio, el dulce timbre de la voz de la señora Martin traspasaba débil a su oído, pero pudo percibir, que ella decía «cirro», «cúmulo», «evaporar», «agua», «sol», «lluvia». Gesticulaba con las manos explicando, sin lugar a dudas, el ciclo del agua en la naturaleza. Marian en silencio la observaba, pero sonreía e imitaba los gestos de su institutriz. Andrew consideró que aunque fuera una clase simple, pero avanzada para su prima, le daba mucho mérito a la señora Martin por la forma en cómo explicaba las cosas, se le antojaba muy ameno y educativo.

—Deberías salir a ser parte de la clase, Rothbury. Esa cara dice que tienes tantas ganas de estar aquí, como las mías de volver a la guerra —bromeó Churchill, haciendo que la atención de Andrew volviera a la biblioteca—. Ella es buena, ¿cierto?

—La señora Martin tiene encanto con los niños —respondió el vizconde, evadiendo la broma de Adam.

—Sin duda, tuve mucha suerte al encontrármela. Ahora no me imagino a otra mujer estirada y amargada intentando educar a lady Marian, habría sido un...

—Desastre, indudablemente —concluyó Andrew—. No sé qué tipo de relación tenía Marian con su familia. Antes de enrolarme en el ejército traté muy poco con mi tío, por lo que no los conocí de un modo más íntimo. Al menos sé, por lo que me comentaban mis hermanas, que ellos eran bastantes estrictos con mi primo, por ser el siguiente heredero. Mi prima llegó cuando pensaban que mi tía no iba a concebir más, supongo que con ella eran más considerados. Marian, en cierto modo, me hace recordar a mí mismo...

Andrew se quedó en silencio, rememorando esa sensación de vacío. Desde que tuvo memoria siempre intentó ser el hijo perfecto, pero por más que trató, sus padres nunca le dedicaron ni un gesto de cariño o alguna alabanza por sus logros. Él y sus hermanas siempre fueron tratados como si fueran parte del mobiliario de la casa.

Nunca entendió por qué no los querían, tampoco osó hacer semejante pregunta, le temía demasiado a la respuesta.

Ante ese escenario, sus hermanas apenas alcanzaron la edad apropiada, se comprometieron con el primer imbécil que las cortejó y se casaron albergando la esperanza de escapar de esa «familia» y tener su propio hogar. Él, simplemente, cuando cumplió dieciocho se fue al ejército. Durante esos años, fallecieron sus padres con una diferencia de tres semanas entre uno y otro. Su padre, a causa de la sífilis, y su madre, a causa de un suicidio. Robert Witney, en sus excesos, había perdido hacía varios años el apoyo financiero que le daba su tío, el vizconde de ese entonces, y derrochó de manera sistemática la pequeña fortuna familiar que poseían, hasta llegar a la miseria que Anne, su esposa, no toleró cuando Robert falleció.

A esas alturas de su vida, Andrew ya no sentía nada por sus padres, solo cuando los recordaba experimentaba en su corazón la sensación desoladora de no ser amado. No quería repetir una historia similar con esa pequeña que no tenía culpa de nada. No le deseaba a ningún niño la suerte de no ser importante para nadie.

Y por eso, cada día que transcurría, veía más lejana la posibilidad de casarse por conveniencia. No le apetecía para nada la idea de esperar a que pasaran largos años a que el cariño surgiera, porque también estaba la gran posibilidad de que nunca aflorara ningún sentimiento.

Él no sabía a cabalidad cómo era el amor, una vez creyó estar enamorado, pero nunca pudo comprobarlo, vivirlo a plenitud. En el fondo de su corazón intuía cómo era, y ansiaba amar, dar y recibir lo que siempre le negaron. Por ese motivo, ahora que la niña lo aceptaba, intentaba darle algo más que una simple y fría relación de tutor y pupila. De hecho, debía admitir que le había tomado mucho cariño a la pequeña, la quería proteger como si fuera su propia hija. Deseaba que algún día, de los labios de su prima saliera su nombre… saber si ella lo quería.

—Rothbury, estuve averiguando sobre el dueño de la propiedad que colinda con la tuya. —Churchill interrumpió los pensamientos de Andrew. Solo habían transcurrido unos segundos—. Pertenece al marqués de Bolton —continuó, leyendo las notas de su libreta.

—¿Lo conocemos? —interrogó Rothbury, volviendo a concentrarse en la correspondencia que tenía entre sus manos.

—No. Por lo menos, no fue uno de los que te visitó cuando toda la aristocracia que permanecía a esas alturas en Londres se enteró de que tú eras el único heredero de tu tío. Ya sabes que la gran mayoría se encontraba en sus propiedades en el campo para pasar el verano —respondió Adam.

—Afortunadamente para mí, no fue demasiada gente a saciar su curiosidad.

—Le eché un ojo al Debrett[2], y el marqués aparece ahí. Sin duda, son muy importantes, el marqués de Bolton es el heredero aparente del duque de Hastings —agregó con un tono monocorde.

—He escuchado hablar de Hastings, es un sujeto implacable, ultraconservador y ha vivido demasiados años para el gusto de quienes lo rodean. Ni siquiera el Príncipe Regente osa mirarlo fijo por mucho tiempo. Al menos, eso es lo que dicen los periódicos y las caricaturas satíricas.

—Algo de cierto debe haber ahí. Pero volviendo al tema, al parecer, nuestra institutriz nos oculta algo importante —advirtió Churchill, capturando toda la atención de Andrew.

—¿Por qué lo dices? —preguntó, entrecerrando su ojo.

—Una mujer viuda, viviendo en una casita perdida en medio del bosque, en la propiedad del marqués de Bolton, cuyo nombre de pila es Albert Martin —enumeró los hechos—. ¿No te parece que es muy «curioso»?

—Albert Martin, dices... —Desvió por unos segundos su atención hacia el jardín y contempló a Olivia, quien justo estaba mirando en su dirección y rápidamente dio media vuelta—. No hay que ser un genio para sacar conclusiones. —Volvió a mirar a Adam—. En nuestra entrevista ella me comentó que fue educada en Londres, pero no quise inmiscuirme en su vida personal más de la cuenta, haciendo preguntas impertinentes. ¿Te has fijado cómo se comporta en la mesa?

—Elegante y refinada. Si fuera una persona común y corriente, como nosotros, estaría dudando qué tenedor usar. Nunca titubea, sus modales son impecables.

—Nadie es así porque sí —aseguró Andrew, atando cabos—. Asumo que has averiguado algo más.

—Ayer obtuve casi toda la información que me faltaba para poder tener una base sólida y dártela a conocer. Los criados de Pine Park son muy discretos, no hubo manera de sonsacarles nada preciso y eso, básicamente, confirmó lo que ya sabía. Verás... —Adam se inclinó hacia adelante, Andrew lo imitó, y en un tono

---

2 *Debrett Peerage & Baronetage: es un libro que contiene un registro de todas las familias con títulos en el Reino Unido, con detalles de sus nacimientos, matrimonios y muertes. Se publica hasta el día de hoy cada cuatro años.*

de completo secretismo prosiguió—: cuando estuve supervisando el traslado de las pertenencias de la señora Martin, uno de los baúles se cayó y se abrió. No dejé que los criados recogieran el contenido, lo hice personalmente, y menos mal que lo hice. Entre la ropa hallé los documentos de la señora Martin y los revisé por curiosidad. Estaba la partida de nacimiento de su hijo y la de ella. Y puedo afirmar, y sin temor a equivocarme, que nunca existió un señor Martin casado con Olivia. Ese es su nombre de soltera, lo que como ya dije, confirma que no es viuda de nadie, es hija de Albert Martin, marqués de Bolton. William no tiene padre, es un hijo ilegítimo.

—¿Qué edad tiene la señora Martin? —preguntó Andrew, impasible ante esa revelación, volviendo a tomar una postura erguida.

—Veintiuno —contestó Adam con prestancia—. William tiene un poco más de dos años —continuó.

Andrew se quedó en silencio, sacando cuentas mentales, atando cabos, conjeturando una versión de los hechos que lo explicara todo.

—Vaya, sí, es muy joven. Esos colores que usa le hacen parecer mayor —comentó al fin, «y las curvas que posee, corresponden a una mujer madura, no a una jovencita… La maternidad le debió sentar muy bien a la señora Martin», pensó Andrew, recordando el generoso cuerpo de Olivia.

—Tuvo a William a los dieciocho… —Siguió informando Churchill—. La partida de nacimiento del pequeño corresponde a la iglesia de Todos los Santos.

—Concuerda con lo que me dijo en la entrevista, que lleva tres años viviendo en el bosque.

—Todo indica que a la señora Martin la repudiaron y la enviaron fuera de Londres para evitar que la reputación de la familia fuera salpicada por el desliz de ella —elucubró Adam—. Es lo que la aristocracia hace como regla general. Claro que en el caso de la señora Martin, por algún motivo muy poderoso le permitieron conservar a su hijo.

—A los dieciocho, ninguna dama tiene desliz es porque sí y menos si es la nieta de un duque… sobre todo uno como Hastings. ¿Qué habrá pasado? —Andrew estaba serio, por un segundo tuvo el imperioso deseo de saberlo todo. Pero no podía acorralar a la señora Martin a que le dijera toda la verdad. Tenía el poder y la autoridad para hacer aquello, pero a él no se le daba ser tiránico y pasar a llevar los sentimientos de los demás. Por ese modo de actuar él no encajaba con la alta sociedad.

—Esa respuesta debe estar en Londres. Todos deben recordarla, no ha pasado demasiado tiempo desde que ella debió presentarse en sociedad —aseveró Adam con seguridad.

—Dejemos esas averiguaciones para después —decretó Andrew pensando que, tal vez, Olivia le diría la verdad por voluntad propia—. Es evidente el motivo por el cual la señora Martin nos mintió, y en realidad, no la culpo. ¿Quién le daría trabajo decente a una madre soltera?

—La mayoría termina mendigando, delinquiendo, de prostituta en un burdel o, en el mejor de los casos, siendo la amante de algún hombre acaudalado harto del recatado sexo marital —aseveró Churchill ante la cruel realidad—. Independiente de la clase social, a cualquier mujer que ose tener un hijo sin casarse se le trata como escoria. Demasiado indecente para trabajar en cualquier cosa decente.

Andrew no quiso imaginar el destino de Olivia si no se hubiera encontrado con Adam en Rothbury. Tal vez, su familia le daba algo de dinero para sobrevivir junto con su doncella. Pero así y todo era indiscutible que no era suficiente y su economía no era la mejor... Algo importante debió impulsarla a salir de Pine Park.

Dejó las conjeturas a un lado, de todos modos, él no estaba escandalizado por los descubrimientos de Adam. Estaba curtido, y nada superaba lo que había vivido y visto en la guerra; la miseria humana, ver con impotencia a mujeres siendo violadas por sus camaradas en frente de sus hijos, niñas ofreciéndose por un pedazo de pan, hombres descuartizados en el campo de batalla, el hambre, el frío, la muerte... Una madre soltera era algo que no le impresionaba. No se sentía capaz de juzgarla, despedirla y devolverla a esa casucha indigna —según la descripción de Adam—, él sabía que Olivia volvería a salir e intentaría de nuevo encontrar un trabajo, y el destino no era nada alentador. No podía permitirlo, ella ahora estaba bajo su protección.

—Bueno, de momento evitaremos que vaya a parar a un burdel. No es importante lo que hemos descubierto, ahora sé que está más que capacitada para educar a Marian como una dama —aseguró Andrew, volviendo a desviar su mirada hacia el jardín, donde la señora Martin intentaba comunicarse con Marian, ajena al escrutinio de lord Rothbury.

—¿No te importa su reputación y su moral, y en cómo pueda afectar a lady Marian? —interpeló Adam con gesto adusto. Andrew arqueó su ceja con un tinte guasón sabiendo perfectamente que su amigo, en realidad, no pensaba de ese modo. Ambos se conocían muy bien y por ello pudieron entablar una amistad inquebrantable, compartían el mismo pensamiento, los mismos valores, que no siempre coincidían con el resto de la sociedad.

Se miraron fingiendo un duelo de miradas, y enseguida se rieron.

—Olivia Martin… mejor dicho, lady Olivia es hija de un marqués y nieta de un duque, lady Marian no puede tener mejor maestra que ella. Me importa bien poco lo que digan los demás, porque esta información no va a salir de estas cuatro paredes. Si por azares del destino se cuestiona su procedencia, nosotros mantendremos la versión que nos ha dado ella.

—Eres tan buena persona, Rothbury —exageró Adam, sonriendo—. ¿Te has fijado que esta casa está llena de gente que es rechazada o que goza de mala reputación? Dos veteranos de guerra, uno de ellos horrible, el otro es mucho más guapo y con más suerte, una niña muda y demente, una madre soltera y su bastardo… Ah, y también su dulce doncella que no duerme con el resto de la servidumbre, sino que en la misma habitación que su señora, ¡qué escándalo, por Júpiter! —argumentó con el mismo tono acusador que usaría el resto de la sociedad, la cual, sin ningún remilgo, los podía vilipendiar de un modo despectivo y cruel.

—Sí, pero eso no nos importa, ¿verdad? Nunca necesitamos a la buena sociedad para vivir. Y ahora mucho menos. Si me dieran una libra por cada vez que susurran a mis espaldas, sería más rico que Creso.

—Indudablemente, mi estimado vizconde, indudablemente.

Olivia observaba embelesada cómo William dormía aferrado a su pecho, apenas succionando leche. El día había sido intenso y agotador, y su pequeño había caído rendido a los brazos de Morfeo. Ya era de noche, pero ella todavía no tenía sueño. Se levantó de la cama y observó con cariño a Mary que estaba leyendo concentrada una novela muy romántica escrita por «Una Dama[3]».

---

3 *Una Dama: seudónimo usado por Jane Austen cuando publicó por primera vez.*

Vivir en la mansión del vizconde había reducido drásticamente las tareas domésticas de ella y su amiga. Incluso, podían gozar de un rato de ocio antes de ir a dormir.

Mary se sintió observada y notó que Olivia le sonreía con cierto orgullo, su rostro se arreboló. Siempre le iba a agradecer a su señora que le enseñara a leer en aquella época en que estaba esperando a Will. Con mucha paciencia logró que le entraran las lecciones en su cabeza dura. Ahora podía disfrutar de muchas historias que la distraían y la transportaban a otras realidades.

Olivia todavía estaba vestida, supuso que afuera debía estar fresco, por lo que se puso un chal y Mary la miró extrañada.

—Voy a salir un momento a caminar —anunció—. No tengo sueño todavía.

—Pierda cuidado, lady Olivia. Me quedaré despierta hasta que vuelva.

—No, Mary. No me esperes, no sé cuánto tardaré.

—No se aleje demasiado, señora.

Olivia sonrió, porque Mary, a pesar de que era un par de años mayor que ella, a veces era como una madre... una que nunca conoció, pues falleció cuando la dio a luz.

—No lo haré, Mary.

Olivia salió de la habitación portando una palmatoria para iluminar su camino. Rosebud Manor estaba a oscuras y sumida en un silencio sepulcral, no había ninguna señal de que alguien estuviera despierto. Bajó las escaleras hasta llegar al salón matinal, apagó la vela y la dejó en la mesita para el té. Abrió la puerta francesa que daba acceso al jardín y salió.

La fresca brisa nocturna le dio la bienvenida. Olivia inspiró el aroma de las rosas que impregnaban el aire. Sus pasos eran lentos, pero decididos en llegar a la pérgola que estaba al final del jardín. Desde la negrura del interior del bosque, que bordeaba la propiedad, se escuchaba el ulular de un búho y el cantar de los grillos que le daban a la noche y al ambiente un encanto especial. El cielo estaba precioso como un manto salpicado de estrellas, y la luna llena lograba iluminar con su luz fría y pálida.

Noches así le recordaban los primeros días que vivió en la casa del bosque, en las que lloraba a Magnus y la pérdida de su familia. Añoraba Londres, a sus amistades, la vida que había dejado atrás. Pensó que iba a volverse loca del dolor. Pero esos interminables paseos a la luz de la luna le daban algo de paz y tranquilidad. Con el paso de los meses aceptó su nueva realidad, y aprendió cuanto pudo para poder valerse por sí misma. Mary le ayudó tanto con sus conocimientos de cómo hacer fuego, criar gallinas, tener un huerto, lavar la ropa, cocinar. Debió aprender, porque eran solo ellas dos… y pronto tres.

Una lágrima rodó por su mejilla, y la limpió con premura. No debía llorar por el pasado, todo estaba muerto y enterrado, podía tener un futuro, vivir tranquila. Su objetivo era ahorrar todo el dinero que pudiera gracias a su trabajo, porque tenía más que claro que nada podía dar por sentado.

La pérgola ya estaba ante ella, una estructura hexagonal de madera pintada de blanco, rodeada de peonías y rosas. Un hermoso y aromático rincón para relajarse. Olivia subió los peldaños y se internó en la penumbra. Un ruido inesperado la sobresaltó.

Olivia se paralizó, otra vez ese ruido grave y profundo, un… ¿ronquido?

—¿¡Quién anda ahí!? —interpeló con casi un chillido nervioso, no tenía a mano con qué defenderse.

El ronquido cesó y enseguida una voz masculina masculló una blasfemia.

—Cuide sus modales, señor. Usted debería ser más… —La voz de Olivia se transformó en un hilo en el momento en que el hombre se enderezó de uno de los mullidos asientos, revelando una silueta que, para ella, era inconfundible.

Ahora, ella masculló mentalmente una blasfemia. Y entornó los ojos maldiciendo su suerte. Estaba reprendiendo al mismo vizconde como si fuera un muchachito de diez años.

—Perdón, milord, no creí que… —murmuró Olivia, nerviosa. Inspiró profundo y el aroma de lord Rothbury llenó sus pulmones.

Eso también era inconfundible.

Andrew se restregó el rostro con las manos y luego revolvió su cabello para espabilarse. Parpadeó para asegurarse de que estaba bien despierto.

—¿Señora Martin? —interrogó para convencerse de que no dormía. Podría reconocerla, sin dudar, un segundo, aun en la oscuridad. Su voz, sus formas, incluso el tenue aroma de alhelíes que emanaba de su piel.

—Sí, milord. Discúlpeme por haber perturbado su… ¿siesta?

—No se preocupe, señora Martin. Este lugar me relaja mucho y simplemente me quedé dormido.

—Perdón por reprenderlo, yo…

—Está bien que me recuerde mis modales —interrumpió con amabilidad el intento de excusarse de Olivia—. A veces olvido que no estoy en una barraca rodeado de soldados. No se mortifique, ya debió darse cuenta que no soy un imbécil que se cree superior por un simple título.

—Usted ha sido una grata sorpresa, milord —aseveró Olivia, esbozando una sonrisa. Lord Rothbury la sorprendía todos los días, su bondad, su franqueza, su amabilidad.

—Agradezco que me tenga en tan alta estima, señora Martin. Por favor, tome asiento, esta noche está muy tranquila y agradable para respirar aire fresco.

—Sí, tiene razón. —Olivia se sentó a una distancia prudente del vizconde, que la miraba con interés—. ¿Así que fue a la guerra? —preguntó para entablar una conversación sustancial, después de todo, ya habían hablado del clima. Quería conocerlo más, y él le daba la confianza para indagar a un nivel más personal.

—Así es. Resistí muchas campañas y fui ascendiendo hasta llegar a ser capitán en un batallón de infantería que seguíamos las órdenes de Wellington. Estuve en la batalla de Waterloo y combatí en la granja fortificada de Hougomont.

—¿Lo conoció? ¿Y cómo es él? —preguntó entusiasmada por saber algo del general que ganó Waterloo y derrotó a Napoleón.

—Traté con él muy poco, pero no tengo una muy buena opinión de él, gracias a sus declaraciones hacia sus soldados, nos consideraba como la escoria de la tierra, y la guerra era una forma digna de morir para nosotros. Ese fue el modo de referirse a los que valientemente luchamos en toda Europa por nuestra patria.

—Vaya, no imaginé que fuera tan… desconsiderado y arrogante. —Olivia no quiso usar un término más duro, porque ya no sería una dama si dijera las palabras que se le cruzaban por la cabeza.

—La mayoría de los duques son así. Wellington no iba a ser diferente —prosiguió Andrew con resignación.

Olivia se quedó en silencio, bien que sabía que su abuelo, el duque de Hastings, era el más desconsiderado y arrogante de todos los pares del reino.

—No sabría decirle si todos son así, milord —replicó intentando evitar entrar a temas relacionados con duques, condes y la alta sociedad.

—Fue educada en Londres, debería haber tenido algún encuentro con nuestra ilustrísima aristocracia —insistió Rothbury para sonsacarle algo a Olivia de su antigua vida. Comprobar hasta dónde podía mantener su mentira.

—Tuve algunos encuentros, milord, no muy afortunados —respondió, mientras que en su cabeza resonaban las duras palabras del duque «¡has mancillado el buen nombre de esta familia, abriendo las piernas y preñándote antes de casarte como si fueras una furcia lasciva!».

—Hábleme del señor Martin —interrumpió Andrew los pensamientos de Olivia, haciéndola volver al presente. Por un momento pensó que estaban hablando de su padre y alcanzó a reaccionar. Lord Rothbury hablaba de su difunto «esposo».

—¿No cree que es demasiado personal su pregunta, milord? —interpeló con humildad para persuadir al vizconde de no traspasar una delgada línea entre un señor y una institutriz. Necesitaba levantar sus defensas, ya era demasiado trabajo para ella controlar las ganas de acercarse más e inhalar su viril aroma tan propio de él.

—Sin duda, es muy personal, pero al igual que usted soy un hombre curioso, y me gusta conocer las historias de las personas que están viviendo bajo mi techo. Hábleme de él y yo le contaré acerca del origen de mi cicatriz —propuso astuto y ávido por saber más—. Un intercambio justo, ¿no le parece?

Olivia maldijo su punto débil, lord Rothbury era un zorro que ya estaba usando a su favor sus ansias por saber. Era un trato muy tentador. Pero a ella no le gustaba mentir, y hasta el momento había dicho tantas que no quería seguir haciéndolo, pero no tenía más alternativa. Disfrazaría su verdad para salir indemne de aquella situación y saciar la curiosidad del vizconde.

—Su nombre era Magnus…

Capítulo VI

Andrew observaba los rasgos de ella velados por la penumbra. La historia que le narró Olivia fue la de una mujer que a los diecisiete años, en su presentación en sociedad, conoció a Magnus Martin. Se enamoraron perdidamente, y sin impedimento alguno por parte de sus familias, se comprometieron. A la postre, se casaron cuando aquella jovencita apenas tenía dieciocho, pero enviudó cuando unos salteadores de caminos le quitaron la vida a su esposo con apenas un mes de haberse celebrado la unión. Al mes siguiente, ella descubrió que estaba en estado de buena esperanza. Hasta ahí llego su relato. Olivia no habló de su familia, o de cómo se ganaba la vida, ni cómo fue a parar a la casa del bosque. Andrew tampoco insistió ni hizo preguntas que ella no quería responder, pues la versión de los hechos relatados le daba un indicio de la verdad.

Olivia era muy mala mintiendo, a decir verdad, la voz y la flagrante evasión por omitir detalles importantes la delataba, y por ello, Andrew pudo deducir que Magnus sí era el padre de William y que sí falleció sin siquiera saber de su existencia.

El dolor de Olivia por la pérdida era real.

El resto era una incógnita, de la cual solo tenía retazos y conjeturas proporcionadas por la información que le brindó Adam el día anterior.

—Debió ser muy duro para usted, señora Martin —dijo Andrew, preguntándose al mismo tiempo si ella todavía estaba enamorada del padre de su hijo o si la tristeza en su voz era por las reminiscencias del pasado.

—Lo fue, milord... Pero la vida sigue, debo criar a un niño sin su padre, hacer de él un buen hombre porque es difícil vivir sola en este mundo —respondió Olivia con convicción, esperando que la oscuridad ocultara sus pestañas que estaban húmedas.

—Creo que lo ha hecho bien, señora Martin. No pierda la esperanza —alabó Andrew, independiente de toda la situación, él la admiraba. No le importaba, en realidad, si era soltera o viuda. Mientras él develaba la verdad de lo que ella dejaba entrever, su atracción hacia Olivia crecía más y más.

—Encontrarme con personas tan generosas como usted no me hacen perder la esperanza. Sé muy bien cuál es el destino casi inevitable para una mujer cuando está sola. A mí solo me educaron para ser la esposa de alguien y depender en todo sentido... Pero me dejaron indefensa para la vida sin la protección de un hombre. Y ahora que estoy en esta situación, debo vivir con ello; agotar todos mis recursos y hacer lo mejor posible, por mí, por Will —declaró Olivia sin notar que estaba revelando más de la cuenta. Se desplomaron las defensas de su corazón, confiaba plenamente en el hombre que la escuchaba con atención sin cuestionarla.

—No se preocupe, señora Martin. No tengo intenciones de prescindir de sus servicios, a menos que usted desee lo contrario. En estos días he visto grandes progresos con Marian, le está dando lo que ella necesita exactamente.

—Créame que lo último que quiero es dejar a lady Marian, es una niña extraordinaria. Estoy segura que algún día volverá a hablar, milord —expresó con vehemente resolución.

—Yo también creo lo mismo, mi prima es una niña fuerte y muy...

Un ruido entre los arbustos interrumpió de golpe la conversación.

Pasos, alguien corría.

Andrew y Olivia se levantaron al mismo tiempo y observaron hacia el bosque intentando distinguir quien estaba al acecho.

Olivia se quedó en silencio y lord Rothbury avanzó hasta colocarse delante de ella para protegerla, tomó su bastón con ambas manos, listo para desenvainar el estoque oculto en su interior y se puso en guardia.

El sonido de los pasos se detuvo en seco.

—¡Quien quiera que sea, muéstrese y salga de ahí! —su voz tronó autoritaria.

Nada, solo el canto de los grillos llenaba la noche.

El chal de Olivia resbaló de sus hombros y cayó al suelo. El primer impulso de ella fue intentar agacharse para recogerlo, lo que sobresaltó a Andrew, abrazándola por instinto, haciendo que trastabillara sobre ella y que ambos cayeran de bruces al suelo, al mismo tiempo que un disparo rasgó la noche con su estruendo.

Ambos se quedaron abrazados, paralizados. Mirándose. Escuchando el eco del disparo resonando en todas partes.

Las facciones de Andrew se endurecieron, tornándose feroces. Estaba preparado para actuar.

—Ni una palabra —susurró Andrew sobre la boca de Olivia, el espacio entre ellos era ínfimo—. ¿Estás bien? —preguntó en un tono grave, íntimo, apenas audible, olvidando todas las formalidades. Olivia percibió el tibio aliento de él sobre sus labios, asintió muda con los ojos muy abiertos.

Se quedaron callados, conteniendo la respiración y atentos a cualquier sonido que fuera ajeno a la noche.

Nada. Solo los grillos y sus corazones que latían fuertes, al mismo compás acelerado. El disparo acalló, incluso, el ulular del búho.

No fueron conscientes de cuanto rato había transcurrido. Pero sí lo fueron de sus cuerpos alineados a la perfección, del calor que se traspasaban el uno al otro, del aroma de flores y sándalo mezclados, confundiéndose entre sí. Olivia notó que lord Rothbury tenía el cabello levemente húmedo, y de la dureza de su torso y de los brazos que la sujetaban como dos bandas de acero. Andrew sintió los cóncavos y convexos que conformaban la suave y dúctil silueta de Olivia. Su cuerpo lo empezó a traicionar, endureciéndose en zonas totalmente inapropiadas para la situación, incrustándose indecorosamente entre las piernas de ella.

No fueron capaces de desviar sus ojos, no podían separarse. El intruso al acecho, amenazando sus vidas, les daba una excusa perfecta para prolongar aquella unión.

Andrew no resistió la tentación, recorrió con lentitud ese espacio que los separaba. Olivia cerró los ojos esperando el contacto, saber a qué sabían los labios de él y...

—¡Andrew, Andrew! —La voz de Churchill los sacó de ese trance de forma abrupta.

—Llegó la caballería, señora Martin —murmuró Andrew mientras volvía a la realidad y al sentido común. Se incorporó lentamente seguro de que el peligro había pasado. La voz de Adam llamándolo habría conminado a cualquier perpetrador a huir.

Ayudó a Olivia a levantarse, ofreciéndole su mano, que ella aceptó sin vacilar.

—¡Andrew! —insistió Churchill en la mitad de la noche.

—¡Señora Martin! —exclamó la voz de Mary que se unió a la de Adam.

—¿Está bien? —Andrew volvió a preguntar a Olivia en voz baja para estar seguro de que no la habían herido.

—Sí, milord. Pierda cuidado —respondió del mismo modo. Estaba perpleja por todo lo vivido en los últimos minutos.

—¡Andrew!

—¡Señora Martin!

—¡Aquí, Adam! —respondió lord Rothbury—. ¡La señora Martin está a salvo conmigo! —agregó para que Mary aliviara su temor.

Al cabo de unos segundos, entraban a la pérgola Churchill armado con un fusil y Mary portando una palmatoria cuya llama protegía con su mano, trayendo una tenue luz al lugar.

—¿Están los dos bien, lord Rothbury? —interrogó Churchill con clara preocupación y recordando el rango de su amigo, que debía respetar en frente de los demás.

—Sí, Adam... Solo ha sido un susto —declaró, restándole importancia al asunto para no perturbar a las damas presentes.

Mary se acercó a Olivia y la abrazó, ahora ella, olvidando si era apropiado o no dar esa muestra de preocupación. Había pasado un terrible susto y temía que su amiga estuviera herida.

—¿Se encuentra bien, lady... señora Martin? —preguntó Mary perturbada.

—Sí, Mary. Estoy bien, no te preocupes —respondió Oliva tranquila y singularmente contenta. Era la primera vez que Mary se atrevía a demostrar de esa forma el cariño que le tenía. Era su única y más fiel amiga en todo el mundo. La abrazó un poquito más fuerte para convencerla—. Estoy bien, amiga mía —susurró sorprendiendo a Mary, haciéndola estallar en un llanto de emoción. Era extraño y conmovedor expresar de manera explícita el cariño y la sagrada amistad que ambas atesoraban.

—Volvamos adentro —decretó lord Rothbury—. Churchill, escolta a la señorita Mary, yo acompañaré a la señora Martin.

Adam le ofreció el brazo a Mary y salieron de la pérgola, seguidos por Andrew y Olivia. En silencio atravesaron el jardín hasta llegar a la puerta francesa del salón matinal que Mary había dejado abierta.

Una vez adentro, el vizconde envió a Olivia y Mary a sus aposentos, mientras él iba con Churchill al encuentro de la servidumbre que había despertado con el ruido, y que estaba todavía medio adormilada. Él, como señor de la mansión, debía informar los hechos y prohibir que se acercaran a la pérgola hasta que se dijera lo contrario.

Mientras Olivia subía la escalera con Mary, miró hacia atrás y vio fugaz cómo lord Rothbury, rodeado del servicio de la casa, dirigía y organizaba todo, ejerciendo de manera natural su autoridad.

Ella había visto una infinidad de señores de alto rango durante toda su vida, hombres nacidos y criados para ejercer poder, administrar fortunas y dictaminar las vidas de todos los que los rodeaban. Pero nunca conoció a ninguno igual a Andrew Witney...

Ni siquiera Magnus.

—Fue un tiro ejecutado a la perfección —determinó Churchill, examinando la bala que estaba incrustada en la viga de la pérgola.

—Procedió del bosque. —Andrew se ubicó frente a la viga y apuntó hacia la presunta trayectoria—. Fue astuto, al ser de noche provocó una distracción para obligarme a ponerme de pie y obtener un objetivo despejado. Si no fuera por la señora Martin, me habría dado de lleno en el pecho.

Ninguno de los dos pudo dormir en toda la noche. Rothbury, atormentado, angustiado, porque por su causa Olivia pudo haber sido herida de muerte. El sentimiento de pérdida y congoja que lo embargaba era horrible ante ese escenario, y no le permitió conciliar el sueño.

Churchill, por su parte, dio vueltas en la cama toda la noche, barajando hipótesis de los motivos del atentado, cada una más sombría. Apenas clareó el alba, bajaron a analizar la evidencia a la luz del día.

—Veamos si el sujeto dejó algún rastro —propuso Andrew.

Ambos hombres se internaron en el frondoso bosque de robles, hayas y pinos que rodeaba Rosebud Manor, estudiando el suelo por si encontraban alguna señal, pero ambos sabían que sería complicado, ramas, arbustos, hojas, ocultaban cualquier posible evidencia.

—Es inútil alejarse más —declaró Adam—. La persona que disparó no debió estar demasiado lejos para asegurarse de no fallar.

—Me preocupa el hecho de no saber por qué me quieren matar, hasta donde yo sé, no tengo enemigos. En el pasado era un don nadie... Pero...

—Pero ahora eres alguien. —Adam terminó la oración, ambos estaban pensado lo mismo—. Este hecho puede estar relacionado con tu nuevo título. ¿No sabes nada sobre tu tío y el tiempo que fue vizconde? Con esto cabe la posibilidad de que la muerte de él y su familia no haya sido un mero accidente.

—No tuve mayores detalles de cómo sucedió. El abogado fue escueto en su relato. Todo fue demasiado repentino, ni siquiera pude acostumbrarme a la idea y ya era el nuevo vizconde. — Andrew se quedó un momento pensativo, necesitaba estar en dos partes al mismo tiempo—. Es imperativo que vayas a Londres a indagar, escribiré una carta al abogado y partirás la próxima semana. Esta vez tuve suerte, pero no podemos arriesgarnos a que cualquiera salga herido, o peor. También necesitamos un guardabosque, y hasta que esto no haya sido resuelto, debemos contratar algunos hombres para que hagan rondas de noche y de día, e intentaremos no mantener rutinas fijas. La señora Martin y los niños serán escoltados por un par de lacayos durante sus clases al aire libre, solo por precaución —dictaminó sereno y firme. Debía estarlo—. No quiero que ellos pasen encerrados y que se angustien sin razón. —«Ni que por ello, Olivia se vaya», pensó con desazón—. El objetivo soy yo.

—No me agrada la idea que te quedes aquí. Pero si vas tú en este momento, será lo mismo que ponerte una diana en la cabeza.

—No le daremos ni una sola oportunidad a quien sea que esté detrás de esto —aseguró Rothbury. Adam asintió y un rugido del estómago por parte de Andrew fue la señal para zanjar el asunto—. Volvamos y desayunemos, odio tomar decisiones y pensar con el estómago vacío.

—El hambre es muy mal consejero. —A decir verdad, Adam también detestaba tener hambre. La vida militar fue de todo, menos idílica.

Olivia bajó a desayunar, con suerte pudo descansar en el duermevela en el cual se trasformó su sueño. Estaba preocupadísima por lord Rothbury, si no hubiera sido por el chal que se le cayó...

No quiso imaginarlo, se le oprimía el corazón con la idea que a él le pasase algo horrible. Desolación, una horrorosa tristeza eran los sentimientos primarios que acudían a ella ante esa posibilidad que, gracias a Dios, no sucedió.

Al entrar al comedor, se encontró con el causante de su desvelo, presidiendo la mesa, acompañado por el señor Churchill, que se encontraba a su izquierda. Ambos estaban callados, sus semblantes pétreos y ojerosos indicaban que no fueron los únicos en dormir mal, si es que habían dormido.

Olivia enderezó su postura e intentó sonreír.

—Buenos días, milord, señor Churchill —saludó, llamando la atención de los dos hombres que, en cuanto la vieron, se levantaron para darle la bienvenida a la mesa del desayuno. Olivia se sentó a la derecha de lord Rothbury.

—Buenos días, señora Martin —replicó el saludo Churchill. No quiso preguntar sobre su descanso, era evidente que no fue de los mejores y sería maleducado preguntar.

—Buenos días, señora Martin —respondió Andrew, disfrutando de la presencia de Olivia. A pesar de su mal semblante, era un gusto compartir con ella la mesa y la buena conversación que siempre le brindaba.

Pero esa mañana, todo era diferente.

Siguieron desayunando en silencio, cada uno sumido en sus cavilaciones. Andrew observó con disimulo a Olivia, ella cada día desayunaba lo mismo; té, tostadas, huevos revueltos y gachas. Pero en esa ocasión solo se sirvió té y apenas mordisqueaba una tostada.

—Si me disculpan. —Adam se levantó de la mesa—. Debo bajar a Cragside a realizar sus encargos, milord —informó sin revelar su tarea.

Andrew asintió y le agradeció la discreción.

—Que le vaya bien, señor Churchill. —Olivia se despidió esbozando una sonrisa.

—Gracias, señora Martin. Milord. —Hizo una leve inclinación y se retiró con paso enérgico del comedor.

Olivia siguió intentando desayunar. La mesa estaba llena de suculentos manjares, pero ella apenas podía tragar. Lord Rothbury tampoco había pasado una buena noche, el buen humor que lo caracterizaba siempre, esa mañana, se había vuelto sombrío.

—Veo que no pasó una buena noche, milord. —Olivia se permitió comentar, ya que estaban a solas. Después de lo vivido la noche anterior, sentía que podía acercarse un poco más a él sin el temor que lord Rothbury pusiera una barrera social entre ellos.

—Usted tampoco, señora Martin... —La miró, para él era un alivio poder hacerlo sin recibir a cambio incomodidad, al contrario, ella siempre le regalaba sonrisas tímidas—. Sé que le debo una disculpa. Toda mi vida fui un hombre común, y hasta ahora no he sido consciente que mi posición le pueda acarrear problemas a quienes me rodean. No puedo permitir que se vuelvan a repetir episodios tan deleznables como el de anoche.

—Lord Rothbury, no comprendo el motivo por el cual alguien atentó contra usted. Pero de lo que sí estoy segura, es que lo ocurrido no fue algo personal... Milord, usted es una persona digna de admiración, no de aversión. Quien haya sido, ni siquiera lo conoce, porque si fuera así, no intentaría algo tan horrible como quitarle la vida.

—Casi le quitan la suya, señora Martin. Si usted hubiera recibido el proyectil, no me lo hubiera perdonado jamás... No sé qué hacer para que se sienta segura y protegida en mi hogar... Porque... a decir verdad, no quiero que se vaya de aquí por ningún motivo. Estoy haciendo todo lo posible para que usted y los niños no corran ningún tipo de peligro.

Se quedaron mirando por un instante, que se les antojó eterno. Estaban sorprendidos por el auténtico y espontáneo sentimiento recíproco de preocupación del uno por el otro. Ninguno de los dos quiso interpretarlo como algo que fuera más allá de lo correcto y decoroso. Pero sus corazones, latiendo al mismo tiempo, intuían que había algo más echando raíces que se arraigaban en lo más profundo de sus almas...

Y que ante los ojos de todo el mundo, ajeno a Rosebud Manor, sería escandaloso e inapropiado.

—Milord, descuide. No me iré de aquí, usted sabe que no tengo a dónde ir. Pero ese no es el motivo principal por el cual no abandonaría este lugar. Yo, de corazón, me debo a usted y a los suyos, que no han dudado un instante en darme lo que nadie podría ser capaz de dar. —«Ni siquiera mi propia familia», pensó con una punzada de rencor y pesar—. Mi lealtad está aquí con usted.

Andrew estaba conmovido con la ferviente declaración de Olivia, quien lo miraba a los ojos, firme, convencida. Sin miedo. De pronto, él se vio con la necesidad de reafirmar que ella era real, que estaba ahí, y sin importarle el atrevimiento, le tomó la mano con toda la delicadeza que pudo, sintiendo como los dedos femeninos le respondían con firmeza y más fuerza de la que él imaginó.

—Su lealtad, mi estimada señora Martin, será retribuida con mi vida.

Le besó los nudillos, con respeto, admiración, y por qué no, también con devoción. Al fin pudo sentir la suave piel de ella en sus labios y fue el momento más dulce de su vida y a la vez el más decisivo.

Supo que frente a él estaba su vizcondesa. Y no le importaban las reglas que le imponía su posición sobre quien era apropiada para compartir su vida. Después de todo, las reglas estaban para ser quebradas de vez en cuando. Y más aún, aquellas que le impedían, por un ridículo recato, unir su vida a la de una mujer sin virtud. Olivia era tan pura como una virgen, su corazón estaba lleno de bondad, era valiente, decidida, inteligente y leal. Una mujer que era capaz de ver más allá de sus cicatrices, su título o su fortuna. Ella lo veía a él, al hombre, a Andrew Witney.

Olivia sentía que la tibieza de los labios de lord Rothbury le encendía la piel, enviándole salvajes oleadas de calor, y no obstante, tenía la absoluta certeza de que no había intención de seducir en ese beso. Era algo más... sublime, una promesa.

Ella intentaba convencerse que nada entre ellos podría ser. Olivia sabía que el día en que él se enterara de toda la verdad, tal vez, el compasivo y generoso corazón de lord Rothbury la perdonaría, él no era un hombre rígido e inflexible, como todos los demás. Pero no debía confiar en esa posibilidad como en una absoluta certeza. Ya tenía suficiente experiencia, confió en su padre y en su amor, pero obedecer al duque y gozar de su favor fue más fuerte y la repudió.

Olivia pensó que tal vez no estaba destinada a vivir el amor a plenitud. El vizconde no podía obviar sin más el abismo que los separaba. Pero también, a ella todavía le quedaba una pizca de ilusión y creía en el amor como un sentimiento poderoso, capaz de desafiar cualquier impedimento.

Ah, el amor la estaba dividiendo entre lo que ella deseaba y lo que estaba dispuesta a dar. Olivia nunca se arrepintió de haber vivido lo que vivió con Magnus...

Y tampoco se iba a arrepentir de todo lo que pudiera vivir al lado de lord Rothbury.

Porque él le daba esperanza.

᯼᯼ Capítulo VII ᯼᯼

Ella le daba esperanza…

Y si ella lo aceptaba… tal vez, si ella lo quería…

Andrew no podía lidiar con la incertidumbre. Ya tenía suficiente con saber que alguien deseaba verlo enterrado seis pies bajo tierra, como para agregar el no tener la seguridad si Olivia Martin sentía lo mismo que él.

De pronto, aquello debía ser resuelto de inmediato, la respuesta era una necesidad vital. Si estaba equivocado, si había malinterpretado todo, ya resolvería como acallar esos sentimientos que emergían desde el fondo de su corazón… Después de todo, no sería la primera vez.

Hacía años que no la recordaba, a ella, su primer amor. Marguerite. Era una joven que la vida no le dio oportunidades y acabó intercambiando favores sexuales por dinero, una prostituta. Cuando él cumplió dieciséis años, su padre lo llevó a un burdel para que «se hiciera hombre de una buena vez», no como un acto paternal, sino como algo «que se debió hacer desde hacía años», dado el carácter introvertido y excesivamente sentimental de Andrew. Pero lo que nunca imaginó Robert Witney, que al hacerlo, su hijo menor involucraría en la cama algo más que sus instintos primarios.

Cuando Andrew ya no soportó más guardar su secreto, le abrió su corazón a la joven. Ella, con mucha más experiencia y más consciente del futuro y de su lugar en el mundo, le dio su primera lección de vida…

—Joven Andrew, todos deseamos el amor... Solo algunos afortunados tienen la dicha de encontrarlo y disfrutarlo a plenitud... —explicó la joven sentada frente a él, desnuda. Le tomó las manos con suavidad y lo miró a los ojos—. Usted lo está confundiendo con la pasión. Créame, usted no me ama, lo que siente se extinguirá al igual que la belleza y la juventud. Usted busca desesperadamente amar y yo ya no puedo amar a nadie. No se aferre a esto, yo solo le he enseñado a satisfacer a una mujer. —Y debía admitir que el joven tenía un talento e intuición innata que la confundía. Pero ya era tarde para ella—... y aunque quisiera unir mi vida a la suya, estoy segura que después me odiará.

—Pero, Marguerite... ¡yo te amo! Nos podemos fugar y...

—No tenemos futuro alguno, ni conoce el verdadero amor. Usted es solo un niño al que le han obligado a hacer cosas de adultos... Algún día me entenderá, le falta toda una vida por recorrer. Solo quiero que, si me llega a recordar, lo haga con cariño. Porque yo nunca le olvidaré.

—Marguerite, no...

—Váyase ahora, joven Andrew... —le rogó con los ojos anegados en lágrimas—. Se lo suplico.

Después de ello, su padre se encargó de que él no volviera a verla...

A diferencia del común de los hombres, en vez de lanzarse a la vida disoluta, Andrew se retrajo aún más dentro de sí mismo. Después vino la guerra, las heridas, el rechazo de los demás por su apariencia, el título, y hasta esa mañana todavía no se había dado cuenta del verdadero significado de las palabras de Marguerite.

Sí, la recordó con cariño... y gratitud.

Ella hasta cierto punto tuvo razón, porque mirando hacia atrás, sí, estaba muy seguro de que le tuvo mucho afecto, la quiso, pero todos le impidieron saber hasta dónde podía crecer ese afecto, saber si era o no amor... Tal vez, lo que sintió no fue lo suficientemente poderoso, quizás debió luchar. Pero ¿cómo se supone que debía luchar un muchacho de tan solo dieciséis años?

Era irónico, viendo todo en retrospectiva, tal vez él tenía una fijación por las mujeres que no eran ejemplo de la decencia.

Tal vez, era solo una coincidencia.

Tal vez él, simplemente, sabía que la virginidad no era proporcional a tener buen corazón, y él podía ver más allá de las convenciones o de lo que decía el vicario en sus sermones.

Como Olivia, ella era madre soltera, y eso mismo la convertía en una mujer excepcional y extraordinaria ante sus ojos.

Decidió arriesgarse una vez más. Porque podía. Porque nunca le importó el qué dirán. Esta vez, nadie le iba a impedir amar a quien quisiera y ver hasta dónde podía llegar.

Si Olivia respondía a él, si le correspondía, sería como vivir en el paraíso.

Andrew sin soltar la mano de ella, se levantó de la mesa y la invitó a hacer lo mismo sin decir una palabra.

Era imperativo saber.

La miró a los ojos, la anticipación, la incertidumbre y la sorpresa se reflejaban, mezcladas en las profundidades avellanas de ella. Enmarcó su mejilla y le acarició la suave piel del pómulo con su pulgar. Olivia cerró sus ojos ante el ansiado y delicado contacto, apreciando la caricia, atesorándola, aceptando el toque de Andrew.

Él la vio tan pequeña y frágil, pero tan fuerte y valiente.

Andrew inspiró profundo, que fuera lo que Dios quisiera.

La distancia entre sus bocas se redujo a la nada misma. Ese primer roce entre sus labios fue suave, dulce, tierno, de reconocimiento. Ambos corazones latían frenéticos al unísono gritando que lo deseaban todo. La mano libre de Olivia se posó en el sólido pecho ancho de Andrew y ascendió con lentitud hasta llegar a su rostro, a su marca, e imitó la suave caricia que él le prodigaba.

Andrew perdió la cabeza al sentir que ella apreciaba aquella cicatriz, que lo tocaba sin reticencia alguna, y envalentonado, atrajo a Olivia a su cuerpo y profundizó el beso, al que ella respondió con fervor, abriendo su boca y permitiendo que la lengua de él la invadiera y la saboreara, así como ella también hacía lo mismo con él. Era una batalla de labios, humedad y calor sin tregua, y a la vez, estaban rendidos el uno al otro. Olivia no era una tímida jovencita inexperta, ella sabía cómo era la pasión y se plantaba de igual a igual frente a un hombre… y ese hombre estaba encantado con el frenesí que ella le entregaba.

Lo hechizaba como el canto de una sirena.

Y todo el mundo desapareció. En ese instante, no había más que un calor insoportable que debía ser sofocado con el mismo fuego que les lamía las entrañas, exigiéndoles una unión más explícita y carnal. Aquel beso se transformó en la explosiva liberación de años de represión, de dolor, de sueños truncados, de tristeza y soledad.

¿Cómo un beso podía significar tanto, ser tan poderoso?

Para esas dos almas era eso y mucho más.

Pero Andrew debía dominar aquella pasión, contenerla, darle un lugar, de lo contrario, la iba a tomar sobre la mesa del desayuno y todavía no era el momento de escandalizar a todo el mundo en esa casa. De a poco fue calmando esa apremiante necesidad de obedecer a ese atávico instinto de hundirse en lo más profundo de ella y marcarla para él. Porque necesitaba que Olivia confiara en él en todos los sentidos imaginables.

Quería que se entregara a él ciegamente, en cuerpo y alma. Necesitaba saber, hasta donde ella estaba dispuesta a seguirlo.

—Olivia —susurró sobre sus labios—. ¿Tú entiendes y eres consciente de a dónde nos llevará esto, los alcances de esta relación inapropiada? —interrogó sin adornar la realidad. Para él ya no había vuelta atrás.

—Los entiendo —respondió ella, bajando la vista—. Pero a pesar de sentir sentimientos que creía que nunca más iba a volver a experimentar... —Inspiró profundo, una punzada de dolor atravesó directo su corazón, su fugaz esperanza se desvanecía como arena entre los dedos. Ella sabía que ese maravilloso beso había sido el primero y el último—. Me prometí que, sin importar mi situación, nunca sería la amante de nadie, milord. Ni ahora ni nunca, aunque yo le quiera y mi corazón sea suyo... Yo, sencillamente, no puedo, tengo un hijo al cual criar...

—¿Amante, dices? —interrogó contrariado, y luego esbozó una sonrisa. Alzó la barbilla de ella, necesitaba que le mirara a los ojos—. No, querida. No preciso de una amante, yo quiero una esposa, que tú seas mi esposa —aseguró con tal convicción que borró las dudas y temores de Olivia en tan solo un segundo.

¡Él la quería a ella como esposa, no como amante, por todos los cielos!

—Una esposa, ¿es una propuesta? —preguntó. Ella lo entendía, era lo lógico para un hombre como él, debía continuar la sucesión, ¿de verdad él quería que ella fuera su esposa? Casi no podía creerlo.

—Es una propuesta en toda regla, por eso te preguntaba si entiendes los alcances, lo que la gente dirá de ti, de mí, de nosotros.

—Lo entiendo, milord.

—Andrew —corrigió.

—Andrew... —rectificó, probando su nombre, cómo se sentía decir cada sílaba. Hermoso.

—Olivia, a mí no me importa nada, no hay límites para mí... Si te tomo como esposa, serás mía, completamente mía. Y todo lo que soy y lo que poseo será tuyo, completamente tuyo. Nos uniremos y soportaremos todo lo que esta relación conlleve. ¿Podrás aguantar y unir tu vida a la mía? ¿A compartir la carga de este título a mi lado, ser mi vizcondesa?

Olivia apenas podía digerir lo que escuchaba. La intensidad con que Andrew hablaba la abrumaba y fascinaba en partes iguales. Por un terrible instante pensó que él le iba a pedir ser su amante, ya que su título le exigía tomar por esposa a una mujer de impoluta reputación... y la de ella estaba por el suelo.

Pero había olvidado que estaba hablando con lord Rothbury, un hombre valiente que le traía sin cuidado lo que dijeran de él en los alrededores y mucho menos en la lejana capital. En esas pocas semanas que llevaba en Rosebud Manor fue fácil darse cuenta de que Andrew Witney tenía un principio, un código; si nadie tenía el valor de tratar con él, entonces, no valía la pena que el vizconde se tomara la molestia de intentar algún acercamiento.

Ella quería ser su esposa, tenía la certeza de que ese sentimiento que se enraizaba en su corazón no podía hacer otra cosa más que crecer y dar frutos, y estaba segura que él sentía lo mismo, porque... ¿Cómo podía arriesgar tanto, casándose con una institutriz viuda y hacerse cargo de un hijo que no era de él? El poder de la sociedad podía tener alcances insospechados, podía alzar a un miembro a la gloria, y también, podía hundirlo en el fango y el ostracismo.

Él debía saber quién era ella de verdad, su honor no le permitía seguir con aquella mentira, más aun si él le proponía matrimonio. Olivia nunca imaginó que ese «momento de decir la verdad», en el cual pensó minutos atrás, iba a llegar de una manera tan abrupta. Su sangre se le heló.

Tuvo miedo, miedo a perderlo todo sin siquiera haber vivido lo que Andrew le proponía.

Pero se lo debía, porque él estaba poniendo el mundo a sus pies sin importarle nada, y si iba a emprender un camino incierto en muchos sentidos debía, al menos, ser honesta desde el principio, y que él decidiera. Era el momento.

Todo o nada.

—Antes de darte una respuesta, debo confesar que te he mentido —admitió con toda la valentía que pudo imprimir en su voz—... y puede que, después de haber escuchado todo, te arrepientas de haberme pedido ser tu esposa...

Cualquier persona se hubiera alterado ante tan ominosa sentencia. Pero Andrew la esperaba, la deseaba con tanto ímpetu que sintió cómo una inefable y cálida sensación le embargaba el corazón y le acariciaba el alma.

—¿Lo que sientes es una mentira? —interrogó, sabiendo la verdad. Olivia negó con suavidad—. ¿Entonces, en qué has mentido?

Olivia tomó aire, llenó sus pulmones, y se lanzó al vacío...

—Nunca me casé con el padre de Will... estaba comprometida con él y una semana antes del matrimonio, él falleció —confesó intentando tragar el nudo que tenía en su garganta—. Después me di cuenta que estaba esperando un hijo. Ya era demasiado tarde para que mi familia tomara una medida decorosa para salvaguardar la reputación de todos, la cual ya estaba en entredicho por estar comprometida. Era una unión por amor... ya sabes cómo es, las reglas estrictas del cortejo se desvanecen con el compromiso.

—Entonces, puedo deducir que tu familia te repudió y te envió a Pine Park —afirmó Andrew con suavidad, sin soltarla. Olivia asintió, la voz sosegada, firme y sin reproche de él, le alivió como nada en el mundo—. ¿Con quién estabas comprometida?

—Magnus Woods, conde de Felton.

—La familia Woods es muy poderosa, eso quiere decir que tú eras de la misma posición social... —Ella asintió, confirmando lo que Andrew asumía—. Olivia no me siento ofendido por tu falta a la verdad. En cierto modo, no siento que me hayas mentido por maldad, solo cambiaste algunos hechos y entiendo por qué lo hiciste... ¿Todavía le amas?... ¿a Magnus? —interrogó, intuyendo la respuesta, porque la sentía en cada fibra de su ser, pero necesitaba oírla de sus labios, convencerse.

—Lo amé con mi alma, no puedo negarlo. Pero no se puede amar a un fantasma toda la vida... Y menos aún, cuando tengo a un hombre vivo, abrazándome, haciéndome sentir una mujer querida y valiosa por primera vez en mucho tiempo. De él solo quedan los buenos recuerdos... mi hijo... nada más.

—Supongo que ese hombre que te hacer sentir una mujer querida y valiosa soy yo —bromeó para aligerar el ánimo de Olivia, y ella rio tímida—. ¿No me vas a decir nada acerca de tu familia?

—No existo para ellos, salvo una vez al año, *ergo*, les doy de vuelta el mismo trato tan especial y amoroso que han tenido conmigo y mi hijo.

—¿Entonces, no tengo que pedirle tu mano a nadie? —Su puso la mano en el pecho con un exagerado gesto de estar horrorizado—. ¿Qué haremos? ¡No hay dote!

—Tengo unas pocas joyas... Las iba a usar para la educación de Will... —explicó contrariada.

—Olivia... estoy bromeando. Vamos a tener que pulir la ironía en tus habilidades de comunicación. Sobre todo si te vas a convertir en la mujer del «adefesio de Rothbury» —aseguró socarrón, sonriendo lleno de dicha. No le importaba que en todos lados lo conocieran con ese sobrenombre—. Suficiente dote para mí es tu corazón y, por supuesto, Will... Me haré cargo de él como si lo hubiera engendrado y lo criaré como un Witney, aunque no pueda darle mi apellido. Nadie podrá decir nada del hijo del vizconde... —Olivia lo miraba boquiabierta, Andrew no le daba un respiro, con suerte estaba asimilando todo lo que proponía ese hombre que la cautivaba con cada palabra—. ¿Te estoy abrumando, cierto?

—Debo admitir que sí. Si pudiera desmayarme lo haría, pero no tengo talento para las artes escénicas. —Ahora fue el turno de bromear de Olivia. Estaba al borde de la euforia.

—Es que no debo perder tiempo cortejándote si sé quién eres, cómo eres y lo que me encanta de ti... ¿Y si después te arrepientes? No puedo permitir dejar escapar a la única mujer que no se ha horrorizado al mirarme directamente a la cara. ¡Y me ha besado por propia voluntad!

La atrajo de nuevo hacia él y la besó breve, pero con pasión. Dios, ya no podía mantenerse lejos, y más le valía tener las manos quietas, o tendría que llevársela a Gretna Green, porque no alcanzaría a hacer todo como correspondía y Olivia se merecía tener una boda de verdad.

—No me arrepentiré... te lo prometo.

—Está decidido. Entonces, nos casaremos en otoño, a finales de septiembre, si te parece bien. Nos queda un poco más de un mes, alcanzaremos justo para hacer las amonestaciones[4], y todo lo demás, ya que nos hemos saltado unas cuantas normas... Ahora tengo un gran problema.

—¿Cuál?

—Me he quedado sin institutriz...

Olivia rio, Andrew se había transformado frente a ella, era hermoso verlo feliz, que ella lo hacía feliz. Era un milagro.

---

4 *Las amonestaciones matrimoniales son un anuncio público que se hacía en la iglesia para informar el futuro enlace y, de esta manera, comprobar que no habían impedimentos para el enlace.*

—Yo diría que has ganado una madre para Marian —aseveró dichosa de poder tener un futuro. Uno que nunca imaginó volver a tener.

—Cierto, eso es mucho mejor...

Ahora fue Olivia la que no se reprimió de volver a besarlo, se aferró a su cuello y se empinó sobre la punta de sus pies. Se embriagó de sus labios, del aroma tan subyugante y viril que él siempre emanaba. Toda ella empezó a derretirse al sentir las enormes manos de él, rodeándole la cintura.

—Rothbu... ¡Válgame Dios! —Adam últimamente no era tan oportuno en sus interrupciones, y ahora, estaba total y absolutamente desconcertado y sorprendido ante la amorosa escena de la cual estaba siendo testigo.

Sospechaba que Andrew sentía algún tipo de atracción hacia la señora Martin, pero nunca esperó que fuera a darse tan pronto y tan... tan... No encontraba otro término para describir la situación tan «deliciosamente escandalosa» que estaba presenciando.

—Venía a buscar algo que olvidé... ¡Ejem!, daré media vuelta y haré como que no he visto nada... lord Rothbury... señora Martin —se despidió, dejando a la pareja que lo miraba con una mezcla de emociones, que solo eran evidenciadas en sus arreboladas mejillas. Adam sabía, sin lugar a dudas, que su amigo ya tenía puesto los grilletes.

Sacó su libreta de notas, abrió el pequeño tintero de bolsillo, y con una sonrisa dibujada en sus labios, tachó uno de sus deberes que encabezaba su lista: «*Buscar una esposa adecuada que soporte a Andrew*».

No iba a cuestionar a su amigo en las decisiones que tomaba. Sabía cómo era y lo que pensaba acerca de lo ridícula que era la doble moral e hipocresía que imperaba en la sociedad y, además, porque nunca, en los siete años que llevaban de amistad, le había visto esa cara de infinita felicidad.

Capítulo VIII

Mary estaba con William y Marian en la habitación infantil esperando a Olivia. Todas las mañanas tenían la misma rutina, en cuanto Olivia bajaba a compartir en la mesa de lord Rothbury, ella desayunaba en esa estancia junto con Will y lady Marian. Después de ello, todos iban al jardín a la clase al aire libre.

Pero esa mañana la rutina había variado, a Mary le extrañaba que lady Olivia se demorara tanto tiempo en desayunar. Se preguntaba si había pasado algo malo, la noche anterior había sido caótica e intuía que algo importante pasaba.

Bostezó, tenía mucho sueño, su descanso fue ligero; ella estaba inquieta y lady Olivia daba vueltas en la cama sin cesar, por lo que nadie en esa habitación durmió como Dios manda, excepto el pequeño Will. Al menos, estaba agradecida con la nueva vida que tenían junto a su señora, ya no debía levantarse antes del alba como antes.

Marian le dio un tironcito a sus faldas, sacándola de su estado de somnolencia y preocupación. Mary le sonrió en respuesta y le brindó toda su atención.

—¿Qué desea, lady Marian? —le preguntó con suavidad, agachándose a la altura de la niña.

Marian le apuntó a William y luego al poni mecedor.

—¿Quiere que suba a Will al poni? —Marian asintió—. ¿Y él no puede hacerlo solo? —La niña negó—. ¿Y por qué no me lo ha pedido él? —Marian se encogió de hombros en un gesto que podría catalogarse de adorable—. ¿William, deseas subirte al poni? —preguntó intentando no reír, ellos no hablaban entre sí, pero sin duda se comunicaban de otra forma.

—Sí, *quedo* el poni —respondió William, apuntando con su dedito el juguete.

—¿Y por qué no has intentado subir solo? El poni no es tan grande—interrogó Mary fingiendo que hablaban un tema muy serio.

—Soy pequeño —fundamentó su respuesta como si fuera una verdad irrefutable. Pero lo cierto era que tenía un soldadito en sus manos y no quería soltarlo por subir al poni.

—Oh, muy bien, jovencito, me has convencido. —Tomó a Will y lo sentó en el poni, y Marian empezó a mecerlo con cuidado, afirmándole la espalda para que no cayera—. Muy bien, lady Marian, es una niña muy preocupada por el bienestar del joven Will —halagó, acariciándole la rubia cabellera.

Unos golpes en la puerta distrajeron a Mary y fue a ver quién llamaba. Se encontró con la enorme figura de lord Rothbury que llenaba el umbral. La joven ya se había acostumbrado a su singular semblante, por lo que lo recibió esbozando una sonrisa y le dejó entrar, abriendo la puerta por completo. Era la visita matutina del vizconde.

Lord Rothbury entró y detrás de él venía una sonriente Olivia. Lady Marian al verlos sonrió, a ella le gustaba mucho que su primo la visitara y jugara con ella. Su propio padre no le dedicaba demasiado tiempo, y ahora la pequeña atesoraba esos momentos que pasaba con Andrew, lo quería mucho. Ya no le daba miedo su marca, para ella, era como estar con un gigante bueno. Y qué decir de la señora Martin, no le obligaba a hablar o a intentar leer, en realidad, ella ya había aprendido a hacerlo con la horrorosa señorita Edwards. Le tenía mucho cariño a la señora Martin, la trataba igual que a su hijo y le hacía feliz que no hiciera diferencias como lo hacía su difunta madre. No pudo evitar recordar las últimas palabras que escuchó de parte de ella, donde cruelmente lamentaba que no fuera varón y después…

Marian todavía no se sentía con la seguridad de hablar, quería hacerlo algún día, cuando estuviera de verdad convencida de que sus palabras no provocarían una tragedia.

—Buenos días, lady Marian, joven Will —saludó Andrew solemne, siempre lo hacía, para luego sentarse en el suelo con ayuda de su bastón—. Sé que están muy divertidos con el poni, pero ¿no me van a saludar? Y yo que traje unas galletas con mermelada de la señora Ramsey —tentó socarrón, sacando de su bolsillo una servilleta que envolvía las famosas golosinas.

Ambos pequeños dejaron de jugar, Marian ayudó a William a bajar del poni y le dieron un abrazo a Andrew que los rodeó a los dos al mismo tiempo. Esa era una de las cosas que Olivia amaba de él, esa forma amable y cariñosa de tratar a los niños, sin importar si eran de su sangre o no. Era un hombre hecho para ser padre y cabeza de familia. Olivia se preguntaba por qué nadie veía lo que ella veía. Todos le temían por su apariencia y bajaban la vista sin importar que él los tratara bien. Lord Rothbury no era despótico, ni displicente con nadie, era respetuoso hasta con el más humilde de sus sirvientes.

—¿Desayunaron bien? —Los dos niños asintieron—. Muy bien. —Andrew abrió la servilleta y empezaron a comer las galletitas. El vizconde no evitó la tentación y se comió un par—, Marian, Will… he tomado una decisión muy importante esta mañana. Ustedes dos, desde hoy, van a empezar a comer con los adultos. Eso también aplica para la señorita Mary, que es mucho más que la niñera del joven Will y la doncella de lady Olivia…

Mary ahogó un grito y miró con los ojos desorbitados a Olivia, que estaba embelesada observando a Andrew.

¿Qué clase de broma era aquella?

Lord Rothbury tosió, ignorando la reacción de Mary. Para él todo era muy sencillo. Ella era la amiga de su futura esposa, no podía relegarla a la servidumbre y dejar que desayunara sola en la cocina con el resto del servicio de la mansión. Podía ser perfectamente una atípica protegida de Olivia, dada su nueva posición. Retribuir la lealtad que le había dado por tantos años, siendo algo más que una criada.

Andrew jugó un rato con los niños, riendo, haciendo cosquillas, conversando —al menos con Will— para, a la postre, levantarse e ir a ocuparse de todos los asuntos urgentes que debía cumplir si deseaba casarse pronto; enviar cartas a su abogado, a su administrador, a sus hermanas. Y eso era solo el principio, organizar una boda, por pequeña y simple que fuera, requería de mucha atención en los detalles.

Aunque pensándolo bien, la parte de la organización podría llevarla a cabo su futura esposa, después de todo, ella sería la señora de la mansión.

—Bien, niños. Tengo mucho que hacer el día de hoy —anunció—. Nos vemos en el almuerzo, querida. —Hizo una solemne inclinación a Olivia y le dio un casto beso en los labios para la total y absoluta estupefacción de Mary, que estaba a punto de tener una apoplejía ante esa inesperada escena—. Y a usted también la espero en mi mesa, señorita Mary —se despidió Andrew intentando ahogar la risa, la amiga de Olivia solo asintió boquiabierta. ¿Qué otra cosa podía hacer?

Andrew cerró la puerta tras de sí, estaba eufórico. Estuvo a punto de devolverse a la habitación de los niños para llevarse a Olivia y tenerla un rato más para él solo. Pero el deber llamaba, mientras más rápido terminara, más pronto podría estar con su prometida. Sí, era un muy buen plan. ¡Perfecto!

Se dirigió a la biblioteca, feliz como nunca lo había estado en toda su vida.

Mary boqueaba como pez fuera del agua. Olivia se reía —de su amiga, en parte, y de felicidad, por otra— sin dar crédito a la actitud natural y relajada de Andrew. La vida de todos había cambiado en tan solo unas cuantas horas.

—Lady Olivia. —Se la llevó a un rincón de la habitación y susurró—: si no es demasiada mi intromisión, ¿me podría explicar qué acaba de suceder?

—Bueno, es fácil de explicar, lord Rothbury y yo nos vamos a casar —anunció Olivia con naturalidad, como quien dice «el cielo es azul»—. A principios de otoño.

—¿¡Có-có-cómo!? —tartamudeó Mary. Debía reconocer que no le había pasado desapercibido el hecho que lady Olivia miraba mucho a lord Rothbury y siempre hablaba de él con inflamada admiración. Pero de ahí a casarse con él, era algo que sobrepasaba su imaginación.

Nadie, ningún lord se casa con su institutriz. Ni siquiera en los libros escritos por «Una Dama».

—Espere... —reaccionó Mary—. Lord Rothbury se dirigió a usted como lady Olivia, acaso él...

—Él lo sabe todo, Mary. Y lo que no le he detallado lo puede deducir, es un hombre inteligente y con recursos para averiguar y corroborar todo lo que he dicho.

—Lógico que puede corroborarlo en Londres. Dudo que alguien en solo tres temporadas olvide a lady Olivia, la «debutante de oro» y su trágica historia. Todos deben estar pensando que usted está en un lugar perdido de la mano de Dios, llorando y vistiendo santos.

—A él no le ha importado nada de eso... Mary, estoy segura que él me quiere. No me lo ha dicho directamente pero, ¿quién arriesga tanto?

—Un hombre cuya fama no es de las mejores. Todo el mundo cree que es una especie de monstruo —argumentó Mary—. ¿Cómo sabe que no es una forma fácil de tener un matrimonio conveniente? —cuestionó, quería asegurarse de que su señora estaba tomando la decisión correcta y no actuando a ciegas por su compleja situación.

—Mary, ¿alguna vez te has enamorado?

La muchacha se puso de todas las tonalidades de rojo que pueden existir en el mundo.

—Tal vez… —susurró al cabo de un momento—, pero estamos hablando de usted y lord Rothbury.

—Mary, olvidas que tuve la gran suerte de estar comprometida con alguien que me quería. Y antes de Magnus hubo muchos pretendientes que solo intentaban tener mi favor, diciéndome lo bella que era, o el buen matrimonio que podíamos lograr, reduciendo todo al dinero y la posición. Pero no intentaban siquiera conocerme, me hacían sentir como si fuera una yegua esperando ser subastada en Tattersall's[5]… —explicó Olivia, recordando lo incómoda y poca cosa que le hacían sentir sus «enamorados»—. Sé perfectamente cómo mira un hombre que siente atracción, amor, incluso deseo. Lo siento en mi corazón, lo escucho en su voz, en cómo besa y acaricia… Rothbury en apariencia es un hombre muy correcto, amable, pero conmigo es… simplemente, es abrumador, en el buen sentido de la palabra. Es valiente, tiene pasión, un sentido de la justicia que va por sobre las convenciones sociales, es…

—Es la única persona que la puede entender y que no la trata como lo hizo el duque —continuó Mary—. El señor Churchill me contó que el vizconde era un hombre común antes de obtener el título. Nunca esperó ni imaginó la tragedia que le dio su posición. Le ha costado mucho acostumbrarse a ser vizconde.

—Por eso es tan especial, conoce ambos mundos… no tiene el prejuicio ni el orgullo desmedido propio de la aristocracia o de alguien que ostente poder… y por eso mismo, me gusta como es él. Sé que podré pasarme la vida con lord Rothbury, le quiero.

Mary esbozó una sonrisa, lady Olivia estaba, por primera vez en mucho tiempo, genuinamente feliz… Si desconfió de las motivaciones de lord Rothbury, ahora le traían sin cuidado, porque su señora estaba contenta y volvía a tener esperanza. Merecía una segunda oportunidad, y si el vizconde osaba hacerla sufrir… Pues, no le costaría nada poner arsénico en su oporto y matarlo lentamente.

---

5 Es el principal subastador de caballos de carreras en el Reino Unido e Irlanda. Fundado en 1776

Esperaba de corazón no tener que hacer eso, lord Rothbury le caía muy bien.

Albert Martin estaba concentrado leyendo un artículo político en el *The London Gazzete* sentado en la comodidad de su despacho. Tres golpes en la puerta le anunciaban que detrás de ella estaba Wayne, el mayordomo.

—Adelante —autorizó, doblando el periódico.

—Milord, enviaron este mensaje desde Pine Park —anunció el mayordomo, dejando sobre el escritorio la bandeja de plata que contenía una carta.

Albert, extrañado, frunció el ceño. La instrucción era clara y precisa, a menos que ocurriera algo grave, no debían llevarle noticias directamente a él. Tomó el sobre y sin querer rompió el sello con torpeza. Las manos le temblaban.

—Gracias, Wayne. Puede retirarse —despidió al estirado y canoso mayordomo, quien lo dejó solo.

Nunca, en los tres años desde que había roto el contacto con su hija, había recibido noticias desde su propiedad en Cragside, a excepción del reporte anual de su secretario, por lo que Albert con tan solo pensar en que le había pasado algo malo a Olivia, le perturbaba de sobremanera, la culpa lo carcomía.

No fue capaz de sacar la misiva de su sobre. Necesitaba valor. Se sirvió una copa de oporto que se bebió de un trago, lo hizo tan rápido que casi no sentía cómo el licor estaba quemándole la garganta.

No era suficiente, se sirvió otra copa más.

Miró el sobre que reposaba sobre su escritorio. Decidió no dilatar más la espera. Se frotó las manos en los costados de su levita para secar el sudor de sus palmas.

No, no podían ser tan malas las noticias.

«*Cragside, 14 de agosto, 1818*
»*Estimado lord Bolton:*
»*Le escribo para comunicarle acerca de una situación de lo más inesperada que paso a relatar a continuación:*
»*Uno de los criados que vigila de vez en cuando la propiedad del bosque (donde se encuentra ya sabe quién), me informó que la casa está deshabitada. Todos los muebles están cubiertos de polvo como si sus ha-*

bitantes hubieran desaparecido hace semanas. Nadie las vio salir o entrar de Pine Park, pero las pertenencias personales de quien ya sabe no están.

»Estaremos vigilando por los alrededores, pero no le prometo nada, no han dejado rastro alguno, ha sido como si la tierra se las tragara. Quedo a la espera de sus instrucciones.

»Saludos cordiales.

»Balthazar Cooper, administrador de Pine Park.»

A Albert se le escurrió entre los dedos la carta, incrédulo y temeroso de la situación de su hija… y su nieto. Ya imaginaba la reacción de su padre, el duque de Hastings.

Furia.

Y después de la furia, tener que escuchar en estoico silencio la incesante perorata del viejo acerca de lo inútil que es su hijo, el marqués, el cual solo ha podido criar medianamente bien a Michael, y de manera deplorable a Olivia. Gritándole hasta desgarrar su garganta sobre lo desgraciado que es porque engendró un hijo bueno para nada y que llevará a la ruina el ducado.

—¿Dónde estás, Livy? —susurró y tomó una honda bocanada de aire para llenar sus pulmones.

Arrugó la carta, pensando en la manera más eficaz de destruir aquella evidencia y tratar de solventar solo aquel problema, y rogar al cielo que su padre jamás se enterase del asunto.

Capítulo IX

Como cada mañana, Andrew miró por la ventana de la biblioteca hacia el jardín para observar la clase que lady Olivia le impartía a Marian. Dos lacayos estaban cerca de ellos prestando mucha atención a todo, tanto a las palabras de Olivia como a los alrededores. Tres días habían pasado desde el incidente de la pérgola y ya contaban con turnos de vigilancia en el bosque que rodeaba a Rosebud Manor, día y noche.

Lord Rothbury podía distinguir a través del vidrio las palabras «pétalos», «pistilo», «hoja», «raíz» a la vez que los niños observaban, tocaban y se ensuciaban las manos con tierra. Claramente era una clase básica de botánica —o algo por el estilo, porque también estaban sumando y restando flores y hojas—, Andrew sonrió al ver a William con la cara hecha un desastre. De pronto, a su memoria volvió la niñera que los atendía a sus hermanas y a él cuando tenía la misma edad de Marian. Dorothea era muy generosa y le permitía ensuciarse de vez en cuando, la echó mucho de menos cuando la despidieron, cuando el dinero empezó a escasear.

Andrew se sacudió los recuerdos y se concentró en cómo Olivia limpiaba al pequeño con su delantal, y sin más, ella alzó la vista y lo sorprendió observándola. Lo saludó con una gran sonrisa y un gesto con sus delicados dedos, que le resultó de lo más cautivador, y luego Marian se unió llena de vitalidad al saludo.

Andrew sonrió, estaba contento por su prima, ya no parecía estar tan triste como antes. Olivia le había hecho tanto bien, y debía reconocer que las visitas que él le hacía también contribuyeron. Esperaba que pronto su prima empezara a hablar.

—Ya ni siquiera te tomas la molestia en disimular, mi estimado vizconde —señaló Churchill socarrón.

—Nunca me ha resultado, a decir verdad —reconoció y volvió su atención a su amigo—. Bien. Iré a la iglesia de Todos los Santos a fijar la fecha de la boda. Supongo que tienes asumido que serás mi testigo.

—Y yo que pensé que sería Carruthers —bromeó Adam—. Será una boda bastante peculiar, ¿no crees? Aristocracia y servidumbre unidas en una celebración como si fuéramos uno solo. En Londres esto va a ser la comidilla.

—Cuando la noticia llegue allá, yo ya me habré casado con lady Olivia y nadie podrá decir nada al respecto. Ella no quiere nada con su familia y lo respetaré, como es mayor de edad puede casarse sin el consentimiento de lord Bolton.

—Hombre afortunado. Mañana en la tarde vendrá la señorita Orwell a tomarle las medidas a lady Olivia, a los niños y a la señorita Mary.

—Bien, dile a Carruthers que cuando nos visite la señorita Orwell que la guie al salón matinal. Quiero entrevistarme con ella antes de que vea a lady Olivia. Necesito darle unas instrucciones en privado.

—Muy bien. —Adam se quedó unos segundos en silencio, intentó lo que más pudo, pero al final no resistió lanzarle un comentario burlesco—. Eres un picaruelo, Andrew, quieres encargarle alguna prenda especial para la futura lady Rothbury.

Andrew miró al cielo buscando paciencia, Adam era incorregible. Pero esa era una de las cosas que más le gustaban de él, sus comentarios irreverentes y carentes de respeto.

—Cualquier otro te despediría en el acto por ese comentario tan procaz, señor Churchill —reprendió con una sonrisa. Pensó en dar una excusa creíble, pero era cierto, quería encargarle una camisola especial para la noche de bodas.

—Lo sé, pero me lo puedo permitir, milord —replicó imitando el acento propio de los dandis londinenses.

—Las ventajas de ser viejos camaradas... —Andrew se levantó de su asiento y se estiró de una forma bastante poco caballerosa—. Bien, me voy a ver al vicario Jones, para fijar la fecha de las amonestaciones y del enlace.

—Va a causar un gran revuelo en la congregación cuando anuncien tu boda —auguró Adam con guasa.

—Y después de eso, el reguero de pólvora llegará hasta el mismísimo marqués de Bolton y su padre. —Andrew esbozó una sonrisa—. Y pobre de ellos que armen un escándalo.

La noche estaba bastante avanzada, todo el mundo dormía. Al menos, eso pensó Olivia al atravesar toda la mansión a oscuras para llegar a la biblioteca. No podía conciliar el sueño, los últimos días estaba sobreexcitada por su nueva vida, y ser inmensamente feliz de una forma tan inesperada. Ahora podía permitirse solazarse en cada momento del día pensando en Andrew y en cómo sería su futuro, no dudaba que sería deslumbrante.

Ataviada solo con su camisón de dormir y una bata, fue a buscar un libro para preparar la clase de Marian del día siguiente. Estaba entusiasmada, aunque la niña no dijera una palabra, Olivia estaba segura que ella entendía cada cosa que le enseñaba. Era brillante, y también una buena persona, trataba a su Will como un amigo, compañero, era muy protectora con él. Estaba segura que ambos niños serían grandes hermanos, el vínculo que estaban creando era tan fuerte como el sanguíneo.

Hermanos. De súbito recordó la relación que tenía con su hermano Michael, lo amaba, eran tan cómplices. Pero de un momento a otro sus vidas tomaron rumbos diferentes. Lo último que supo de él fue que era un libertino que acostumbraba jugar en garitos de mala muerte. Esa información la recibió gracias a una indiscreción del señor Tatcher, secretario de su padre y de su abuelo.

Una punzada de rencor sintió al rememorar la última vez que lo vio. Con los ojos llenos de culpa y sin decir una palabra.

Cobarde, todos cobardes.

Desechó el recuerdo, ya no había lugar para la tristeza, debía disfrutar el presente. Era lo único que de verdad poseía.

Abrió la puerta con sigilo y de inmediato se dio cuenta que alguien había llegado antes que ella. El lugar estaba iluminado por varios candelabros, y el fuego de la chimenea que entibiaba la estancia prodigaba una dorada luz. Miró hacia todas direcciones, sus ojos se detuvieron en un rincón y supo que era Andrew quien estaba concentrado leyendo. Se hallaba tendido cuan largo era sobre una de las otomanas que había en el lugar. La levita y el pañuelo de seda que usaba al cuello estaban sobre una poltrona, y junto a ella descansaban las botas. Su torso solo era cubierto por una camisa de lino, los pantalones azul marino se ajustaban a sus piernas evidenciando la fuerte musculatura de sus muslos.

Como si hubiera sentido su presencia Andrew alzó la mirada, primero con sorpresa y luego le sonrió. El corazón de Olivia empezó a latir frenético, el deseo que sentía por estar con él se acrecentaba como un gigante que le apremiaba a arrojarse a sus brazos. Vivían en la misma casa pero, irónicamente, no eran demasiadas las instancias de intimidad entre ellos.

Unos besos robados camino a la habitación infantil, un roce de manos en el comedor, miradas furtivas cargadas de anhelo.

Bien, esta podía ser una muy buena oportunidad para estar a solas un rato.

Olivia se sorprendió de aquel pensamiento tan ladino. Durante años todo el mundo le decía qué hacer, cómo actuar, qué decir para que su pureza nunca fuera puesta en duda. Y bajo esas enseñanzas se rigió su relación con Magnus, hasta un mes antes del enlace y, simplemente, todo sucedió. Estaban tan seguros que nada impediría su matrimonio, que no se preocuparon del quizás cuando dieron rienda suelta a la pasión.

Pero incluso, en ese entonces, ese amor que sentía tan grande no se mezclaba con pensamientos con algún tinte de lujuria, Olivia solo se dejó llevar por los deseos de Magnus y descubrió el placer. Y ahora, todo era tan diferente, no solo sentía que amaba a Andrew, sino que cada fibra de su ser añoraba entregarse a él. Ella no era ignorante sobre lo que pasaba entre dos amantes que se deseaban y sabía, con absoluta certeza, que Andrew la deseaba tanto como ella a él.

Podía sentirlo en su penetrante mirada azul, en cada susurro, en cada beso, en cada leve caricia al pasar. Porque era lo único que podían permitirse. Él no podía visitarla en medio de la noche y tomarla, ¡oh, cómo le encantaría! Pero Olivia todavía compartía su habitación con William y Mary. Ella no quiso recibir ningún trato especial hasta que estuvieran casados y no alimentar la posible envidia en el servicio, porque para ellos ella seguía siendo Olivia Martin, la institutriz. Y aunque habían anunciado que ella sería la nueva señora de la casa, prefería ganarse la simpatía de la servidumbre demostrando que ella no tomaría su rol hasta que le perteneciera por derecho.

—¿No puedes dormir? —interrogó Andrew rompiendo el silencio reinante. Cerró el libro y lo dejó a un lado, al tiempo que admiraba a su futura esposa. Olivia, incluso, vestida con ese recatado camisón y esa trenza floja y larga, se veía seductora.

—Estos últimos días, sí, me cuesta un poco más. —Se adentró más en la biblioteca y empezó a observar los lomos de los libros con aire distraído—. Vine a buscar un libro para la clase de mañana.

—¿Estás nerviosa?

—Nerviosa... —Pensó por unos momentos, analizando lo que le preguntaba, y fácilmente pudo encontrar una palabra más precisa para su estado de ánimo— No, más bien estoy ansiosa. Quiero que pasen rápidos los días para ser tu esposa —respondió con sinceridad, volviendo su atención a él. Se sentó al lado de Andrew y le regaló un casto beso en los labios—. Por cierto, gracias por enviar a la señorita Orwell esta tarde. Tiene mucho talento, el vestido que usaré en nuestra boda quedará precioso.

—Ese y todos los que le pedí que te hiciera. La vizcondesa debe tener un guardarropa nuevo y mis hijos putativos también. Y antes que digas algo, no es que me queje de tus vestidos, pero debes tener más. Pretendo tomar mi escaño en el parlamento y debemos residir en Londres durante la temporada parlamentaria. El resto del tiempo lo pasaremos aquí.

Olivia se tensó ante la idea de retornar a Londres y volver a codearse con aquel círculo social, que poco y nada sabía de lo que había pasado con ella en realidad. Que Andrew tomara su escaño en el parlamento implicaba acudir a cenas, tertulias, bailes y, tal vez —no, más bien era inexorable—, encontrarse con su familia.

Andrew lo notó, pero debía aplacar los miedos de Olivia. Ya no estaba sola, él la protegería.

—Los dos estaremos en esto, Olivia. Yo también seré una especie de intruso, un recién llegado. Fui un hombre común y ahora tengo la oportunidad de apoyar y hacer llegar la voz de mucha gente que no la tiene. Sé que será difícil, y puede que no logre nada, pero sembraré una semilla y con eso me basta, porque sé que algún día germinará. Te quiero orgullosa, no eres culpable de las mentiras que hayan dicho para ocultar a Will o tu supuesto «comportamiento indecente». Serás la vizcondesa Rothbury, no por necesidad o conveniencia, sino por ser una mujer extraordinaria. Porque Dios te puso en mi camino e hizo florecer este amor entre nosotros. No importa si hablan a nuestras espaldas, si nos calumnian o si nos satirizan en un folletín de cotilleos. Mientras tú me quieras y yo te quiera podremos hacer frente a cualquier situación —declaró convencido. Sabía que Olivia era fuerte, porque ella sería su bastión cuando él se sintiera perdido en un mundo que apenas conocía. Y ella lo iba a necesitar a él cuando la alta sociedad le mostrara toda su bajeza.

Olivia lo miró, y en sus ojos vio la verdad, no existían los límites para él. Sentir el apoyo incondicional de Andrew era un tesoro inestimable para ella.

—Oh, Andrew, te quiero tanto. —Lo abrazó con fuerza aspirando ese aroma tan limpio y propio de él. Era maravilloso tocarlo, sentirlo.

—Eres muy valiosa, Olivia. Nunca lo olvides, eres la mujer que quiero… que amo. —Suspiró hondo, preso de una súbita inseguridad—… Sé que nunca seré Magnus, pero si me quieres…

—No, Andrew, no —intervino Olivia con vehemencia, separándose del abrazo, lo miró a los ojos para que él viera la verdad en ella antes de que empezara a suponer cosas que no eran—. Magnus fue una breve, pero importante parte de mi vida, eso nunca lo voy a negar, pero está muerto, es el pasado. Tú eres un hombre magnífico, inigualable, que demuestra su valía de tantas formas que no podría compararte nunca. Esto que siento es tan diferente a la primera vez que amé, es mucho más fuerte y poderoso. No solo te amo con todo mi corazón, sino con mi cuerpo y mi alma. Desde el momento que reclamaste mi corazón he sido tuya. Si hay que ir a Londres, iré con la frente en alto. No dejaré que sus humillaciones nos afecten, seremos uno y nadie nos derribará —declaró con convicción. Podría soportarlo todo, mientras estuvieran juntos.

Andrew, conmovido y lleno de deseo, la atrajo hacia él, dejándola sobre su regazo, enmarcó su rostro con ambas manos y la besó profundo. Necesitaba su contacto casi tanto como respirar. Estaba harto de soportar estoico las ansias por tocarla y besarla como ella lo merecía y como él quería, con pasión, con veneración, con amor. Demostrarle cuanto la amaba de todas las formas posibles.

Y en ese instante, su ser primitivo salió a la luz. No le importó adelantarse, deliberadamente, a la noche de bodas. Olivia ya era su mujer, pero deseaba que fuera suya en todo el sentido de la pablara, en ese momento. No estaba dispuesto a aplazar su unión ni un segundo más.

Pero solo si ella se lo permitía. Era la única que tenía el poder de impedirlo y Dios sabía que él había intentado no caer en la tentación, pero ella se lo ponía condenadamente difícil solo por el simple hecho de respirar.

—Liv, necesito poseerte aquí, ahora. Si me dices que no, lo entenderé, me detendré, y te ruego que vayas a tu habitación... —susurró Andrew con la voz preñada de deseo—. Pero si lo...

—Ahora, Andrew —interrumpió Olivia con la respiración agitada. El pecho le bajaba y subía jadeante—, yo también deseo lo mismo —afirmó, sintiéndose valiente, poderosa, dueña de su voluntad. No necesitaba la aprobación de nadie, salvo la de sí misma y deseaba sentir al hombre que amaba uniéndose a ella, sellar el pacto solo entre ellos dos, sin más testigos que el mismísimo Todopoderoso. Sus cuerpos hablarían por ellos y harían sus votos nupciales, comprometiendo sus almas para siempre—. Seamos uno. —Olivia abrió el lazo de su bata para explicitar su respuesta.

Andrew no necesitó más para convencerse de que aquello de verdad estaba ocurriendo.

—Dios... —Logró decir antes de volver a besarla entrelazando sus lenguas en una ardiente danza voluptuosa, al mismo tiempo que sus manos vagaban por la espalda de ella, provocándole escalofríos que le recorrieron toda la piel.

Olivia se dejó llevar por la misma pasión, pero no fue pasiva, quería probar hasta donde podía llegar. Con avidez saboreaba la lengua de Andrew y mordía su labios, acariciaba sus pectorales por sobre la fina tela de la camisa. Sus dedos descendieron, buscando donde tirar y quitarla. Quería sentir toda esa piel masculina, y Andrew, al notarlo, le facilitó la tarea quitándose él mismo la prenda como si estorbara, para luego seguir besando el suave y femenino cuello, aspirando el embriagador aroma de alhelíes que ella desprendía. No sabía si era jabón o perfume el origen de la fragancia y poco le importaba, lo único que sabía era que estaba perdiendo la razón. Olivia echó su cabeza hacia atrás y le dio acceso para que él hiciera lo que quisiera con ella. Como si tuviera hambre, Andrew besó, lamió y mordió, arrancando jadeos y quejidos femeninos.

Y él quiso más, armándose de paciencia, desabotonó la larga hilera de botones del camisón, descubriendo, poco a poco, la piel de Olivia. A la luz de las velas, era un espectáculo etéreo contemplar el estrecho valle de sus pechos. Era una piel dorada, tersa, tentadora.

Andrew, con suavidad, le deslizó por los hombros la prenda, dejándola como un charco de algodón blanco rodeando la sinuosa cintura, develando al fin sus senos. Sí, eran preciosos, generosos, carne madura. Los tomó con ambas manos con codicia, y su erección, completamente rígida, reaccionó al sentir aquel peso. Eran perfectos, acarició con los pulgares los pezones que estaban inhiestos como si fueran guijarros, logrando que Olivia siseara con el sensual toque y cerró sus ojos. Ella podía sentir cómo se humedecía y le palpitaba su intimidad. Entre sus piernas el voluptuoso fuego se estaba tornando insoportable. Se aferró a los hombros de Andrew entregándose por completo a sus caricias.

El calor húmedo de la lengua de él en sus pezones le hizo abrir los ojos. Bajó la vista y se encontró con Andrew devorando sus pechos, lamiendo, chupando, apretando. Los sonidos lúbricos inundaban el ambiente y resonaban en el amplio espacio como una melodía erótica.

No había palabras, solo sensaciones. Olivia notaba como el miembro de él se incrustaba en su muslo amenazando con romper la tela del pantalón. El aroma de su propia excitación, los dedos de él, recorriendo su pierna por debajo del camisón, subiendo, subiendo, hasta llegar a ese punto que necesitaba con locura ser tocado.

—Abre tus piernas —susurró Andrew—. Ábrete para mí, mi dulce Olivia —demandó y la volvió a besar, esta vez suave, con ternura.

Ella obedeció, y Andrew con delicadeza se abrió paso entre los húmedos rizos y pliegues, hasta llegar al centro de su feminidad. Evadió a propósito el contacto con el clítoris solo para torturarla. Hundió un dedo en ella, haciendo que diera un jadeo ante la exquisita invasión. Entró y salió de aquel centro resbaladizo y caliente con lentitud. Estaba estrecha, como si fuera su primera vez.

—Relájate, Liv… Déjame entrar —susurró, y al terminar esas palabras, introdujo otro dedo y volvió a provocar un jadeo. Embistió lánguido y sin prisa por unos instantes, hasta que sacó sus dedos e inició el asedio a ese carnoso capullo. Quería ver la respuesta de ella, qué tan sensible y receptiva era.

No pasó demasiado tiempo obtener lo que él quería. Olivia empezó a moverse, a exigir más presión, más contacto, más roce. Quería más, ¡mucho más!

Los suspiros entrecortados de ella lo guiaban, estaba cerca de llegar a la cima. Andrew se preguntó si ella era de las que llegaban al clímax solo con aquel sensual juego o si era de las que necesitaban, además, ser penetradas.

Decidió que iba a averiguar lo segundo, después de todo, no era un santo, y ya no soportaba más el suplicio de no sentirla rodeando su miembro.

Sin soltarla, Andrew cambió de posición y se sentó en la otomana plantando sus pies en el suelo.

—Quiero que desabotones el pantalón y que me toques —exigió con la voz ronca. Dejó libre el cuerpo de Olivia de su agarre y apoyó las manos en la otomana, cargando su peso en sus brazos, anticipándose al deleite que le provocarían las atenciones que recibiría de ella.

Olivia se sorprendió ante esa orden... ¿De verdad, él quería que ella...? ¡Oh, Dios! Andrew era un hombre muy osado, y eso a Olivia le encantaba. Con tan solo la idea de tocar su miembro hacía que se sintiera al borde éxtasis.

Con los dedos temblorosos liberó los dos botones y con timidez metió su mano y liberó aquel miembro que rogaba por una caricia. Era suave, pesado, grueso, absolutamente duro. Súbitamente, Olivia sintió la necesidad atávica de ser llenada por aquella orgullosa virilidad. Se mojó los labios con la lengua.

Andrew estaba fascinado con la respuesta de ella. La expresión del rostro de Olivia lo decía todo, probablemente su experiencia era bastante limitada y aquello no hizo más que espolear su deseo. No le importaba en lo absoluto no ser el primero, porque él sería el último, dueño de todas las innumerables primeras veces que tenían por delante.

—Empúñalo cerca de la punta —indicó—. Ah, no tan fuerte, sé gentil... Así, Liv... Sube y baja con tu mano, lento...

—¿Así? —murmuró ella, hipnotizada.

—Así...

Él no pudo decir nada más. Olivia era una alumna entusiasta y sobresaliente que aprendía con rapidez. Andrew, con abandono, se entregó a los placeres que ella le prodigaba. No hubo que dar más instrucciones, ya no era necesario, su mujer era una verdadera sacerdotisa de Eros.

—Lo haces perfecto —halagó Andrew entre quejidos—. Naciste para complacer a un hombre... a tu hombre —declaró sintiendo que si seguía por ese camino todo terminaría demasiado pronto, por lo que decidió abreviar la lección—. Ahora quiero que te sientes sobre mí. —Olivia lo miró con cierta confusión, extrañada ante esa orden—. Tú también puedes estar sobre mí, querida. Es más, estoy seguro que lo disfrutarás —afirmó, esbozando una sonrisa depredadora.

Olivia aceptó el desafío, se levantó, dejando caer el camisón al suelo, quedando totalmente expuesta. Andrew la tomó por la cintura y acarició su vientre, el cual estaba marcado de estrías. Sí, ahí estaban sus marcas de vida, las que ocultaba la ropa. Sus marcas del alma, todavía las estaba descubriendo. Ambas eran cicatrices que solo él tenía el privilegio de contemplar. La instó a arrodillarse a horcajadas sobre él, tomó su miembro y lo guió hacia la entrada de aquel paraíso escondido.

Poco a poco fue invadiendo la estrechez de Olivia. Ella casi había olvidado lo que era sentir aquello, y redescubrió que era delicioso. Podía sentir todo el grosor de esa viril erección, abriéndola, hundiéndose en ella hasta llegar al fondo.

Andrew la tomó de las caderas y le hizo retirarse un poco, para luego embestirla fuerte. Olivia jadeó, y cuando sus cuerpos se encontraban, un chispazo de placer la recorría.

Debía sentir eso de nuevo.

Andrew, sin soltar sus caderas, acometió una y otra vez. El interior de Olivia reaccionaba, apretándose, al tiempo que el primigenio instinto de sus caderas encontraron el ritmo y roce perfecto. Él entraba y salía con brío, regalándole un deleite indescriptible.

Estaba maravillada, era tan fácil de ese modo. Sentía que pronto llegaría al orgasmo si Andrew la continuaba penetrando.

—¡Dios, Andrew! —exclamó Olivia al sentir cómo alcanzaba el máximo placer, el culmen que la obligaba a desatar su lado más salvaje y desinhibido. Entre quejidos extáticos, ahogándose en un océano de sensaciones indescriptibles, ella se sintió desfallecer de gozo.

Y Andrew no se detuvo, siguió con aquel lúbrico compás hasta que el clímax también lo arrasó por completo, dando término a los oscuros años sin hacerle el amor a una mujer, y disfrutar al fin del deleite compartido de amar sin restricciones. Dio un grave gemido mientras se enterraba una última vez drenando toda su semilla en las acuosas profundidades de ella.

Se aferró a Olivia con fuerza y ahogó un feroz grito entre sus pechos, todavía sintiendo los estertores del potente orgasmo que no terminaba del todo. Era una maravilla, si antes la amaba, ahora la adoraba. Ella era una fuente inagotable de entrega en todas sus formas. Nunca había hecho el amor de una manera tan pura, recíproca y llena de sentimientos.

Ella era el paraíso. Su eterno paraíso.

Al fin le encontró el sentido a todas las palabras de Marguerite. Él nunca la había amado, ahora lo sabía, solo era afecto, gratitud, compasión. Y ahora estaba seguro que amar era mucho más que eso. Olivia era el centro de su universo, su propósito en la vida era hacerla feliz, y ser feliz con ella con la inusual familia que estaban formando.

—Ha sido glorioso —declaró Olivia con la respiración agitada, inmersa en aquella neblina sexual que apenas se disipaba. Andrew en respuesta, le besó la sien.

—No podré estar un día más sin poseerte. Y no me voy a privar de ello. Me importa un penique el escándalo que vayamos a provocar, pero tú no volverás a tu habitación. Desde hoy tu lugar será conmigo en mi cama, ya eres mi esposa.

Si Olivia hubiera escuchado aquella declaración, cuando era una joven debutante, se habría desmayado de la impresión.

Ahora era diferente, las palabras de ese hermoso hombre eran una orden que ella no iba a desobedecer por nada del mundo.

Porque podía, porque pronto iba a ser la vizcondesa Rothbury.

—Y no querría estar en otro lugar, esposo mío.

Capítulo X

El amanecer pronto iba a llegar a Rosebud Manor. Los pájaros lo anunciaban con sus primeros trinos dándole la bienvenida a los claros y débiles destellos del sol matutino, los cuales empezaban a teñir el cielo con tonos deslavados y que, conforme pasaban los minutos, se saturaban de color. Hacía frío. Olivia se acurrucó al fuerte pecho de Andrew, disfrutando el calor que le brindaba ese enorme cuerpo desnudo que descansaba, respirando profunda y regularmente. Ella se sentía en el paraíso después de una noche que jamás iba a olvidar.

Ah, había sido increíble. Andrew poseía una pasión desmedida y abrumadora. En unas pocas horas le enseñó tantas cosas que ella nunca imaginó que podían hacer un hombre y una mujer. Recordó cuando hizo el amor con Magnus, fue en exceso dulce y cariñoso, y la trataba casi como si ella fuera una santa, un ser que casi no se podía tocar. En cambio, Andrew era como si la venerara como una diosa pagana…

Olivia se sonrojaba y excitaba con tan solo recordar como él la poseyó de tantas formas. Juntó sus muslos, ahora sabía de la existencia de músculos que estuvieron dormidos toda su vida y esa mañana estaban exquisitamente adoloridos.

Dio un gran suspiro, decidió que era mejor levantarse e ir a su habitación antes que la servidumbre empezara con sus labores diarias. Olivia quería que ellos se enteraran por boca de Rothbury que ella iba a tomar el papel de señora de la mansión antes de estar casados, y no lo dieran por hecho solo porque la vieron salir a hurtadillas de los aposentos del vizconde.

Lo contempló mientras dormía, su rostro descansaba sobre la almohada, ocultando su «lado bueno», lo cual le confería un aspecto de ser una bestia dormida. Le causó gracia aquel pensamiento, con mayor razón Andrew le daba sentido a ese cariñoso apelativo. La bestia contenida del lago se había desatado, amándola.

Olivia estudió aquella cicatriz. Tenía la apariencia de ser un corte profundo e irregular, y que después trataron de unir con puntos sin ningún cuidado, dejando como resultado una marca deforme y mal cicatrizada. Dios, debió ser una agonía espantosa. Era bien sabido que en la guerra no había nada para calmar el dolor de los heridos.

Pero no sentía lástima por él, sino orgullo por su valentía. Con reverencia acarició la longitud de su preciada cicatriz y sin querer logró despertar a Andrew que, repentinamente, le tomó con fuerza la muñeca como acto reflejo. Al darse cuenta que era Olivia, él soltó el aire de sus pulmones.

—Perdón, amor mío —se disculpó, soltando la muñeca de ella y le besó la cara interna con suavidad—. Me asusté... Pensé que estaba... lo siento mucho.

—No, perdóname a mí, fue imprudente de mi parte tocarte —se excusó Olivia. No había considerado esa reacción de Andrew, después de todo, se estaban conociendo.

—Debo acostumbrarme que estás aquí conmigo... —Suspiró hondo—. Es todo.

—¿Te duele? —preguntó Olivia con cautela.

—En realidad, no siento dolor, perdí la sensibilidad en la piel que circunda la cicatriz y sobre la misma.

Olivia tocó con la yema de sus dedos la marca que tanto le temían los demás. Andrew cerró sus ojos con reverencia, Olivia era su ángel que, con su toque celestial, le estaba sanando el alma sin saberlo.

—Es impactante, pero nunca la he encontrado horrible... ¿Me puedes contar cómo sucedió?

—De hecho, es una deuda que tengo que saldar con usted, lady Rothbury. —Olivia, al escuchar su nuevo nombre, se llenó de felicidad. Ser llamada de ese modo era el indicativo de que Olivia Martin y lady Olivia habían quedado en el pasado.

Andrew se quedó unos segundos en silencio, rememorando. Giró su cuerpo hasta quedar boca arriba, mirando el techo. Algunos recuerdos estaban frescos como los gritos, el sonido de los cañones, el olor a pólvora, a sangre mezclada con el petricor; otros recuerdos, como el intenso dolor, eran vagos. Tomó aire hasta llenar sus pulmones y luego lo dejó salir lentamente.

—Estábamos en plena batalla de Waterloo. Churchill y yo estábamos defendiendo a los reservas en la granja fortificada de Hougoumont —comenzó a relatar con la vista perdida—. Estábamos resistiendo muy bien la carga francesa, pero hubo un momento en que rompieron nuestras defensas y perdimos el control. Recibimos de lleno el ataque, fue un caos. Recuerdo que uno de los soldados enemigos se abría paso a bayonetazos. Era como un demonio sin control e iba directo hacia Adam. Como acto reflejo lo empujé para que no lo mataran y caí. Al hombre le daba igual si era Churchill o yo quien moría, era una casaca roja más. Me dio un culatazo en la nuca que me dejó aturdido. Todavía puedo recordar que cuando me di vuelta, miré el cielo, estaba nublado. Ese segundo de ensimismamiento murió cuando sentí cómo él pisaba mi cuello, y en vez de enterrarme la bayoneta en el pecho, como lo hacía con los demás, se ensañó y arrastró la punta de la bayoneta que ya estaba quebrada y mellada. —Dibujó sobre su rostro el corte lento de arriba abajo, para no decirlo con palabras—. Estaba enajenado y furioso porque yo no suplicaba clemencia, solo gritaba del dolor. Su ira le enceguecío y bajó su guardia, Adam se levantó, y aprovechando el error, lo mató. Otra oleada de franceses se abrió, rompiendo de nuevo la defensa y pasaron sobre mí como una estampida, no pude evitarlo del todo, y se me fracturó la cadera. Churchill me sacó de ahí y me llevó donde estaban los heridos. Casi morí del dolor, a ratos perdía el conocimiento...

—Dios, Andrew... —Olivia le puso la mano en el pecho y él la encerró con la suya y le besó los finos dedos. Era increíble, prácticamente el mismo día que Andrew estaba herido de gravedad en Waterloo, ella estaba siendo enviada a Pine Park. Era casi un milagro que sus vidas se hubieran cruzado—. Debió ser horrible, mi amor.

—Eso ya pasó. El dolor físico pasa. La guerra es lo verdaderamente horrible, independiente del bando. No solo es el infierno de las batallas, es el hambre, el frío, la sed, la miseria que deja por su paso, mostrando la peor cara de la humanidad. Muchas veces pensé que morir habría sido mejor que vivir todo aquello. —Andrew se giró hacia Olivia, le sonrió y le acarició la mejilla—. Pero el Todopoderoso tenía otros designios para mí. Ya ves, si no hubiera sobrevivido, Marian estaría probablemente en el más absoluto desamparo y tú y yo no nos habríamos conocido.

»Después de la derrota de Napoleón, estuve un tiempo en Bélgica, hasta que pude moverme, la fractura de cadera no sanó del todo bien, y por eso ya no puedo caminar demasiado tiempo sin la ayuda de un bastón. Cuando volví a Inglaterra, todo había cambiado, o tal vez, el que cambió demasiado fui yo...

—Es irónico, y a la vez vergonzoso darme cuenta que mientras tú sufrías los rigores de la guerra, yo bailaba en fiestas que rezumaban frivolidad. Sabía que la guerra estaba ahí, pero no me tocaba... —intervino con un deje de culpa en su tono de voz.

—Y nada hubieras podido hacer, querida, eras apenas una jovencita...

—Lo sé, pero ahora no lo soy. Siempre viví una vida protegida y privilegiada, y cuando me enviaron a Pine Park, me di de bruces contra la realidad y lo difícil que es todo. Y pudo ser peor, si mi padre no me hubiera dado la asignación anual, si no me hubieran recluido, ni siquiera sé si habría sobrevivido estando embarazada y sola. Tal vez habría muerto.

—Yo creo que pudieron haber hecho algo mejor que repudiarte. He visto tanto durante mi vida, que simplemente una mujer soltera con un hijo no me parece algo terrible ni indecente. Lo que me parece realmente indecente es que una mujer quede indefensa cuando pierde a su esposo o a su padre; es escandaloso que tengan que soportar vejaciones porque se les considera propiedad de sus esposos como si fueran un animal de ganado; es indignante que no puedan educarse; me parece asqueroso que sean golpeadas, que sean casi esclavas, que no puedan poseer nada cuando se casan; que consideren su arduo trabajo como algo inferior... Eso es más ignominioso y deleznable que haber concebido un hijo fuera de un matrimonio... Fuiste valiente por conservar a William. Sé de otras damas que se ven obligadas a tomar decisiones más drásticas por salvaguardar la sobrevalorada reputación.

—La presión que pueden ejercer las personas puede ser brutal, y no me atrevo a juzgar a esas mujeres. Yo estuve entre la espada y la pared, pero no cedí. Pero hay otras que están en situaciones mucho peores que la mía... Me reconforta tu manera de pensar. A los dos nos ha tocado vivir experiencias que nos han mostrado que las mujeres estamos en una injusta desventaja —convino Olivia; Andrew era un hombre bondadoso—. A mi hermano, por ser hombre, le perdonan todo; también tiene un hijo, escuché que lo tiene escondido en Cornwall pero, lógicamente, a él no lo repudiaron.

—Por ese mismo motivo, y otros más, es que quiero tomar mi escaño en el parlamento.

—Eres realmente admirable, Rothbury. Un ser humano hermoso.

—¿Está usted ciega, señora Martin? —interpeló Andrew con una sonrisa, parafraseando la pregunta que le hizo la primera vez que conversó con ella. Si Olivia lo veía como un ser humano hermoso, él ya no se lo iba a contradecir.

—Tengo una vista privilegiada, milord. Como un halcón —respondió, siguiéndole el juego—. Te amo. —Lo besó con intensidad—. Debo irme —anunció. Le puso un dedo en los labios para impedir cualquier réplica—. Sé lo que dijiste anoche, pero prefiero que todo el mundo lo sepa por tu boca en vez de chismes que digan que la señora Martin salía de la habitación del vizconde corriendo en puntillas. Desde esta noche me tendrás hasta el amanecer... y hasta que la muerte nos separe.

—Ve, antes que me arrepienta —accedió Andrew, estando de acuerdo con el razonamiento de Olivia.

Olivia asintió, se vistió con premura y en tan solo unos segundos dejó a lord Rothbury solo.

—Tendré que ir de nuevo a la iglesia... Debo convertir a Olivia en una mujer casada mucho antes de lo presupuestado.

***

Mary siempre despertaba al alba. Se estiró como si fuera un gatito y miró en dirección a la cama de lady Olivia.

Vacía, solo el pequeño Will dormía profundamente en ella.

No alcanzó siquiera a fruncir el ceño y especular sobre el paradero de su amiga, pues la puerta se abrió lentamente y una sonriente Olivia entraba en la habitación. Su aspecto de felicidad desaliñada se evidenciaba por su cabello castaño, hecho un desastre, y unas ojeras que la acusaban de haber estado toda la noche en vela. Olivia, en cuanto se percató que Mary ya estaba despierta, se ruborizó, sintiendo que había sido pillada *in fraganti*.

—Buenos días, lady Olivia —saludó Mary, susurrando para no perturbar el sueño de William.

—Buenos días, Mary. ¿William no despertó durante la noche? —interrogó Olivia, intentando parecer natural. Literalmente, se había olvidado del mundo, una punzada de culpabilidad se clavó en su corazón.

—No. Apenas notó que usted no estuvo con él —respondió con cierto tono acusatorio, que en realidad no iba en serio. Mary le sonreía—. Si va a pasar las noches con su futuro esposo, debería volver más temprano. Tuvo suerte de que las criadas no anden realizando sus quehaceres por este lado de la mansión.

—Rothbury hará que lleven mis pertenencias a los aposentos vizcondales —reveló Olivia—. No quiere ocultar nada, ante nadie... Desde hoy soy su esposa en ciernes.

—Válgame, qué atrevido e impaciente es lord Rothbury... —Mary ahogó un grito y se abanicó con su mano, remedando a las damas de alta sociedad—. Ojalá algunos hombres fueran más decididos —masculló Mary pensando en cierto caballero.

—¿Qué dijiste? —preguntó Olivia segura de que Mary había acotado algo más.

—Que nunca había conocido a alguien tan decidido... —rectificó la muchacha, maldiciendo mentalmente al caballero en cuestión.

—Sí lo es, pero él se lo puede permitir, es el señor de la mansión después de todo. Puede hacer lo que se le plazca.

—Menos obligarle a hacer algo que usted no quiere, ¿cierto?

—La decisión también está tomada por mi parte. Es absurdo preocuparse del qué dirán, si lo que haga o deje de hacer será motivo de habladurías.

—Eso es cierto. Pero no hay de qué preocuparse, pronto será la vizcondesa. Se lo puede permitir —razonó Mary—, además, no vamos a comparar las habladurías de estos pueblos perdidos de la mano de Dios en comparación con Londres.

—Tienes mucha razón... Lo que más extrañaré será dormir con William.

—Se acostumbrará, basta con que usted esté a su lado cuando se esté quedando dormido —afirmó. Olivia era una madre que se preocupaba mucho por su hijo, pero ya era hora de ir dándole de a poco más independencia al pequeño—... Y hablando de dormir, duerma un rato más, señora. Yo me encargo de Will.

—Gracias, Mary. —Se acercó a ella y le dio un abrazo—. Gracias por no juzgarme y darme tu apoyo. Eres la mejor amiga que jamás imaginé tener.

Mary se sonrojó con aquel halago y sonrió con timidez.

—He sido testigo de todo su sufrimiento. Si es feliz con lord Rothbury, no soy quien para emitir juicios… Además, ya nos quedó claro que él hace sus propias reglas y no se ciñe a las que no les gusta.

—Aunque diga que es un hombre común, esa actitud solo puede venir de un aristócrata. Puede renegar todo lo que quiera, pero lo lleva en la sangre —afirmó con orgullo, reprimiendo un bostezo.

Olivia se quitó la bata y se acurrucó al lado de William, que todavía dormía. Observó sus facciones angelicales, pronto él iba a ser criado como un Witney, había un hombre generoso que le ofrecía protegerlo de una manera que ella sabía que no podría. Pensó en todas aquellas mujeres que tenían una suerte mucho peor que ella, en el más absoluto desamparo, y alzó una plegaria a Dios para que les diera fuerza y que esperaran un poco más. Porque decidió que tenía que hacer algo por ellas, sabía que no podría ayudarlas a todas. Sin embargo, si al menos mejoraba la vida de una sola, sería más que suficiente. Debía pensar en un modo de hacerlo, no quería hacer caridad, quería dar armas…

Y sin darse cuenta, se quedó dormida, contenta, porque había encontrado un propósito más para su vida.

<hr />

Olivia golpeó la puerta de la biblioteca, un escueto «pase» se oyó del otro lado. Al entrar se encontró con Andrew sentado en su escritorio, y ante ellos estaban de pie la ama de llaves, la señora Stanley y Carruthers, el mayordomo.

—¿Me llamó, milord? —interrogó Olivia en su papel de institutriz y les sonrió a todos con amabilidad.

—Sí, señora Martin. Por favor, póngase de pie a mi lado —Olivia así lo hizo, Andrew tomó su mano y se la besó—. Señora Stanley, Carruthers, como ya saben, la señora Martin pronto será lady Rothbury. Pero ella ha insistido en tomar ese papel solo en cuanto nos casemos y no antes, por lo cual, ella ha permanecido estos días cumpliendo con su trabajo, tal y como ha sido desde que llegó. Por supuesto, yo no estoy de acuerdo con ello, y he logrado convencerla de que tome su lugar desde este instante. Es mi deseo que se pongan a su disposición tal como lo harían conmigo e informen al resto del servicio de Rosebud Manor esta decisión. Deberán dirigirse a ella como lady Rothbury y no de otro modo —decretó firme, sin llegar a ser pedante, una combinación muy peculiar—. Señora Stanley, quisiera que después de ello empiece a poner al día a lady Rothbury acerca de todo lo que concierne a las decisiones que debe tomar al ser la señora de la casa y a los preparativos de la celebración de nuestro enlace. También deben llevar las pertenencias de lady Rothbury al vestidor de los aposentos de la vizcondesa —ordenó, regodeándose de la idea de poseerla todas las noches hasta el fin de sus días.

La señora Stanley y Carruthers en apariencia estaban impertérritos, pero internamente se hallaban sorprendidos. Nunca les había tocado ejecutar semejante petición, y sin embargo, no les extrañaba, viniendo de lord Rothbury, que a pesar de ser tan excéntrico, ya se había ganado el afecto y respeto de la mayoría de las personas que trabajaban para él.

—Se hará como usted ordene, milord —aseguró Carruthers, flemático. Debía admitir que desde la llegada de lord Rothbury la mansión había cobrado vida—. Estoy a su entera disposición, lady Rothbury.

—Muchas gracias, Carruthers —agradeció Olivia, regalándole una sonrisa amable.

—Será un honor tenerla como señora, lady Rothbury. Si me permite el atrevimiento, quisiera decirle que todo el mundo la aprecia mucho, así que pierda cuidado, estaremos felices de servirle.

—Gracias, señora Stanley, de verdad aprecio todo vuestro apoyo. Después la llamaré para empezar a ver los asuntos de la casa —anunció Olivia, tomando el poder que le investía Andrew, no podía mostrarse como un pajarillo asustado.

—Bien, eso es todo. Muchas gracias a ambos. Pueden volver a su trabajo.

En silencio salieron de la biblioteca y dejaron a Andrew y a Olivia a solas. Él no perdió un segundo más, con suavidad tiró de la muñeca de ella y la sentó en su regazo.

—Aquí perteneces, mi señora. —La besó con pasión y le apretó la nalga tanto como pudo abarcar su mano—. Fui a la iglesia esta mañana. Solo te quedan dos semanas para organizar todo.

—¡Dos semanas! —exclamó sorprendida, su mente empezó a trazar planes frenéticamente—. Tienes que decirme a quienes vas a invitar para la celebración… ¿Y mi vestido? La señorita Orwell dijo que…

—No te aflijas, querida. Solo invitaré a mis hermanas y sus familias, tú puedes invitar a quien quieras. —Olivia respondió a eso último arrugando un poco la nariz y negando con la cabeza—. Y sobre el vestido, no te preocupes, estará listo; le daré un buen incentivo a la señorita Orwell para que se dé prisa.

—Oh, Andrew, eres un hombre que no admite un no por respuesta.

—Solo cuando se trata de tenerte lo más pronto posible como mi esposa ante Dios. Puedo ser muy persuasivo cuando me lo propongo.

—Eso no te lo voy a negar...

Golpearon la puerta interrumpiendo aquel interludio. Olivia de mala gana se levantó del regazo de Andrew, quien ponía de manifiesto su hartazgo por el decoro, observando cómo ella se sentaba en una silla situada frente a él, fingiendo que no había sucedido nada.

—Pase —autorizó, escueto.

Nuevamente era Carruthers que portaba una pequeña bandeja y en ella un sobre.

—Enviaron este mensaje desde Londres, milord. El mensajero dijo que es urgente y que debía entregarlo a la brevedad en sus manos —informó el mayordomo, dejando la bandeja sobre el escritorio.

—¿Está esperando respuesta inmediata?

—No, señor.

—Muy bien. Puede retirarse y ofrézcale un refrigerio al mensajero. Debe estar cansado.

Mientras el mayordomo abandonaba la biblioteca, Andrew leyó el remitente y alzó sus cejas. Rompió el sello y abrió el sobre:

«*Mi querido Andrew:*

»*Estoy arruinada.*

»*Mi esposo ha huido del país y me ha abandonado junto con mis hijos. Los acreedores se lanzaron sobre todo lo que poseíamos, Frank estaba endeudado a más no poder. No tengo a donde ir. Estoy tan avergonzada que no me atreví a ir a tu propiedad en Londres donde todos pueden ser testigos de mi vergonzosa y humillante situación.*

»*En estos momentos estoy yendo a Rosebud Manor con mis hijos y lo poco que me queda. Te ruego que nos recibas aunque sea por un tiempo. No sé a quién más recurrir, te juro que no seré una molestia. Estoy desesperada, se lo llevaron todo, absolutamente todo.*

»*Perdóname por no avisar con más anticipación, pero esto fue tan repentino, que todavía no puedo creer que esto esté pasando. Llegaré el 18 de agosto, si Dios lo permite.*

»*Tu hermana que te quiere.*
»*Minerva Smith, marquesa de Somerton.*»

Andrew entornó los ojos, reprimiendo las ganas de ir a buscar al esposo de su hermana y matarlo con sus propias manos. Sabía que tarde o temprano eso iba a suceder, ¡lo sabía! La carta estaba plagada de manchones que corrían la tinta de la nerviosa y vacilante caligrafía de Minerva.

Manchas de lágrimas de dolor, de vergüenza y abandono.

Miró el preocupado semblante de Olivia, que le pedía respuestas a lo que decía aquella misiva.

—Tendremos visitas inesperadas e indefinidas, querida. Mi hermana mayor llegará mañana.

Capítulo XI

El elegante reloj de pie dio dos sonoras campanadas que rasgaban el silencio. La figura de Minerva Smith, marquesa de Somerton, irrumpía en el gran vestíbulo de Rosebud Manor, acompañada de sus dos hijos, Frank de ocho años y Ernest de cinco.

—¡Andrew, querido! —fue el saludo de Minerva al ver a su hermano. Apuró el paso, le dio un abrazo y le dio un beso al aire a cada lado de sus mejillas—. Vaya, te ha sentado muy bien el aire campestre —comentó al apreciar a su hermano de arriba abajo. Su semblante se veía menos espeluznante.

Olivia estaba al lado de su esposo en ciernes, observando en silencio la escena y admirando el exquisito vestido de la marquesa de Somerton. Vestidos, un título y dos hijos eran lo único que le quedaba a esa hermosa mujer rubia y de ojos azules, una hermosa versión femenina del vizconde. Según lo que le contó Andrew, Minerva tenía treinta y tres años, y su rostro delataba su madura juventud, pero un matrimonio infeliz y su expresión severa le hacía aparentar mucho más.

—Venir a la propiedad vizcondal ha sido lo mejor que pude hacer, Minerva —confirmó Andrew, y miró de soslayo a Olivia, ella era la que le había sentado bien, no el aire campestre. Saludó a sus dos sobrinos que se escondieron tras las faldas de su hermana. Hacía mucho tiempo que no los veía, afortunadamente, los niños cada día se parecían más a Minerva. Frank lo miró fugaz y volvió a esconderse, la gran cicatriz de su tío era algo que todavía le impresionaba.

—Sin duda alguna, querido. Ha sido un viaje interminable y estoy exhausta. Descansaremos un par de horas en las habitaciones que nos indique tu ama de llaves. —Miró a Olivia que no decía nada y no bajaba la vista ante su escrutinio. ¡Vaya, qué atrevida, no se daba por aludida!—. Nuestras pertenencias deben estar todavía en el carruaje, ¿nos puedes indicar donde estarán mis aposentos y los de mis hijos...?

—Ella no es la ama de llaves —interrumpió Andrew antes de que Minerva empezara a repartir órdenes como si fuera la señora de la casa—. No me has dejado presentarla, siempre tan impaciente, Minnie. —La reprendió, llamándola por su diminutivo y frunciendo el ceño, Minerva lo miraba confundida—. Ella es la señorita Olivia Martin, mi prometida y esposa en ciernes, por lo que extraoficialmente es lady Rothbury.

Minerva no pudo evitar dar un grito ahogado. Estaba escandalizada e impactada ante tal aseveración, el término esposa en ciernes solo quería decir una cosa. ¡Qué indecencia!

—Bienvenida a... —Olivia se quedó con el saludo en la boca.

—¿Y qué dice la familia de la señorita Martin respecto a tan... inusual e inapropiada situación? —Interpeló, ignorando de manera flagrante a Olivia—. Andrew, esto es totalmente inaceptable, no puedes hacer esto sin estar casado.

Lord Rothbury se sintió insultado como jamás en la vida. Sí, era su hermana mayor, pero él no le debía dar explicaciones sobre sus decisiones. Minerva se estaba extralimitando en sus atribuciones y no lo iba a permitir.

—Nos casaremos en dos semanas, por si te preocupa la honra de Olivia. He solicitado una licencia, no pretendo sostener la situación demasiado tiempo sin la bendición de Dios —afirmó, tomando de la cintura a Olivia para subrayar sus dichos—. La familia de lady Rothbury no tiene injerencia en esta decisión y te pido que seas más respetuosa con la señora de la mansión. Te lo advierto, Minerva, esta es mi casa, mis reglas, y si no te gusta mi comportamiento, te sugiero que vayas a la posada que hay en Hillside, y yo pagaré tu estancia en ese lugar.

Minerva no sabía qué le impresionaba más, que su hermano estuviera llevando una vida de casado sin pasar todavía por el altar o que él mostrara su lado autoritario ante ella. Casi no lo reconocía, él siempre fue sumiso y apocado. Tal parecía que el giro inesperado que dio su vida le había hecho cambiar su carácter de una manera radical.

—No hay que ser tan extremista, querido —replicó Minerva intentando contener el rugido de su orgullo herido y aplacar el enojo de Andrew. En ese momento odió todavía más a su cobarde y libertino esposo. ¿Acaso, no podía dejar de ser humillada por todo el mundo? No sabía qué era peor, vivir en una posada de mala muerte o en un antro de comportamiento licencioso—. Mis dispensas… Lady Rothbury, no estoy habituada a vivir este tipo de situaciones —se disculpó sin poder ocultar con éxito su parecer en sus palabras. Dio una leve reverencia, admitiendo que, a pesar de estar en un rango superior al de Olivia, estaba en franca desventaja.

Olivia pensó que la hermana de Andrew debía estar más que habituada a situaciones indecentes y licenciosas, pero por parte de su esposo, lord Somerton. Lamentablemente, las mujeres como Minerva estaban educadas, y a la postre, acostumbradas a tener que soportar de sus esposos ese tipo de comportamientos, a tal punto que, incluso, los justificaban. Pero decidió que no iba a caer en su juego de poderes. Ella era la señora de Rosebud Manor y era cuestión de tiempo de que todo fuera aceptable para la sensible moral de la hermana de Andrew.

—Bienvenida a Rosebud Manor, lady Somerton —saludó al fin Olivia como si nada hubiera pasado, dio una reverencia digna y elegante, demostrando que no era una dama de inferior categoría, como tal vez suponía su futura cuñada—. La señora Stanley ya ha preparado sus habitaciones y sus pertenencias ya deberían estar en ellas —indicó Olivia. Desde el día anterior estuvieron planeando con el mayordomo y el ama de llaves para que todo saliera impecable ante la visita de Minerva—. Si lo desea, sus hijos pueden ir a la habitación infantil donde están lady Marian y mi hijo William —señaló a propósito para que la hermana de Andrew se enterara de todo de una buena vez. Era muy posible que aquella revelación le provocara una apoplejía de la impresión. Su hijo no iba a ser ocultado nunca más.

Andrew estaba orgulloso de Olivia, y vaya que estaba disfrutando poner en aprietos a su hermana por su innecesario comportamiento altanero. Le hacía falta una sana dosis de humildad.

La cara de Minerva lo decía todo. Estaba segura que su hermano no había señalado que esa mujer era viuda, sino que la presentó como señorita. Aquello era más indecente todavía, mas no emitió ningún juicio, ya sabía cuál iba a ser el resultado si se atrevía a seguir diciendo lo que pensaba.

—Prefiero que Frank y Ernest descansen también en su habitación.

—Bien... —aceptó Olivia sin sentirse ofendida. Era algo que había previsto—. Habitualmente, en la tarde tomamos el té en el salón matinal, por si desea unirse a nosotros, lady Somerton —invitó Olivia—. Sígame, por favor.

Olivia dio media vuelta y se dirigió a las escaleras, y al llegar al punto donde se dividía en dos, se dirigió al ala derecha. Llegaron hasta el fondo y abrió una de las puertas. Andrew iba a la zaga de todos ellos. De vez en cuando sus sobrinos lo miraban subrepticiamente y se escondían en cuanto eran sorprendidos por Rothbury, quien les hacía muecas y luego se reía de los pobres muchachos.

—En la habitación verde estarán sus hijos. Lizbeth será su niñera y vendrá en unos momentos a atenderlos —indicó Olivia con eficiencia—. Frank, Ernest, siéntanse como en su casa. Lizbeth les traerá leche y las famosas galletas de mantequilla hechas por la señora Ramsey, nuestra talentosa cocinera. Si lo desean más tarde, y si su madre lo autoriza, pueden visitar a lady Marian y a William en la habitación infantil.

Los niños, ante esa deliciosa oferta, aceptaron de buen grado. Entraron a su habitación, la cual era amplia y estaba decorada con cortinas de terciopelo, alfombras mullidas y suaves, y ropa de cama, todo en diferentes tonos de verde, al igual que el papel mural pintado con diseños de hojas de roble. Había dos camas con sus respectivas mesas de noche. La estancia contaba con todo lo necesario para dos niños llenos de energía.

—Madre, ¿nos dejas ir a la habitación infantil para ver a lady Marian? —preguntó Frank, implorando con sus ojos una respuesta afirmativa, a lo que su madre accedió con un silencioso asentimiento de cabeza.

Minerva, en su fuero interno, se decía que Olivia era una mujer muy astuta ofreciendo golosinas y juegos a sus hijos. Debía tener cuidado con ella, si fue capaz de engatusar a su hermano, encajándole un bastardo... No quería ni saber hasta qué nivel influenciaba en Rosebud Manor.

—Lady Somerton, su aposento será la habitación lila —indicó Olivia, abriendo la puerta de la habitación contigua, la cual era una femenina réplica casi exacta de la habitación de sus hijos, pero en tonos lilas y violetas. La cama con dosel reinaba en el centro y el diseño del papel eran sobrias flores blancas en fondo púrpura—. Hay agua y un aguamanil en el tocador para que se refresque. En breve vendrá Anabelle, quien estará encantada de ser su doncella.

—Espero que todo sea de tu agrado, Minerva. Estaré feliz de que nos acompañes a las cinco en el salón matinal, tenemos un té especialmente delicioso —intervino Andrew ante el mutismo de su hermana. Olivia era una anfitriona impecable.

Y claro que lo era, si ella fue educada para ser la esposa de un aristócrata de alto rango, un político o un diplomático y con eso le otorgaría más contactos al ducado. Toda la vida escuchó el discurso sin fin, que debía ser perfecta y complacer a su futuro esposo. Pero ahora no lo hacía por deber, lo hacía por amor.

Ambos se miraron y sonrieron.

Valió todo el esfuerzo y dedicación en preparar todo hasta la perfección. Si hubiera sido por Andrew, habría dejado todo en manos de la señora Stanley. Pero Olivia insistió en hacerle innumerables preguntas para que todo fuera del agrado de su hermana. Si no fuera por la «situación inusual», Minerva estaría besando el suelo por el que Olivia pisaba.

Y menos mal que él respondió todas las preguntas de lady Rothbury. A medida que ella le sonsacaba información, pudieron prever la reacción de su hermana.

Todo fue como supusieron.

Ahora solo había que quitarle de su cabeza sus prejuicios, porque ya no estaba en Londres, no contaba con la posición que ostentaba en la alta sociedad, y estaba en la ruina.

Debía asumir la realidad.

Y Olivia decidió que su proyecto personal partiría con su futura cuñada. Iba a ser una verdadera cruzada. Debía abrirle los ojos, demostrarle que las cosas verdaderamente importantes eran otras, y que podía, no, que debía empezar de nuevo.

Debía darle armas.

—Tal vez, baje acompañarlos, dormiré un rato. Estoy realmente cansada —respondió Minerva sin comprometerse del todo con la invitación.

—Será un placer contar con su presencia, lady Somerton —insistió Olivia, haciendo gala de toda su diplomacia.

Minerva esbozó una débil sonrisa, y en ese momento apareció la doncella para atender a su nueva señora.

Cuando la puerta se cerró, Andrew miró a Olivia, quien tenía una expresión triunfal. Le ofreció su brazo y se dirigieron a la habitación infantil.

—Fue exactamente como dijiste que iba a suceder, querida —afirmó Andrew, besando la mano de Olivia.

—Haber vivido dentro de la crema y nata de la alta sociedad te da la experiencia suficiente para saber cómo piensan y actúan. Tu hermana debe estar pensando en que su vida acabó, y en realidad, solamente está empezando. Debe luchar por sus hijos y criarlos fuertes, porque Frank heredará un título inútil y lleno de deudas, si es que llega a haber algo que heredar cuando tenga la edad suficiente.

—Va a ser difícil. Yo le podré dar ayuda cuando sea el momento.

—Y no dudo de ello, pero Minerva debe aprender que el estilo de vida que tiene y que ha perdido, deberá quedar en último lugar cuando Frank herede el título. Cuando llegue ese momento, deberá darle prioridad a otras cosas que son infinitamente más importantes que la posición que ostenta en la sociedad.

—¿Te estás escuchando, Olivia? —Interpeló Andrew, deteniendo su andar, y la tomó de los hombros—. Hablas como una mujer que ha vivido centurias y solo tienes veintiún años —halagó con admiración. Su joven mujer era sabia, como pocas.

—Qué poco caballeroso de su parte evidenciar mi edad, milord —se mofó Olivia—. Debo confesar que antes era muy parecida a Minerva. Toda esta sabiduría apareció de un día para otro... ¿Recuerdas el día que nos conocimos?

—Como si fuera ayer...

—Ha pasado un mes, querido. Ese día, cuando te vi emerger del lago, fue como un despertar, me hiciste sentir... cosas y fui consciente de muchas otras más.

Andrew alzó las cejas, sorprendido.

—Me encantaría saber qué cosas te hice sentir —señaló mientras la tomó entre sus brazos, a conciencia, y sus cuerpos se tocaron en toda su longitud.

—Tú sabes muy bien lo que me haces sentir... —aseguró, sintiendo un súbito calor—. Antes de conocerte creía que estaba muy feliz con mi vida. Estaba conforme con vivir lejos de mi familia, acepté mi castigo con resignación. Todo valía la pena porque estaba con Will, y si bien el dinero no me sobraba, tenía lo suficiente para vivir. Estaba dispuesta a estar ahí hasta cuando fuera necesario. —Olivia se quedó en silencio, era tan lejano ese día, como si hubieran transcurrido siglos—. Ese día cuando te vi... me excité, sentí el deseo corriendo por mis venas... —admitió y los ojos de Andrew rezumaban ese mismo deseo y orgullo masculino—. No me mires así, es incómodo confesar algo así... —Se aclaró la garganta y continuó—: Me di cuenta de que era una persona que podía experimentar la lujuria, y que si yo hubiera gozado de los mismos privilegios que mi hermano poseía, habría arrastrado la reputación de mi familia por el fango. Para un hombre es aceptable tener una vida de libertinaje, pero una mujer es crucificada si hace lo mismo. Fui consciente de lo injusto que es ser mujer, soy un ser humano igual que tú, pero se nos juzga con más dureza y se nos castiga de igual modo. Los hombres nos tratan como personas de segunda categoría que no tienen derecho a nada, y no me gustó esa sensación. Sí, hombres y mujeres somos diferentes, en físico, capacidades y aptitudes, pero es injusto que no tengamos los mismos derechos y oportunidades. —Olivia no dijo más, su inflamado discurso murió súbitamente. Andrew no decía nada, solo la miraba fijo y serio. Ella sabía que él compartía mucho de sus pensamientos e ideas, pero desconocía el límite, no sabía hasta donde podían llegar a coincidir.

Los labios de él esbozaron una sonrisa.

—Tú y yo estamos destinados a hacer grandes cosas, querida mía —aseveró Andrew, sintiendo que la amaba más—. Lo único que le agradezco a tu familia, es que te enviaron a Pine Park, de otra forma no hubiera tenido el honor y placer de conocerte y amarte. Y aunque parezca increíble, te entiendo, todas las mujeres que han pasado por mi vida, de un modo u otro, me han demostrado que la única arma que poseen es su inteligencia para poder sacar ventaja ante cualquier problema... Pero aquello no es suficiente, no todas tienen el coraje de nadar contracorriente, de revelarse. Soy afortunado de vivir con la mujer más valiente, osada e inteligente de Inglaterra, ¡no!, del mundo.

La besó con fervor. Olivia era tan mujer y le hacía sentir más hombre. Era irónico, pero el gran carácter de ella no suponía amenaza a su masculinidad, al contrario, la impulsaba a un nivel superior.

—Vamos a visitar a los niños, lady Rothbury. Mary debe necesitar un relevo.

Olivia estaba sirviendo el té para Andrew, Mary y Adam en el salón matinal, mientras se escuchaban las voces infantiles de tres niños —Marian participaba, pero no decía nada— que jugaban en el jardín, a la vista y resguardo de varios lacayos, y en el bosque, de los vigilantes que deambulaban en él, haciendo guardia.

—Parece que Minerva necesita más tiempo —comentó Andrew ante la ausencia de su hermana.

—No me extraña en lo absoluto —afirmó Olivia sin preocuparse en realidad.

—Más té para nosotros —bromeó Andrew y decidió cambiar de tema—. Churchill, ¿ya tienes todo listo para partir a Londres?

—Así es, parto mañana al alba, llevo la invitación de vuestro matrimonio a lady Swindon. —La otra hermana mayor de Andrew—, y me reuniré con el abogado en cuanto ponga un pie en Londres.

Olivia y Mary se miraron, no tenían idea de que Adam partiría de viaje a ver el abogado de Andrew, mas no dijeron nada. Olivia le preguntaría esa misma noche el objetivo de la visita.

—¿Cuánto tiempo estará fuera de Rosebud Manor, señor Churchill? —preguntó Olivia de manera casual.

—Si no hay ningún imprevisto, en una semana estaré de vuelta. Solo estaré un par de días en Londres. No me perderé la boda por nada del mundo, sin mí no hay ceremonia —respondió de buen humor—. No puede faltar uno de los testigos, además sé que me extrañarán, no puedo jugar con sus corazones de esa manera —continuó mirando de reojo a Mary, que se ponía colorada cada vez que él posaba sus ojos sobre ella. Le gustaba torturarla.

—No sería nada agradable reemplazarlo por otra persona, señor Churchill. Es el mejor amigo del vizconde, más le vale estar aquí —advirtió Olivia, sonriéndole.

—Ni a mí me gustaría verme en esa tesitura...

El llanto de William interrumpió la conversación. Olivia se puso de pie de inmediato, al mismo tiempo que Mary, y salieron apresuradas sin decir palabra por la puerta francesa. El semblante de Andrew se endureció al quedar a solas con Adam.

—Sé muy discreto con tus averiguaciones. No quiero que quien sea que esté detrás del disparo del otro día se dé por enterado de que estamos investigando. Si está empecinado en lograr su objetivo, será cuestión de tiempo que lo intente de nuevo —indicó Andrew, poniéndose de pie—. Espero que nuestras medidas de seguridad lo disuadan por una buena temporada.

—Dalo por hecho, Andrew.

Lord Rothbury asintió y salió tras Olivia para averiguar el motivo del llanto de William.

—¡Demonios! —exclamó el hombre mientras corría por el espeso bosque. Ese bastardo tenía demasiada suerte. No debió haber tropezado e hizo que la flecha no alcanzara su fatal objetivo.

Necesitaba un método más silencioso, pero el mocoso se lo hizo difícil. Haber atacado a plena luz del día fue una osadía monumental, pero no tuvo otra alternativa, el tiempo se les acababa, debía impedir de algún modo la boda.

Lamentaba que su amo no hubiera actuado mucho antes, matarlos a todos hubiera sido muy fácil en Pine Park y todo se habría resuelto fácilmente.

Lo único bueno de toda la situación fue que la flecha quedó ensartada entre los arbustos, y nadie se dio cuenta de ello, de lo contrario, estarían todos buscándolo en ese momento.

Se detuvo en seco cuando divisó a uno de los guardias que vigilaba esa zona del bosque, decidió que lo mejor era esperar el anochecer para salir de ese lugar y escribirle a su amo, y aguardar por sus instrucciones.

Cada vez era más difícil encontrar una oportunidad, debían empezar a pensar en otras alternativas.

Tenía que eliminar a ese niño y a su madre a toda costa, por el bien de su amo y de sus aspiraciones.

Sí, la existencia de Olivia y William Martin debían ser borradas de la faz de la tierra.

Capítulo XII

—William se ha tropezado, lady Rothbury —informó Frank, asustado y nervioso—. Estábamos corriendo y…

—Will iba último —agregó Ernest, tan asustado como su hermano—. No nos dimos cuenta…

Marian solo miraba con los ojos desorbitados y llorosos, su pecho subía y bajaba con furor.

Olivia llegó al lado de William, que estaba ovillado en el suelo llorando a todo pulmón. Lo tomó entre sus brazos y al girarlo la sangre le bañaba la cabeza.

El pánico le perló la piel de sudor. Las manos le temblaron y un enorme nudo se instaló en su garganta, ahogándole la voz.

No podía perder la cabeza, llenó de aire sus pulmones y comenzó a revisar el origen de esa sangre.

—¡Lady Rothbury! … ¿Qué ha…? ¡Oh, cielo santo! —La pobre Mary sintió que se mareaba y casi se desmaya al ver el estado del niño.

William lloraba sin cesar, Mary estaba paralizada —sufría de fobia a la sangre—, Olivia con las manos manchadas y presa de los nervios, no encontraba la herida. De lo único que estaba segura, era que su hijo no se había golpeado en la nuca.

—Will, tranquilo, ya va a pasar —aseguró Olivia intentando conservar la calma, sin mover demasiado al pequeño—. Todo estará bien, hijito mío —continuó consolándolo, mientras revisaba su cabeza minuciosamente, hasta que encontró un corte en la zona frontal de la cabeza, justo donde nacía esa mata de cabello castaño.

Una sombra eclipsó el sol. Olivia levantó la vista y era Andrew, que se agachó con ayuda del bastón, al lado de ella, con el rostro imperturbable.

—¿Encontraste la herida, amor? —interrogó Andrew con frialdad, mas no hacia ella, sino para no perder el control de la situación. Él estaba acostumbrado a ver sangre, solo necesitaba saber qué tan grave era.

—Sí, acá. —Olivia señaló el corte que todavía sangraba mucho.

Andrew se sacó el pañuelo de seda de su cuello, y luego de examinar la herida, procedió a usarlo como una compresa para intentar detener la hemorragia.

—Esto va a requerir puntos, pero no se ve grave. La cabeza suele sangrar mucho —diagnosticó sereno—. Elmer, dile a Churchill que vaya a buscar al doctor Morton, y luego dirígete con el jefe de las caballerizas y dile que ensille a *Luck* para que Churchill pueda salir de inmediato, ¡ve, rápido! —ordenó de manera precisa a uno de los lacayos que miraba sin intervenir, a la espera de lo que dijera el señor. El hombre asintió y partió corriendo hacia el interior de la mansión—. Llevemos a William a su cuarto, querida. —Dejó en el suelo su bastón y tomó el cuerpo del pequeño con suavidad de los brazos de su mujer—. Sé que duele, Will, ya pasará, intenta no llorar para que no siga sangrando tu herida —aconsejó—. Mamá está a tu lado, no te dejará —prosiguió, intentando aplacar la angustia del pequeño—. Mary, dígale a la señora Stanley que traiga agua caliente y paños limpios para asear al niño —decretó, mientras se internaba en la mansión.

Con paso enérgico, Andrew recorrió todo el camino, desde el jardín hasta la habitación que compartía con Mary. Con suavidad lo depositó en el colchón. Enseguida llegó la señora Stanley con lo pedido con anterioridad. Andrew limpió la sangre que empezaba a secarse en la cara de William y luego limpió la herida para determinar mejor la profundidad y extensión. Definitivamente, iban a ser necesario los puntos.

William de a poco se calmaba. Olivia no se separaba de su lado, le hacía cariño y le decía palabras de valentía y consuelo. Andrew los observaba con atención y cierta melancolía, dentro de todo, era un cuadro enternecedor y a él le hubiera encantado contar con una madre como lo era Olivia. De pronto, se sintió como un intruso, hizo el ademán de alejarse, pero sintió el tirón de su levita. William se estaba aferrando a él tanto como de su madre.

No pudo resistirse, hubiera sido una crueldad no responder a esa tácita petición, y se sentó a su lado tomando el rol que el mismo pequeño le otorgaba sin palabras.

—Sé valiente, William —animó Andrew, haciendo exactamente lo que sus propios padres le negaron cuando él, siendo un niño, sufrió un accidente similar. Sabía lo que era ansiar el consuelo y estar solo con una niñera. William lo miraba y asentía con valentía—. No te duermas.

Los minutos pasaban y Andrew revisaba de tanto en tanto la herida que ya empezaba a dejar de sangrar. Olivia lo mantenía despierto, pero casi no era necesario, el pequeño ya estaba tranquilo, gracias a que ellos no lo dejaron un momento solo.

William, sin importar que aún la cabeza le doliera y que hubiera llorado mucho, estaba sereno y contento. Contaba con el amor de mamá y la seguridad de...

El pequeño se preguntó de pronto quien era Andrew. Sin saber exactamente cómo, él estaba todos los días a su lado. Le gustaba jugar con él, era grande y fuerte. No le importaba que la mitad de la cara fuera fea, pues era muy amable y generoso. Miró a su mamá, ella ya no dormía a su lado, pero en realidad no la extrañaba mucho, porque todas las noches ella le hacía dormir dándole de su leche y cantándole nanas. Y todas las mañanas volvía a su lado a darle los buenos días. Su mamá siempre sonreía cuando miraba a Andrew, antes siempre estaba triste, lo sabía, porque a veces la sorprendía llorando. Desde que vivían ahí, en la casa grande, mamita ya no lloraba y cada día sonreía más.

En ese momento, golpearon la puerta. Andrew se puso de pie y abrió. Era el doctor Morton, un hombre de mediana edad que vivía en una de las pocas propiedades de Cragside, al sur de Rosebud Manor.

Andrew le explicó al doctor lo sucedido y las medidas que tomaron, las cuales él aprobó. Sabiendo aquello, el señor Morton se puso manos a la obra para examinar a su paciente y luego suturar la herida.

Volvieron a golpear la puerta. Andrew, que ya estaba de pie, abrió y se encontró con el rostro ceniciento de Mary.

—¿Qué pasa, señorita Mary? —interrogó Andrew saliendo de la habitación para no perturbar la labor del señor Morton.

—¿Está bien, cierto? —preguntó ella con un hilo de voz—. Era tanta sangre... no soporto verla —reveló a punto de vomitar con tan solo recordar la carita del pequeño teñida de rojo.

—William estará bien, señorita Mary, no se preocupe.

—Milord… lady Marian está muy impresionada. Si no es demasiada mi intromisión, le pido que vaya a verla. Está en su habitación. Llora tanto la pobre criatura, no se calma conmigo, y pensé que usted sería mejor alivio que yo.

—Quédese aquí al pendiente de William. Iré ahora a ver a lady Marian.

—Muchísimas gracias, milord… Me tomé la libertad de traer su bastón que quedó tirado en el jardín. —Se lo entregó a Andrew, quien hizo un gesto de cabeza por su consideración.

—Es muy amable. Gracias

Andrew emprendió camino a la habitación de Marian. A través de la puerta se escuchaban sus sollozos. Lord Rothbury entornó los ojos, no le gustaba el llanto, le hacía sentir impotente. Dio tres golpes para anunciar su presencia y abrió la puerta.

Marian lloraba sobre la cama, abrazada a su muñeca Jane, y al verlo entrar, se bajó con premura y le abrazó las piernas con desesperación. Andrew le acarició la cabeza dejando que ella llorara. Tantas lágrimas le abrumaban, y a pesar de ello, la entendía. El miedo, la angustia…

—¡Andrew! —exclamó Marian entre sollozos—. ¡Salve a Will! ¡Ese es mi deseo! ¡Sálvelo! ¡Y le juro que nunca más volveré a hablar!

Andrew quedó petrificado al escuchar el desconocido, dulce e infantil timbre de voz. No podía creer lo que sucedía en ese momento… ¡Marian estaba hablando! ¡Le estaba pidiendo que le cumpliera el deseo que le prometió realizar cuando llegó a Rosebud Manor!

El corazón empezó a latirle como si fuera una estampida de caballos, se sentía torpe, nervioso e inmensamente feliz. Se arrodilló frente a su pequeña prima y le tomó los hombros.

—Marian, por favor, querida, vuelve a repetir lo que dijiste —pidió con suavidad para no asustarla.

—Salve a Will, por favor —respondió, hipando por el llanto.

—Mi niña preciosa. —La tomó con un brazo y apoyándose con el bastón se levantó. Marian se aferró a su cuello, calmándose de a poco—. Will estará bien, eso dalo por hecho. Solo es una herida pequeñita, y él es un niño muy fuerte. El doctor Morton está ahora con él —le contó sereno—. Por favor, preciosa, no dejes nunca de hablar, te lo suplico.

—¿Y si pasa algo malo? Cuando lo hago solo pasan cosas malas —repuso Marian con ese miedo infantil tan inexplicable para los adultos.

—Nada malo pasará, preciosa —aseguró lleno de convicción—. ¿Por qué dices eso? —interrogó tanto por curiosidad como para convencerse que ella de verdad estaba comunicándose con él.

—Ese día mi madre me dijo algo feo —contestó con imprecisión, pero Andrew, de inmediato, lo relacionó con el día del accidente. Para Marian era como si fuera ayer—. Y yo le contesté que era una mala madre porque no me quería... Después estaba muerta... Todos, todos estaban muertos.

A Andrew se le encogió el corazón ante esa revelación. Ella recordaba algo de ese día y podía tener respuestas a muchas incógnitas, mas no quiso someterla a un interrogatorio, suficiente era con todas las emociones vividas en tan solo unos minutos.

—Tu familia no murió porque hayas dicho algo así. Estabas dolida, triste y con rabia por las cosas feas que dijo tu madre —explicó para que Marian se diera cuenta que una cosa no tenía nada que ver con la otra—. Fue solo una terrible coincidencia, lady Marian. ¿Entiendes?

La pequeña susurró un «sí», en su cabeza las palabras de Andrew eran claras, precisas, no la confundían.

—Me ha hecho muy feliz escuchar tu voz —confesó Andrew en voz baja—. A lady Rothbury le hará muy feliz también. Todos estaremos felices ahora que has vuelto a hablar, podrás conversar con William y hacer juegos más divertidos.

—¿Will no morirá? —interrogó todavía temerosa.

—Te aseguro que no morirá, pequeña. ¿Vamos a ver si ya está recuperado? —propuso de buen humor.

Marian asintió y abrazó más fuerte a Andrew.

Al llegar a la puerta de la habitación, notó que estaba Mary y Adam a la espera de la salida del doctor. El rostro de ella tenía todavía el semblante pálido. El de Churchill era insondable.

—¿No hay ninguna novedad? —interrogó a la pareja, ambos negaron con la cabeza—. Lady Marian, esperemos un momento aquí hasta que salga el doctor —exhortó Andrew, sintiendo fatigar un poco el brazo. —¿Dónde están mis sobrinos? —preguntó, por unos momentos los había olvidado.

—Los envié a su habitación, milord —respondió Mary.

—¿Lady Somerton no ha salido de sus aposentos? —interrogó Andrew con interés.

—Me temo que no —respondió Adam.

—Bien…

La puerta de la habitación de William se abrió y salió el doctor de buen ánimo.

—Es un muchachito muy valiente, ha resistido muy bien los tres puntos. Está descansando ahora, pero está muy animado y no tardará en estar jugando de nuevo.

—Muchas gracias, señor Morton.

—No ha sido nada. He de admitir que prefiero dar diagnósticos felices como este, en vez de noticias fatales —respondió para aligerar el ambiente—. Nunca había visto tanto revuelo por un corte en la cabeza.

—Siempre habrá revuelo por cualquier cosa que le suceda a alguien que viva en este hogar —aseguró Andrew—. Con cuatro niños vigorosos, sus visitas serán bastante frecuentes.

—¡Dios nos ampare! —Rio el señor Morton de buen humor—. Bien, me tengo que ir, le haré llegar la factura con su secretario.

—Pierda cuidado, él le pagará sus honorarios de inmediato. Detesto estar en deuda.

—Le acompaño a la salida —ofreció Adam, solícito.

—¿Vamos a ver a Will? —propuso Andrew a Marian y ella solo asintió. Lord Rothbury pensó temeroso que la niña volvería a su autoimpuesto mutismo, pero no quiso darse por vencido—. Tienes que saludarlo, sé valiente. Nada malo pasará, te doy mi palabra —animó en un susurro solo para ella y darle valor para volver a hablar. Marian le respondió con un muy bajito «sí» y a Andrew le volvió el alma al cuerpo—. ¿Señorita Mary, nos acompaña? —ofreció.

Mary negó con la cabeza, estaba conforme con lo que había dicho el doctor, pero todavía estaba conmocionada y tenía el estómago revuelto.

Andrew pensó en sugerirle que Mary fuera a su habitación, pero al instante cayó en la cuenta de que era precisamente la misma habitación de William.

Una situación que debía solventar pronto. Mary era la protegida de su esposa en ciernes.

—Vaya a tomar aire fresco, señorita Mary. Le sentará bien —propuso—. No sirve de nada que esté esperando de pie, sintiéndose enferma. Pídale a la señora Stanley una tisana… —continuó con suavidad. Estaba empezando a asustarle el estado de la señorita Mary.

Ella dio un suspiro y asintió. Eso mismo le había dicho el señor Churchill, pero de un modo más severo. Era un estúpido, si hubiera sido más amable ella no habría respondido de mala gana. Ese hombre la sacaba de quicio.

Andrew anunció su presencia golpeando la puerta y entró a la habitación. Ahí estaba Olivia consolando a William que tenía los ojos llorosos. Ella alzó la vista y les sonrió con calidez.

—Will, han venido a visitarte —anunció lady Rothbury a su hijo.

Andrew dejó a Marian sobre la cama y ella abrazó a William con mucho cuidado y empezó a llorar de nuevo. Pero ahora de alivio y felicidad por ver a su gran amigo fuera de peligro.

—¡Estás bien, Will!, ¡estás bien! —exclamó Marian entre sollozos, dejando perpleja a Olivia. Miró a Andrew con los ojos muy abiertos y él le sonrió con benevolencia.

Fue demasiado para Olivia, intentó reprimir el impulso de llorar para no asustar a los niños, pero fue inútil. Su barbilla tembló y gruesas lágrimas rodaron por sus mejillas.

—Tiene una voz maravillosa, lady Marian —afirmó Olivia con la voz trémula. Le acarició la cabeza con ternura, la misma que le prodigaba a su hijo—. ¡Es un milagro, querido!

Andrew fue a su lado y le besó la coronilla.

—Sí, mi amor. Es un milagro… Todos ustedes lo son para mí.

Reunirse en la mesa familiar tomó un cariz más feliz en Rosebud Manor. Marian era una niña locuaz y vivaracha y que siempre se explayaba sobre cualquier cosa que se le preguntara.

Demostró tener modales exquisitos, no intervenía en las conversaciones de adultos, pero cuando le preguntaban algo o se le integraba a la conversación, daba respuestas precisas e ingeniosas. Olivia pudo comprobar que lady Marian sí sabía leer y que solo le faltaba un poco de fluidez, en cambio su escritura dejaba mucho que desear, pero era legible, y al fin y al cabo era algo que se podía mejorar con práctica.

Lo único que empañaba la alegría provocada por los pequeños milagros era la ausencia de Churchill y su buen humor, y la de lady Somerton y sus hijos. Después del incidente que sufrió William, la hermana de Andrew decidió recluirse en su habitación, y a sus hijos no les era permitido relacionarse con lady Marian y el hijo de Olivia.

Todos los días Olivia tenía que convencer a Andrew en sus accesos de ira apenas reprimida que dejara a su hermana en paz, que era solo cuestión de tiempo que ella cediera.

Andrew, solo porque su prometida era quien lo persuadía, toleraba esa afrenta. Pero cada día que pasaba, él perdía un poco más la paciencia. Su hermana no podía estar todo el día encerrada, aislar a sus hijos solo por el hecho de no aprobar las «escandalosas» acciones de él.

En cualquier momento él iba a estallar, estaba harto de todo.

El confinamiento de Minerva se extendió hasta el día domingo, cuando ella ordenó que un carruaje la llevara a la iglesia de Todos los Santos en Rothbury, al servicio dominical.

Andrew sin perder tiempo, siguió el carruaje montado en un tílburi[6] acompañado por Olivia. Era la primera vez que iban a la iglesia juntos y no era de extrañar. Andrew evadía el asunto por estar siempre ocupado y para ahorrarse el mal rato de ser el blanco de miradas indiscretas, y Olivia no iba porque perdió la costumbre al estar confinada en el bosque. La única vez que la visitó fue para registrar el nacimiento de William y lo hizo de manera furtiva. Y ahora, ambos se veían obligados, tanto por el hecho de seguir los pasos de lady Somerton, como para presentar los respetos al vicario que los casaría el viernes próximo, gracias a la licencia que obtuvo Andrew.

Al entrar a la iglesia, ocurrió lo que sabían que ocurriría. Todos, sin excepción, los miraron sin disimulo, algunos con las cejas alzadas, otros con curiosidad. La gran mayoría se había dejado llevar por los rumores sobre el aspecto del «adefesio de Rothbury» y creyeron cada una de las más disparatadas historias que se esparció como la cerveza en una fiesta campestre. Para la gran sorpresa de los feligreses, solo se encontraron con un hombre enorme, sin joroba, ni los dientes podridos, y el bastón que usaba por su cojera solo le realzaba su porte digno y aristocrático.

Lo de la cicatriz, sí, era de verdad impresionante, lo que no sabían era que el otro lado de la cara era bastante agradable, y en conjunción, le daban un aspecto de un señor ferozmente civilizado.

El resto de los rumores eran totalmente infundados.

---

6 *Coche de caballos ligero para dos personas con solo dos ruedas grandes, sin cubierta y tirado por una sola caballería.*

Y nadie sabía de la existencia de Olivia —la señorita Orwell fue muy bien instruida en el arte de la discreción—, así que después de recuperarse de la impresión de que el adefesio de Rothbury no era tan adefesio, los feligreses repararon en la hermosa mujer que vestía de manera sencilla y que lo acompañaba tomada de su brazo.

El servicio religioso se llevó a cabo sin problemas. Minerva ya había notado que su hermano —y la mujer que lo estaba embaucando— estaban al fondo de la iglesia, imperturbables ante el evidente escrutinio. Lady Somerton estaba sintiendo que la falta de decoro de su hermano, sobrepasaba más y más los límites del descaro. A ella no le importaba si pasaban por el altar o no en una semana, lo que le escandalizaba era que aquella pecaminosa mujer ya era dueña y señora de Rosebud Manor, como si ya estuviera casada.

Cada cierto rato, Minerva miraba hacia atrás cómo ellos, sin amilanarse, cantaban los himnos, oraban y prestaban atención al inspirado sermón del vicario Jones.

La situación para Minerva era insostenible, el encierro estaba volviéndola loca, y lo que más le enervaban eran los intentos de Olivia por ganar su simpatía, enviando flores frescas, el té delicioso, desayunos opulentos y sus mejores deseos para pasar su día.

Incluso, le enviaba novelas góticas, sus favoritas.

Odiaba esa amabilidad, era insoportable. Si no fuera por la situación indecente, la adoraría.

El servicio finalizó —gracias al Todopoderoso— y el vicario Jones fue de inmediato hacia la pareja próxima a casarse con una zalamera sonrisa en sus labios. Minerva observaba con gesto hosco cómo su hermano y aquella mujer conversaban de manera amena con el vicario, que se restregaba las manos, nervioso. Se acercó un poco más para escuchar qué era lo tan interesante.

—Entonces, el próximo viernes a las diez de la mañana será la ceremonia. No hay problema, milord. Estará todo dispuesto —aseveró el vicario con excesiva reverencia.

—Hubiéramos querido celebrar antes la ceremonia, pero mi secretario debía ir con mi abogado para dejar en regla los asuntos legales concernientes a nuestra unión —argumentó Andrew con naturalidad.

—Es lo que se debe hacer. En lo personal, no me gusta que se mezcle el dinero con algo tan sagrado como el matrimonio, que debe ser un acto de amor.

—Y por amor se van a tomar esas medidas legales, todo será para proteger a mi prometida y a su hijo, que será criado como si yo lo hubiera engendrado —convino Andrew, impertérrito.

El vicario le prestó atención a Olivia, quien esbozaba una sonrisa amable.

—¿Tan joven y ya es viuda su prometida? Es una lástima —continuó el señor Jones para saber más.

—No, señor Jones. Soy soltera… —intervino Olivia—. Usted mismo bautizó a mi hijo en esta iglesia hace un poco más de dos años, ¿no lo recuerda? —interrogó Olivia.

—Debo admitir que no, no la recuerdo en lo absoluto… —reconoció el vicario. Ahora, no sabía si decirle señora o señorita; aun así se decidió por el último—. Señorita Martin, los años no pasan en vano, y ya me empieza a fallar la memoria… Vaya, esto si es… inusual, creo que nunca he casado a una señorita en su situación… —balbuceó, incómodo—. Reitero mis felicitaciones a ambos.

—Gracias, señor Jones. —Olivia sonrió con amabilidad—. Yo no habría consentido otro tipo relación con lord Rothbury, y aunque no lo crea, tengo principios. Lo amo con mi corazón, pero no habría aceptado ser su querida —afirmó con franqueza—. Después de nuestro matrimonio, necesito concertar una entrevista con usted para pedirle su opinión respecto a un proyecto que tengo en mente. Sería de mucha ayuda contar con su bendición, ya que es para el servicio de la comunidad femenina en la región.

El vicario en su vida había presenciado a una mujer tan joven y decidida, y a pesar de que la moral de ella estaba en entredicho, le convenía tener el favor del vizconde hacia la iglesia, por lo que aceptó concederle la entrevista cuando ella quisiera.

Minerva intentaba actuar con naturalidad y no perdía detalle, pero el sonido de una voz masculina a sus espaldas la distrajo.

—¿Minerva, eres tú?

¿Cuántos años que no escuchaba esa voz? ¿Veinte años?, probablemente un poco más. Era él, aunque su voz era más gruesa y profunda. Nadie más que no fuera de su familia se atrevía a llamarla por su nombre. Minerva se volteó y casi no lo reconoció.

—¿August? —articuló casi sin aliento. Ya no quedaba nada de aquel muchacho esmirriado de quince años. En vez de ello, tenía al frente a un hombre de treinta y cinco. Nada indicaba que él había seguido el oficio de su padre, vestía de manera impecable y sus maneras habían cambiado demasiado.

August Montgomery era el hijo del panadero por el cual Minerva estuvo perdidamente enamorada —y ahora ella calificaba aquellos sentimientos como una insana obsesión de juventud—. Si él, en ese entonces, le hubiera pedido fugarse con él, ella lo habría hecho sin vacilar. Pero al terminar aquel lejano verano, fue obligada a volver a Londres y nunca más visitó Rothbury.

Hasta ahora.

Minerva casi lo había olvidado, pero no fue más que escuchar su voz y su corazón volvió a tener trece años.

—Tantos años, te has convertido en una mujer hermosa —halagó August, sin importarle el rango social. Recordaba como si fuera ayer ese loco y profundo amor que sintió por ella y que nunca pudo olvidar. Eran apenas unos niños, nunca estuvo en condiciones de ofrecer nada, y ahora, al verla con ese elegante vestido de muselina de color azul, no hizo más que tener una sensación agridulce—. Tu hermano también es todo un hombre, fue toda una conmoción enterarnos de lo de tu tío.

—Fue una tragedia —convino Minerva.

—Sin duda… —El silencio se instaló de pronto entre ellos. No sabían qué más decir o preguntar sin correr el enorme riesgo de sentir dolor—. Bien, ser el único abogado del pueblo me tiene sin tiempo —lanzó la primera excusa plausible para escapar—. Y debo llevar el sustento a mis hijos. Otro día nos vemos, Minerva.

—Adiós… —susurró, tragando el inesperado nudo en su garganta.

—Hasta pronto. —Se despidió, esbozando una triste sonrisa.

El murmullo de las voces la trajo de nuevo a la realidad. Minerva había olvidado donde estaba, dirigió su atención hacia Andrew, quien la miraba a ella y luego a August con gesto interrogante. Olivia también la miraba, y a Minerva no le gustó para nada la sensación de ser descubierta y que la prometida de su hermano lo supiera todo.

Capítulo XIII

Minerva entraba apresurada por el gran vestíbulo de Rosebud Manor. Se quitó el bonete que protegía su cabeza y se lo entregó con premura a Carruthers, como si estuviera escapando.

En cierto modo era así.

—Que me envíen una tisana a mis habitaciones —indicó con un tono de voz trémula. Tenía los nervios de punta, maldecía la hora en que se le había ocurrido ser una buena cristiana y asistir a la iglesia. Fue como si la hubiera azotado un diluvio de nostalgia, melancolía e ira.

Maldijo a su cobarde esposo, maldijo a sus padres, maldijo su vida, se maldijo a sí misma.

—Enseguida, señora —respondió impávido el eficiente mayordomo—. ¿Desea algo más? —preguntó solícito.

—Solo eso, Carruthers. Gracias.

Minerva avanzó hasta llegar a la escalera, alzó el borde de su vestido, y al poner el pie en el primer peldaño, la voz de su hermano tronó.

—¡Minerva, estoy harto de tu maldita actitud! —exclamó Andrew. Con el rostro pétreo avanzaba a grandes zancadas, el golpeteo de su bastón resonaba en el lugar. Olivia iba detrás de él, esta vez todos sus intentos fueron infructuosos, no pudo convencerlo ni contener su mal humor—. Te exijo más respeto hacia mí y a mi esposa.

Minerva se dio media vuelta, sus ojos destilaban una gélida furia. Ella también estaba harta.

—Si pretendes que avale tu comportamiento y apruebe a esa mujer, estás muy equivocado, Andrew —replicó, negándose a la orden del vizconde—. No es tu esposa, no es una dama. Es una institutriz, ¡y madre soltera! No pertenece a tu posición. ¿Qué dirán de ti en Londres? En el parlamento no te tomarán en cuenta por tu falta de moral. Te cerrarán las puertas todos los miembros de la buena sociedad.

—Sus puertas siempre han estado cerradas para mí. La buena sociedad no me dio de comer cuando estaba hambriento y con frío en la guerra, luchando por ellos. La buena sociedad no atendió mis heridas ni me dio consuelo en mi hora más negra. La buena sociedad no va a hacerse cargo de ti ahora que tu esposo ha huido quien sabe dónde, y te ha dejado a ti y a tus hijos en la ruina. Si por lo menos te tomaras la molestia de conocer a Olivia, te darías cuenta de la calidad de persona y lo admirable que es. ¿Qué si me importa su pedigrí, su alcurnia? Francamente, querida, me importa un penique. Pero como a ti te importa tanto, te puedo asegurar que ella tiene más sangre azul que tú y yo juntos y, definitivamente, mucho más nobleza que cualquier miembro de la buena sociedad que tanto deseas agradar, y mucha más decencia que tu esposo.

—No fue necesario que me lo recordaras de esa manera. Sé cómo es mi esposo, conozco a la perfección sus vicios... —espetó Minerva con la voz quebrada, sus ojos estaban a punto de derramar lágrimas amargas.

—Tampoco son necesarios tus desplantes, Minerva. Has tomado el papel de juez de Olivia y ni siquiera le has dado el derecho a defenderse. Ya he tenido suficiente de todo esto. Compartirás la mesa con mi esposa y todas las personas que conforman la familia que he elegido, y si mi orden no es de tu agrado, pues tendrás que comer en las caballerizas. Los privilegios se acaban aquí y ahora —decretó dando un golpe de bastón contra el piso, provocando un eco que reverberó en la estancia. Necesitaba descargar en algo su furia.

—Esa mujer está destruyendo nuestra familia —acusó Minerva mirando directamente a Olivia. Azul y castaño enfrentados en una muda batalla. Olivia sabía que, sin lugar a dudas, ese argumento carecía de peso y no bajó la vista.

—¿Familia, dices? ¿Cuál familia? —interpeló Andrew—. Nuestros padres fueron cualquier cosa menos eso para nosotros, entre el libertinaje de nuestro padre y la amargura e indiferencia nuestra madre, no había mucho que rescatar. Nos orillaron a todos a buscar por cuenta propia un futuro mejor, ¿y qué logramos? Nada. Cada uno hundido en su propia soledad y miseria. Yo, esperando morir con algo de gloria en la guerra, y ustedes, obligadas a concertar matrimonios infelices, sin una pizca de amor o cariño. Nuestras vidas fueron truncadas por ellos o por nosotros mismos... —Decir en voz alta la cruel realidad de sus existencias, y reconocerlo, le provocaba un dolor profundo en el alma a Andrew. Mirar atrás y darse cuenta de todas las veces que deseó morir—. Nuestra familia nació destruida... y ahora que intento formar la mía, desprecias a la mujer que amo, desquitando tus frustraciones en ella, buscando impedimentos donde no los hay ¡Porque para mí no existen!... ¿Acaso, nunca te enamoraste? ¿Sabes lo que es el amor, o amar?

—Sé, aunque no lo creas, lo que es... pero...

—Pero, pero, pero, ¡pero! —interrumpió Andrew, ofuscado. Él sabía que detrás de la fachada puritana de su hermana escondía un dolor y amargura tan profunda como el abismo que los estaba separando—. El mundo sería mucho más feliz si esa maldita palabra no existiera.

—No entiendes nada, Andrew. Sé que he cometido errores, pero no soy libre... ¿Tú crees que disfruto estar atada a un hombre que no le interesan ni siquiera sus hijos?, un hedonista y ludópata que solo se preocupa de saciar sus placeres; un cobarde que prefirió llenar de joyas a sus amantes en vez de darme una gota de cariño. Ni siquiera existe la opción del divorcio para mí... —Minerva se sentía derrotada, como si hubiera recorrido un largo camino para llegar a un callejón sin salida. Se abrazó a sí misma, tenía frío en el cuerpo, en su espíritu.

—Tu libertad está supeditada a lo que los demás digan o piensen de ti... El día que comprendas que eso no importa en lo absoluto, serás libre sin importar si estás atada a un hombre que ni siquiera le importa tu existencia... y mis sobrinos te lo agradecerán. ¿Acaso, quieres terminar como nuestra madre? Que pasaba eternamente sumida en el opio para no lidiar con su propia infelicidad. Ni siquiera fue capaz de amarnos, nuestro padre la destruyó, y cuando ya no quedaba nada, simplemente se suicidó. No quiero eso para ti... No quiero imaginar tu cuerpo colgado en un invernadero como ella. No puedes dejar que Somerton gobierne tu destino, quiero que seas feliz. Si tú lo eres, Frank y Ernest lo serán, su felicidad depende de la tuya...

Minerva lo miró fijo, se sintió culpable de un delito del cual no era consciente que estaba cometiendo hasta ese momento. Su mente se fue de inmediato al frasco de láudano que guardaba en su secreter. Unas gotitas en el té, otras en el oporto que había en la biblioteca, incluso, pretendía ponerle una buena dosis a la tisana que le había pedido a Carruthers... Últimamente solo prefería dormir, olvidarse de todo y de todos.

Incluso de sí misma.

Y de súbito, la invadió el deseo irrefrenable de experimentar ese estado de adormilamiento narcótico para no sentir nada, y se sintió enferma y asqueada. Observó a Olivia y se sorprendió, esperaba ver altanería, regocijo en su deplorable estado, mas fue todo lo contrario, lágrimas llenas de compasión surcaban las mejillas de esa muchacha.

—Minnie, solo quiero verte feliz, alégrate por mí, por favor —pidió él en un tono suplicante. Tragó saliva intentando mantenerse firme y avanzó hasta estar a tan solo un pie de distancia de su hermana—. Olvídate de Somerton, de lo que perdiste, de lamentar lo que nunca tuviste. Estás conmigo ahora, puedes empezar de nuevo. Yo nunca te juzgaré, ni cuestionaré lo que decidas hacer con tu vida... —La tomó de los hombros, la obligó a enfrentar su mirada—. Lo único que no voy a permitir es que desprecies a Olivia o a William, ni tampoco voy a tolerar que hagas infelices a tus hijos, porque ellos también son mi sangre. Lo que hagas de ahora en adelante será bajo tus términos. No de la sociedad, ni de nuestros padres, o por verte obligada a tomar un solo camino. Será como tú quieras, porque yo te protegeré en la medida que me sea posible, y en la medida en que tú me lo permitas.

Y Minerva ya no dio más. Las piernas le flaquearon y se aferró a los brazos de su hermano para no caer al suelo, y él la sostuvo mientras ella intentaba ahogar su lamento. Las afiladas palabras de Andrew se clavaron en su pecho, una a una, llenándola de dolor, porque él tenía razón. Su hermano tenía razón en todo, y ella se sentía expuesta a demasiados sentimientos, tan intensos que creía no ser capaz de congeniarlos con años y años de un razonamiento que había adoptado desde que había perdido la esperanza. Desde aquel día en que se dio cuenta que no tenía poder para decidir nada.

Cuando ya no pudo volver a Rosebud Manor.

Minerva lloraba y lloraba hasta que su pecho apenas podía tolerar el dolor, sus rodillas cedieron y Andrew la acompañó a ese inexorable descenso al suelo que fue muy parecido a un viaje al infierno, donde ella se enfrentó al fatuo fuego de los remordimientos, la culpa y la desolación. Muchas de las cosas que le pasaron no fueron por voluntad propia, pero ahora tenía el poder que su hermano le estaba devolviendo.

Andrew no dijo nada más, se quedó en un silencio estoico mientras Olivia estaba de pie, observando aquella escena de la cual no se sintió con el derecho a intervenir. Ambos hermanos desnudaron sus corazones y develaron secretos dolorosos. Olivia se imaginó a ellos dos siendo niños —al igual que Marian y Will— sufriendo la indiferencia de sus propios padres y que, probablemente, la otra hermana de Andrew también vivió. A esas alturas, Olivia dudaba mucho que lady Swindon tuviera un matrimonio feliz.

Era casi seguro que en algún momento Andrew también tendría que hacerse cargo de ella. Solo esperaba que cuando llegara el momento, ella no fuera tan obstinada como Minerva.

Adam bajó del carruaje, el día estaba bastante nuboso y corría un viento helado. El verano, de a poco, se desvanecía conforme pasaban los días. Agradeció el calor que le brindaba la gruesa tela de la levita negra que lo cubría. Avanzó hacia la entrada de Rosebud Manor, y aspiró el aroma a rosas tan característico del lugar. Había estado sus buenos días fuera de la mansión y extrañó horriblemente el lugar, y sobre todo, a cierta señorita mal humorada.

A su encuentro llegó Andrew con una amplia sonrisa y lo abrazó contento. Las cosas con Minerva daban indicios de mejorar, al menos, había cenado con ellos la noche anterior, y participado en el desayuno de esa mañana.

—¿Cómo estuvo el viaje, amigo? —preguntó Andrew, ansioso.

—Es una maravilla ese carruaje, una verdadera cuna, milord. Casi me daba tristeza tener que dejarlo para descansar en las posadas. Deberías intentarlo.

—Sabes bien que detesto los carruajes, prefiero montar.

—Cuando viajes con lady Rotbury, le encontrarás toda la gracia a tan mullidos asientos.

—¿No sabes cuándo detener tus comentarios impertinentes, cierto? —interpeló, entrecerrando su ojo, para luego negar con su cabeza y sonreír—. Pero sí, tienes razón. Creo que puedo transar mi aversión a esas cajas infernales si la comparto con Olivia.

—Sin duda, eres un bribón con demasiada suerte.

—Me tenía que tocar alguna vez la buena fortuna. Y bien, ¿qué noticias me traes de Londres? —interrogó con cierto tinte de ansiedad.

—Tengo una buena noticia y otra mala.

Andrew bufó, la buena fortuna, al parecer, lo abandonaba con mucha facilidad.

—Cuál es la buena —exhortó, apremiando la respuesta de Adam.

—Nuestro abogado está senil —respondió lacónico.

—¿Cómo se supone que esa es una buena noticia? —En el rostro de Andrew se reflejaba la incredulidad y la confusión.

—O al menos, es lo que me dijo su hijo, quien está a cargo del bufete ahora —aclaró Churchill—. El problema no es que nuestro abogado esté senil, sino que ese hombre no me dio confianza. Ambos sabemos que el viejo Winston era de todo, menos senil.

—Un viejo cascarrabias, sí, pero senil, nunca.

—Exactamente. Así que he solicitado toda la documentación que estaba en poder de él, y me devolví. Incluyendo tu acuerdo matrimonial, que el hijo de Winston vio con muy malos ojos. Me sugirió que no fueras tan «generoso» con la mujer con la que te vas a casar, ya que ella no aporta ningún bien económico, y mucho menos, que fueras tan considerado con el hijo de ella y que ahora es tu pupilo.

—Abogado tenía que ser... —masculló Andrew molesto por la no tan indirecta reprobación del abogado. Más le valía acostumbrarse a ello si pretendía tomar su escaño en el parlamento—. Tendremos que buscar uno pronto. ¿No sabes si en los pueblos de alrededor hay uno? Detesto la idea de tener que viajar a Londres cada vez que surja algo que requiera de asesoría legal, pasaré más tiempo en Rosebud Manor que en Peony House.

—Haré las averiguaciones correspondientes. Si no encontramos a alguien competente tendremos que resignarnos a Londres —aseguró Adam con prestancia. Trabajar para Andrew siempre le daba motivos para moverse, era demasiado inquieto y andar de aquí para allá era como estar en el cielo.

Y era lo justo que necesitaba Andrew, que sentía una peculiar aversión para hacer averiguaciones, vida social o conseguir contactos... En pocas palabras, para hacer todo lo que a Adam se le daba con facilidad. Podía lidiar con la gente de la alta sociedad, pero tener que andar buscando personas para un determinado puesto de trabajo, en alguno de los pueblos aledaños, simplemente, le causaba escozor.

—Bien —afirmó con la seguridad que su amigo podía conseguir hasta una onza de arena dentro un bloque de hielo—. ¿Averiguaste algo más acerca del accidente de mi tío? —interrogó por el verdadero objetivo del viaje.

—Fui a ver Winston de todas maneras. Sin duda, estaba muy senil —ironizó—. Le consulté acerca de los detalles del accidente que sufrió la familia de tu tío.

Andrew no dijo nada, Adam prosiguió...

—El viaje de tu tío era para visitar Rosebud Manor, a regañadientes, debía tener en orden esta propiedad. Decidió que toda la familia debía ir con él para mostrarle a su hijo las labores del vizcondado. En cuanto salieron de Londres, una tormenta eléctrica se hizo presente, prácticamente, sin darles mucho tiempo para encontrar alojamiento. Desafortunadamente, un rayo dio justo en el trayecto y provocó que los caballos perdieran el control y otros murieran en ese momento, provocando el accidente. No se sabe a ciencia cierta cuanto rato pasó, pero Marian fue hallada por otro carruaje que iba camino a Londres... El cochero del carruaje que rescató a Marian tenía la mitad de la cara quemada, pero la niña estaba tan asustada que se desmayó en cuanto lo vio.

—Eso explica su reacción la primera vez que me vio.

—Exactamente, amigo mío.

—No sé por qué no me contó esto Winston cuando me otorgaron el título.

—Es de esos viejos mañosos que no encuentra necesario festinar con detalles sórdidos. Tus tíos y primo estaban muertos, tú seguías en la sucesión y debías hacerte cargo. Punto.

—Entonces, fue un accidente...

—Así es. Esa es la buena noticia. Tu tío era una persona que no tenía enemigos. Era muy correcto, no era ludópata, no tenía amantes, no visitaba prostíbulos, y en el parlamento se caracterizaba por ser un hombre neutral.

—En resumen, un hombre que no se granjeó la aversión de nadie. Eso nos deja en un callejón sin salida.

—Tal parece que sí.

—Demonios... —bufó Andrew molesto, detestaba la sensación de que se le escapaba algo—. ¿Pudiste pasar por la casa de mi hermana? —interrogó para cambiar de tema—. ¿Le entregaste la invitación a Margaret?

—Lady Swindon no se encontraba en su casa de Londres. El mayordomo me informó que ella está viviendo, junto con sus hijos, en una de las casas de campo de Swindon, desde hace un par de meses, aproximadamente —informó con eficiencia.

—Qué extraño, sé que ella no abandona Londres durante el verano… y menos sin avisar. —Con razón sus últimas cartas no eran contestadas. En la mente de Andrew doblaban miles de campanas anunciando que nada bueno se avecinaba sobre ello.

Andrew intentó acallar ese ruido interno, pero sabía muy bien que no podía intervenir hasta que su hermana le pidiera ayuda. Margaret, a pesar de ser un matrimonio concertado, se casó enamorada de su esposo, pero lord Swindon no sentía nada más que un frío afecto hacia ella, y una gran necesidad de recibir dinero a cualquier costo, y la modesta dote de Margaret fue suficiente para que pudiera invertirla en un negocio que resultó más rentable de lo que esperaba. Margaret le perdonaba todo por amor, e iba ser muy difícil para ella cuando abriera los ojos.

Tal vez, ella ya estaba dándose cuenta de la realidad, con el abierto rechazo de su esposo. Enviar a la esposa fuera de Londres era un claro signo que había una separación total de por medio. Pero tal parecía que su hermana todavía no quería aceptar aquello.

—Según me informó el mayordomo, su hermana decidió cambiar su residencia de manera definitiva y se ha ido a la propiedad de lord Swindon en Richmond —continuó Churchill, sin saber que cada vez que daba más antecedentes, Andrew se convencía de que la situación de su hermana era insostenible.

—¿Richmond? ¿Y Swindon se fue con ella? —indagó con interés.

—Lord Swindon estaba en ese momento disfrutando de un interludio con una dama. El mayordomo y yo tuvimos el incómodo placer de escuchar los gemidos extáticos de la mujer en cuestión que provenían desde la biblioteca. Obviamente, no era lady Swindon

—Hijo de… —Se comió sus improperios, en vez de ello entornó los ojos con fuerza.

—Esa era la noticia mala —prosiguió Churchill

—¿Y mis sobrinos?

—Los enviaron junto con ella hasta que las clases comiencen en septiembre.

Andrew apretó los labios, al menos —dentro de toda la inaceptable situación— a su otra hermana no la habían dejado en la calle como a Minerva. Solo la relegaron a la propiedad más alejada de Londres para que su esposo actuara a sus anchas.

—Entonces, Margaret no alcanzará a venir a la boda —concluyó Andrew.

—Así es, lo siento mucho —se lamentó Adam de corazón, el rostro de su amigo estaba sombrío por todo lo acaecido—. ¿He llegado a tiempo para almorzar? —preguntó fingiendo despreocupación para cambiar el tenor de la conversación—. Extrañé mucho la sazón de la señora Ramsey.

—Llegaste justo a tiempo para compartir la mesa. Tienes un verdadero don de la oportunidad, estimado amigo —aseguró Andrew, palmeándole el hombro a su leal camarada.

«Cragside, 23 de agosto, 1818

»Estimado lord Bolton:

»No sé si las noticias que le daré son buenas o malas. Pero cumplo con el deber de informarle, que hemos encontrado a ya sabe quién, pero es imposible traerla de vuelta a Pine Park. Tardamos mucho en darnos cuenta que estaba trabajando como institutriz en la propiedad vecina, Rosebud Manor, hogar de Andrew Witney, vizconde Rothbury. En ese lugar está residiendo con quienes ya sabe.

»Pero eso no es todo. Según lo poco que hemos podido sonsacarle a los criados de Rosebud Manor, ella es tratada con mucho respeto como lady Rothbury, pero todavía no se celebra ninguna boda. La situación es confusa a la par de escandalosa, de hecho, hoy se les vio en la iglesia de Todos los Santos presentando sus respetos al vicario.

»No sé qué más hacer, milord, en estos momentos estoy atado de manos, lo único que puedo hacer es obtener noticias e ir informando. Espero que dispense nuestra incompetencia, pero nunca imaginamos que ella decidiera salir de Pine Park, nunca dio indicios de sus deseos de salir. Todo indicaba que estaría allí para siempre.

»Sin agregar más, me despido.

»Balthazar Cooper, administrador de Pine Park.»

La hoja de papel tembló en las manos de Albert Martin, él tampoco sabía si eran buenas o malas noticias. La nota había sido escrita hacía tres días atrás.

—¿Por qué pones esa cara? —interrogó con dureza su excelencia, el duque de Hastings, desde su asiento, frente al escritorio del despacho de su hijo—. Si pretendes ser el duque algún día, tus enemigos te devorarán con solo ver cómo sudas cuando traes algo entre manos. Tu apariencia es la de un cerdo a punto de ser faena-do. —Aspiró humo de su cigarro y lo expulsó con lentitud.

Albert se puso nervioso ante el imperativo tono de voz de su padre, en momentos así detestaba ser su hijo. Solo le daba se-guridad el hecho de saber que ahora tenía algunas respuestas res-pecto a Olivia.

—Livy se ha casado —confesó. Si bien no era clara la situa-ción de su hija, era evidente que si la servidumbre la trataba como lady Rothbury se debía a que no era la amante del vizconde, sino que su esposa en un futuro muy cercano.

—¿Qué has dicho? —interpeló, frunciendo el ceño de un modo amenazador.

—Ahora es lady Rothbury —agregó Albert.

—Rothbury... —El duque de Hastings, imperturbable, em-pezó a hacer memoria, el nombre le era muy familiar.

Al cabo de unos segundos recordó a un viejo vizconde, tan tozudo como él, pero que ya estaba muerto desde hacía un año, su heredero era un sobrino... Y el chispazo de la trágica historia llegó a su mente. El título fue a parar a un simple caballero que fue hijo del vividor más grande de su generación, y de una dama, que todo el mundo sabía que pasaba más tiempo dormida que despierta. El hombre en cuestión era un veterano de la guerra contra Napoleón, cojo y desfigurado. Volvió a aspirar tabaco, para luego, llenar la habitación de humo azul.

—Lord Rothbury debe tener una renta de al menos quin-ce mil libras anuales —continuó Hastings—, si es que no es un despilfarrador como su famoso padre. Recuerdo que su aberrante y libertino comportamiento le provocaba solo dolores de cabeza al viejo Rothbury, quien terminó por quitarle su asignación y el apoyo financiero. El actual vizconde debe contar con una posición más que acomodada. Por tradición, los Rothbury siempre se han mantenido neutrales en el parlamento respecto a ciertas posturas. Tu hija no es una simple furcia barata después de todo, es una zo-rra que sabe jugar muy bien sus cartas.

—No hable así de mi hija, ella nunca ha sido una...

—Ah, sí, es una mujer respetable ahora que se ha casado —interrumpió con sorna y luego tosió fuerte—. Sigue siendo madre de un bastardo, y más le vale ocultar el origen de ese niño. Nuestra reputación está en la cuerda floja gracias al inútil de tu hijo... Y ya ni quiero imaginar cuando a él le toque heredar —masculló—. Si todo el mundo se entera que «lady Rothbury» se preñó de Felton antes del matrimonio, nuestro nombre quedará en el suelo. Más vale que el vizconde la inste a contar otra historia que no lo deje como un pelele que se hace cargo de vástagos ajenos. Si fuera él, ya estaría mandando a ese mocoso a algún lugar lejos de...

—¡Basta, padre! No sé con qué cara me habla de reputación. ¡Estoy harto de usted y de su falsa moral! —estalló Albert por primera vez en su vida. Muy tarde se había dado cuenta que el duque de Hastings no se contentaba con nada—. ¿O me va a negar que tuvo dos hijos con esa mujer? —El duque no mostró ninguna reacción, pero por dentro la cólera aumentaba—. Lo sé todo, señor, siempre lo he sabido. Si hablamos de furcias, entonces la amante que mantuvo hasta su último día de vida, es la más grande de todas... Porque lo era, ella cobraba por sus favores. Mi hija, al menos, tuvo la decencia de preñarse de un solo hombre al que amó, y nadie, ni siquiera usted, su excelencia, puede dudar de que mi nieto es hijo de Felton. En cambio, usted... —Rio flojo, destilando cinismo—, nunca sabrá si esos bastardos son realmente de su sangre. Así y todo ha pagado por educarlos y darles una vida decente... Decente dentro de lo que se puede esperar para un bastardo, hijo del gran duque de Hastings y una prostituta... No tan barata.

—Estás jugando con fuego, Albert. Mide muy bien tus palabras... —siseó, evidenciando su furia. Eso fue un gran triunfo para Albert, el duque siempre vociferaba, humillaba, y su rostro cambiaba de color cada vez que la ira lo poseía. Pero ahora, definitivamente, estaba en una posición incómoda.

—¿O qué? ¿Me va a repudiar?... ¡Hágalo! Pero cuando usted muera, yo seré el duque y no habrá poder divino que evite que su cadáver se retuerza en la tumba.

—Vete, Albert.

—No es necesario que me lo exija, señor. Es lo que haré en este preciso momento. —Albert salió de su despacho y dio un feroz portazo que retumbó la habitación.

—Es un vestido precioso, lady Rothbury —halagó Mary admirando el vestido celeste de seda—. Es un trabajo notable el de la señorita Orwell.

—Es usted muy talentosa, su trabajo no tiene nada que envidiarle a las mejores modistas de Londres —agregó Olivia mirando su reflejo en el gran espejo que habían llevado al salón matinal.

—Muchas gracias, lady Rothbury —agradeció la señorita Orwell—. Sin duda, será la novia más bonita que se haya visto en toda la zona desde hace muchos años. Los atuendos de los niños y el de la señorita Mary los entregarán mañana, ya que en estos momentos están con unos pequeños retoques, el joven William y lady Marian crecieron de un día para otro de una forma prodigiosa.

—Yo sabía que no eran meras suposiciones mías —apostilló Olivia, que había notado el cambio, pero Mary le rebatía con que estaban iguales—. ¿Ves, Mary? La señorita Orwell nos ha dado la prueba que aquellos pilluelos han crecido lo suficiente para tener que ajustar su ropa nueva.

—Afortunadamente, tenía la suficiente tela para tal eventualidad —señaló la modista con las mejillas arreboladas ante tanto halago.

—Talentosa, eficiente y precavida —interrumpió Churchill la conversación, entrando en el salón matinal, provocando que las tres mujeres lo miraran sorprendidas.

—¿Usted no sabe que debe anunciar su presencia, señor Churchill? —regañó Mary, fulminando con la mirada a Adam. Había vuelto desde Londres hacía tres días, y con noticias no muy alentadoras.

—Créame que he calculado lo justo para saber que lady Rothbury estaba presentable. Cuando las damas empiezan a hablar demasiado, es hora de que haga mi labor de espía para el vizconde. Él sabe perfectamente que no debe ver el vestido de novia antes de la boda —explicó socarrón.

—De todas maneras, debió golpear —replicó Mary, airada.

—Señor Churchill, si ya vio el vestido, haga el favor de comentárselo a lord Rothbury, y por favor, intente corregir su mala costumbre de no anunciar su presencia —advirtió Olivia con cierto tono guasón.

—No podría ser un buen espía si anuncio mi presencia golpeando la puerta. Perdería el factor sorpresa y alertaría al objetivo de mi investigación —argumentó—. Le diré a lord Rothbury que su esposa se verá excelsa el día de su boda. —Se inclinó con respeto y se retiró del salón matinal, tan silencioso como cuando entró.

—¡Es un cretino! —bufó Mary.

—Pero no puedes negar que es un cretino con… encanto. Le fascina divertirse poniendo en aprietos a las persona que estima —comentó Olivia intentando no esbozar una sonrisa.

—Sobre la base de ese argumento, entonces, a mí me debe amar locamente. No pierde oportunidad para inmiscuirse en lo que no le importa —respondió Mary, frunciendo el ceño.

—Si te das cuenta, a la única persona a la que no molesta es a lady Somerton. Con ella, el señor Churchill todavía guarda sus distancias, a pesar que en los últimos días ella nos ha acompañado a la mesa. Puedo suponer que todavía no se siente cómodo con su cambio de actitud. Sé que es difícil para ella ceder tanto. Lo hace por Andrew. De a poco las cosas se irán dando de mejor manera.

—Por lo menos, dejó de lado sus comentarios ponzoñosos hacia usted. ¿No le molesta que siempre hable poco y solo le dedique miradas furtivas?

—Me está estudiando, quiere asegurarse que no soy una cazafortunas. Yo si estuviera en su lugar, haría lo mismo. Minerva ama mucho a su hermano, y como es la mayor, quiere lo mejor para él, y desea protegerlo. El tiempo le mostrará la verdadera naturaleza de mis sentimientos hacia lord Rothbury.

—Ojalá tenga razón, lady Rothbury. —Suspiró Mary, sonriéndole a Olivia—. ¡Oh, mire! ¡Una araña sobre su vestido! —exclamó emocionada.

—¿Dónde? —preguntó Olivia con una gran sonrisa, mirando por todas partes.

—Ahí, subiendo por el dobladillo. Es pequeñita. —Suspiró hondo—. Mi abuela, que en paz descanse, decía que si una araña se subía por el vestido de novia, era un augurio de felicidad absoluta, lady Rothbury.

—Mi niñera decía lo mismo —afirmó Olivia, emocionada—. Claro que mi tía abuela decía que eran pamplinas románticas sin sentido de gente supersticiosa.

—Su tía abuela era una solterona amargada. Su matrimonio está destinado a la felicidad eterna.

—Estoy segura de ello —aseguró Olivia total y absolutamente convencida—. Ambos estábamos destinados a conocernos, no tengo ninguna duda.

Capítulo XIV

—¿Nervioso? —susurró Adam mirando de soslayo la entrada de la iglesia. Andrew estaba a su lado, vestía con elegancia y garbo levita negra, chaleco azul marino, pañuelo de seda blanco y pantalones de color negro, que se apegaban a sus fuertes piernas, casi como una segunda piel.

En el lugar solo se encontraban William, Mary, lady Somerton y sus hijos, Frank y Ernest, todos vestidos con sus mejores trajes para la ocasión.

—Ansioso es una mejor definición para mi actual estado de ánimo —respondió Andrew en el mismo tono de secretismo.

—Y yo que pensaba que no deberías estarlo, no digamos que la noche de bodas será una novedad —bromeó socarrón, lo que provocó que el vicario Jones le llamara la atención tosiendo y frunciéndole el ceño, evidenciando su reprobación.

—Te lo tienes bien merecido, no respetas la casa del Señor —reprendió Andrew con un tono severo, pero en sus ojos solo había diversión.

—Mal amigo, deberías apoyarme —espetó Adam.

—Silencio, ahí viene —intervino el vicario. Tantos años casando parejas, que ya sabía cuándo la novia estaba cerca con tan solo ver la luz que se colaba por debajo de la puerta de la iglesia.

Y así fue. No pasaron muchos segundos y las puertas se abrieron, la luz entró a raudales iluminando el interior de la antiquísima iglesia de Todos los Santos. Andrew contuvo la respiración, y lo primero que vio fue a Marian vestida de blanco portando una canasta llena de pétalos de rosas blancas, rosadas y rojas de los mismos jardines de Rosebud Manor. La pequeña iba sonriendo contenta mientras creaba un camino de pétalos para la novia. Detrás de ella, entraba Olivia con una bella sonrisa dibujada en sus labios. Se veía etérea, radiante y llena de dicha, caminando en soledad directo hacia él por el sendero hecho por Marian.

«Nunca más caminarás sola, mi Liv. Me tienes para toda la vida», se juramentó Andrew teniendo solo como testigo a Dios.

Olivia solo tenía ojos para Andrew, tan apuesto y elegante que cortaba la respiración. De la pura emoción apretó contra su pecho el discreto ramo de alhelíes, rosas blancas y rosadas, todas atadas con cinta de encaje blanco.

Andrew la admiró de pies a cabeza, pero capturaron su atención las diminutas flores blancas que adornaban la sedosa cabellera castaña de ella. A él se le antojó sacar una a una esas flores para soltar ese cabello y acariciarlo con sus dedos. Fantaseó con quitarle a Olivia ese precioso vestido celeste que realzaba sus generosos pechos y que al caminar se delineaban con sutileza las torneadas piernas de su amada. Esas mismas piernas que en varias ocasiones le rodearon la cintura para permitirle el libre acceso al Edén.

Todos los presentes —incluyendo lady Somerton—pudieron sentir en sus pieles y en sus espíritus el verdadero motivo por el cual se encontraban ahí. No era solo la celebración de un matrimonio, era el paso final de esa unión que venía forjándose desde el primer día en que ese hombre y esa mujer cruzaron sus miradas a la orilla del lago. Nadie conocía ese inestimable secreto, que era casi como sacado de un cuento de hadas, solo Olivia y Andrew. Y así sería hasta el fin de sus días. Lo sabían, simplemente lo sabían.

Al fin, Olivia dio el último paso de su solemne procesión hacia los brazos del amor de su vida. El vicario le tomó la mano derecha a la dulce novia, para luego entregársela a Andrew, quien la recibió con una radiante sonrisa, le tomó la enguantada mano —y con cierta osadía— le besó los nudillos.

El vicario sonrió al ser testigo de la innegable felicidad de la pareja, solo bastaba con ver cómo ellos se miraban. No muchas veces le tocaba casar a personas que se amaran con tal devoción e intensidad. No le importaba la inusual, inapropiada y escandalosa situación que llevó a Lord Rothbury a pedir una licencia para acelerar la boda. Aquel pecado era perdonable con tan solo presenciar la fuerza de ese amor, y después de todo, lo estaban enmendando frente a Dios y en su iglesia.

El vicario Jones le sonrió a la pareja, tomó una bocanada de aire, y comenzó la ceremonia.

Olivia y Andrew se sostenían la mirada y prácticamente no escuchaban la inspirada y conmovedora bienvenida del vicario a ellos y a los asistentes. Andrew, abstraído de todo, se preguntaba si se podía ser más feliz, y la respuesta venía de inmediato a su mente y su alma. ¡Sí! Indudablemente, iba a ser cada día más feliz. Incluso, ya se imaginaba el vientre abultado de su mujer llevando a su hijo... uno más. Porque debía reconocerlo en su corazón y ante Dios, William y Marian ya eran sus hijos. No podía estar sin jugar un rato con ellos en la habitación infantil, no podía dejar de admirar la viveza de Marian, el carácter mesurado e inusualmente maduro de William. Observar cómo crecía el cariño de hermanos entre ellos, e incluso disfrutaba cuando tenían esas pequeñas rencillas fraternales, que siempre eran zanjadas con el amor maternal de Olivia o la intervención de él mismo. Sentía que no debía ser como su padre, ausente y frío, e intentaba participar de la crianza de los niños. No quería ser un espectador, quería y deseaba ser tan activo como su mujer en la aventura de ser padres.

Y sí, una de las cosas que amaba de ella, era ese instinto poderoso y colosal que la convertía en madre, no solo de sangre sino de crianza. Olivia era generosa en sus afectos, nunca había conocido a una mujer como ella...

La amaba... con toda su alma.

Olivia estaba perdida observando cada gesto, cada cambio en la expresión de los ojos azules de Andrew. Quería memorizar ese momento para siempre, para nunca jamás olvidarlo. Grabar a fuego ese instante de su vida, en el que se convertían en marido y mujer ante todos. En que ella pasaba a pertenecer a ese hombre y no temía entregarse a él. Porque él tomaría solo lo que ella le ofrecía. Y Olivia le ofrecía libremente su libertad, su vida, su cuerpo, su alma, más no su voluntad, su independencia, su manera de pensar y concebir el mundo. Y Andrew aceptaba todo ello sin exigir ni demandar. Ambos eran uno y a la vez eran dos.

—Ahora sus votos —conminó el vicario, interrumpiendo los pensamientos de la enamorada pareja.

Andrew recibió el anillo bendecido por parte del vicario, le quitó con delicadeza el guante de la mano izquierda a su Olivia. No le temblaba la mano, y con el pulso y voz firme declaró...

—Con este anillo te desposo, con mi cuerpo yo te adoro, y todos mis bienes mundanos yo te los doy. En el Nombre del Padre, y del Hijo, y del Espíritu Santo. Amén. —Deslizó el anillo de oro y diamantes engarzados que rodeaban un óvalo de zafiro—. Soy tuyo hasta el fin de mis días —murmuró Andrew sin dejar de mirar a los ojos de su esposa.

Olivia no había visto anillo más lindo que aquel, era una joya elegante, pero no ostentosa. Tal como era él, su esposo.

El vicario le entregó el anillo a Olivia y ella también con voz firme y segura recitó los mismos votos que Andrew. Su voz suave y femenina le daba otro cariz a esas mismas palabras.

—Con este anillo te desposo, con mi cuerpo yo te adoro, y todos mis bienes mundanos yo te los doy. En el Nombre del Padre, y del Hijo, y del Espíritu Santo. Amén. —El anillo, una maciza banda de oro calzó perfecto en el dedo anular masculino de Andrew—. Te amo, con mi alma, soy tuya por la eternidad —susurró solo para él.

La ceremonia continuó por la toma de la comunión y la lectura de las escrituras del matrimonio. El vicario se esmeró e inspiró en las oraciones en las que se bendecía a la pareja y su futura vida en común. Los testigos y asistentes escuchaban con atención y respeto al vicario. Nada opacaba el sublime, pero sencillo momento.

El enlace finalizó con la firma de los novios y los testigos en el registro parroquial. Olivia y Andrew después de recibir los parabienes de familiares y amigos, se tomaron de la mano y salieron de la iglesia convertidos en marido y mujer, ante los ojos de Dios, ante la mirada atenta de la sociedad, y ante aquel furtivo testigo, oculto entre las personas del pueblo que festejaban con algarabía a la feliz pareja, que se dirigía al tílburi que estaba engalanado con flores y cintas blancas.

Lord Rothbury al fin tenía a su vizcondesa y ponía fin al principal problema que lo aquejó desde que tomó el título. Encontrar una mujer que lo aceptara a él tal como era, con el rostro desfigurado y el andar imperfecto, que lo amara a él, a Andrew Witney, el hombre.

Lady Rothbury había dejado atrás su pasado, alzó una pequeña plegaria para Magnus, pidiéndole que bendijera su enlace, y protegiera a su hijo. Lo recordó con cariño y gratitud. Miró a su esposo, su presente y su porvenir, y le sonrió.

—Te amo, esposo mío.

—Y yo te adoro, esposa mía.

La celebración en la mansión fue tan sobria y sencilla como en la iglesia, pero definitivamente más distendida. La mesa estaba llena de delicias para saciar el hambre que tenían los comensales, quienes apenas desayunaron de manera frugal esa misma mañana antes de salir a la iglesia.

Olivia no cabía en su felicidad, apenas podía creer que ya estaba casada con Andrew, lo miraba y lo miraba pensando que tal vez estaba soñando. Pero no, ahí estaba él tomándole la mano y besándosela cada vez que se le antojaba y ella sonreía sintiendo que la dicha le recorría cada poro de su piel.

Y así, todos se sentían felices, sin excepción.

Adam estaba contento por su amigo, por haber hallado el amor de una buena mujer.

Lady Somerton, sentía un cierto alivio. Debía admitir que su nueva cuñada no era una víbora, y que, de verdad, amaba a su hermano. No había falsedad en esa sonrisa, ni en las caricias que le prodigaba a Andrew cuando creía que nadie los veía. La había juzgado muy mal, y estaba en la labor de enmendar ese error, después de todo, ahora eran familia.

Marian, cuando miraba a Andrew, sentía que él no era su primo, no era el mismo afecto que sentía hacia Frank o Ernest. Ella sentía las ganas de decirle «papá», pero no se atrevía a expresarlo en voz alta, era un secreto que compartía con Will, a quien ya le decía «hermanito». De inmediato, fijó su atención hacia Olivia, se veía tan bonita, también tenía ganas de llamarla «mamá». Los quería tanto, y ellos le demostraban tanto cariño que, poco a poco, esa sensación de soledad abandonaba su joven alma. Algo bueno había nacido de la tragedia, ella ahora tenía una familia que la amaba de verdad.

William... solo disfrutaba de las galletitas, pensaba que su mamá se veía como un ángel y que papá Andrew —como decía Marian cuando estaban jugando a solas— se veía como un gigante invencible. Le gustaba mucho papá Andrew, a veces lo tomaba en brazos y se sentía tan grande como él.

Mary solo suspiraba, la felicidad estaba en el aire. Se sentía feliz por su amiga, había encontrado el amor en un hombre formidable como lo era lord Rothbury. Observaba de manera furtiva que él reía por las bromas que les gastaba el señor Churchill. Volvió a suspirar, el secretario del vizconde se veía muy apuesto. Adam desvió su mirada hacia ella y le guiñó el ojo e hizo que le se subieran los colores a la cara.

—¿Qué le pasa, señorita Mary?, ¿se siente bien? —preguntó Frank con inocencia y preocupación—. De pronto, su cara se volvió muy roja.

—El té me ha dado mucho calor —justificó Mary, sonriéndole al pequeño—. Solo es eso, milord.

—Me había preocupado, fue extraño, primero su piel blanca y luego roja como una manzana —prosiguió Frank ajeno a la disimulada atención que le ponía Adam a la situación.

—A veces me pasa... iré a tomar un poco de aire fresco al jardín. ¿Me acompaña? —ofreció para escapar y sacudirse el súbito aturdimiento que la invadía.

—¿Puedo ir a jugar? —interrogó. Para él, el jardín era sinónimo de juegos, y si le ofrecían salir, no iba a desaprovechar la oportunidad.

—Si su madre lo autoriza podrá ir a jugar —respondió Mary.

—¿Y también pueden ir Ernest, William y lady Marian? —preguntó, astuto.

Mary sonrió, Frank era un pequeño zorro, todo un líder de aquel grupito de bandidos.

—¿Por qué no? Pero primero deben pedir permiso.

Frank, en menos de un minuto había obtenido la venia de su madre, de lady y lord Rothbury para que todos los niños salieran al jardín a jugar, y acompañar a la señorita Mary para que tomara algo de aire ante su repentino calor, por supuesto.

—Acompañaré a la señorita Mary y llamaré algunos lacayos para que vigilen el jardín y a los niños —anunció Adam. La comida ya estaba llegando a su fin y los novios, claramente, iban a pasar la tarde a solas en los aposentos vizcondales, tal como Dios mandaba.

Lady Somerton, dándose cuenta de la feliz situación, anunció que iría a dar un paseo. Necesitaba estirar las piernas y no le apetecía estar en su habitación, así evitaba la apremiante sensación de obtener un descanso narcótico. Besó a su hermano en la mejilla, y se atrevió a hacer lo mismo con su cuñada, firmando un tácito tratado de paz, y salió del comedor, dejando a marido y mujer a solas.

Olivia miró a Andrew llena de anticipación, él sonrió seductor.

—Al fin, solos, mi amor —advirtió socarrón.

—Me he dado cuenta de ello... ¿lo hicieron a propósito? Me siento un poco intimidada, todos saben lo que haremos —comentó Olivia sintiendo una inusitada timidez. Era extraño y a la vez liberador estar casada de verdad. Antes el tenor de la relación era algo *vox populi*, pero a la vez tenía ese tinte de ser algo indecoroso, y por ello debía ser oculto, prohibido, que nadie, en el fondo, aprobaba. Pero ahora que estaban casados ya no había nada indecente ni inapropiado.

Era impresionante, ellos en esencia no habían cambiado, pero el cómo el resto del mundo los miraba ahora, le provocaba una sensación de vulnerabilidad a Olivia.

—No le des más vueltas, Liv —exhortó Andrew, esbozando una sonrisa—. Nada ha cambiado entre nosotros, probablemente, ahora que somos personas decentes, recibiremos invitaciones de la pequeña aristocracia local, y ya no me mirarán como si fuera una especie de depravado en los pueblos aledaños, ni inventarán cuentos acerca de ti —afirmó, frunciendo levemente el ceño.

Olivia estaba asombrada por dos cosas. Primero porque él había adivinado sus pensamientos, y segundo, porque su esposo notaba y le afectaba, en cierta medida, que las demás personas tuvieran una imagen errónea de la relación que ellos tenían. Elementalmente, ellos no habían hecho nada malo, solo se amaban sin establecer un vínculo religioso, legal e indeleble. Y aquella frágil situación, no era aceptable para los demás. Los cuestionaba a ambos, a la hombría de él por no proteger a una mujer —e incluso a él mismo y su fortuna— con los beneficios del matrimonio, y a ella, por permitir que él hiciera lo que quisiera con ella, entregándose a una relación carnal que no daba ninguna garantía ni ventaja para ella.

Lo que los demás no sabían, era que él siempre quiso el matrimonio, y ella también. Pero ir a Londres y volver por una licencia especial emitida por el Arzobispo de Canterbury solo para ganar tiempo era una ridiculez.

—¿Tanto me conoces? —preguntó Olivia curvando sus labios en una sonrisa.

—Arrugas un poco la nariz cuando piensas en algo que no te agrada mucho. Cuando estás recordando algo, especialmente placentero, entornas un poco los ojos, entreabres ligeramente la boca, y a veces, te muerdes el labio inferior. Cuando algo te preocupa, estás seria y se te hace una línea vertical aquí. —Acarició con su pulgar entre las dos cejas femeninas—. Pero he logrado mi objetivo, has dejado de pensar en algo que era entre desagradable y preocupante.

—Oh, Andrew. No sabes lo que haces.

—Sé perfectamente lo que hago. Hoy es nuestro día, esposa mía, y te voy a dar un regalo especial. Acompáñame. —Le ofreció su mano y ella la aceptó.

Se levantaron de la mesa, a lo lejos se escuchaban las voces infantiles que jugaban en el jardín. Andrew salió por la puerta frontal de la mansión, donde Leopold, el mozo de cuadra, esperaba a lord Rothbury mientras sostenía firme las riendas de *Luck*.

—Gracias, Leopold. ¿Jake lo desfogó? —El muchacho hizo un gesto afirmativo, alzando un poco su sombrero—. Muy bien. Sostén mi bastón por un momento, por favor. —Leopold recibió el bastón con timidez, no tenía demasiadas oportunidades de tocar cosas tan finas y suaves. Andrew tomó de la cintura a una sorprendida Olivia y le ayudó a sentarse de lado sobre la silla de montar—. No te preocupes, será un viaje corto —aseguró mientras él montaba el imponente animal, acomodándose detrás de ella.

Leopold le entregó las riendas y el bastón a su señor, quien silbando suave ordenó al caballo negro a que empezara a andar ligero.

Rodearon la mansión y Andrew tomó rumbo hacia el norte. Olivia prácticamente no había salido de Rosebud Manor desde que había llegado, primero por su trabajo de institutriz y luego por el incidente del disparo en la pérgola y las medidas de seguridad que se tomaron tras ese episodio.

De hecho, no había notado ese detalle hasta ese preciso instante. Habían sucedido tantas cosas desde ese entonces, que aquella amenaza había quedado relegada a un rincón oscuro de su memoria. Olivia decidió hablar del tema después, otro día. Por ningún motivo iba a arruinar el regalo que tenía preparado Andrew para ella.

Suspiró hondo y se apoyó en el cálido pecho de su esposo, que le besaba la coronilla. Se solazó de ese dulce momento, el vaivén del paseo a caballo y el sonido de los cascos, el calor que compartían, el trino de pájaros, el aroma de los rosales cuajados de rosas, los bosques de pino, el cuero de la montura del animal que los llevaba a destino desconocido, todo entremezclado con la masculina fragancia de sándalo que usaba Andrew, y que tanto le fascinaba a Olivia.

Ya sabía por qué su esposo siempre olía tan bien. Cuando empezó a compartir sus noches con él, descubrió sus detalles privados. Como la aversión que él experimentaba al sentir el cuerpo sucio, no soportaba la sensación de estarlo al final del día. Aquello era una consecuencia de la guerra. Andrew estuvo tanto tiempo en condiciones tan deplorables de higiene, que no soportaba en él mismo, el olor corporal después de un día ajetreado. Y aunque todo el mundo decía que no era saludable asearse tan seguido, él necesitaba sentir la piel limpia. Por eso se bañaba todos los días, y Olivia lo acompañaba en ese diario ritual. Le fascinaba el acto íntimo de limpiarlo y que él la limpiara. Era tan sublime como hacer el amor todas las noches.

Iban los dos sin decir una palabra, disfrutando del paseo. Andrew mantenía firme las riendas con una mano, sostenía el bastón con la otra y Olivia se aferraba a su cuerpo en un abrazo firme. Él estaba acostumbrado al toque femenino de ella, pero nunca se iba la sensación de anhelar siempre un roce, un beso, una caricia. Amaba la generosidad en demostraciones de amor por parte de ella. Olivia daba y recibía sin poner obstáculos, y si él era el objetivo de esas demostraciones, tanto mejor.

Olivia sintió un brusco cambio en el ambiente, el aire se percibía más fresco y húmedo. En ese momento supo hacia dónde Andrew la llevaba.

El lago.

El corazón empezó a latirle con fuerza, aspiró profundo llenando sus pulmones de oxígeno puro, y sonrió.

Andrew esbozó una sonrisa, celebrando su triunfo. Pudo sentir la reacción de ella al notar el destino final, se acurrucó más a él y le abrazó más fuerte.

—Desde la primera vez que te vi, quise volver a verte —confesó Andrew, llenando el aire con su voz grave y serena—. Eras un hermoso misterio, tenías el aspecto de una ninfa perdida. Por un momento, dudé de lo que había sucedido, pensé que no había sido cierto y que estaba dentro de un cuento de hadas.

—Y yo pensé que había sido la única en tener una reacción irracional —replicó Olivia con una sonrisa.

Rodearon el lago por unos minutos hasta llegar al mismo lugar donde se conocieron. Olivia notó que el paisaje había cambiado mucho, habían talado unos árboles para darle espacio a la pequeña cabaña que se erigía en el límite del bosque. Todavía había olor a madera recién cortada.

Andrew tiró firme de las riendas para frenar a *Luck*, y de inmediato, descendió del caballo para ayudar a bajar a Olivia, que no dejaba de sonreír por la sorpresa que tenía ante sus ojos.

—Este será nuestro rincón —explicó Andrew—. Es sencillo, pero tiene lo necesario para pasar uno o dos días sin que nos interrumpan.

—Es perfecto, Andrew.

—Supuse que ninguno de los dos estaría cómodo con hacer un viaje nupcial y dejar a los niños acá por un mes. Los extrañaríamos mucho. —«Y su seguridad también me preocupa», pensó y se lo guardó, no deseaba perturbar a Olivia ese día. Ni a ninguno, a decir verdad.

Olivia admiró la estructura sencilla, pero robusta de la construcción. La parte frontal de la cabaña contaba con un porche que, en su extremo izquierdo, había un asiento tapizado con cojines, que era lo suficientemente grande y cómodo para que ellos dos se recostaran. Grandes ventanas eran los ojos de la cabaña. Ese regalo decía mucho de la personalidad de Andrew. La mayoría de los caballeros regalaba a sus esposas joyas, viajes exóticos, propiedades lujosas. Pero él solo necesitaba lo esencial, un techo, comida, privacidad y su esposa.

Y lo esencial era perfecto.

Andrew fue a dejar a *Luck* a la pequeña caballeriza que estaba contigua a la cabaña y se aseguró que tuviera agua y comida, le quitó la montura y lo dejó ahí para volver al lado de su esposa.

Olivia había entrado al porche, la puerta estaba entreabierta. Frunció un poco el ceño.

—Hay que cumplir con una tradición —anunció Andrew, que ya había llegado a su lado—. Yo pedí que la dejaran así, es difícil abrirla si te tengo entre mis brazos —aclaró ante el semblante desconcertado de ella, y sin decir nada más, y sin soltar el bastón, la alzó como si no pesara nada. Olivia dio un gritito de sorpresa y le rodeó el cuello, soltando una carcajada nerviosa.

Andrew con el pie empujó la puerta para abrirla y entró a la cabaña con su esposa aferrada a su cuerpo, aspirando el aroma de su piel de manera flagrante. Cerró la puerta con pericia, del mismo modo que la abrió.

La cabaña tenía lo suficiente para ellos dos; una gran cama —lo más importante—; para comer, pan, ciruelas, uvas, queso y vino; para la comodidad, una mesa, un par de sillas, un baúl con ropa y una chimenea con todo lo necesario para ser encendida por si hacía frío cuando oscureciera.

Dejó a Olivia en el suelo con suavidad y sin perder más tiempo la besó. Intentó no ser brusco, pero tenía hambre de ella.

La noche anterior, ella pernoctó con William y Mary, y la extrañó tanto que apenas pudo dormir.

Y esa noche tampoco lo haría.

Capítulo XV

Una de las cosas que Olivia había aprendido de Andrew los últimos días era que, cuando se trataba de practicar el arte amatorio, su esposo era generoso y a la vez exigente. La empujaba a experimentar, tocar, besar, lamer, probar posiciones, a jugar con los sentidos. Ante todos, Andrew se mostraba como un hombre correcto, sin prejuicios, y bastante liberal. Pero nadie pensaría de él lo deliciosamente perverso que podía llegar a ser en realidad, y eso solo ella lo sabía.

El sexo para Andrew era una parte importante, una de las tantas piedras angulares que fundamentaban una relación con una mujer. Era ahí, precisamente, donde mostraba su lado más animal y más humano, se entregaba sin medida, y eso mismo le demandaba a su compañera. Cuando Andrew hacía el amor, no existía el pecado, lo incorrecto, lo indecente. Mientras Olivia se desgarrara de placer, el fin justificaba los medios. Por fortuna, para él, su esposa era una mujer que, aunque había recibido una educación puritana y estricta, y sus primeras experiencias sensuales fueron llenas de amor y dulzura, era una mujer pasional y que en los brazos del hombre correcto podía convertirse en una aprendiz que en ocasiones sorprendía y aventajaba a su maestro.

Y ese hombre, por Júpiter, era él.

—Quítate la ropa —demandó Olivia en una inusual iniciativa por parte de ella; por norma, era él el quien tomaba las riendas desde el principio. Andrew alzó una ceja, la besó con inocencia, inocencia que se esfumó cuando le pasó la lengua por los labios.

—Lo que usted ordene, mi señora —respondió él, esbozando una seductora sonrisa, al tiempo que empezaba a desatar el nudo de su pañuelo de seda blanco.

Con premeditación se fue quitando una a una las prendas que cubrían su piel. A la luz del día era una delicia admirar ese cuerpo absolutamente masculino, firme, duro. Olivia acarició con la punta de sus dedos el pecho de él, estimuló con sus yemas los diminutos pezones que, al instante, reaccionaron al contacto. Ella fue testigo de cómo la piel de él se erizaba marcando más los músculos del torso.

Los dedos de Olivia continuaron con su reconocimiento. Ella lo tocó a conciencia, rodeándolo, mientras él, quieto, se dejaba hacer. Estudió la amplitud de espalda de Andrew, que se estrechaba en las caderas en casi perfecta simetría. Olivia dibujó con su toque la columna vertebral hasta llegar al coxis, y no se resistió a tomar y apretar con ambas manos las firmes y redondas nalgas, lo que a él le sorprendió, pero esa reacción ella no la pudo ver. Olivia se apegó a la espalda de él y le abrazó por detrás. Con las manos abiertas inició una lenta exploración a ciegas por el torso de Andrew, desde el pecho, pasando por el abdomen que se tensaba con sus caricias hasta llegar a esa rígida erección que demandaba atención.

Olivia lo tomó firme con una mano, y con la otra sostuvo con gentileza los ya apretados y sensibles testículos de él. Andrew siseó y cerró los ojos. Ella sintió en su vientre cómo las nalgas de él se tornaban prietas y cómo empujaba hacia adelante para lograr más roce. Olivia sonrió a sus espaldas y se lo dio, estimuló aquella envergadura de arriba a abajo de manera constante y firme, al tiempo que rasguñaba con delicadeza la piel de los testículos.

Andrew no pudo evitar emitir un murmullo ronco que emergía desde su pecho. Ese poder que él le otorgaba a ella espoleó aún más el deseo femenino que se traducía en ese palpitar entre sus piernas. Quería tenerlo dentro de ella, pero no todavía, quería jugar más.

Jugar.

Olivia nunca imaginó utilizar ese verbo cuando pensaba en hacer el amor, y sin embargo, era una buena forma de describirlo. El sexo no era solo para procrear, o para saciar un instinto primitivo, también había otro intercambio, uno más sublime y subyugante. Mostrar esa naturaleza que se esconde bajo la ropa sin temor a ser juzgado. Andrew le daba esa libertad, y ella le retribuía aquello de la misma manera. No cuestionaba cuando él lamía lascivo entre sus piernas, ni cuando la tentaba, acariciando su ano. Nada de lo que él le hacía le parecía antinatural.

—Desnúdame, mi señor —susurró Olivia.

Andrew se giró y ella le dio la espalda. Pero antes de acatar la orden, él hizo realidad su fantasía. Quitó una por una todas las florecillas que adornaban el cabello de Olivia, continuó con las horquillas y deshizo el elaborado peinado dejando el largo y sedoso cabello suelto. Masajeó la cabeza de su esposa, arrancándole un suave gemido de aprobación.

Ya satisfecho, tomó el cabello y lo pasó por sobre el hombro femenino para liberar los botones del delicado vestido. De a poco, las prendas de Olivia fueron convirtiéndose en charcos de colores y texturas en el suelo.

—Tengo uno de estos guardados como un tesoro —admitió Andrew al desatar el corsé corto de Olivia—. Una atípica cenicienta, querida mía. No fue necesario recorrer todos los pueblos para verificar a quien le correspondía tan sugerente e íntima prenda.

—Espero tenerla de vuelta, mi señor, mi bestia del lago —bromeó ella, regalándole una sonrisa. Ahora sabía dónde estaba su prenda perdida.

—¿Bestia del lago? —interrogó Andrew con cierta sorpresa.

—He logrado comprobar que mi primera impresión no estaba errada, eres una deliciosa bestia, toda mía… Supongo que algún día comprobarás si el corsé que encontraste me queda.

—Algún día, mi querida cenicienta —respondió a la pulla y terminó de quitar el corsé, dejando a Olivia vistiendo una camisola que transparentaba todo.

«Un gran trabajo de la señorita Orwell», pensó Andrew admirando la velada desnudez de su mujer. «Una lástima que dure tan poco», al terminar ese pensamiento empuñó la tela en lugares estratégicos y de un tirón la rasgó, provocando un jadeo de sorpresa por parte de ella. Andrew se pasó la lengua por los labios. ¡Ah! tenía unas ganas locas de tomar esos generosos pechos. No se privó de ello, se llenó las manos y por sobre la delgada tela de la camisola hecha girones chupó los pezones extrayendo un poco de la leche de ella. Aquello se había convertido en una fijación para él y parte de su ritual erótico, su dulce, dulce Olivia, sabía delicioso.

Olivia gimió y acarició la rubia y sedosa cabellera de su esposo mientras él la devoraba. El contraste de sensaciones la estaba volviendo loca.

Andrew satisfecho con su festín, terminó de quitar lo que quedaba de la camisola, para luego alzar a Olivia al mismo tiempo que ella le rodeaba la cintura con sus piernas, sus sexos se rozaron, y tan solo ese toque fue suficiente para saber que no podrían resistir más tiempo estando separados.

Andrew llevó a Olivia a la cama, pero la sorprendió colocándola al revés. Ella lo miró confundida y él sin decir nada le puso una almohada en la cabeza para que estuviera cómoda. Se puso de rodillas entre sus piernas y la admiró por unos segundos, su esposa era un ángel, una diablesa, una ninfa, una diosa, todo personificado en una sola mujer, su mujer. Se cernió sobre ella y la besó profundo, Olivia le acariciaba la cabeza, el cuello, la espalda, adorando sentir el peso de él sobre ella. Sus lenguas se acariciaban con fervor, el sudor de sus cuerpos excitados aumentaba el deseo. Olivia solo podía dar gemidos ahogados que morían en la boca de él, enterraba las uñas en la musculada espalda de su hombre, urgiéndolo a que la tomara, alzando las caderas, buscando un contacto sensual, tentándolo. Pero él se contenía.

—Vamos a intentar algo que te va a gustar. Guíame dentro de ti, Liv —ordenó Andrew interrumpiendo el fogoso interludio, sonriendo perverso sobre sus labios.

Apoyó sus manos a cada lado de la cabeza de ella y los pies en el respaldo de la cama —ese era el objetivo de estar al revés—, mientras Olivia obedecía la demanda de él, tomando el viril miembro y permitiendo que él la penetrara. Lo que ella no esperaba era que él se iba a impulsar con fuerza, llegando de una vez hasta el fondo.

Olivia ahogó un jadeo y sintió que era maravillosamente llenada, a la vez que la pelvis de su esposo le rozaba su hinchado y resbaladizo capullo en el proceso. Andrew se retiró y volvió a embestirla con vigor.

Una, dos, tres, cuatro, cinco veces.

Andrew, gracias al soporte que le daba el respaldo de la cama, comenzó a coger un ritmo castigador. Entraba profundo, y al segundo salía casi por completo. El contacto de sus cuerpos era tan delicioso que Olivia abrió más las piernas, necesitaba sentirlo más adentro, que su esposo le diera cada acometida con más fuerza.

Para Olivia no era su primera vez, tampoco era la primera vez que se entregaba a su hombre, pero por Dios bendito, sí que era la primera vez que sentía que su acto era tan lascivo y bestial.

Y le fascinaba.

Y se dejó llevar.

Estaban solos en medio del bosque, ella podía permitirse gemir, y gritar. Tomar las caderas de él y obligarle a ir más rápido y duro.

—Estás cerca, Liv. Te siento, estás tan mojada —afirmó Andrew sin delicadeza ni decoro, y a Olivia no le importó. Él estaba al borde, entornaba sus ojos con fuerza para contener derramarse antes que ella—. Te lo voy a dar todo.

—¡Más, más, más! —Exigía al borde del delirio—. ¡Más!

Olivia enterró sus dedos en la piel de Andrew, marcándole el frenético compás que él siguió hasta perder la cordura. Él resoplaba cansado, tensando todo su cuerpo y llegó a un punto que no lo soportó más.

El éxtasis clamó su ofrenda, y Andrew se vació por completo, dando feroces estocadas que solo empujaron a Olivia a seguirlo casi al mismo tiempo. El femenino interior, cálido y sedoso se contrajo exprimiendo cada gota de la simiente de su esposo, y ella, ciega de placer, continuó con la sensual tortura de alargar más el orgasmo, hasta llegar a un punto en que ya no lo soportó más.

Andrew estaba tenso y quieto dentro de ella, sintiendo aún las reminiscencias de tan exquisito deleite, y que le provocaban escalofríos que recorrían toda su piel. Besó la frente perlada de sudor de su esposa y escondió la cara en su cuello.

—Te amo tanto, Olivia —declaró Andrew apenas recobrando el aliento—. Tanto, tanto. Eres perfecta para mí, la única que ha saciado todos mis deseos, los de mi carne, los de mi corazón y los de mi alma.

Olivia le acariciaba el cabello, apenas su respiración se normalizaba, y sonrió, satisfecha. Le encantaba saber que solo ella podía realizar tal proeza.

—Yo también te amo, Andrew —respondió—. Creo que no habría sido feliz con otro hombre que no hayas sido tú. Soy feliz de ser tu esposa, tu amante, tu compañera.

—Soy feliz a tu lado, lady Rothbury…

—Estamos destinados a serlo, mi amor.

Minerva se atrevió a volver al lago después de veinte años. Decidió que debía reconciliarse con su pasado, con sus errores, para poder enfrentar el futuro. En ese lugar había cosas inmutables, como el frescor vivificante del aire cuando estaba a las orillas del lago y el aroma a pino que penetraba sus sentidos. Pero también había otras que habían cambiado demasiado en aquel paisaje, como aquella cabaña que antes no estaba, la altitud de los árboles, y ella misma.

Caminó por la orilla opuesta donde estaba emplazada la cabaña que, conforme avanzaba, se iba haciendo más pequeña. Realizó el mismo recorrido que hizo la última vez que estuvo en Rosebud Manor. Era apenas una chiquilla, y ella sonrió al recordar su primer y último beso que daba por amor.

Quiso volver, pero siendo una niña, jamás pudo hacerlo por sus medios. Y cuando ya era una mujer, sus alternativas fueron nulas.

Su esposo, aquel hombre que le dio dinero, posición y un título, solo la quería para escapar de la presión que su familia ejercía sobre él para que sentara cabeza. Una transacción comercial que fue atractiva para ambos, él tendría herederos, y ella accedió solo porque se vislumbraba un futuro más alentador bajo la protección del marqués de Somerton. Aquello era mejor que estar soltera y esperar a que la ruina cayera sobre su cabeza, gracias a su padre.

Al principio, Minerva pensó que el cariño entre ellos nacería en algún momento. Durante los primeros meses de convivencia, estimaba y respetaba a su esposo, pero él no ponía nada de su parte. Frío como un témpano de hielo, solo visitó la alcoba de su mujer hasta que concibió a su primogénito, y un par de años después, para tener al heredero de recambio por si moría el primero.

Así de simple. Y Minerva se habría conformado si tan solo Somerton, al menos, hubiera controlado el vicio por el juego.

Pero todo fue por nada. Inexorablemente, había caído en desgracia, y para peor, había arrastrado a sus hijos junto con ella.

Minerva suspiró, ¡qué no daría por volver el tiempo atrás! Si tan solo no hubiera actuado de manera tan precipitada, si no hubiera aceptado aquel matrimonio para escapar de un final inevitable… Aquel final que, de todos modos, la alcanzó.

Era su sino.

La melancolía y la culpa eran sentimientos que no podía desarraigar de su corazón. Minerva se decía que pronto iba a superar ese estado, pero le costaba un mundo. Miraba a su hermano y era tan feliz que a ella le llegaba a doler. Si tan solo hubiera sido más valiente, más rebelde. Si hubiera vuelto a Rothbury apenas hubiera tenido oportunidad... Tal vez, solo tal vez, sería tan feliz como Andrew.

Se quitó los zapatos y las medias, alzó su vestido hasta las rodillas y se adentró al lago lo suficiente como para mojarse los pies. Minerva cerró los ojos, el agua estaba gélida, pero al cabo de unos segundos, se acostumbró al frío.

Rememoró aquel verano, los días más dulces y felices de su vida. Días que nunca volverían.

—Yo pensé que era el único que sentía nostalgia por este lugar.

Minerva dio media vuelta sin importarle que su rostro estuviera surcado por sus mudas lágrimas.

—August...

Mary estaba atenta al juego de los niños. Todos se llevaban muy bien, sobre todo después del accidente sufrido por Will. Todos lo cuidaban y jugaban con él.

Los niños conformaban un grupo que cada día se unía más, los hijos de lady Somerton experimentaban cambios asombrosos ahora que vivían en la mansión.

Mary suspiró, pensó de pronto que le gustaría tener su propia familia y sus propios hijos.

—Señorita Mary —llamó Adam a espaldas de ella, provocando que diera un respingo.

Mary reprimió el impulso de lanzar un gritito y de golpear el pecho del irritante señor Churchill. En cambio, se dio media vuelta con cara de pocos amigos.

—¿Qué desea, señor? —interrogó con sequedad.

—Solo hacerle una pregunta, señorita Mary —respondió Adam sintiendo que las piernas se le aflojaban.

—¿Y tiene que ser tan desagradable para hacerme una mísera pregunta? Casi me mata del susto —espetó; la paciencia se le esfumaba cada vez más rápido cuando se encontraba en presencia de él.

Tan hermoso, tan varonil y tan... estúpido.

—Oh, solo disfruto fastidiarla, señorita Mary —confesó—. Verá, usted, cuando se enoja se ve muy bonita.

Mary parpadeó absolutamente confundida con ese peculiar halago, no sabía si enojarse más, sonreír o sonrojarse.

Tal vez, las tres opciones juntas eran una buena solución para aquel dilema.

—Pero se ve más bonita cuando sonríe, así como ahora.

Mary se enserió en cuanto él habló de sonrisas, y lanzó un bufido nada femenino al percatarse que estaba empezando a sonreír como una debutante bobalicona.

—¿Por qué me tortura, señor Churchill? —increpó intentando reunir toda su fuerza de voluntad para mostrar seguridad—. ¿Cuál es la fascinación que siente usted por agriar mi buen humor?

—Es una respuesta fácil de dar y a la vez difícil de comprender —argumentó—. ¿La han cortejado alguna vez?

Mary entrecerró sus ojos, Adam estaba traspasando una delgada línea entre perder la paciencia y lanzarse sobre él y golpearlo, tal como lo hacía con sus primos molestos cuando vivía en la granja de sus padres.

—No es muy caballeroso de su parte hacer semejante pregunta —argumentó. No podía dar un espectáculo, era la amiga de la señora de la casa, debía mostrar cierta educación y decoro.

—No soy un caballero, a decir verdad. Pero sí tengo mucha curiosidad. ¿Puede satisfacerla? —pidió con inusual humildad.

Mary inspiró hondo, no sabía a dónde quería llegar el señor Churchill con toda esa descabellada conversación.

Si es que se podía definir de tal forma.

—Es difícil ser cortejada cuando se es doncella de la hija de un marqués, y después estar, prácticamente, encerrada junto con ella en un bosque. Así que la respuesta es no, señor Churchill, nunca me han cortejado —admitió con cierto deje de amargura, tenía veinticuatro años y trabajaba desde los dieciséis. Los jóvenes de su clase social no solían cortejar, solo buscaban satisfacer sus instintos sin ningún compromiso.

—Yo nunca he cortejado a ninguna señorita —confesó Adam y tosió para aclararse la voz—, no soy un hombre refinado, ni quiero serlo. Pero usted me pone en un aprieto tremendo.

—¿Yo lo pongo en un aprieto? Dispense mi falta de inteligencia, señor, pero no entiendo para dónde quiere encauzar esta extraña conversación —dudó Mary, frunciendo el ceño.

—Usted me pone nervioso —admitió Adam, hablando rápido—. Y me irrita sentirme así, tan torpe, al punto que no sé cómo entablar una conversación decente con usted sin arruinarlo siempre.

—Señor Churchill, explíquese mejor, porque lo que dice carece de todo sentido.

—¿Ve a lo que me refiero? Ya lo he arruinado... —Se quedó un par de segundos en silencio intentando ordenar sus ideas, las cuales eran un caos que no convergía en ningún punto claro. Acalló su inseguridad, y solo decidió decir lo que deseaba de verdad—. Voy a intentarlo de otra manera... Señorita Mary, ¿me concedería el placer de salir a pasear conmigo mañana? Solo por los jardines, mis intenciones son honorables. Quiero extirpar estos nervios que siento ante su presencia, y pensé, que si estoy más tiempo en su compañía, se me pasará y podré ser más agradable con usted y no fastidiarla como lo he hecho siempre. El asunto es que me gustaría probar, con el pasar del tiempo, si usted me tolera tanto como para considerar una unión más... permanente.

Mary, perpleja, intentaba procesar todo, se sentía dividida. Por una parte, quería estrangular a Adam, y por otra parte, sentía el deseo casi irrefrenable de darle un beso.

Finalmente, optó por un inusual silencio.

Adam, escondiendo sus manos temblorosas en su espalda, sentía que estaba a punto de caer a un pozo lleno de vergüenza y frustración. Mary lo descolocaba, perdía todo el aplomo cuando estaba con ella.

—Señor Churchill... —susurró ella interrumpiendo el incómodo silencio.

—Sí, señorita Mary, dígame.

Mary inspiró profundo, pero en ese instante Carruthers salía por la puerta francesa con una expresión contrariada, portando una bandeja.

—Señor Churchill, disculpe la intromisión. Ya que nuestro amo se encuentra temporalmente ausente, y lady Somerton no está por ninguna parte, me he visto en la obligación de molestarlo.

—Dígame, Carruthers.

—Hay un señor que dice que ha venido a ver a lady Rothbury. Acá está su tarjeta.

Adam tomó entre sus dedos la elegante pieza de papel y letras doradas. Mary bendijo las lecciones de Olivia, porque pudo leer claramente...

«Albert Martin, marqués de Bolton»

—Dígale que lo recibiré en la biblioteca, Carruthers.

—Cómo diga, señor Churchill.

El mayordomo volvió por donde vino y Adam miró a Mary que tenía una expresión de auténtico pavor.

—No se preocupe, señorita Mary —tranquilizó, tomándose la libertad de invadir su espacio corporal para tomarle la mano enguantada entre las suyas—. Veré qué desea el padre de lady Rothbury.

—¿Cómo lo sabe? —susurró Mary, abriendo sus ojos.

—Mi deber y mi trabajo es saberlo todo, mi querida señorita Mary. Solo usted es capaz de hacer tambalear mi intelecto y empujarlo hacia la estupidez —bromeó, pero a la vez, lo que decía era una gran verdad. Lo dijo con tanta seguridad que ella le creyó, sin cuestionar.

La torpeza que ella provocaba en él la enterneció. Adam soltó la mano de Mary hizo un ademán cortés y enfiló sus pasos hacia la mansión.

—Mañana —dijo de pronto Mary, haciendo que Adam se detuviera en el acto—. Después del desayuno.

Adam, con una sonrisa, volvió sobre sus pasos, hizo una leve reverencia, y en un arranque de osadía le besó los nudillos. Estaba eufórico.

—Será una delicia… —declaró, contento—. Ahora si me disculpa, iré a resolver el misterio de la presencia de lord Bolton en Rosebud Manor.

Capítulo XVI

Albert Martin observó la amplia biblioteca con interés. No era ostentosa, todo en ella era austero, pero elegante, a excepción del gran escritorio de roble y el imponente sillón, todo exquisitamente tallado, y que debía estar en ese lugar desde, al menos, un par de generaciones. Se preguntó cómo Olivia llegó a convertirse en vizcondesa de la noche a la mañana.

¿Conveniencia? Imposible. Ella no tenía dote que sirviera para que el vizconde ganara algo.

¿Obligación? ¿Rothbury habría violado o comprometido a Olivia y fue descubierto en el acto, y por ello presionado de algún modo a actuar con honor? O al revés, ¿su hija se habría transformado en una mujer que ya no le importaba nada, solo cumplir el objetivo de volver a poseer privilegios, al punto de forzar una situación comprometedora?

¿Amor? Difícil, pero no imposible. Deseaba de corazón que fuera ese el motivo del matrimonio. El amor iba más con el carácter de Olivia...

Pero muchas cosas hacen cambiar a las personas. Entre ellas, el rencor.

Recordó lo que presenció esa mañana, oculto entre la gente del pueblo, Olivia se veía muy contenta cuando salió de la iglesia. Pero lord Bolton dudaba, no bastaba con sonreír para demostrar que se era feliz. Había visto muchas novias con rostros llenos de dicha en el día de su boda, y al día siguiente, eran la personificación de la frialdad, infelicidad y la desidia.

Por eso estaba ahí, solo quería estar tranquilo, necesitaba acallar su culpa, y si ya se había enfrentado al duque, podía enfrentar de una buena vez su cobardía, ver a su hija y conocer a su nieto. Después de todo, su padre, el duque de Hastings, también lo repudió por rebelarse.

Y vaya ironía, a esas alturas de su vida no le importaba. Todo daba igual, cuando su padre muriera, heredaría el título de todas maneras. Mientras tanto, ya que había perdido el favor del viejo duque, y todo lo que aquello conllevaba, lord Bolton podía dedicarse a hacer crecer su pequeña fortuna personal, la que fue ahorrando de a poco a espaldas de Hastings.

Deliberadamente, Albert le ocultaba a su padre ciertos detalles; como por ejemplo, la propiedad donde estaba emplazada la casita donde vivió Olivia. Lord Bolton no especificó que también le pertenecía el bosque y la casa principal. Balthazar Cooper, el administrador, solo se comunicaba directo con él, y no a través del señor Tatcher, el secretario que compartía con su padre, quien también desconocía ese detalle. Cuando realizaba la visita anual, entraba por otra ruta.

El lado consciente del marqués justificaba su actuar por miedo, el lado inconsciente, afirmaba que hacía eso motivado por el profundo deseo de no depender de la influencia y el poder económico del duque.

Cuarenta y tres años le había costado liberarse del yugo que le había puesto el duque de Hastings, y recién en el ocaso de su vida sentía la verdadera libertad.

Solo esperaba que no fuera demasiado tarde para él y su hija… Y Michael…, sin duda, su hijo había sido más inteligente y decidido que él. Tenía una sospechosa habilidad en los juegos de cartas, y durante los últimos tres años, había construido una considerable fortuna desplumando a jugadores más torpes o con serios problemas para controlar su adicción al juego. No era una forma muy ortodoxa de ganar dinero, pero no lo iba a cuestionar, Michael ya había sufrido demasiado las consecuencias de obedecer ciegamente al duque. Su primogénito era ahora verdaderamente libre, y no dependía de nadie gracias a la suerte de nacer hombre y poder construir su futuro con sus propios medios, y esa oportunidad nunca la tuvo su hija.

Arrepentido.

Arrepentido hasta la médula estaba Albert por ser tan cobarde cuando su hija más lo necesitó.

La puerta se abrió de pronto, sacándolo de cuajo de sus pensamientos y emociones. El hombre que entraba en la habitación no era precisamente con quien deseaba hablar.

—Lord Bolton, sea bienvenido —saludó Adam con una leve inclinación de cabeza, cuando Albert respondía del mismo modo—. Soy Adam Churchill, secretario de lord Rothbury. Tome asiento, por favor —ofreció la silla que estaba en frente del escritorio, Adam se ubicó de pie al lado del sillón que solo usaba Andrew, dando un mensaje tácito de que él era la mano derecha del vizconde, pero que nunca se tomaba atribuciones que no le correspondían.

—Y con él esperaba entrevistarme, al menos —replicó lord Bolton, mientras se sentaba donde le indicaron. Sentía una mezcla de desconcierto y frustración.

—Desde luego, pero no voy a interrumpir la privada celebración nupcial de lord Rothbury con su esposa. No sería prudente —aclaró Adam con cierto tinte de malicia, solo para ver el rostro incómodo de Albert Martin.

Ningún padre goza imaginando a su hija cumpliendo con sus deberes maritales.

—Desde luego —concordó lacónico.

Se quedaron ambos hombres en un dilatado silencio, que solo era rasgado por el bullicio de los juegos infantiles en el jardín. Albert se preguntó cuál de todas esas voces le pertenecía a su nieto… ni siquiera sabía cómo se llamaba.

—Es mi deber informarle a lord Rothbury el motivo de su visita, lord Bolton… —señaló Adam, indeciso de si revelar o no que sabían que él era el padre de lady Rothbury—. Sé que solicitó la presencia de lady Rothbury, pero creo que ustedes dos no se conocen —decidió hacerse el desentendido por mero impulso.

—Lord Rothbury no me conoce, pero su esposa sí.

—Entiendo. Entonces, ¿es ese el motivo de esta visita? Lord Rothbury cuida mucho su privacidad y no se relaciona con facilidad con extraños. ¿De dónde conoce a lady Rothbury? Si es que se puede saber, señor.

—Soy el dueño de la propiedad que colinda con Rosebud Manor —explicó, pensando que eso ya era suficiente información, si es que ellos conocían el lugar donde vivía Olivia.

—¿Usted es propietario de Pine Park? —interrogó Adam con cara de sorpresa. Una muy bien actuada.

—Así es, voy a pasar una temporada indefinida en mi propiedad y vine a presentar mis respetos al vizconde. Acabo de llegar y me enteré que hoy lord Rothbury contrajo nupcias —justificó la visita con aquella evasiva. La situación se estaba tornando incómoda.

—Le comunicaré su visita a lord Rothbury cuando esté de regreso con su esposa. Claro que no sé cuándo será.

—No importa… Me gustaría que me envíe un mensaje en cuanto lord Rothbury me pueda recibir. También quiero que le indique que deseo hablar con lady Rothbury, mi hija —reveló, esperando a que el señor Churchill fuera un poco más… comunicativo.

—Qué curioso, Lady Rothbury nunca ha hablado de su familia —afirmó Adam con un tono que podía describirse como de reproche, mas su rostro solo evidenciaba amabilidad—, le informaré a mi señora su petición —accedió, actuando como si lo que dijo lord Bolton fuera algo que debía ser comprobado.

—Gracias… —Se levantó de la silla con una sensación de derrota—. Bien, me retiro, que tenga buenas tardes.

—Buenas tardes a usted también, milord.

Albert abandonó Rosebud Manor con las manos vacías. Esperó en vano a que el secretario de Rothbury le diera más información, pero el hombre era impenetrable.

Pero nada de eso le preocupaba. Lo que más le perturbó fue enterarse que su hija no había revelado a nadie a qué familia pertenecía. Dudaba que fuera por proteger la reputación del ducado, más bien pensaba, no, estaba seguro, que el rencor había tocado el corazón de Olivia.

Y el rencor era un veneno que tenía un antídoto difícil de encontrar.

—Durante años volví en el verano a este lugar… pero nunca regresaste —confesó August, mirando a su alrededor, evitando intencionalmente los ojos de Minerva—. ¿Por qué? —preguntó y se atrevió a mirarla al fin.

Minerva sonrió con profunda tristeza.

—El por qué nunca va a justificar nada, August. Las explicaciones no van a aplacar el dolor de nadie.

—Tal vez… Pero me gustaría que le concedieras paz al muchacho de quince años que quedó atrás —fue la exigencia de él, que se percibía como una sentida súplica.

—Me parece justo… —accedió Minerva, quizás, si le daba algo de paz a August, ella también la sentiría al fin—. Cuando volví a la mansión esa tarde, mi padre había ordenado a toda la familia que debía salir de Rosebud Manor, sin más… Tenía trece años, y yo no entendía nada, mi padre estaba furioso. De rodillas le rogué quedarme con mi tío abuelo. —Minerva, por instinto, se tocó la mejilla. De pronto, el dolor volvió como si estuviera pasando en ese mismo instante—. Me abofeteó tan fuerte que caí y me golpeé la cabeza, quedé inconsciente. Cuando desperté, estaba en el carruaje con mi familia y nunca más pude volver. Mi tío abuelo había decidido dejar de darle su asignación a mi padre y todo apoyo económico, por lo que, básicamente, la situación de nosotros se volvió estrecha. Mi tío, el hermano de mi padre, lo ayudó por unos años, pero la situación se volvió insostenible. Para mí y mi hermana no hubo posibilidad de presentarnos en sociedad. Y cuando tenía veintitrés, mis padres lograron concertar un matrimonio con un marqués lo suficientemente desesperado por casarse, sin importar mi modesta dote, cortesía de mi tío. Al cual acepté con la misma desesperación por escapar. A esas alturas, mi padre ya había arruinado todo, incluso su relación con su hermano... El resto podrás imaginarlo...

—Lo puedo imaginar... —No era difícil, de hecho, era cosa de ver la melancolía en los ojos azules de Minerva y su rostro surcado por la tristeza. Negó con la cabeza para luego esbozar algo parecido a una sonrisa—. Pensé que las respuestas me darían algo de paz. Pero ahora solo siento una gran culpa por no haber hecho lo que debía hacer.

—¿Y que ibas a hacer? Éramos apenas unos niños, August. El peso del mundo nos habría aplastado...

—Tal vez... y tal vez hubiéramos sido felices.

—No lo sabremos nunca... —Minerva se limpió las lágrimas de sus mejillas, pero otras nuevas volvían a caer.

No dijeron nada más, solo se escuchaba el sonido del viento meciendo los pinos y robles, y el trinar alegre de las aves que iban de aquí para allá, de rama en rama.

—¿Por qué volviste? —preguntó August con creciente interés de saber más.

Minerva miró sus pies en el agua cristalina. Si August le hubiera hecho esa misma pregunta a la Minerva de la semana pasada, solo habría recibido un orgulloso silencio.

Pero en ese preciso instante de su vida, el orgullo no valía absolutamente nada.

—Me casé pensando que podía escapar de una familia rota y en la ruina. —Miró a August y se encogió de hombros—. Diez años después me encuentro en una situación mucho peor, perdí la protección de un esposo, ostento un título inútil y debo criar a dos hijos. Solo podía recurrir a mi hermano, de lo contrario, me habría tenido que dedicar a la profesión más antigua del mundo. Créeme, que si no fuera por mis hijos, simplemente me habría suicidado para terminar de una vez con mi existencia. Ellos son lo único que tengo, lo único a lo que me aferro en este mundo... y ahora estoy reuniendo las piezas que quedan de mi vida para encontrar un rumbo y darles lo que nunca tuve, una madre que se preocupara por ellos. Fallé en darles un padre digno, Frank no se merece ese apelativo —se sinceró ante él, el amor de su vida, sin endulzar, ni adornar la realidad. ¿Qué más daba? Ella no podía cambiar el pasado, y él tenía su propia familia. Tendrían que esperar a la siguiente vida para poder intentarlo de nuevo, porque en esta, el amor era un sentimiento que no podría vivirlo a plenitud.

—Ya veo...

—Es la primera vez que vuelvo a este lugar después de veinte años. —Sonrió Minerva con los ojos anegados en lágrimas—. Aquí fui muy feliz... Gracias, August, fuiste el único que me demostró un amor puro y real. De verdad, te lo agradezco... mi querido gran amigo. —Salió del agua y acortó la distancia entre ellos. Minerva le dio un beso inocente en la mejilla, por los viejos y dorados tiempos—. Tu esposa es la mujer más afortunada del mundo. Cuídala, quiérela... hazla feliz. Me enojaré mucho si no haces eso, porque sé que eres un buen hombre.

Minerva volvió a la mansión con toda la dignidad que pudo imprimirle a sus pasos, alejándose de August, que se había quedado mudo tocando su mejilla, rogando que el leve calor de su beso no se lo llevara el viento.

La noche estaba fría. Andrew estaba prendiendo fuego a la chimenea para calentar la cabaña y una tetera llena de agua para tomar té. Observaba ensimismado las llamas, pensando que hacía mucho tiempo que no hacía algo tan doméstico y sencillo como prender fuego, ir a buscar agua al lago y luego hervirla para que su mujer preparara té. Sintió que debía repetir aquello más seguido, sería algo saludable para su espíritu y para mantener los pies en la tierra.

Olivia lo observaba fascinada y estudiando cada uno de sus movimientos, mientras preparaba la mesa. Cortó unas rebanadas de pan y de queso, y puso unas sobrias tazas para el té. Se comió en el proceso unas cuantas uvas que estaban dulces y jugosas.

Suspiró. ¡Cómo amaba a ese hombre!

Se acercó al lado de Andrew, que estaba quieto, contemplando cómo danzaban las llamas. Estaba sentado y relajado sobre la mullida alfombra frente al hogar. Olivia se agachó y se calentó las manos. Él, al notar su presencia, la observó y le sonrió con calidez. Olivia se inclinó hacia él y le besó los labios con ternura y Andrew se acomodó y la atrajo para que se sentara entre sus piernas. Qué delicia era compartir abrazados ese sencillo momento; cada segundo que pasaban en la intimidad, el lazo que los unía se hacía tan fuerte como el acero.

Para Andrew, su esposa era la personificación de lo que siempre había anhelado durante toda su existencia. Ella había traído luz y esperanza a su mundo con su amor, le había regalado una familia, le mostró el camino para amar a Marian y a William como sus hijos, como si los hubiera engendrado él. Olivia le había dado un propósito y un futuro por el cual luchar.

Un futuro que, tal vez, ya estaba creciendo en el vientre de su mujer.

Olivia, incluso, le había regalado las ganas de soñar.

—Me encanta estar así contigo —afirmó Andrew mientras le besaba la sien a su esposa.

—A mí también… Nunca habíamos estado tantas horas a solas, se siente maravilloso y extraño a la vez.

—Me siento igual… ¿Será que nos hacen falta los niños, el bullicio? —sugirió él; fue fácil asociar esa leve sensación de vacío que sentía en su corazón por la ausencia de Will y Marian.

Olivia rio, Andrew tenía razón, por eso se sentía de esa manera.

—Sí, nos hacen falta… mucha —coincidió—. Creo que mañana debemos volver. Ya los echo de menos.

—También pienso lo mismo… pero acá tendremos siempre nuestra cabaña, podremos regresar cuando queramos.

—Me gusta esto de tener nuestro rincón privado. Es perfecto. Gracias, mi amor, es el mejor regalo que pudiste haberme dado.

—Esto es nada comparado con lo que me has dado, mi dulce Liv —declaró Andrew y luego besó a Olivia, profundo.

La cena liviana podía esperar un rato. Otro tipo de hambre debía ser saciada.

El agua hervía, a ellos no les importaba, estaban atendiendo otro asunto sobre la alfombra.

Adam esperó nervioso a que Mary se desocupara y fuera a su encuentro en el jardín. Era una mañana clara y soleada, perfecta para sus propósitos amorosos, más no pudo seguir tolerando esa estática situación por demasiados minutos, y empezó a caminar. Necesitaba moverse, pero no en exceso para no sudar, ya era suficiente con estar inquieto.

Controló cada paso, cada movimiento, examinó minuciosamente los arbustos, solo para distraerse y no pensar en que pasaría un rato a solas con la encantadora señorita Mary.

—Están un poco crecidos y disparejos —observó para sí mismo y en voz alta—. Hace un par de semanas que el señor Lambert no poda por aquí.

Sacó su inseparable libreta, la pluma y el diminuto tintero de bolsillo y anotó: «*Indicarle al señor Lambert que pode los arbus...*»

No pudo terminar de escribir, de soslayo había visto algo entre el frondoso follaje. Una hoja extraña que capturó su atención.

Sin perder de vista su objetivo, cerró la libreta y guardó en ella la pluma; y el tintero fue a parar a su bolsillo. Adam se agachó y tiró aquella hoja con suavidad.

No era una hoja, era otra cosa y no salía con la facilidad que supuso en un principio. Observó mejor y resopló, tomó más firme y haló con un poco más de fuerza.

—¿Qué diablos? —murmuró sintiendo que el corazón empezaba a latir más rápido.

Una flecha.

—¿Qué hace ahí agachado, señor Churchill? —interrogó Mary con curiosidad. Había salido al jardín y no encontraba a Adam. No imaginó verle en aquella posición.

Adam, con el rostro severo, se levantó y en silencio le mostró la flecha a Mary.

—¿Qué hace con esa...? —La pregunta murió en sus labios—... flecha —susurró—. Esto es grave. —La agilidad mental de Mary hizo en cuestión de segundos todas las conexiones que explicaban la existencia de ese objeto sostenido en los dedos largos de Adam, a tan solo unos pasos donde el hijo de lady Rothbury había caído.

Flecha, jardín, niños, William, sangre... mucha sangre.

Mary sintió náuseas con solo recordar la cara manchada de rojo del pequeño Will.

—Es muy grave —concordó Adam, sintiendo admiración por la inteligencia de Mary, que había llegado a la misma conclusión que él sin tener que decir nada. Ella era brillante—. Sé que es desagradable para usted recordar lo que sucedió, señorita Mary —afirmó Adam, empezando a sentir preocupación por la incipiente palidez de ella—. Pero usted vio la herida del joven William.

Ella asintió, llevándose la mano a la boca, sintiendo que el estómago se le revolvía.

—¿Cómo era la herida? —insistió—. ¿Cómo un corte, o cómo un golpe? —especificó.

—Definitivamente, era un corte, señor Churchill —respondió Mary, confirmando las sospechas de Adam.

La punta afilada de la flecha estaba ligeramente manchada por uno de los costados, probablemente sangre seca que Adam examinó, tomando una muestra entre sus dedos.

Se situó en frente del arbusto, donde estaba la flecha incrustada, y dio una mirada panorámica al lugar para encontrar un sitio ideal. Si él fuera un arquero debería buscar un lugar que le permitiera dar con su objetivo con un solo tiro limpio y certero. Sus ojos se detuvieron en un punto en particular.

Sí, era realmente perfecto.

—Vino desde el bosque. Un arquero talentoso no necesita demasiado para disparar un tiro con precisión desde aquel lugar. —Apuntó con la flecha en línea recta hacia donde habían unos espesos matorrales—. En ese lugar, en hipótesis, se debió parapetar el sujeto que atentó contra William. Dudo que haya errado a propósito, aquella zona es inmejorable —especuló Adam—. Simplemente, ese día la suerte no estaba de su lado.

—¡Qué horror, señor Churchill!... ¿Pero por qué el joven William? ¡Es solo un niño! ¡Qué clase de monstruo intentaría matar una criatura inocente! —exclamó Mary imaginando si la flecha hubiera dado en el blanco. Una pena monstruosa atenazó su corazón con tan solo pensar en el pequeño muerto.

En la mente de Adam las evidencias empezaron a enlazarse con los hechos ocurridos en la pérgola semanas atrás. ¿Y si Andrew no era el objetivo desde un principio? ¿Qué tal si era Olivia?... ¿William? ¿¡O ambos!?

La presencia de Albert Martin en Pine Park era sospechosa... Demasiado.

Pero también era absurda la hipótesis que él visitara Rosebud Manor solo para decir que era el padre de Olivia. Si fuera el
asesino, ni siquiera habría hecho acto de presencia.

Pero también pudo ser un lacayo de Bolton... o Hastings.
Al ducado no le convenía que Olivia volviera a la sociedad con un
hijo bastardo.

—Esto no puede esperar más. Tendré que interrumpir a Rothbury, de lo contrario, no me lo va a perdonar. —Adam empuñó
la flecha e hizo el ademán de marcharse, pero se detuvo en seco.

Miró a Mary que estaba pálida, y el temor se reflejaba en
sus suaves facciones femeninas. Adam se atrevió a abrazarla con el
brazo libre, y ella respondió aferrándose a la levita de él sin pudor.

—Pierda cuidado, señorita Mary. Iré a alertar a lord Rothbury. Por favor, mientras me encuentre afuera procure que los niños no salgan al jardín —indicó, alzando la barbilla de Mary con
suavidad y a la vez con firmeza—. Informe a lady Somerton de la
situación.

—Tenga cuidado, señor Churchill —dijo Mary al fin—. Así
como intentaron herir a lady Rothbury y al joven Will, usted también puede... ¡Dios mío, no quiero imaginar! —sollozó.

Si no fuera porque la situación era grave, Adam habría saltado de alegría al escuchar esas palabras de genuina preocupación
de Mary hacia él.

—Tendré cuidado, señorita Mary —prometió solemne—.
No puedo permitirme el lujo de que me pase algo, tenemos un
paseo pendiente.

—Me lo debe, más le vale cumplir —advirtió Mary, esbozando una tímida sonrisa.

—Le juro que le compensaré este mal rato. —De mala gana
se separó del abrazo y se obligó a caminar a paso veloz. De inmediato, ambos sintieron la falta de calor, un vacío frío se cernió
sobre sus cuerpos.

—Vuelva pronto —se despidió Mary, mientras Adam se
alejaba de la mansión.

Capítulo XVII

Andrew estaba a solas sentado en el escritorio de la biblioteca. Observaba sombrío la flecha que sostenía entre sus dedos, haciendo girar la punta manchada con sangre de su hijo. Esa mañana, Adam lo había ido a buscar a la cabaña con justa razón, la situación era grave.

Habían supuesto de que el blanco del primer atentado era él, mas nunca imaginó que el verdadero objetivo podía ser su esposa... o William.

¿A quién le convenía la muerte del pequeño o de su madre? ¿¡A quién!?

Hasta el momento, y coincidiendo con el razonamiento de Adam, los principales sospechosos eran el propio padre de Olivia o su abuelo, el duque de Hastings.

Andrew se cuestionaba ambas posibilidades, en su cabeza no podía congeniar el hecho de que la reputación de una familia valiera más que la vida de uno de sus miembros, alguien de su propia sangre.

Pero debía aceptar que había personas que mataban por mucho menos que eso...

Y también estaba el asunto de la repentina aparición de Albert Martin, marqués de Bolton, heredero del ducado de Hastings, pidiendo una entrevista con él y su hija.

Todavía podía recordar el rostro severo de Olivia cuando Adam relató la visita de su progenitor. No la iba a obligar a recibir a su padre, si ella se negaba, estaba en todo su derecho. Su esposa ya tenía suficiente con lidiar con la idea de que la vida de ella y la de su hijo eran las que corrían peligro.

Dios, todo era tan confuso. Pero solo había un camino por delante, no había ninguna bifurcación por la cual optar como alternativa.

Andrew debía empezar a descartar, y decidido, dejó la flecha sobre su escritorio. Tomó una hoja de papel, una pluma que luego entintó y escribió una nota breve, la cual selló, acuñando el emblema del vizcondado de Rothbury con su anillo, señal inequívoca de quien era el remitente.

Llamó a Carruthers, tocando la campanilla, y se recostó sobre el respaldo de su asiento.

Andrew no tuvo que esperar mucho rato cuando tocaban a su puerta.

—Pase —autorizó lacónico mientras enderezaba su postura. Las campanadas del reloj que se encontraba en el vestíbulo resonaron en toda la casa, dos veces.

El mayordomo entró en la biblioteca en silencio y se situó solemne frente a él, aguardando sus instrucciones.

—Carruthers, por favor, envíe a uno de los muchachos y que entregue este mensaje a lord Bolton de Pine Park, debe esperar una respuesta del marqués —ordenó Andrew con amabilidad, extendiendo el papel doblado.

El mayordomo imperturbable tomó la misiva y asintió con la cabeza, pensando de inmediato en el joven Leopold. El eficiente mozo de cuadra que corría veloz con sus delgadas y largas piernas. Se retiró de la biblioteca, dejando a lord Rothbury sumido en sus pensamientos.

***

Los niños jugaban sobre la alfombra del salón matinal, mientras las mujeres tomaban el té de la tarde. Dados los últimos acontecimientos, el exterior era un lugar vetado para William, Marian y Olivia, por lo que todas las actividades se relegaron al interior de la mansión. Minerva, en un acto solidario, se plegó a esa medida de protección y sus hijos también acataron sin poner peros.

Nadie se quedaba solo, todos se quedaban en el mismo lugar.

—¿Está bien, lady Rothbury? —interrogó Mary preocupada, al ver que Olivia tenía la mirada perdida con la taza de té suspendida en el aire.

Lady Rothbury parpadeó volviendo al momento y esbozó una sonrisa.

—Podría estar mejor —admitió—. Andrew me informó que citó a mi padre a una entrevista para mañana por la mañana.

—¿Lo va a ver? —preguntó Mary con interés, la cara de Olivia lo decía todo. Pero ambas sabían que había algo más en la presencia de lord Bolton en Cragside.

—Una parte de mí quiere abrazarlo, como cuando era una niña. Otra parte de mí solo quiere abofetearlo —confesó Olivia y suspiró.

Minerva alzó las cejas ante esa sincera admisión. No conocía del todo los pormenores de la antigua vida familiar de Olivia, pero ya tenía más que claro que el famoso y temible duque de Hastings era el abuelo de ella.

—¿Por qué se siente así, lady Rothbury? —interrogó Minerva intentando ser natural, le intrigaba esa reacción tan contradictoria de su cuñada.

—Me iba a casar con el conde de Felton hace tres años — empezó a relatar Olivia con la tranquilidad que otorgaba el dejar ir el pasado y darle su lugar. No se avergonzaba, ni se arrepentía de nada—. Falleció una semana antes del enlace y un mes después me di cuenta que esperaba un hijo suyo. Como comprenderá, mi reputación ya estaba comprometida, pero concebir un hijo estando soltera era una afrenta para el ducado. Me opuse a que me quitaran a William y acepté vivir escondida en una casa en medio del bosque de la propiedad de Pine Park, con una asignación anual bastante limitada, pero era suficiente para vivir. El único lujo que se me permitió, fue la leal compañía de Mary, que fue mi doncella cuando me convertí en una señorita. —Le sonrió a Mary, y su amiga se sonrojó—. Ella me acompañó por voluntad propia y me enseñó todas las tareas domésticas que debía dominar para no depender de la servidumbre, y también era quien salía al pueblo para conseguir víveres y todo lo necesario para vivir... Sin ella no lo hubiera logrado...

»En fin, mi abuelo dictó y ejecutó mi castigo, el cual era vivir confinada lo más lejos de Londres y romper toda relación con mi familia. Yo adoraba a mi padre, y esperé a que me defendiera, a que intercediera por mí, en cambio solo acató en silencio, nunca jamás en su vida desobedeció al gran duque. Yo amaba a Magnus. Todo, todo lo hice por amor, nos íbamos a casar... ¿Por qué era un pecado tan grande lo que había hecho? Los hombres hacen cosas mucho peores y solo les dan palmaditas en la espalda y celebran con un puro y una copa de oporto sus proezas... Como ellos no se embarazan, es mucho más fácil ocultar sus fallos...

—Ahora entiendo perfectamente su dilema —admitió Minerva ante el honesto relato de Olivia. Los acontecimientos vividos por sus cuñada eran muy peculiares y del todo desafortunados—, su padre pudo haber hecho mucho más y no permitir un castigo tan severo. Considero que no era en absoluto necesario esconderla en condiciones tan precarias, tomando en cuenta el estilo de vida privilegiada que tenía.

—Me di de lleno con la realidad... A decir verdad, gracias a Mary me pude adaptar a ese estilo de vida, incluso, disfrutaba mucho de algunas labores como cocinar o cuidar del huerto. Es gratificante, en cierto modo, ese tipo de independencia. Después de todo, no había nadie que me criticara o me dijera qué era correcto o no. Por eso amo a Andrew, él nunca emite juicios sin tener todos los antecedentes, no se precipita a apuntar con el dedo, siempre da el beneficio de la duda. Es ecuánime con todos, es admirable.

Minerva pensaba lo mismo de su hermano, su carácter había cambiado mucho con la guerra y con la posesión de un título. Pero, indudablemente, había sacado lo mejor de él.

—Si yo estuviera en su misma situación, también estaría indecisa sobre si abrazar a mi padre o abofetearlo... Pero dada mi historia de vida, a mí no me faltaron ganas de envenenar al mío. —Y esbozando una pérfida sonrisa tomó un sorbo de té.

Olivia y Mary rieron ante esa espontánea e insólita muestra de humor negro de lady Somerton.

—Pero hablando en serio —prosiguió Minerva—. Yo en su lugar presenciaría la entrevista que va a llevar a cabo Andrew con su padre, solo para develar si él o su abuelo está detrás de los ataques que han sufrido.

El pesar ensombreció los ojos de Olivia, le costaba asumir la idea de que su padre obedeciera los dictámenes del duque a tal punto que, incluso, pudiese cometer un crimen. El viejo ostentaba demasiado poder sobre la vida y la voluntad de todos los miembros de la familia.

Pero Minerva tenía razón. Debía enfrentar la situación y no dejar todo en manos de Andrew. Si ella era testigo de la entrevista, podía ser útil para hallar la verdad.

Olivia suspiró, estaba decidido, al día siguiente vería a su padre después de tres largos años.

Albert se bajó del caballo y plantó sus botas en la gravilla. El mozo de cuadra llegó enseguida para recibir las riendas de la montura del conde.

No intercambiaron ni miradas ni palabras.

Lord Bolton intentó contener los nervios que atenazaban sus extremidades. Abría y cerraba las manos que le hormigueaban, al mismo tiempo que caminaba hacia la puerta principal de Rosebud Manor.

No alcanzó a tocar la aldaba, el mayordomo le abría la puerta con solemnidad.

—Lord Rothbury lo espera, milord —anunció Carruthers—. Sígame a la biblioteca, si es tan amable.

Albert siguió al hombre que caminaba sin ningún apuro, y una vez que llegó a destino, golpeó tres veces la puerta. Sin esperar respuesta, el mayordomo abrió y le dejó entrar, anunciando su nombre y título, dejándolo frente al vizconde Rothbury, que lo esperaba de pie junto a Olivia, que la tenía abrazada de la cintura de una manera que se podía describir como protector.

Lord Bolton casi no reconoció a Olivia, su hija había cambiado mucho, su figura, sus rasgos, su postura... la forma en que lo miraba.

Era indescifrable.

Entonces, Albert dirigió su atención a lord Rothbury. Su fama lo precedía, pero en persona su cicatriz era impresionante, no obstante, el hombre desprendía algo que pocas personas podían presumir de manera natural, y eso era autoridad, nobleza, poder.

Andrew Witney era de esa clase de hombre que no necesitaba vociferar para hacer su voluntad...

—Lord Rothbury —saludó con una inclinación de cabeza que Andrew respondió—. Lady Rothbury —saludó a su hija que respondía con una digna pero fría reverencia, como si fueran extraños.

—Por favor, tome asiento —indicó Andrew a Albert, ofreciendo el sitial que había en el otro extremo de la biblioteca, mientras que él y su esposa se dirigían hacia la otomana que de inmediato les trajo muy gratos recuerdos.

Marido y mujer se tomaron de la mano y esperaron en silencio las palabras de Albert Martin.

Para lord Bolton ese silencio era tan terrible como si su hija estuviera recriminándole a gritos su cobardía. No sabía cómo empezar…

—¿Cuál es el motivo de su visita? —interrogó al fin Andrew sin ningún rodeo—. ¿Por qué ahora, después de tres años? —agregó con agudeza, sin permitir que el padre de Olivia diera excusas o evasivas.

—Vine a ver a mi hija, eso es todo. Quería asegurarme de que estuviera en buenas manos —afirmó Albert sin vacilar.

—Lady Rothbury está mucho mejor en mis manos que en las suyas, lord Bolton. Usted y su padre fueron quienes la confinaron a vivir en una casucha indigna y con una paupérrima asignación —atacó Andrew sin alzar su voz, la mirada que le dedicaba al padre de Olivia era gélida.

Lord Bolton frunció el ceño, desconcertado ante aquella descripción de las condiciones en las que vivía su hija.

—¿Paupérrima le dice a dos mil libras anuales? —rebatió, pensando en que tal vez los estándares de lord Rothbury eran demasiado elevados.

—Paupérrima son doscientas libras anuales… padre —intervino Olivia por primera vez—. No mienta, eso era lo que me entregaba el señor Tatcher cada año.

—¿Cómo? ¡No! Siempre le daba… dos… —Albert no pudo terminar la oración y se agarró la cabeza con ambas manos, deduciendo que el secretario solo daba una mísera porción de lo que él destinaba para su hija—. Ese viejo infeliz… —murmuró.

Andrew y Olivia se miraron de soslayo, la conversación estaba tomando un cariz interesante, inesperado y muy revelador, de un modo que nunca previeron.

—Doscientas libras… ¡No puede ser! —Albert se levantó de su asiento con furia y empezó a caminar como un león enjaulado—. Hastings se extralimitó, cerdo mentiroso. Todos los años mandaba dos mil libras, te lo juro por la memoria de tu madre que fue así —aseguró lord Bolton con vehemencia, mirando directo a los ojos de Olivia—. ¿Tampoco te entregaba mis cartas? —preguntó, sintiendo un nudo en la garganta, presintiendo la respuesta.

—Ni cartas ni la suma de dinero que dices. Nada de lo que indicas llegaron a mis manos —respondió Olivia, recordando el dolor que sentía en cada visita del secretario, donde él solo le daba un frío y escueto informe de cómo estaba la familia en Londres. Y ahora se enteraba que había cartas que nunca fueron entregadas, cartas que ella nunca pudo responder. Olivia parpadeó rápido e inspiró hondo para disipar las ganas de llorar—. A pesar de los intentos del duque por castigarme con dureza, me las pude arreglar con el tiempo... Si no hubiera sido por Mary, probablemente habría muerto de frío el primer año. Ni siquiera sabía prender fuego —relató Olivia, recordando los primeros meses viviendo en el bosque de Pine Park.

—Veo que el duque les ha mentido con descaro —afirmó Andrew con seguridad. El rostro de Albert estaba ceniciento—... ¿Usted conoce las condiciones en las que estaba la casa del bosque? —interrogó para indagar hasta qué punto le ocultaron información a lord Bolton.

—Es una casa sólida, antes de que Olivia fuera enviada a ese lugar, ordené que la dejaran en perfectas condiciones, que todo el mobiliario fuera nuevo, que nunca le faltara leña. Que se cubrieran todas las necesidades elementales.

—La casa es sólida, sin duda —afirmó Olivia—, respecto a las perfectas condiciones, es relativo a lo que usted entienda como perfecto. Si las goteras que había en el techo y rendijas por donde se colaba el aire y humedad son su idea de «perfectas condiciones», entonces aquella casa era el epítome de la perfección, padre. Nada de lo que dispuso se hizo. Trabajamos mucho con Mary para tener la casa lo más habitable posible, la leña la recolectábamos nosotras. Nadie nos ayudaba, padre. Nadie.

Si antes Albert sentía culpa por haber actuado tarde, ahora se sentía infinitamente peor. Confió en su padre, en la información que le entregaba el secretario, confió en que su palabra sería obedecida al pie de la letra. Pero al final, la lealtad del señor Tatcher siempre fue hacia el duque.

Albert, en ese momento, sentía que su padre tenía razón sobre él. De verdad, se sentía como un imbécil crédulo, un estúpido del cual todo el mundo se ríe a sus espaldas por su ineptitud.

—Creo que tu padre no está involucrado en los atentados —susurró Andrew a Olivia, quien asintió levemente con la cabeza sin dejar de mirar a Albert—. El engaño de Hastings ha llegado demasiado lejos. Tu padre está a punto de tener una apoplejía de la impresión.

—El señor Churchill nos informó que vas a estar de manera indefinida en Pine Park —añadió Olivia sintiendo que la garganta se le cerraba. Muchas cosas habrían sido diferentes si el duque no hubiera intervenido de manera tan artera. Su padre solo había pecado en obedecer y confiar... tal como ella—. ¿Es verdad eso? ¿No volverás a Londres?

Albert estaba ido, estaba tan furioso consigo mismo, que sentía ganas de golpear algo... o, más bien, a alguien. Pero la voz de Olivia le hizo volver al momento. Observó a su hija, tanto daño le había hecho, debía buscar la manera de reparar todo lo que estaba destruido, partiendo por él mismo.

—Es verdad. Me quedaré indefinidamente dado que no tengo otro lugar a donde ir. Me fui de Londres, y el duque me ha repudiado. —Sonrió con tristeza y arrepentimiento—. Defendí muy tarde tu honor, y le dije a mi padre unas cuantas verdades en su cara. Al viejo no le gusta que le recuerden sus fallos, y que su reputación tenga un frágil tejado de vidrio. Todo lo que poseo es Pine Park... —Se acercó a la pareja y los estudió. Se notaba que estaban muy unidos, como pocas veces se ve en la alta aristocracia. Olivia en eso no cambiaba, el amor era lo que le impulsaba—. Quiero recuperar parte importante de mi familia, sé que no merezco tu perdón, hija. Pero así y todo me atrevo a pedirlo. —Se arrodilló frente a ella, plantó las palmas de sus manos en el suelo y agachó la cabeza—. Perdón... perdóname... perdón, hija... —rogó con la voz ahogada, y Olivia pudo ver como dos gotas caían al reluciente piso de madera—. Déjame resarcir mis errores, te lo suplico, o nunca estaré en paz... Quiero estar en paz con mi hija, conocer a mi nieto, saber que no lo he arruinado del todo... Perdón.

Andrew nunca en su vida había visto a un hombre como lord Bolton pidiendo perdón de esa manera. No era una súplica pusilánime de alguien cobarde o débil de espíritu. No, era el ruego verdadero de un padre que aceptaba que había cometido graves errores, pero que deseaba enmendarlos, empezando por alejarse del hombre que, a pesar de darle la vida, irónicamente se la quitaba con su autoritarismo.

Olivia se mordía los labios intentando reprimir sus lágrimas, pero fue inútil. Ver a su padre derrotado, suplicando por su perdón de rodillas y llorando en silencio, era algo desgarrador. Le dolía verlo así, porque ella sabía que Albert Martin siempre fue un buen hombre, pero nunca pudo forjar su carácter y actuar con libertad, gracias a tener que vivir bajo la sombra del duque que cuestionaba, rechazaba, retorcía, coartaba y boicoteaba cada decisión que él tomaba.

Era difícil ser el hijo del duque de Hastings.

Tanto o más difícil que ser la nieta.

Nunca imaginó a su padre pidiéndole perdón de rodillas. Olivia se debatía entre castigar a ese hombre, o dejar ir el pasado e intentar construir algo nuevo.

En aquella estancia solo se escuchaba el contenido sollozo masculino. Olivia tomó la decisión que le aseguraba darle paz.

—Papá —susurró al fin. Albert alzó la cabeza con sus ojos castaños enrojecidos por el llanto, pero llenos de esperanza—. Papá, por favor... yo no soy Dios para perdonar tus errores, pero sí soy tu hija que, a pesar de todo, te sigue queriendo... —Albert acarició el suave rostro de su Livy que estaba humedecido por dignas lágrimas—. No podemos volver en el tiempo, ni cambiar lo que sucedió. Pero yo solo te quiero exigir una sola cosa. No vuelvas a dejar que el duque gobierne tu vida, o todos volveremos a pagar las consecuencias. Y eso no te lo perdonaré.

—Te juro por lo más sagrado que el duque jamás volverá a ver mi rostro... Ganas no me faltan de ir a Londres ahora para darle lo que merece por lo que nos ha hecho, pero cumpliré mi palabra. No volveré a menos que Hastings esté muerto y yo tenga que tomar el título de duque.

—Que así sea entonces —decretó Olivia, besando la frente de su padre, para luego apoyar su cabeza en ella. Ambos lloraban intentando mantener la entereza, pero el corazón no permitió el recato. Albert se aferró al regazo de su hija y lloró con desconsuelo, mientras ella intentaba apaciguar las turbulentas emociones de su padre, acariciando su cabello que ya estaba gris. En tres años, Albert había envejecido demasiado.

Permanecieron así por mucho rato. Andrew solo acariciaba la espalda de su esposa para darle algo de consuelo, y decir, sin emitir palabra alguna, que él estaba ahí con ella, apoyando sus decisiones, sin poner ningún tipo de condición.

—Papá... —dijo Olivia ya más serena—. Hay otra cosa que debo conversar contigo, y me temo que es mucho más grave que los engaños del duque.

Albert asintió. Se levantó del suelo con el cuerpo y el alma en paz y limpió su rostro con un pañuelo. Besó la frente de su hija y volvió a sentarse en el sitial con todo el estoicismo que pudo encontrar en lo que quedaba de su orgullo.

—¿Qué ha sucedido? ¿Puedo ayudar? —ofreció.

—De hecho, ya lo ha hecho, lord Bolton —intervino Andrew—. Verá usted, cuando Olivia salió de su propiedad para vivir en la mía, ella fue víctima de un atentado contra su vida con un disparo. Eso ocurrió cuando llevaba unas dos semanas en Rosebud Manor, hace poco más de un mes.

»La semana pasada, William, nuestro hijo, también fue objetivo de un intento de asesinato con una flecha. En una primera instancia sospechamos de usted, dado el poder que ejercía el duque en su voluntad y decisiones. Pero con la información que ha revelado, esa hipótesis pierde fuerza. Lo que nos deja al duque como principal sospechoso... Pero...

—¿No saben si él es capaz de hacer algo así? —concluyó lord Bolton—. Francamente, sí, lo creo, pero no es su estilo. Si va a matar a alguien, lo hará de una manera que parezca algo natural o circunstancial. —Miró a Olivia con dolor, perdonarse le iba costar toda la vida a Albert—. ¿Por qué crees que intervino en mis decisiones de ese modo, dejándote en tan precarias condiciones? Te subestimó, y subestimó la lealtad de Mary. Seguramente pensó que acabarías muerta, tarde o temprano.

—Entonces, lo cree capaz de hacerlo, pero no de una forma tan evidente como para contratar un asesino —concluyó Andrew.

—El duque siempre se asegura de que nadie, absolutamente nadie, pueda acusarlo de alguna cosa que pueda manchar su impoluta reputación. Él es especialista en fabricar oportunidades —afirmó Albert, convencido.

—¿Quién, entonces, aparte del duque, ganaría algo con la muerte de mi esposa o de mi hijo? ¿Alguien aparte de su familia sabe de la existencia de William o del paradero de Olivia? —interrogó Andrew.

Albert se quedó pensativo, retrocediendo en el tiempo. El duque se aseguró de que nadie supiera sobre el embarazo de Olivia, ni siquiera la familia de Felton. No había pasado una semana desde que Olivia confesó y ya la estaban subiendo a un carruaje hacia Cragside.

—Nadie que yo sepa —aseguró convencido.

—Bueno, eso no es del todo cierto —intervino Olivia y Albert abrió los ojos, sorprendido—. Antes de irme a Pine Park, fui a ver a la madre de Magnus en secreto. Le tenía mucho cariño y me fui a despedir de ella... Estaba tan desolada la condesa viuda, por la muerte de su hijo; y por mero impulso, para darle una pequeña alegría, se lo confesé todo, y que por ese motivo me iba de Londres. Le supliqué que guardara el secreto, ella estaba muy feliz y me juró que no diría nada a nadie. Incluso, me prometió que me buscaría para ver a su nieto... Pero nunca sucedió.

—Por eso te incluyó en su testamento… fui en tu nombre a la lectura del mismo. Te dejó unas joyas que había adquirido como un regalo de tu matrimonio con Felton.

—Oh, Dios… No sabía, ella era tan joven —se lamentó Olivia de corazón—. Qué triste noticia, apreciaba mucho a la madre de Magnus.

—Imposible que supieras, falleció solo unos meses después de que te fueras —señaló Albert intentando consolar a su hija—. Si ella hubiera revelado la existencia de William, de alguna forma ya nos habríamos enterado.

—Y volvemos a estar en un callejón sin salida. ¿A quién le puede convenir que ustedes no salgan a la luz? —razonó Andrew intentando obtener respuestas.

—Alguien que no le conviene que Olivia vuelva a Londres y se convierta en un escándalo por volver con un… bastardo —concluyó lord Bolton.

—Para mí es obvio. Entre el duque y la familia de Felton está quien quiere ver a mi esposa y a mi hijo muertos. ¡Y no lo voy a permitir! Estoy cansado de quedarme aquí esperando a que vengan por mi familia. —Andrew se alzó de su asiento y golpeó el piso con su bastón—. Les voy a dar lo que tanto temen. El gran escándalo… Olivia, prepara tus cosas y las de los niños, nos vamos todos a Londres.

Capítulo XVIII

Michael revisaba concentrado sus finanzas. Cada cierto rato, con su dedo índice, se acomodaba las gafas que tendían a resbalar por su nariz cuando leía o escribía. Ese gesto también lo hacía cuando estaba nervioso, era casi un acto reflejo que toda la vida su abuelo le criticó.

Afortunadamente, al viejo lo veía muy, muy poco. Y no era solo por su miopía.

Golpearon la puerta de su despacho, y Michael autorizó con un lacónico «pase», sin levantar la vista y sin dejar de calcular sus haberes.

—Señor, tiene un mensaje urgente de su padre desde Pine Park —anunció el mayordomo, que intentaba estar lo más erguido posible, al tiempo que le ofrecía un sobre sellado.

—Muchas gracias, Lincoln. —agradeció Michael. Lo miró de arriba abajo y sonrió—. ¿Todavía no te acostumbras, cierto?

—A decir verdad, volver a este tipo de trabajo no ha sido difícil. Lo que detesto es esta ropa, señor.

—Te repondrás a vestir más decente, por lo menos, hasta que saldes tu deuda. Tu esposa no está feliz con que hayas perdido todo. El trabajo dignifica y te mantendrá lejos de las cartas y los garitos.

—Martha es la más feliz con mi nuevo trabajo, eso sin duda, señor.

—Claro, si ella recibe todo tu sueldo —argumentó guasón—. Ya ha quedado demostrado que ella administra mucho mejor el dinero.

UNA RELACIÓN *Inapropiada*

—Por eso mismo, es la más feliz —respondió el mayordomo con cierto tinte de ironía. Pero en el fondo, haber conocido al señor Michael Martin era una oportunidad que esta vez no iba a despreciar—. ¿Necesita algo más?

Michael sacó su reloj de bolsillo y miró la hora. Las diez de la noche, momento ideal para ir a trabajar.

—Sí, ordene que preparen mi carruaje. En quince minutos saldré.

—Como diga, señor.

Lincoln abandonó la estancia en silencio y Michael rompió el sello y desplegó la carta. Acomodó sus gafas y leyó...

«Cragside, martes 1 de septiembre.

»Estimado Michael:

»Te escribo para informarte que tu hermana que —como ya sabes— se ha casado con Andrew Witney, vizconde Rothbury, y que por eventos que ella te explicará mejor, volverá a Londres y vivirá durante la temporada en la residencia vizcondal, Peony House, con toda su familia. Como comprenderás, que ella vuelva a la vida social, y con ello, que se enteren de la existencia del hijo de Felton será todo un escándalo.

»Uno que no le agradará a Hastings en particular.

»El motivo de esta carta también es para encomendarte protegerla y apoyarla en todo lo que puedas. Tú tienes influencia en los círculos más bajos, y eso puede ser una gran ventaja para los propósitos de Rothbury. Si tienes que hacer algún escándalo mayor para desviar la atención, tienes toda mi bendición de hacerlo con el mayor ahínco posible.

»La reputación de los Hastings, en realidad, me tiene sin cuidado.

»Yo no los acompañaré, de momento, no por cobardía, sino por dejar algunos asuntos legales en regla con mi nuevo abogado que tengo en Rothbury —no confío en ninguno de los que hay en Londres, mientras Hastings viva, todos son corruptibles—.

»Sé que juré que nadie sería testigo de mi retorno hasta que Hastings muriera, pero ayudar a Olivia bien vale romper ese tipo de promesas, por lo tanto, en cuanto pueda, volveré a Londres para apoyar a tu hermana y residiré en su casa.

»Confío en que esta vez no le darás la espalda. Es tiempo de que saldemos deudas con Olivia, quien ha sido la más perjudicada por nuestra cobardía.

»Tu padre.

»Albert Martin, marqués de Bolton.»

Michael dobló la carta y se la guardó en el bolsillo de su elegante levita. Era el 4 de septiembre, su hermana probablemente llegaría en dos o tres días más. Sonrió, su padre le había enviado muy buenas noticias, pero le intrigaba el asunto que su hermana debía tratar con él.

Debía ser algo muy serio, solo por el hecho que su padre no lo mencionara de manera explícita en su misiva.

Michael Martin era el hermano mayor de Olivia, el segundo en la línea de sucesión al ducado de Hastings, y lo que más se lamentaba en el último tiempo era no haber estado a la altura de la situación como el hermano que debía ser y darle todo su apoyo a su hermana cuando la repudiaron.

Al igual que con su padre, en aquel entonces, el duque estaba empezando a ejercer toda su influencia sobre él. Estuvo muy cerca de terminar como Albert, casado por conveniencia, sin la garantía de que surgiera algo de cariño —como afortunadamente le sucedió a su padre con su difunta madre—, pero de todos modos, no tenía ganas de tentar a la suerte, a su esposa la elegiría él.

El repudio que sufrió su hermana, le hizo despertar. No deseaba que el duque siguiera dictando su futuro —sin escatimar la bajeza de sus recursos para lograrlo—, ya le había arruinado suficiente la existencia con enviar a Cornwall a la joven que quiso y al hijo que concibió con ella un par de años antes que enviaran a Olivia a Cragside…

Lo primero que hizo cuando se armó de valor, fue desafiar al duque yendo a buscarlos, pero no los encontró.

Desde entonces decidió que, para que el viejo Hastings dejara de dominarlo, debía estar lo más lejos de él. Y la manera más efectiva que halló fue siendo lo que el duque más odiaba. Un libertino, un ludópata, un granuja, un vividor. La fachada perfecta para evitar todo contacto con el duque, y a la vez, producir dinero a costa de los verdaderos libertinos, ludópatas, granujas y vividores.

Le costó tres años granjearse una fortuna de arduo trabajo, no muy ortodoxo, pero trabajo, al fin y al cabo.

Y ahora le habían encomendado una misión, una que le permitiría redimirse ante su hermana, y de paso, hacerle la vida miserable al duque, salpicándolo con la infamia del escándalo que siempre quiso evitar, exiliando a su hermana del seno familiar.

Iba a sentir un gran placer ser parte de aquel escándalo.

El carruaje se adentraba en Londres en medio de la noche. En su interior iba Olivia, que tenía en su regazo a una durmiente Marian. William descansaba en brazos de Mary.

El lado derecho del carruaje iba flanqueado por Andrew montado en *Luck*, y Adam, por el lado contrario iba montando a *Zar*, un caballo rucio que era la más nueva adquisición de las caballerizas de Rosebud Manor, especial para las labores del secretario que siempre necesitaba movilizarse.

Los cascos y las ruedas que traqueteaban por los adoquines irrumpían en medio de la quietud nocturna. Para Olivia era irónico volver a Londres tal como se fue, durante la noche, a escondidas. La precaria y escasa iluminación en las calles la desorientaba. No tenía mucha idea de dónde estaba, algunas partes las reconocía con facilidad, otras, en cambio, le eran desconocidas.

Había sido un viaje largo y extenuante, pero todos lo soportaron bien. Para William fue toda una aventura, y para Marian fue un gran desafío para superar su aversión a los carruajes, por miedo a que volvieran a tener un accidente fatal. Para ello, Andrew la llevaba junto con él en cortos tramos, montando a *Luck*. La distraía mostrándole el paisaje veraniego, el cielo limpio y casi sin nubes. Ese viaje era muy distinto a aquel que le arrebató la vida a toda su familia, recorrían tramos largos, se detenían a comer y a descansar al aire libre. Luego, retomaban el trayecto hasta encontrar una posada y pernoctar.

Olivia nunca imaginó volver a aquella ciudad que, en apariencia, poco había cambiado. Sin embargo, ella veía Londres con otros ojos. Mientras viajaba pudo pensar mejor si estaba preparada para volver. La orden de Andrew había sido tan incuestionable e inesperada que ella ni siquiera tuvo tiempo para detenerse a meditar los alcances de esa decisión. No obstante, sentía que era lo correcto, a pesar del temor que invadía su corazón al imaginarse el reencuentro con su antigua vida.

Era extraño, era aterrador, y a la vez… excitante.

Le atraía la idea de escandalizar a todos aquellos que se creían con la potestad de apuntar con el dedo, siendo que su propia moral dejaba mucho que desear. Tenía ganas de gritar que le importaba bien poco lo que dijeran de ella porque, simplemente, ya había vivido lo peor, y había sobrevivido.

Y su esposo era un sobreviviente, a quien también le traía sin cuidado el veneno de los demás. Tal vez, por ese motivo tenía sentimientos tan contradictorios. En el fondo de su corazón, estaba todavía la joven, inocente y recatada Olivia, conviviendo con la mujer decidida, independiente, y que era dueña de su vida.

Miró la gallarda silueta de Andrew que se recortaba en la penumbra. Ahí estaba el artífice de su libertad, de cuerpo, espíritu y mente. A su lado había un hombre excepcional. A veces se preguntaba cómo era posible sentir más libertad estando casada en vez de soltera, si en realidad su esposo era el dueño de todo lo que la rodeaba. La respuesta era simple, los votos matrimoniales de Andrew no eran meras palabras vacías sacadas del libro común de oraciones de la iglesia, él las creía de verdad…

«Con este anillo te desposo, con mi cuerpo yo te adoro, y todos mis bienes mundanos yo te los doy».

La promesa que se habían hecho frente al altar era solemne e inquebrantable.

—Llegamos —anunció Andrew, acercando el caballo a la ventanilla del carruaje—. ¿Estás bien, querida? —interrogó con preocupación, mirando al interior del carruaje.

—Solo cansada. —Olivia asomó la cabeza por la ventanilla para mirar mejor y orientarse—. Vaya, sé que estamos relativamente cerca de Hyde Park, pero no logro reconocer esta parte de la ciudad.

—Brook Street —indicó Andrew—. Cerca de Grosvenor Square. Más allá está Hyde Park —confirmó, sintiendo un inusitado orgullo. En ese momento estaba seguro que todo estaba en su lugar y las cosas tenían que ser así. Siempre se cuestionó si estaba apto para toda la responsabilidad que significaba el vizcondado, pero se había dado cuenta de que había nacido para ello que, más que cumplir con un deber, aquello era lo que siempre le había faltado.

Tal como decía el emblema vizcondal de los Rothbury «Servir, amar y proteger».

—Tiene una excelente ubicación. Peony House es hermosa, querido —señaló Olivia.

—El interior es mucho mejor, pero prefiero Rosebud Manor… Entremos, hace frío. Mañana empezará la verdadera diversión —ironizó.

Eran las once de la noche cuando todos entraron a Peony House. Un hombre oculto en las sombras observaba el arribo del vizconde y su familia. Llevaba un par de días apostado en ese lugar, turnándose con un lacayo, esperando a que ese momento llegara. Las cosas se habían complicado demasiado desde el momento en que lady Rothbury había contraído nupcias. Esa mujer y su hijo tenían demasiada suerte.

La última carta que se podía jugar su amo era que lord Rothbury fuera más… accesible. Ya tenía toda la información que le era útil, salió con discreción de su escondite y fue en busca de un carruaje de alquiler.

—¡Nuevamente gané! Ha sido un placer quedarme con todo su dinero, señores —celebró Michael, levantándose de su silla y estirando su cuerpo de una manera poco caballerosa—. Por hoy me retiro.

—¡Espera! —exclamó Swindon, desesperado—. Una más, solo una partida más —rogó sin decoro. Los últimos días lo había perdido todo, en las últimas dos horas había perdido lo que no tenía.

Michael hizo un gesto con sus ojos, expresando que su hartazgo había llegado a su límite. Le exasperaban los malos perdedores, sobre todo los que no tenían ninguna clase de orgullo. Ni dinero que quitarles.

—No tienes nada que ofrecer, Swindon. Además, mañana debo levantarme temprano. Tengo un compromiso ineludible con una preciosa dama que no veo hace años —argumentó con indiferencia.

—Te aseguro que tengo algo más para ofrecer… Una oportunidad más, es todo lo que necesito para recuperar mi dinero.

—Tienes demasiada fe en ti mismo. Olvídalo, Swindon —negó Michael, indolente—. Has perdido toda la noche, no habrá ninguna diferencia si juegas una última partida. Tendrás que nacer de nuevo para recuperar esa cantidad exorbitante de dinero. —Michael dio media vuelta, ignorando deliberadamente al conde de Swindon y empezó a caminar hacia la salida.

—¡Te apuesto a mi esposa! —exclamó el hombre con los ojos a punto de salir de sus cuencas, como si estuviera al borde de la locura. Michael se congeló ante esas palabras y se giró para ver la cara de Swindon—. ¡Junto con mis hijos! —agregó, nervioso.

El hombre hablaba absolutamente en serio.

Un silencio sepulcral se instaló en aquel garito de dudosa categoría que olía a humo de tabaco, sudor y alcohol. Era una situación de lo más escandalosa e inusual. Todos los presentes se quedaron a la expectativa de lo que iba a suceder.

—¿Tu esposa y tus hijos? ¡Esto es el colmo! ¡Ni siquiera es legal hacer semejante canallada! —acusó Michael, ocultando su incredulidad ante tamaña propuesta.

—Es perfectamente legal —afirmó lord Swindon, que se limpió el sudor de su frente con un pañuelo, evidenciando el temblor de sus manos—. Ella es mi esposa y me pertenece, al igual que mis hijos, son todos de mi propiedad, y como cualquier propiedad, tengo todo el derecho de venderla… o apostarla.

—Milord, lo que me propone es indecente, incluso para un hombre como yo. Tengo mis límites, señor.

—Si no lo aceptas tú, cualquier otro me puede pagar por ellos —amenazó, jugando, figurativamente, su última carta.

Michael solo había visto de lejos a lady Swindon, y de lejos se veía joven y hermosa. Aunque eso daba lo mismo, se trataba de una persona y era inaceptable que su esposo la ofreciera en una apuesta, como si fuera una vaca inservible, junto con sus novillos, no debía olvidar ese detalle.

Pensó que si aceptaba aquella propuesta, el rumor en pocas horas se transformaría en un escándalo de marca mayor, lo cual era conveniente para él. Si tenía suerte, le podía provocar una apoplejía a su ilustre abuelo, o bajarle el perfil a la presencia de Olivia en Londres, tal como se lo había pedido su padre.

Aquello podría traerle a él muchos beneficios, y si a ello le sumaba que podría proteger a una mujer y sus hijos de un sujeto que era capaz de apostarlos en un juego de *whist* sin remordimiento alguno, mucho mejor.

Michael estaba seguro que si ella pasaba a ser de su «propiedad», podría estar en mejores condiciones que con su esposo.

—Antes de aceptar tu propuesta, primero quiero que me lo des por escrito —decretó Michael, empujando sus gafas con su dedo medio, siendo muy consciente de ese gesto. Todos lo juzgaban porque usaba gafas, objeto que le otorgaba una apariencia anodina y fuera de lugar, y siempre les hacía perder fuertes cantidades de dinero cuando jugaban contra él la primera vez—. Sé explícito y detallado, no quiero ninguna clase de trampa o vacío del que puedas aprovecharte después. Y necesito la firma de testigos —especificó, pensando en que si ganaba la apuesta, tendría que consultar con su abogado de confianza acerca de la legalidad de lo que estaba a punto de realizar.

En el peor de los casos, la pobre mujer tendría que seguir atada a un estúpido como Swindon. Se decía que su última amante lo dejó porque ya no tenía una situación financiera boyante.

Swindon sonrió como lunático y asintió, casi a gritos, pidió papel, pluma y tinta para redactar el acuerdo...

—Quiero tu mejor caligrafía, Swindon —exigió Michael, altanero—. ¡Por Júpiter!, siento que esta es la cosa más ridícula que he hecho en mi vida —masculló, mientras se sentaba nuevamente en la silla—. Que alguien me traiga una copa de vino mientras espero que este granuja redacte el documento.

—El señor Michael Martin, lady Rothbury —anunció Carruthers hijo, el mayordomo de Peony House.

Olivia le sonrió, conteniendo apenas las ganas de reír, ambos hombres eran como dos gotas de agua, con la salvedad de la juventud del que tenía al frente.

—Gracias, Carruthers —agradeció Olivia—. Por favor, dígale a lord Rothbury que nos acompañe —pidió con amabilidad.

—Enseguida, lady Rothbury...

En ese instante entró Michael a la salita matinal que ella tenía a su disposición en Peony House. Olivia casi no reconoció a su hermano mayor, la última imagen que tenía en su memoria era la de un hombre que empezaba a ser un adulto, delgado y siempre vistiendo demasiado lúgubre para ser tan joven.

Pero ahora y ante ella tenía a un hombre fornido, vestido de manera impecable y elegante, todo un dandy de la capital. Lo único que suavizaba esa apariencia eran sus gafas, que todavía le conferían un aire intelectual.

Era una inusual mezcla de libertino y erudito... lo que no sabía Olivia era, quién era en realidad su hermano después de tres años. De hecho, se preguntaba si ella alguna vez lo conoció de verdad. Cuando eran pequeños fueron muy unidos, pero al crecer sus caminos se separaron, él fue enviado a estudiar a Eton, por lo que lo veía solo en verano y Navidad, y la educación de ella estuvo a cargo de institutrices y de una tía abuela solterona que siempre tuvo una mala opinión de Michael y repetía siempre las palabras del duque.

Tal vez, debía darle una oportunidad a su hermano, quizás todo lo que sabía de él eran engaños, como todo lo que rodeaba al abuelo.

—¡Livy! —exclamó Michael mientras sonreía, feliz de ver tan bien a su hermana, que se había transformado en toda una mujer.

Se acercó, al mismo tiempo, que Olivia se levantaba y lo abrazaba fuerte. Michael, un poco sorprendido, respondió al abrazo y le besó la mejilla, sintiendo algo muy parecido al alivio.

—Michael, hermano...

—Te extrañé mucho, Livy... Perdóname por todo.

—Oh, Michael...

Se quedaron ahí, quietos, como si en aquel abrazo estuvieran volviendo a unir sus corazones, a retomar esa relación cómplice que compartían cuando eran niños, cuando aún vivían en la inocencia. Michael era seis años mayor que Olivia, por lo que él siempre la cuidaba y protegía en sus pequeñas aventuras de infancia.

Ambos esperaban que no fuera demasiado tarde, pero ese abrazo les daba esperanza de que no todo estaba perdido.

—Déjame mirarte de nuevo. Te ves hermosa —pidió Michael, tomando de las manos a su hermana, y apreció a la bella dama en la que se había convertido—. Rothbury es un hombre muy afortunado.

—Sin duda alguna lo soy —intervino Andrew, apoyado en el quicio de la puerta, mientras observaba en silencio el encuentro de hermanos.

Michael se había ganado su confianza, el vizconde fue el único testigo del genuino afecto que se prodigaban los hermanos. Las expresiones del rostro de su cuñado lo decían todo.

—Michael, te presento a mi esposo, Andrew Witney, vizconde Rothbury. Andrew, él es mi hermano mayor, Michael Martin, segundo en la línea de sucesión al ducado de Hastings.

—Y espero no ser duque en mucho tiempo —bromeó Michael, guasón—. Y no, precisamente, por esperar a que mi abuelo siga vivo. Larga vida a mi padre.

Ambos hombres se inclinaron con respeto a modo de saludo. Michael no pudo evitar estudiar la marca que atravesaba el rostro de Andrew, todo el mundo hablaba de ella en Londres, y de lo poco sociable que era el nuevo vizconde Rothbury.

—He escuchado mucho sobre usted, milord. Su fama lo precede —explicó Michael, esbozando una sonrisa—. Perdón por mirarlo tan fijo, solo me doy cuenta que la gente exagera mucho. Ya me decía que era demasiado alboroto por su cicatriz. He visto cosas mucho peores en los veteranos —comentó con aplomo, respeto, y a la vez con familiaridad, como si Michael conociera de toda la vida a Andrew.

—Y yo que pensaba que no había estado tanto tiempo en Londres como para obtener algún tipo de fama —replicó Andrew de buen humor.

—Por experiencia le digo que no se necesita demasiado para ganar fama, solo basta con tener a los testigos ideales. Hay caballeros que son especialistas en esparcir rumores y superan en ello a muchas damas.

—Definitivamente, Michael será de mucha ayuda —agregó Olivia, mirando a su esposo y sonriendo. Su hermano había cambiado en apariencia, y a la vez, en su forma de actuar.

Ahora era más seguro, no quedaba nada de aquella timidez que siempre lo caracterizaba, frente a ella había un hombre extrovertido, pícaro y versado en los entresijos de la alta sociedad y los barrios bajos.

—Y por eso estoy aquí, mi padre me envió una nota, pero no me explicó en ella el problema que los aqueja. Así que debo asumir que es grave y que mientras menos gente lo sepa, mejor.

—Así es, señor Martin...

—Michael, somos familia —interrumpió con ligereza—. No es necesaria tanta formalidad, tenemos prácticamente la misma edad.

—Entonces, espero el mismo trato de tu parte, Michael —aceptó Andrew, cada vez más contento—. Bien, te explicaremos lo que ha sucedido desde el principio...

Capítulo XIX

—El asunto es que prorrogaron el inicio del parlamento hasta enero —señaló Michael—. Se suponía que debía empezar a principios de agosto, pero todo ha estado bastante inestable. Se han impugnado muchos escaños en la cámara de los comunes, por lo que la situación política ha sido bastante turbulenta.

—No pensé que fuera tan grave —argumentó Andrew ante el revés que estaba presentando Michael a su plan.

—Es razonable que pensaras así, no se puede aprender todo sobre el mundillo político en tan solo unos meses. Pero, afortunadamente para ti, estoy al tanto de todo. La mayoría de los lores están todavía en sus casas de campo por la cuestión de la prórroga, pero hay otros que no les queda más alternativa que quedarse en Londres a la espera de los resultados, antes del inicio del parlamento, por lo que muchos estarán regresando en esta época por motivos prácticos y políticos. Muchos caminos se vuelven intransitables en invierno.

—Eso quiere decir que tendremos lo suficiente para hacer notorio el retorno de Olivia y de William —razonó Andrew. Las cosas no eran como las había planeado, pero tampoco estaba todo perdido.

—Me atrevería a decir que tendrán el público adecuado que, para evitar el aburrimiento, ofrecerán cenas privadas, tertulias, pequeños conciertos a los que asistirán, tanto miembros influyentes de la aristocracia, como algunos díscolos como tú, mi querida hermana y yo.

»Pero primero, tendrán que hacerse notar, dando paseos por Hyde Park, comprando en Bond Street, en fin, salir a la calle y dejarse ver como pareja y familia. Rothbury, tendrás que ir al *White's* para hacer algo de ruido, te acompañaré para que sea bastante llamativo y me encargaré de diseminar noticias para que reciban invitaciones.

»Hastings es tan viejo que ya no se toma la molestia de dejar Londres y, como miembro activo del parlamento, empezarán a llegarle una y otra vez noticias de todo lo que hace Olivia, por lo que, si es él quien está detrás de todo, tendrá que hacer su jugada. Ya me gustaría verle la cara cuando le digan que su nieta ha vuelto de su autoimpuesto luto con un pequeño que, curiosamente, puede ser hijo de Felton.

—Y a propósito de la familia de Magnus... ¿Qué sabes de ellos? —interrogó Andrew.

—Cuando falleció el conde de Felton, su primo Armand Woods era el siguiente en la línea de sucesión. Magnus era el último de su línea de sangre, pues su hermano menor murió en la guerra —informó Michael con eficiencia.

—¿Armand era el siguiente? —intervino Olivia, evidenciando su sorpresa—. Jamás lo habría imaginado.

—¿Conociste a Armand, Olivia? —preguntó Andrew.

—No, nunca coincidíamos en los eventos sociales. Los Woods son bastante numerosos, una familia con muchas ramificaciones. Escuché hablar de él y sus hermanos por parte de la condesa viuda de Felton, pero no sabría decirlo con exactitud, eran tantos que no me atrevo a asegurar qué fue lo que me comentó. Pero lo que sí recuerdo bien, fue una ocasión en la que oí a Magnus refiriéndose en no muy buenos términos acerca de su primo Armand.

—Interesante... ¿Podrías ser más precisa respecto a ello? —indagó Michael.

Olivia se quedó pensativa, haciendo memoria. Cuatro años habían pasado desde que presenció ese evento fortuito, parecía que había transcurrido una eternidad. ¿Cómo podía recordar con fidelidad una conversación que escuchó por mero azar? Recordaba el tono lleno de desdén por parte de Magnus, eso le había sorprendido a Olivia, porque su futuro esposo siempre era amable con todos los demás.

«*No es más que un mocoso malcriado, que se cree que tiene una inteligencia superior con sus ridículos inventos*».

Olivia repitió esas mismas palabras, las que de pronto vinieron claras a su memoria. Magnus sí que detestaba a Armand por sus inusuales actividades intelectuales. Tal vez era más que una simple aversión, ella recordaba la desmedida sorna en el tono de voz del conde de Felton.

—Interesante… Armand, desde que recibió el título, no ha modificado su estilo de vida y se mantiene alejado de cualquier actividad social. Deberíamos averiguar cómo van sus finanzas, mi asesor en inversiones puede trabajar en ello —propuso Michael con entusiasmo—. No me mires de ese modo, Olivia, el señor Brown es un hombre confiable —dijo Michael ante la mirada reprobatoria de su hermana hacia sus actividades comerciales.

—Perdón, es solo que… —Olivia suspiró mortificada—. Lo siento, no debo juzgar en cómo haces fortuna ni de quienes te rodeas, estás en todo tu derecho de hacer lo que quieras.

Michael rió a carcajadas.

—Creo que te debo unas cuantas aclaraciones y explicaciones, mi preciosa e inocente Livy. —Michael se ajustó sus gafas y cambió su expresión—. Allá afuera te dirán que soy un juerguista, un vicioso de los juegos de azar, un alcohólico, ah, y un seductor de primera. Pero la verdad es, que solo me gano la vida en clubes de dudosa reputación, exprimiendo las libras de ilustres caballeros que nunca saben cuándo decir «basta». Simulo muy bien una borrachera, y así gano más dinero cuando creen que no tengo todos mis sentidos puestos en el juego, y respecto a lo último… —La voz jovial de Michael se apagó por un par de segundos y se aclaró la garganta para deshacer el nudo que no le dejaba hablar con propiedad—… Solo he querido a una persona en mi vida, y no he vuelto a saber de ella, ni de mi hijo desde hace un poco más de tres años. Les pago unos cuantos chelines a criadas, doncellas, cocineras, modistas, a cualquier mujer que pueda salir de Londres para que averigüen cualquier cosa sobre ellos, y que a su vez, encarguen a sus conocidos y parientes si los han visto, si saben algo de ellos… —Sonrió, intentando aparentar optimismo, pero no pudo sostenerla con convicción. Con el paso del tiempo esa esperanza de encontrarlos se desvanecía poco a poco—. Debo ser amable y encantador con ellas para encomendarles aquella delicada misión. No se me ocurre otra forma de buscarlos ni de hacer dinero de manera rápida… Hastings me quitó lo que más amaba, y tardé demasiado en reaccionar y rebelarme…

Michael se quedó en silencio, había hablado demasiado. Andrew y Olivia lo observaban de un modo que él solo pudo interpretar como comprensión, sobre todo por parte de su hermana.

Él sabía que ella lo entendía muy bien, pero tuvo la fortuna de conservar a William.

—No pierdas la esperanza, Michael, cuando menos lo esperes sabrás algo de ellos —animó Olivia—. Ahora somos más para ayudarte a buscarlos.

—Pondremos nuestros recursos a tu disposición. No dudes de ello —agregó Andrew, imaginando el dolor de su cuñado. Si alguien osaba a quitarle a Marian o a Will, estaba seguro que era capaz de matar.

—Gracias a ambos. —Michael esbozó una sonrisa—. Pero primero es lo primero, quiero conocer a mis encantadores sobrinos...

El sol matutino bañaba la blanca tez de Mary. A su lado iba Adam sincronizado con sus pasos, más no se tocaban, iban a una correcta y pudorosa distancia. El aroma del rocío evaporándose poco a poco, otorgaba al ambiente un efecto fresco y vivificante.

—Nunca imaginé que pasearía en Hyde Park —confesó Mary con un poco de timidez—. Este lugar es precioso.

—Indudablemente, ha valido la pena la espera por este paseo. —Adam al fin se atrevió a ofrecerle el brazo para sentirla más cerca, Mary sonrió y, sin vacilar un instante, aceptó el caballeroso gesto de Adam, quien sorprendido por la respuesta de ella, comenzó a sentir que las sienes le latían.

—Mucho mejor, señorita Mary —logró articular.

—Hábleme de usted, señor Churchill —pidió Mary interesada; dado que él la estaba cortejando, lo más lógico era empezar a conocer sobre el pasado, el camino que había formado al hombre del presente. Ella sabía que él era un veterano al igual que lord Rothbury, pero deseaba saber más.

—Soy un bastardo, a decir verdad —confesó sin más—. Mi querida madre, que en paz descanse, hace muchos años fue una doncella que tuvo la mala fortuna de atender a una de las hijas del marqués de Halifax, quien la deshonró—explicó con un tono de voz monocorde—. Mi madre estando encinta se enamoró y se casó con un buen hombre, que me crió como si fuera su hijo. Jamás me hizo sentir que no era de su sangre, algo muy extraño, debo reconocer. Solo he visto en Rothbury repetirse aquel comportamiento. Cuando yo ya era un jovencito, con algo de consciencia, noté que no me parecía a mi padre ni a mi madre, por lo que un día le pregunté a ella y me reveló la verdad.

—Entiendo. —Fue la única palabra que Mary pudo decir, sintiendo una mezcla entre compasión por la madre de Adam y rabia por el hombre que le quitó su virtud con violencia. Y a la vez, fue una mujer afortunada por encontrar en su camino al padre del señor Churchill.

—Esa confesión no cambió nada —continuó Adam—, aquello solo aumentó mi aprecio por el hombre que me crio, que me dio su nombre, y mi admiración por la fortaleza de la mujer que me parió. Tuve dos hermanos más, pero, lamentablemente, no sobrevivieron a la guerra. De los tres solo volví yo.

—¿Y su padre, señor Churchill?

—Vive aquí en Londres, está retirado, antes era marino y a veces, contrabandista. —Sonrió con picardía, aquella época tenía su encanto—. Le envío dinero todos los meses para que no le falte nada y lo visito tan seguido como puedo.

—Me gustaría conocerlo algún día. Su padre debe tener muchas historias.

—Sus anécdotas son muy interesantes, y las narra de un modo que mantiene la expectativa hasta el final…

Siguieron caminando sin apuro, Hyde Park estaba medio vacío a esa hora de la mañana. Era ideal para ese paseo que se había postergado demasiado. Mary podía sentir el leve roce de la tela de su vestido con la pierna de Adam, era consciente de todo y solo quería estar más cerca de él. Era desconcertante y abrumador aquel sentimiento.

—¿Y qué me puede decir de usted, señorita Mary? —interpeló Adam con interés.

Mary esbozó una sonrisa, y la nostalgia la invadió.

—Nací y viví hasta los dieciséis en la granja de mi padre en Hull. Era maravillosa la vida allá, pero éramos nueve bocas que alimentar. Cuando tuve edad suficiente, una tía me trajo a Londres para trabajar como doncella de lady Catherine, la hija menor de lord Beeston. Era muy enfermiza la pobre, y dos años después, ella falleció de neumonía. Después de ello, me recomendaron para ser doncella de lady Rothbury. Desde entonces no me he separado de ella, siempre me ha tratado bien, como si fuera más que una sirvienta. Los últimos años, lo que nos une es una profunda amistad… A veces, ella me exige que la trate por su nombre, pero siento que todavía no me puedo permitir aquello… Ella es una dama y yo…

—Una mujer excepcional —interrumpió con ímpetu—. Debería considerar la exigencia de lady Rothbury... ¿Extraña mucho a su familia?

—Al principio era horrible, a pesar de estar muy cansada al final de un día de trabajo, todavía me quedaban fuerzas para llorar todas las noches, añorando a mis hermanos, a mi madre, a mi padre... No sabía leer ni escribir, por lo que a veces le pedía a la institutriz de lady Rothbury que escribiera una carta para mi familia una o dos veces al año. Cuando nos enviaron a Pine Park, lady Rothbury con mucha paciencia me enseñó a leer y a escribir. Desde entonces, leo muchos libros. La lectura y aprender es algo que me apasiona. Y también puedo enviar cartas todos los meses a mi familia.

—Eso quiere decir que no ha visto a su familia desde hace...

—Ocho años —agregó Mary con resignación y cierta melancolía.

—Es demasiado tiempo. Tendremos que resolver eso algún día, ¿no cree, señorita Mary? La acompañaré encantado a visitar a su familia, aunque preferiría hacerlo siendo su esposo, de lo contrario, es posible que su padre y sus hermanos me corten una parte importante de mi anatomía... y yo aprecio mucho mis manos y mis piernas —bromeó socarrón.

Mary rió imaginando aquello. Sí, lo que imaginaba era maravilloso.

—Usted preferiría visitar mi familia siendo mi esposo... Vaya, sí que es optimista, señor Churchill —ironizó Mary, a ella también le gustaba lanzarle bromas a Adam. Debía reconocer que tenía un sabor dulce.

—Nunca hay que dejar de serlo... —afirmó con una leve sonrisa que cesó casi al instante. Sus pasos se detuvieron y miró a Mary con seriedad. Necesitaba saber si podía seguir albergando esperanzas—. Señorita Mary, sé que mi conducta anterior no fue apropiada. Y siento que nuestra forma de relacionarnos ha cambiado mucho desde que le pedí pasear con usted y sinceré mis intenciones. Pero, desafortunadamente, han sucedido muchas cosas que han impedido mis acercamientos y me están haciendo perder la paciencia... —Tosió un poco para aclararse la garganta, las piernas empezaban a temblarle, esperaba que ella no lo notara, pues lo miraba fijo a los ojos—. Lo que quiero decir es, que me está siendo cada vez más difícil contener mis ansias de estar con usted en todos los sentidos imaginables. —Se quedó en silencio y se reprendió por ser tan osado, pero ya había hablado y no había vuelta atrás—… Y sé que, probablemente, me estoy apresurando mucho, pero… ¿Ya tolera más mi presencia y mi forma de ser? Dudo que yo cambie demasiado, pero estoy intentando suavizar mi trato hacia usted… —Tomó aire y dejó de pensar para que su corazón hablara de una vez por todas—…, y bueno, quisiera saber si podría considerar ser mi esposa.

Mary estaba impresionada ante aquella propuesta. La esperaba, sí, pero el señor Churchill con sus palabras le hizo sentirse febril —sobre todo cuando dijo «en todos los sentidos imaginables»—, ella no era tan ignorante acerca de lo que sucede en la intimidad de un matrimonio, y su imaginación voló, quedando en evidencia en el color carmesí de su rostro.

¿Que si lo consideraba? ¡Estaba decidida! Ella quería mucho a Adam, sabía que ese sentimiento solo iba a aumentar, deseaba ser su esposa, pero ¿y él? Era evidente que Adam tenía ciertos sentimientos, pero ella también necesitaba saber si en él despertaba algo más que deseo. Un matrimonio debía sustentarse por algo más que la pasión o la conveniencia.

Así que decidió que debía ser directa.

—Señor Churchill, mi respuesta solo depende de usted. Dígame ¿qué es lo que ve en mí? ¿Qué es lo que siente por mí?

—¿Qué veo en usted? Veo una mujer leal, fuerte, a veces insegura, pero con un formidable espíritu de superación. Veo a una mujer a la que ninguna persona le pone el pie encima, y nadie mejor que yo para saber eso —agregó, recordando cada respuesta ácida de ella a sus comentarios impertinentes—. Y todo lo que le hacer ser usted, me provoca el intenso deseo de quererla, desearla, protegerla, formar con usted una familia. Quiero estar a su lado todo el tiempo que Dios me permita… ¿Y usted, señorita Mary, corresponde a mis sentimientos? ¿Debo esperar a que nazcan dentro de su corazón, o debo olvidarla para siempre?

A Mary se le rompió el corazón ante la última pregunta de Adam, en sus ojos se reflejaba tanta incertidumbre y vulnerabilidad, que solo hizo quererle más. Debía sacar a ese hombre de su miseria y hacerlo feliz.

—Señor Churchill, me temo que sus días de soltería están contados. Sus sentimientos son total y absolutamente correspondidos.

El rostro de Adam se transformó con la enorme y radiante sonrisa de felicidad que nació en sus labios. Le tomó las manos a su amada, a su futura esposa, y sin palabras se inclinó hacia los rosados labios de Mary, quien, sorpresivamente, se empinó sobre sus pies, acortando la distancia entre sus bocas, sin importarle el decoro.

Nunca antes, un beso en pleno Hyde Park había sabido a tanta gloria.

Joseph Martin, duque de Hastings, estaba fumando un cigarro mientras leía concentrado el *The London Gazzete*. Estaba hastiado, la residencia ducal era un lugar muerto desde que su inútil hijo se marchó, por lo que para evitar el molesto silencio empezó a frecuentar el club *White's* para, al menos, entablar conversación con otros caballeros o escuchar el murmullo de entrevistas ajenas y enterarse de cualquier asunto al que pudiera sacarle provecho para cuando se iniciaran las sesiones en el parlamento.

—Su excelencia, ¿acaso, aquel muchacho no es su nieto? —interrumpió su lectura lord Black, y Hastings pudo percibir un cierto tinte de malicia en el tono de voz que empleó. Era bien conocida la fama de granuja de Michael Martin, y Black se regodeaba de ello—. Lo acompaña un caballero que nunca había visto... ¡Oh por Dios!, qué horrenda cicatriz atraviesa su cara. Es todo un adefesio.

El duque, ante esas palabras, no pudo seguir aparentando indiferencia, dobló el periódico y soltó el humo azul que retenía en sus pulmones. A lo lejos vio a Michael junto al inconfundible vizconde Rothbury entrando al salón de los juegos de cartas. Por dentro Hastings hervía de cólera, indignación e incredulidad.

¿¡Qué demonios hacía Rothbury en Londres!? ¡Y junto a ese mocoso inservible de su nieto! Había investigado a fondo a ese vizconde cojo y deforme, todo indicaba que se quedaría en el campo hasta la muerte. ¿Pretendía, acaso, tomar su escaño en el parlamento?...

Pero era demasiado pronto, las sesiones empezaban recién en enero...

Pero y si de verdad pretendía involucrarse en la política, era lógico que regresara antes a Londres... Todo eso solo podía significar una cosa...

—Olivia está aquí... —susurró lívido.

—Perdón, ¿qué ha dicho, lord Hastings? —interpeló lord Black.

—Nada importante —repuso el duque—. Tengo asuntos pendientes, nos veremos pronto, lord Black.

—Sin duda, lord Hastings —afirmó con cierta diversión. El rostro del duque indicaba que le iba a dar una apoplejía en cualquier momento.

Joseph, con excesiva mesura apagó su cigarrillo en el cenicero y se levantó de su silla, para luego, dirigir sus pasos hacia la escalera.

Se detuvo en seco en el vestíbulo antes de llegar a tocar el pasamano de la escalera, ni siquiera alcanzó a dar el paso para bajar al primer peldaño. Sentía un dolor punzante en el pecho, el mismo que sentía cada cierto tiempo desde que Albert se sublevó. A pesar de la tortura que significaba, intentó aspirar profundo y llenar sus pulmones de oxígeno. Una, dos, tres veces, hasta que empezó a respirar con normalidad y el ritmo de su corazón empezó a serenarse.

Entornó sus ojos, se concentró en salir.

—Vaya, vaya, ¿abuelito, es usted? —interpeló socarrón Michael, sacándose sus gafas para limpiarlas con rapidez y volver a ponérselas—. ¡Sí, es usted! ¡Qué placer verlo otra vez! ¿Qué hace aquí? ¿Se siente solito sin nadie a quien fastidiar en casa? —Dios, bendito sea, le estaba otorgando a Michael una pequeña, inesperada y perfecta venganza. El rostro descompuesto del duque lo decía todo.

Hastings no dijo nada, no le iba a dar en el gusto a Michael de replicar su ponzoñoso sarcasmo.

—Ah, abuelito ¿puedo presentarle a alguien muy interesante? Este distinguido señor es Andrew Witney, vizconde Rothbury, el esposo de mi hermana Olivia, ¿la recuerda? Bella, frágil, a la cual echó prácticamente a patadas y se encargó de hacerle la vida imposible... Fíjese que llegaron a Londres desde Cragside hace una semana, lord Rothbury tomará su escaño en el parlamento.

Hastings se empecinó en guardar silencio, intentaba mantenerse indiferente para no dar un espectáculo frente a tantos caballeros... y tantos testigos.

Andrew se acercó al duque, y con solemnidad se inclinó para saludarlo.

—Lord Hastings, al fin nos conocemos, me han hablado mucho de usted. —La mirada de Andrew se tornó fiera y su rostro no daba lugar a dudas que no bromeaba—. Espero que su corazón sea fuerte, porque Olivia está aquí, y todo el mundo se enterará de la existencia del vástago de Felton —susurró, mirándolo a los ojos—. Prepárese, porque muy pronto la reputación del ducado será arrastrada por el fango... No diga que no se lo advertí.

Joseph Martin fulminó con la mirada a lord Rothbury, pero él no bajó la vista. Lord Black apareció al lado de Hastings, no fue difícil imaginar que fue testigo de cada palabra, y el viejo duque maldijo su suerte.

Black era uno de los hombres que eran especialistas en sembrar rumores, sean verdaderos o falsos.

Y este sería uno muy verdadero.

Capítulo XX

Cragside.

Minerva estaba en la biblioteca escribiendo unas cartas para Andrew y Olivia. Lo hacía todos los días por la mañana, pero en esa ocasión postergó esa tarea para tener algo que hacer en la tarde. Debía admitir que los extrañaba a todos, Rosebud Manor se sentía horriblemente vacía. Si no fuera por la alegría y el amor que le brindaban sus hijos, y las visitas de lord Bolton a la hora del té, ella estaría sumergida en una profunda melancolía. Y justamente esa mañana el marqués había ido a despedirse de ella, pues ya había resuelto todos sus asuntos legales antes de partir a Londres.

A él también ya lo estaba extrañando, disfrutaba mucho de sus conversaciones y de su agradable compañía.

Miró el reloj que estaba sobre la chimenea. Ya eran casi las cinco de la tarde. Sabía que lord Bolton no acudiría y se sintió desanimada.

Dos golpes en la puerta anunciaron que Carruthers estaba tras de ella. Minerva autorizó la entrada y el mayordomo abrió la puerta e ingresó.

—Lady Somerton, el abogado de lord Bolton ha solicitado una entrevista con usted —anunció Carruthers con solemnidad.

—¿El abogado de lord Bolton? —interrogó desconcertada—. ¿Qué querrá de mí? Lord Bolton salió esta mañana hacia Londres. —Se quedó unos segundos pensativa. Tal vez, el abogado la visitaba por algo pendiente con el marqués—. Dígale que pase, por favor. Lo recibiré en el salón matinal.

—Como diga, lady Somerton. ¿Desea té y pastas para la entrevista con el abogado? —ofreció solícito.

—Sí, por favor —afirmó, pensando que tal vez ese día la hora del té no tendría que pasarla sola.

Carruthers salió de la biblioteca y la dejó a solas. Minerva dejó la carta a medio escribir y se levantó del escritorio, adecentó su vestido —el más sencillo que tenía, evitaba los más elegantes—, irguió su postura y se dirigió al salón matinal.

Mientras caminaba, pensó fugaz en lord Somerton, ¿dónde estaría? Le sorprendió la respuesta que le dio su corazón: «No me interesa». Sonrió para sí misma, de a poco iba liberándose de sus ataduras.

Con sigilo, abrió la puerta del salón matinal y la figura masculina del abogado se recortaba a contraluz. El hombre observaba con atención a los hijos de Minerva, que jugaban en el jardín ante la atenta mirada de un par de lacayos y de su niñera.

Minerva cerró la puerta tras de sí, haciendo ruido a propósito para llamar la atención del hombre, quien al notar la presencia de ella se dio media vuelta.

August Montgomery.

Minerva se desconcertó por unos segundos, hasta que el recuerdo de su primer encuentro en la iglesia acudió a su memoria…

«Bien, ser el único abogado del pueblo me tiene sin tiempo. Y debo llevar el sustento a mis hijos…»

—Señor Montgomery —saludó formal e hizo una reverencia—. Es toda una sorpresa su visita.

—Lady Somerton —respondió del mismo modo con una leve inclinación—. Se ve mucho mejor que la última vez que la vi.

Minerva esbozó una sonrisa. A decir verdad, sí, se sentía mejor, había aceptado sus errores, su presente, estaba buscando una forma de hacer algo con su futuro, incluso, estaba probando la posibilidad de ganar algo de dinero y había enviado un viejo manuscrito a un editor para tener, quizás, la oportunidad de publicar un libro. Era su secreto, si no le iba bien, el fracaso lo iba a guardar solo para ella.

—Gracias, es verdad, me siento mejor… —Se quedaron unos segundos en silencio, mirándose. Minerva comenzó a sentirse nerviosa y ansiosa—. Toma asiento, por favor —solicitó mientras ella se sentaba en una las poltronas—. No sabía que eras el abogado de lord Bolton, cuando él hablaba de ti solo decía «mi abogado» —comentó para retener algo de su temple, pero no lo logró del todo, olvidó por completo el trato formal.

—Tuvimos un arduo trabajo para dejar todo en orden, pronto debo ir a Londres para llevar a cabo sus instrucciones —informó August, sentándose en la poltrona que estaba más cercana a la de Minerva.

—Así supe. Es decir, que era mucho trabajo el que tenían… No sabía lo de Londres… ¿Quieres té? —ofreció pronto para distraer a su corazón ante esa noticia. ¿Por qué le perturbaba tanto? Era absurdo.

—Si no es mucha la molestia, me encantaría —aceptó August con una sonrisa amable, llena de cariño.

Minerva se quedó mirándola por un segundo, hacía tanto, tanto tiempo que no había visto esa sonrisa en los labios de él… veinte años. Sintió que tenía trece de nuevo.

Otra vez.

«Es casado, Minerva», se reprendió mientras servía el té intentando no darle atención a ese dolor que emergió en su corazón. «Es imposible, no pienses más en ello».

Consciente de cada movimiento, Minerva ejecutó todo sin evidenciar su lucha interna. Se aclaró la garganta para disipar el nudo que estaba empezando a formarse, necesitaba hablar.

—¿Azúcar? ¿Leche? —preguntó.

—Dos terrones. Sin leche, por favor —respondió él sin dejar de contemplar cómo ella servía; todo en Minerva era elegante y a la vez natural. No sabía cómo en su juventud esa linda pecosa se había fijado en él, un simple hijo de panadero. Desde el primer verano en que sus vidas se cruzaron, él la amó, todos los años la esperaba… incluso, cuando ya no volvió más.

Minerva agregó el azúcar y le dio la taza de té a August, y luego sirvió su propia taza de té. En silencio, ambos probaron sus deliciosas infusiones. Ella ya no extrañaba el saborcillo que dejaban las gotitas de láudano en el té.

—¿Y cuál es el motivo de tu visita? —Al fin Minerva se atrevió a preguntar.

August tomó un último sorbo de té y dejó con premura la taza sobre la mesita, decidiendo que ya era el momento de poner un punto final a su tormentosa situación. Desde que se encontró con Minerva en el lago sentía que estaba en una horrible e interminable agonía y que, por segunda vez en su vida, se estaba muriendo por ella. Pero ahora era diferente, ahora su destino estaba en sus manos y tenía el poder de hacer algo, intentarlo una última vez.

—Vine aquí por ti —contestó, intentando ocultar su miedo, porque estaba aterrado. Estaba a punto de cometer la más grande de sus locuras.

—¿Cómo? —Fue lo único que ella pudo decir, estaba anonadada. Su taza empezó a temblar sobre el platillo, y para no perder el control, la dejó en el carrito del té.

—Sé que no eres libre, pero no me importa. Y tampoco me importa si pierdo clientes, o si me veo en la obligación de ganarme el sustento de otro modo, por lo que te voy a proponer... —argumentó—. Quiero tener lo que no pudimos tener hace veinte años, quiero poder estar contigo, besarte hasta el cansancio, ser el último hombre de tu vida... Quiero vivir contigo, y aunque no podamos casarnos... ya nada me importa. Solo quiero estar con la única mujer que he amado en mi vida hasta el fin de mis días.

—August... —Minerva se llevó la mano al pecho, su corazón estaba a punto de reventar de emoción y a la vez de una honda decepción—. ¡Oh Dios, no sabes cuánto anhelé este momento, tantos, tantos años...! —confesó sin rastro de orgullo, solo la verdad—. Pero sabes que es demasiado tarde para nosotros... No voy a permitir que dejes a tu esposa y a tus hijos por mí. Ellos no merecen que tú los abandones... Yo sé lo que es eso, no aceptaré ese comportamiento por parte tuya... eres un buen hombre...

—Minerva —interrumpió apresurado—. No tengo esposa, soy viudo... —aclaró antes de perder cualquier esperanza, Minerva debía saberlo todo—. Me casé hace cinco años con una buena y sencilla mujer a la que le tuve mucho cariño. La quise de un modo diferente, pero siempre la respeté, le fui fiel. Cuando por fin acepté que debía avanzar con mi vida, y olvidarte, decidí casarme con ella. Tuvimos un buen matrimonio, creo que ella fue feliz, al menos, el poco tiempo que estuvimos juntos. Agatha falleció en el parto hace cuatro años cuando tuvo a mis dos hijos, son gemelos, casi los perdí también, pero fueron muy fuertes y lograron sobrevivir... Después de ello, simplemente, no quise volver a casarme, ni buscarme una querida. Sentí que Dios me castigó por no amar a mi esposa como debía y decidí que no volvería a involucrarme con ninguna mujer. De ningún modo, no volvería a mentirme a mí mismo y a nadie más.

—Oh, Dios santo... August, lo siento mucho...

—Por eso vine... Eres la única mujer que he amado con toda mi alma. Han pasado veinte años y nunca, nunca pude olvidarte... Y siento que esta es la última oportunidad que tengo para decirte que te amo, que no quiero vivir sin ti, que no me interesa si algún día vuelve Somerton, que intentaré ganarme el afecto de tus hijos, que lo haré todo, todo lo que desees si aceptas lo único que te pido, aunque no sea apropiado ni que los demás no lo vean bien. Quiero que estés conmigo.

Minerva, por primera vez en veinte años decidió que no volvería a pensar en nadie más que en su felicidad. Iba a tomar el consejo de su hermano, no se iba a preocupar del dinero, del estatus, de las habladurías, ni de la sociedad. Si ella era feliz, sus hijos también...

Era increíble, incluso, en ese momento sus hijos ya estaban recibiendo cariño y preocupación por parte de August que del hombre que los engendró.

—Lo haremos... —aceptó Minerva, firme—. Yo también te amo... con locura.

Y al decir esas palabras, Minerva sintió la más verdadera y completa felicidad. La esperanza era como una cascada infinita que manaba de su corazón que, con sus briosas aguas, le daba la convicción de que no habría obstáculo que no pudieran sortear en el futuro. Porque él estaba ahí, ofreciéndole nada tan sencillo y tan poderoso como su amor.

Y August, sin importar si habían testigos o no, se acercó a Minerva, y con un beso tan inocente como el primero que se dieron veinte años atrás, selló su promesa de amarla, incluso, más allá de la muerte.

Y Minerva se juró que, por su vida, así sería.

Londres, Susurros de elite, 22 de septiembre 1818

«Mientras que muchos pensábamos que este otoño en Londres iba a ser en extremo soporífero, el vizconde R, que prácticamente huyó a su casa de campo en julio, retorna a la capital del reino casado con, nada más y nada menos, que la debutante de oro de hace cuatro años atrás, lady O (hija del marqués de B y nieta del duque de H), cuyo enlace no alcanzó a llevarse a cabo, a causa de la inesperada muerte del conde de F. Después de aquello, lady O desapareció sin dejar rastro, hasta ahora, y ha vuelto convertida en lady R.

»Mis fuentes indican que cada uno aportó al matrimonio un miembro para formar una familia. El vizconde R a su pupila, sobrevi-

viente a la tragedia que le dio el título a lord R, y, lady R a su hijo que, curiosamente, tiene dos años.

»De mí, queridos amigos, pueden decir cualquier cosa, menos que mi aritmética falla —sobre todo cuando se trata de sospechosos embarazos de siete meses— y en este caso, todo indica que antes de morir, lord F, dejó algo más que un título a su primo.

»Se ha visto a la familia pasear en evidente y flagrante felicidad en Hyde Park y en los jardines de Vauxhall, e incluso se vio a lady R en Bond Street comprando cintas, guantes, sobreros, y visitando a madame Lacroix, la modista más solicitada de Londres, famosa por sus atrevidos diseños. Lady R siempre, a donde va, está acompañada por el vizconde R, sorprendiendo a todos con su aterradora apariencia que, en mi opinión, son ridículas exageraciones, ya que lord R es en extremo caballero y encantador.

»Estaremos atentos a lord y lady R, sé que nos darán mucho de qué hablar esta temporada que, será de todo, menos aburrida.»

Andrew sonrió, poco a poco su objetivo se estaba cumpliendo. Las habladurías ya estaban empezando a diseminarse por todo Londres, pero, curiosamente, no en el sentido que esperaba. Él estaba preparado para el juicio, el ostracismo, pero al menos en aquel pasquín no se habían emitido opiniones negativas, lo cual era alentador.

—Lee esto, querida. —Andrew le entregó el ejemplar a su esposa mientras desayunaban todos en familia—. La página dos es la más interesante.

Olivia leyó donde le indicó Andrew y su rostro pasó primero por la sorpresa, y después una maléfica sonrisa surcó sus labios.

—Salir en el «Susurros de elite» es todo un acontecimiento —afirmó Olivia—. Eso quiere decir que demasiada gente está pendiente de nosotros.

—Exactamente, y lord H debe estar furioso —aseguró Andrew, esbozando una sonrisa igual de maléfica que la de su esposa, solo que en él se veía particularmente siniestra.

—Ese señor debe ser inmortal —intervino Mary mientras esparcía mantequilla a su tostada—. Yo no sé cómo es que no se ha muerto de la impresión.

—Primero, debe pagar en vida todo el mal que ha hecho, señorita Mary —agregó Adam mirando subrepticiamente a Mary. De momento, su compromiso sería un secreto hasta que el asunto que los trajo a Londres se resolviera—. Soy un díscolo que no cree en el infierno, y estoy seguro que lord H vivirá su propio calvario personal antes de morir.

—Yo creo que mi querido abuelito ya lo está viviendo —comentó Michael con sarcasmo, haciendo su entrada en el comedor—... Buenos días, querida familia —saludó relajado mientras todos le sonreían y hacían gestos de bienvenida—. Mmmm, se ven deliciosos esos bollos. —Sacó uno de la bandeja que había sobre la mesa y se lo comió de un bocado, mientras se sentaba al lado de William, revolviéndole el cabello, y le guiñaba el ojo a Marian, que le saludaba con su manito. Masticó apurado y tragó con algo de dificultad—. El viejo odia ese pasquín con el alma, pero no se pierde ningún ejemplar, según él, porque debe manejar toda la información posible, sea verdadera o falsa... Ha sido lo único útil que me ha enseñado, uno encuentra datos realmente jugosos.

—¿Y a qué debemos el honor de esta temprana visita? —interrogó Andrew con diversión, su cuñado era un hombre despreocupado por todas las normas, y eso era lo que más le agradaba de él.

—Anoche fue una jornada demasiado productiva en el garito. Cuando me di cuenta de la hora, ya era demasiado tarde para ir a acostarme, por lo que vine directo a desayunar. Luego volveré a mi casa y me echaré una siesta. Regresaré por la tarde, cuando repare mis energías, así que no me extrañarán mucho. Según mis cálculos, mi padre debería llegar hoy.

—Tienes razón, en horas de la tarde, probablemente, un poco antes del crepúsculo —confirmó Olivia.

—Y además del desayuno, vine a visitar a estos pequeñuelos. ¿Adivinen qué tiene en mente vuestro tío Michael? —preguntó a William y Marian. Las caras de ambos niños se llenaron de ilusión ante esa pregunta—. ¡Me encanta como suena eso de tío!

—¿Qué es, tío Michael? —preguntó entusiasta Marian.

—¿Qué es, *tito*? —interrogó Will al mismo tiempo.

—Me gustaría ir mañana con ustedes al *Gunter's Tea Shop*, un restaurante que sirve los mejores helados y sorbetes en Mayfair, ¿qué tal? Aunque recién empieza el otoño, todavía nos queda algo de verano para disfrutar de un delicioso helado, junto al mejor tío de toda Inglaterra. Pero solo iremos, si sus padres lo autorizan.

Will y Marian se miraron, hasta ese momento todavía no se atrevían a llamar como papá y mamá a Andrew y a Olivia, era un secreto...

Marian pensó con asombro que tal vez tío Michael les podía leer la mente.

De todos modos, y sabiendo que Michael tenía esos increíbles poderes, Marian se levantó de su silla y fue hacia su nuevo tío, al que ya adoraba, y al oído le contó el dilema que tenían ella y Will.

Michael escuchó con atención, y de vez en cuando dirigía su mirada hacia su hermana y su cuñado que, a su vez, le devolvían el gesto con intriga. Cuando la pequeña terminó de relatarle su pequeño gran dilema, Michael, enternecido y honrado por esa muestra de inocente confianza, decidió darle una inmediata solución.

—Mi querida sobrina me ha pedido interceder por ella y por William respecto a un predicamento que ambos tienen —señaló con seriedad—. Quieren saber si Marian puede llamar «papá» a lord Rothbury y «mamá» a lady Rothbury. El pequeño Will también quiere saber si puede hacer lo mismo respecto a nuestro querido vizconde —comunicó, solemne.

Olivia y Andrew estaban conmovidos, y sintieron una ternura infinita por aquellos niños que los recibían en su corazón, aceptándolos a cada uno en el rol que, de manera natural, habían asumido desde hacía mucho tiempo. Y el momento era serio para sus hijos, por lo que decidieron que debían actuar de la misma manera

—Marian, William. Vengan los dos, por favor, y sitúense entre lady Rothbury y yo —ordenó Andrew con suavidad. Los niños se miraron de soslayo y obedecieron con prestancia—. Muy bien. —Miró fijo a cada uno y Andrew esbozó una sonrisa—. Me atreveré a hablar en nombre mío y de Olivia... —Miró a su esposa y ella asintió con emoción—. Para nosotros será un gran honor que nos llamen de esa manera, y fue una terrible torpeza por parte nuestra no notar vuestra inquietud. A ustedes los amamos como hijos, porque en nuestro corazón lo son desde que unimos nuestras vidas. Que todos sean testigos que yo, Andrew Witney, soy el padre de Marian y William, y Olivia Witney es vuestra madre, y a partir de hoy, no permitiremos que nos llamen de otra forma... y por supuesto que autorizamos su paseo con Michael a tomar helado.

Marian y Will gritaron de alegría y emoción, abrazando y besando a Andrew y a Olivia, diciendo «gracias, mamá» y «gracias, papá» una y otra vez, llenando el lugar de risas, de amor y gratitud.

Todos los presentes apenas contuvieron la emoción de presenciar ese momento tan especial, de ver la felicidad en medio de situaciones que solo provocaban incertidumbre, y por ello, todos aprendieron la misma lección por igual. Vivir esos instantes felices, recibirlos y atesorarlos con el corazón abierto.

Porque nunca se sabía cuándo las cosas volverían a cambiar.

Capítulo XXI

—¡Papá, bienvenido! —exclamó Olivia, abrazando a Albert que llegaba cansado de su largo viaje desde Cragside.

—Bienvenido a casa, lord Bolton. Esperábamos su llegada más tarde —comentó Andrew, saludando a su suegro con una respetuosa inclinación.

—Hoy partimos al alba desde la posada para llegar pronto —explicó Albert.

—Tenemos una habitación dispuesta para ti, espero sea de tu agrado —anunció ella con una sonrisa radiante.

—Estando con ustedes, será un placer dormir hasta en las caballerizas —bromeó lord Bolton de buen humor.

—¡Papá! —reprendió Olivia, jovial—. No digas eso.

—Es cierto, querida. —Rio contento, en ese hogar se respiraba un aire tranquilo y familiar, nunca se había sentido de esa manera. Era maravilloso—. Bien, iré a descansar un rato. Mis huesos viejos necesitan recuperarse.

—Te llevaré a tu habitación —ofreció Olivia contenta.

—Encantado. —Albert aceptó y Olivia lo tomó del brazo para subir las escaleras, al tiempo que Andrew los observaba con una sonrisa llena de satisfacción.

—Milord —interrumpió Carruthers hijo, llamando la atención de Andrew, quien lo miró un tanto distraído—. El señor Steven Evans solicita una entrevista con usted, dice que fue abogado del difunto conde de Felton y necesita tratar un asunto de suma importancia.

Andrew, por un segundo, creyó que había escuchado mal, pero sabía que no era así. Olivia y su padre detuvieron sus pasos de inmediato y miraron a Carruthers con gesto interrogante. Volvieron sobre sus pasos y llegaron al lado de Rothbury.

—¿Ese hombre es quien dice ser? —preguntó Andrew a los dos.

—Cuando Felton pidió la mano de Olivia, negociamos el acuerdo nupcial y la dote, por lo que traté directamente con su abogado, mas no recuerdo su nombre. Si lo veo, estoy seguro de que lo reconoceré —respondió Albert.

—¿Lo conociste, Olivia? —interrogó Andrew a su esposa, ella negó con su cabeza—. Bien, necesito que ambos me acompañen —decidió Andrew.

A Albert le extrañó la petición de lord Rothbury a Olivia. No dudaba de la inteligencia de su hija, pero era muy inusual que un hombre de su posición le otorgara tales concesiones a su mujer, dado que eran actividades netamente masculinas.

—Lo recibiré en la biblioteca —indicó el vizconde al mayordomo mientras se dirigía a la habitación mencionada.

—Como usted diga, milord —contestó Carruthers y se retiró.

Todos caminaron hacia la biblioteca, que era mucho más pequeña que la de Rosebud Manor. El mobiliario era más sobrio y práctico, y estaba destinado para la labor parlamentaria, habiendo en los anaqueles un sinfín de volúmenes legales, de historia, política, filosofía, entre otros temas.

Andrew se sentó en su escritorio, entretanto que Albert acercaba una de las sillas para su hija, dejándola al extremo derecho del escritorio del vizconde, y dejó una en el centro para el abogado y él se situó a la izquierda.

Ni bien pasó un minuto, y el mayordomo golpeaba la puerta, abriéndola en el momento.

—El señor Evans, milord —anunció Carruthers, a la vez que entraba en la estancia el abogado que portaba un maletín. El hombre, en apariencia, tenía la misma edad de Albert, pero su contextura era más bien oronda y sus facciones eran amables. Pero a Andrew aquello no le engañaba, la postura, los movimientos y la mirada del abogado eran firmes y seguros, lo cual era un muy buen indicio.

—Gracias, Carruthers. —Andrew miró de soslayo a su suegro, quien con un gesto le confirmaba que sí era el abogado de Magnus—. Señor Evans, un gusto, le presento a mi esposa, Olivia Witney, vizcondesa Rothbury, y a Albert Martin, marqués de Bolton.

—El gusto es todo mío, milord —respondió el abogado. Saludó con una inclinación a Olivia, quien respondió con un femenino gesto de cabeza, y luego el abogado hizo lo mismo con Albert.

—Tome asiento, por favor —invitó Rothbury, señalando la silla que estaba frente a él.

El abogado se sentó donde Andrew le indicó y dejó su maletín sobre sus rodillas.

—Muchas gracias por recibirme. Sé que debí solicitar la entrevista de otro modo, pero estaba atendiendo a un cliente en esta misma zona. Así que decidí probar suerte, y no seguir postergando un asunto que le concierne directamente —explicó el abogado con seguridad.

—Le agradezco su consideración, señor Evans. Supongo que ya conoce a lord Bolton, el padre de mi esposa, lady Rothbury.

—Sí, tuve el placer de hacer las negociaciones nupciales con el anterior conde de Felton —confirmó el señor Evans—. Un placer verlo de nuevo, señor. No alcancé a conocer a su hija en ese entonces… Fue una verdadera tragedia todo lo que sucedió después.

—Así es —concordó Albert intrigado con el abogado.

—¿Y cuáles son los asuntos que me conciernen, señor Evans? —interrogó Andrew, intuyendo que aquel hombre no traía novedades agradables.

—Desde que me enteré que su esposa había retornado a Londres, esperé que ella me visitara o usted. Pero empezaron a pasar las semanas y nada sucedió, por lo que me cuestioné que lady Rothbury estuviera al tanto de su situación respecto al legado que le dejó el difunto conde de Felton.

—¿Legado? —interrogaron Olivia y Andrew al mismo tiempo.

—Así es —respondió el abogado un tanto desconcertado por la respuesta de ambos, confirmando que ellos no tenían idea de nada—. Por sus caras debo deducir que el duque de Hastings no les ha comentado nada.

—El duque no nos dirige la palabra —intervino Albert—. Por lo que tendrá que explicarnos de qué se trata el legado de Felton.

—Precisamente, ese es el motivo por el cual vine. El señor Magnus Woods, sexto conde de Felton, había cambiado su testamento solo dos semanas antes de morir. Su intención era proteger a su futura esposa ante la eventualidad de algún suceso inesperado.

—Ni que hubiera visto el futuro, eso sucedió —comentó Andrew.

—Cuando se hizo el llamado a los herederos del conde de Felton, el duque de Hastings fue en nombre de su nieta, quien no se encontraba en la ciudad, ni tampoco estaba su padre disponible para asistir a la lectura del testamento.

—Nunca me enteré que Olivia era una de las herederas de Magnus. Mi padre me lo ocultó —interrumpió Albert, conteniendo su furia. El viejo duque no conocía los límites de hasta donde intervenir en la vida de lo demás.

—Yo no cuestioné a su padre, milord. Ese fue mi error —reconoció el abogado, sintiendo que debía resarcir su equivocación.

—Nadie imagina que el gran duque de Hastings actúe de manera tan artera —intervino Andrew, templando su animadversión con suma frialdad. A esas alturas, cualquier cosa que proviniera de Hastings no le sorprendía—. Continúe, por favor, señor Evans —exhortó y miró a Olivia, que estaba particularmente callada.

—El duque actuó como representante del marqués de Bolton, y dado que, en ese entonces, lady Olivia era menor de edad, le entregué la documentación del legado del conde de Felton, para que se la hiciera llegar, lord Bolton. La herencia consistía en una propiedad en Cornwall, la cual hasta este momento, sigue siendo administrada por una persona de confianza, y los beneficios, como pueden imaginar, llegan a manos del duque de Hastings.

—Señor Evans, ¿esta propiedad en qué consiste específicamente? —preguntó Olivia, que recién estaba recuperándose de la impresión de saber que Magnus le había legado algo. Le conmovió el acto de él al pensar que la protegería, incluso, cuando todavía no se casaban.

—La propiedad consiste en una pequeña mina de oro.

—¡Oro! —exclamaron los tres al mismo tiempo.

—Dios santo —susurró Olivia—. ¿Cómo Magnus fue capaz de legarme algo así?

—Cuando la compró, el terreno todavía estaba siendo estudiado y no era seguro si había un yacimiento productivo, por lo que su precio era bastante irrisorio. Fue confirmada la presencia de oro poco después de la lectura del testamento.

—Ahora entiendo por qué el duque se lo calló todo —dijo Andrew—. Ha estado robándole a su propia nieta…

—Más bien, le está robando a usted, milord —afirmó el abogado—. Cuando lady Olivia se casó y se transformó en lady Rothbury, todas sus posesiones pasaron a ser suyas, por lo tanto, usted es el dueño del yacimiento.

—Legalmente, claro está. Pero yo no lo considero así —aseveró Andrew con convicción—. En cuanto todo esté regularizado, los beneficios de aquella propiedad pasarán a un fideicomiso para mi esposa, para que lo use como ella estime conveniente, y en mi testamento lo legaré a mi hijo. Yo no tocaré nada de ese dinero —decidió Andrew, sabiendo que era imposible que la ley le permitiera a su esposa poseer propiedad alguna. Al menos, de esa manera, podría cumplir la voluntad de Magnus, que era lo primordial.

—Cuente conmigo para dejar el legado de mi cliente en las manos correctas. De verdad, me siento muy mal por esta situación —ofreció el abogado.

—No siga mortificándose, señor Evans —intervino Olivia con sinceridad—. No es la primera vez que el duque de Hastings hace algo indebido, pero no es su culpa, él aparenta y tiene fama de ser una persona intachable. Es normal y aceptable que haya creído en su palabra.

—Muchas gracias, lady Rothbury, es muy generoso de su parte ser tan comprensiva —agradeció el abogado—. Bien, he cumplido con mi misión por hoy —finalizó, poniéndose de pie—. Me voy a permitir aconsejarle, milord, que intente recuperar las escrituras de la propiedad que están en manos de lord Hastings, es el camino más rápido. El más lento es hacer todo el papeleo de nuevo, y tardaremos demasiado tiempo si lo que desea es hacer el fideicomiso y modificar su testamento.

—Tenga por seguro que le haremos una visita a lord Hastings lo más pronto posible —aseguró Andrew, poniéndose de pie para despedirlo—. En cuanto tenga novedades se las haré llegar.

—Estaré atento, milord. Mi tarjeta de visita la tiene su mayordomo —Se inclinó ante Andrew y Albert—, milady. —Hizo lo mismo hacia Olivia y salió de la habitación un poco más aliviado con su conciencia.

Todos se quedaron en silencio por unos segundos, mirándose alternadamente, casi sin creer lo que había pasado momentos atrás.

—Necesito un trago —manifestó lord Bolton, dirigiéndose a la licorera que estaba en una mesita.

—Que sean dos, por favor —pidió Andrew mientras volvía a sentarse—… ¿Querida, quieres? —ofreció a su esposa, no era apropiado invitarla una copa de oporto, pero la situación lo ameritaba.

—Por favor —accedió ella sin dudar.

Albert sirvió tres copas de oporto y las repartió con celeridad. Casi al mismo tiempo los tres tomaron el contenido de un solo trago.

Andrew dejó su copa sobre la mesa y observó a Albert que tenía la vista perdida en la copa vacía.

—Esto es inaudito —susurró de pronto—. Siempre pensé que mi padre era un hombre en exceso autoritario, voluntarioso, iracundo, inmoral en algunos asuntos, ¿pero ladrón? Es un hombre rico, con una gran posición, en todas partes es respetado y temido. ¿Qué gana con adueñarse de esa propiedad? No tiene ninguna necesidad de hacerlo, estoy anonadado con esta noticia.

—Es fácil deducir por qué no entregó la propiedad... Es una mina de oro, un bien muy escaso y que da muchos beneficios, sobre todo después de la guerra —razonó Andrew—. Es tentador para cualquier hombre con una pizca de ambición en las venas.

—Es demasiado, Rothbury, va más allá de cualquier cosa —señaló Albert, elevando su tono de voz—. Es un ladrón, es peor que un delincuente común. Al menos, ellos lo hacen por necesidad, pero mi padre... me avergüenzo de llevar su apellido, su sangre —declaró asqueado—. Iré a exigir las escrituras de la propiedad ahora mismo...

Tres golpes sonaron en la puerta y ésta se abrió. Era Michael, que ya nunca anunciaba sus visitas y pasaba de largo del mayordomo, que tampoco se tomaba la molestia en perseguirlo para conservar el protocolo de Peony House.

—Buenas tardes, familia —saludó alegre. Miró los rostros de todos y supo de inmediato que algo importante había sucedido—. Veo que no son muy buenas. —Se acomodó sus gafas y se acercó a la licorera.

—Es un poco de las dos —respondió Olivia—. Te recomiendo que primero te sientes, y te tomes tu oporto después, lo necesitarás cuando termine de contarte lo que acaba de suceder.

❦

—¡Maldita furcia! —vociferó lord Hastings, arrugando el pasquín de cotilleos más famoso de Londres. Las fosas nasales se le dilataban con cada furiosa respiración.

Había que ser estúpido para no darse cuenta que hablaban de su nieta, su esposo deforme y él. Ya ni siquiera podía ir tranquilo al *White's*, ante la incertidumbre de encontrarse de nuevo con Michael o Rothbury.

Tres golpes sonaron en la puerta.

—¡Ahora qué, maldita sea! —Exclamó dando un golpe sobre la mesa—. ¡Pase de una buena vez!

El mayordomo con cautela abrió la puerta del despacho y se aclaró la garganta antes de hablar.

—Señor, tiene una…

El mayordomo no alcanzó a terminar su anuncio. Albert entró a la habitación con el rostro severo. Eso no le impresionó a Hastings en absoluto, si su hijo había vuelto a Londres, se debía a que era incapaz de mantener su palabra.

Débil. Albert seguía siendo débil.

Pero esa sensación de seguridad y triunfo murió un segundo después cuando entró en la habitación Michael, lord Rothbury…

Y Olivia.

Todos lo miraban fijo, el duque no sabía qué hacer. Desde que había muerto su propio padre —hacía unos cincuenta años atrás— no sabía lo que era estar en desventaja.

Esa sensación horrenda que siempre odió.

—He venido a buscar lo que me pertenece —exigió Olivia con firmeza, altanera, sin bajar la vista.

—No sé a lo que te refieres —respondió Hastings del mismo modo.

—Veo que está tan viejo que no recuerda sus propios crímenes, señor —satirizó Olivia—. Yo le ayudaré. Quiero que me devuelva las escrituras de la propiedad que me legó Magnus, de la cual usted se ha beneficiado de sus ganancias los últimos tres años sin mi consentimiento. Viejo usurpador y ladrón —acusó sin vacilar.

—Esa propiedad no es tuya, es de tu esposo —señaló el viejo duque, regocijándose de dar esa noticia a su nieta—. Las mujeres no tienen cabeza para administrar ese tipo de negocios, ustedes solo deben obedecer. Te hice un favor, mocosa.

—No me hable así… señor. Intente vivir sin sus comodidades una semana. Porque esta mujer inútil que ve, se las arregló muy bien para sobrevivir, aunque, claramente, su intención era la contraria. Usted sin sirvientes, sin dinero, sin posición, no es nada. En cambio yo, puedo hacer lo que se me plazca.

—Tu esposo te ha dado demasiadas libertades —aseveró, desdeñoso—. Te mereces que él te de unas buenas bofetadas, solo así entienden las mujeres como tú.

—Mi esposa no merece nada más que mi devoción, Hastings. Usted es el que merece algo más que bofetadas. —Tomó su bastón y desenvainó el estoque que estaba oculto en él con tanta destreza y rapidez, que nadie pudo reaccionar. El duque de Hastings solo sintió la punta metálica y afilada en su cuello—. Y como veo que usted tiene ideas tan violentas contra mi esposa, me remitiré a hacer lo mismo con usted. Las escrituras de lady Rothbury, las quiero ahora.

Joseph Martin, noveno duque de Hastings, tragó saliva y desvió sus ojos hacia un asiento acolchado y rectangular. Albert sabía a la perfección de qué se trataba. Se dirigió hacia el mueble y abrió la tapa. En su interior había un cofre de hierro.

—Michael, la llave —ordenó Albert a su hijo, quien con mucho gusto esculcó los bolsillos de su abuelo hasta encontrar un manojo de llaves, las que hizo tintinear frente a los ojos de Hastings y se las lanzó a su padre para no perder el tiempo.

—¿Sabes qué, abuelito? Estoy disfrutando como no imaginas este momento. —Se sentó sobre la mesa y se inclinó hacia Hastings—. Si hubiera sabido que era tan fácil doblegarte solo con desobedecer, no habría perdido nunca a mi esposa e hijo —confesó. El viejo duque abrió los ojos, rebosantes de furia—. Oh sí, me casé con ella mucho antes de que te encargaras de alejarla de mi lado, y mi hijo es legítimo. En esta vida solo me arrepiento de una cosa, y solo Dios sabe cuánto lamento haber sido una marioneta tuya y haber confiado en ti. Te juro que algún día los encontraré…

—Dudo que los encuentres, te informo que eres viudo desde hace tres años —reveló Hastings, devolviendo el golpe—. No sé si tu bastardo sobrevivió en el orfanato.

Michael sintió que su temor más grande se había cumplido, y su corazón se desangró de dolor, de furia, de culpa. Pero como buen jugador de cartas, su rostro no demostró ninguna emoción ante esa fatídica noticia.

—Al menos, supe lo que era la felicidad, señor —afirmó Michael sin perder el control—. Usted no sabe nada de eso, es un ser miserable. Es esa clase de personas que solo respiran porque Dios es muy grande. Lo único que siento es lástima, ha vivido una vida larga, vacua y sin sentido… Todo esto que lo rodea no podrá llevárselo a la tumba. Lo disfrutaremos todos nosotros brindando con champaña sentados donde mismo está usted ahora.

Nada de lo que pudiera decir o hacer Joseph tenía el resultado que esperaba. Esperaba que su hijo volviera con el rabo entre las patas, que su nieto estallara de dolor frente a sus ojos, que la furcia de su nieta no tuviera palabras.

Nada estaba resultando según sus deseos. Era humillante.

Y lo único que deseaba en ese momento era que lo dejaran solo.

Albert sacó todos los papeles que halló dentro de la caja, verificó la existencia del documento por el cual habían ido a la casa ducal, y se apropió de todo lo demás que encontró, incluso del dinero. Lo hizo con rapidez y eficacia, no quería permanecer más tiempo respirando el mismo aire viciado que el viejo duque.

—Después te devolveré lo que sobre... aunque tarde o temprano, todo esto será mío —anunció Albert frío e implacable. Muy tarde en su vida se había dado cuenta que su padre era una bestia que se alimentaba de todo lo que el resto del mundo sentía. Porque ese hombre que estaba ahí, no sabía sentir.

Y casi sintió lástima por el viejo, pero no le alcanzó, porque ese sentimiento, el duque nunca lo había experimentado hacia nadie en su vida.

Albert dejó las llaves sobre la mesa y miró a su padre.

—Espero que esta sea la última vez que te vea con vida. —Dirigió su atención a sus dos hijos, ya no había razón de estar ahí—. Vámonos, el olor a podredumbre que emana este hombre me tiene enfermo.

—Por mi parte, creo que volverá a tener noticias nuestras, señor —advirtió Olivia, mirando de soslayo el ejemplar arrugado del «Susurros de elite»—. Puede que en el próximo número se entere que lord H es un ladrón. Será todo un escándalo *ad portas* de la temporada parlamentaria.

Andrew hundió solo un poco más la punta de su estoque, lo suficiente para derramar una gota de sangre.

—Agradezca que matar es ilegal. —Fue la despedida de Andrew mientras envainaba su arma—. Que tenga buenas tardes... señor.

Lord Hastings se quedó solo. Su respiración empezó a dificultarse, sentía una opresión en el pecho que apenas podía controlar. Con las manos temblorosas se soltó el pañuelo que tenía atado al cuello y se limpió la sangre. Desesperado intentó tomar una honda bocanada de aire.

No pudo.

Entornó los ojos e intentó serenarse para hacerlo de nuevo, pero más lento. El aire lentamente le llenaba los pulmones.

Alivio.

Respiró de nuevo…

Esos cretinos lo iban a matar, tarde o temprano.

Capítulo XXII

Andrew se acostó al lado de su esposa, estaba cansado. El día había sido tan largo, que le pareció que había transcurrido una eternidad desde que se levantó esa misma mañana, al lado del amor de su vida.

Así eran sus jornadas en Londres, ajetreadas y llenas de actividad. Andrew pasaba menos tiempo al lado de su esposa y de sus hijos. De hecho, convivía más horas con Adam que con Olivia, extrañaba horriblemente los cálidos y tranquilos días en el campo, en donde todo transcurría con una natural y exquisita languidez. ¡Deseaba tanto estar en Rosebud Manor! Pero debía cumplir con su deber, y su deber era producir cambios en su país, perpetuar la riqueza de su título para dar trabajo y bienestar a sus inquilinos, otorgarle una holgada estabilidad económica para su familia y hacer de sus hijos personas de bien.

Vivir en paz, tranquilo, era un privilegio que solo podría tomarse en el verano. Su destino estaba trazado, debía postergar lo que más añoraba, y aun así, estaba feliz por ello.

Olivia se acurrucó a su lado, el cuerpo desnudo de Andrew estaba frío, incluso, con la chimenea encendida que temperaba la habitación, pero no importaba, ella tenía suficiente calor para los dos. A él le molestaba dormir con ropa, prefería usar muchas mantas en la cama antes de vestir el camisón, ella había adoptado la misma costumbre, era mucho más práctico a la hora de amar.

Sin duda, Andrew era un hombre único en su clase. A Olivia le fascinaba la dualidad que, durante la convivencia, se revelaba. Fuera de las cuatro paredes que conformaban su alcoba, él era un hombre correcto, decente, muy educado, asertivo en sus comentarios, e incluso, disfrazaba su timidez con la máscara de frialdad y distancia cuando trataba con personas que estaban fuera de su círculo íntimo. Pero eso cambiaba dentro de la alcoba, él se transformaba en un hombre que siempre buscaba y expresaba todo su amor sin ningún tipo de restricción, él se mostraba en su condición más humana y vulnerable. Conversaba con ella de todo lo que le sucedía en el día, cuando estaba fuera de casa atendiendo los asuntos del vizcondado. Andrew no limitaba su relación a sus encuentros maritales. Olivia mientras más conocía a su esposo, más lo amaba y lo admiraba.

Y Andrew no podía ser más dichoso, su esposa era mucho más de lo que aparentaba. Si antes pensaba que era una mujer fuerte y de gran corazón, ahora sentía que cada día él debía ser digno de ella. Olivia era generosa en sus afectos, lo sorprendía todos los días con su humildad y su inteligencia, con su capacidad para adaptarse a cualquier cambio, era decidida, y cuando se trataba de justicia, su actitud llegaba a ser contumaz.

La relación entre ellos —que ya no tenía nada de inapropiada— se encontraba en un estado de constante descubrimiento; de las virtudes, los pequeños defectos, las diferencias, las similitudes; todo aquello que delineaban sus personalidades, sus roles, sus maneras de ser y de ver el mundo.

Ambos agradecían a Dios aquel soleado y caluroso día en que sus vidas se cruzaron a la orilla del lago, lugar donde ahora se emplazaba su rincón privado, que les recordaba tan providencial encuentro.

Sin embargo, esa noche —al igual que las anteriores—, Rothbury estaba inquieto, no sentía que todo estaba verdaderamente resuelto. Al fin se había hecho justicia, y la propiedad que Magnus le legó a Olivia cumplía con su principal propósito. A lo largo de los días, Andrew había tomado posesión de la mina, había hecho los arreglos para el fideicomiso para su esposa y había cambiado los términos de su testamento. Pero algo le causaba un molesto ruido constante que enturbiaba sus pensamientos. Sí, todo parecía estar en su lugar, no obstante, no se contentaba con la aparente paz y felicidad que vivía en ese momento.

—Querida, ¿crees que ya todo ha terminado y que ustedes no están corriendo peligro alguno? —interrogó Andrew de súbito. Necesitaba externalizar sus pensamientos, obtener una confirmación. Tal vez estaba hilando demasiado fino—. Hastings ha hecho tantas cosas horribles, que estoy casi seguro que él ha sido el que ha estado detrás de los atentados.

—¿Casi seguro, amor mío? Ese «casi» quiere decir que hay algo que no te convence del todo —afirmó Olivia con tranquilidad, mientras acariciaba el pecho de su esposo, que comenzaba a tornarse cálido.

—Si hago el gran esfuerzo de ponerme en el lugar de Hastings, y teniendo los antecedentes de su actuar, creo que es capaz de hacer una infinidad de perversidades... Pero, nada me quita de la cabeza que de haber querido de verdad verte muerta en el corto plazo, lo hubiera hecho sin vacilar, y no le hubiera temblado la mano para llevarlo a cabo antes de que naciera William —explicó Andrew con más profundidad, su tono era íntimo, calmo. El toque de Olivia le daba serenidad.

—Si lo expones de ese modo, uno puede deducir que los intentos de asesinato no se condicen con su forma de actuar, que es más bien artera. El duque prefiere que sean crueles y mortales casualidades, a las que él contribuye de una forma u otra. Sin testigos que puedan señalarlo como autor intelectual... Por eso no estás tranquilo, ¿estoy en lo correcto?

—Por eso te amo, querida vida mía. Tu agudeza te hace superior a muchas. Estás en lo correcto. A pesar de todo, no tengo pruebas contundentes que lo acusen de manera certera. —Suspiró largo y profundo, tomó la mano de su esposa y la besó—. No sabes cuánto anhelo estar equivocado, solo sé que, de estarlo, solo el paso del tiempo me dará tranquilidad.

—Yo también espero lo mismo, querido —manifestó al tiempo que entrelazaba sus piernas con las de su esposo.

—¿Y qué sucedió mientras no estuve en casa? —preguntó para cambiar de tema, respuestas a sus inquietudes, no encontraría en ese momento.

—Después del desayuno, Marian estudió aritmética, practicó caligrafía, y le leí un cuento, mientras que William ponía a prueba nuestra concentración, pues se ha vuelto un muchachito bastante ruidoso cuando juega sin compañía. Le hace voces a sus juguetes y habla solo. —Andrew rio grave, su hijo adoptaba sus maneras cuando jugaba con él y los soldaditos de plomo—. Después decidí darle una sorpresa a la cocinera y preparé esos pasteles que tanto te gustaron como postre durante la cena de hoy...

—¿Fuiste tú? Cualquier otro hombre te reprendería por hacer un trabajo que no es digno de tus delicadas manos, mas yo me siento afortunado de paladear tal manjar hecho con tu trabajo. Eres maravillosa, la señora Clay debió estar muy impresionada.

—Al principio, casi se desmaya, pero pronto comprendió que nada ni nadie me haría cambiar de opinión; después de todo, soy la señora de la casa.

—Bien dicho.

—Y echaba de menos cocinar, antes lo hacía todos los días junto a Mary —recordó con cierta nostalgia; había cosas que disfrutaba en ese encierro casi voluntario.

—Solo hazlo cuando sientas el deseo de hacerlo, sé que, hagas lo que hagas, prepararás una delicia.

—Me halaga, milord… Se está convirtiendo en un adulador.

—Mis adulaciones solo tienen el objetivo de seducirte… Dime, ¿qué más hiciste hoy? —insistió con mucho interés.

—Revisé las invitaciones. Innumerables, debo admitir. Desde que salió el artículo del «Susurros de elite», han llegado muchas a tertulias, conciertos, un par de cenas, a tomar el té.

—¿Hay algún lugar en particular al que desees ir para empezar tu vida social?

—La mayoría nos ha invitado solo por curiosidad, pero lo primero que haré será ir mañana al *Gunter's* a tomar un té con una antigua amiga que tengo aquí en Londres. De hecho, de mi pasado círculo de amistades, Althea es la única que me ha dirigido la palabra. Supe que se casó poco después de mi confinamiento en Pine Park, ahora ella es lady Wexford.

—Espero que te vaya muy bien con tu amiga. Empezar por los rostros conocidos es la opción más segura.

—También espero lo mismo…

Se quedaron en un cómodo silencio, cada uno pensando en todo y en nada en particular.

—Andrew —llamó Olivia en un susurro—. ¿Estás muy cansado? —preguntó, revelando de manera implícita sus segundas intenciones.

—Para ti nunca estaré lo suficientemente cansado, mi hermosa Liv —accedió maravillado por su esposa, le gustaba que a veces ella buscara aquel contacto; le hacía sentirse deseado, y aquello era una suave caricia a su ego, la cual mitigaba con amor, esa insidiosa molestia que todos los días era acicateada por miradas furtivas que demostraban desagrado. Aunque no quisiera reconocerlo, el exponerse a la sociedad londinense tenía un precio que le estaba costando pagar. Era muy fácil decir que podía enfrentarse a todos, pero en la práctica era un poco más complicado. Ya no podía huir a Cragside como al principio, ahora debía afrontarlo con valentía, y aprender a ignorar a quienes no eran capaces de ver más allá de la apariencia.

La petición de su esposa era un bálsamo para su alma y la iba a compensar tal como ella lo merecía.

La besó a conciencia. A Olivia la encendían los besos, todos; dulces, apasionados, inocentes, perversos. A Andrew le gustaba paladear el sabor de la boca de ella, acariciar con sus labios y su lengua la suave piel de su esposa, que emanaba el sutil perfume del deseo que él despertaba en ella.

Labios, cuello, pechos, vientre y más abajo, entre sus muslos, todo fue besado, lamido, succionado y saboreado con deleite. Olivia se entregaba, disfrutaba, y murmuraba llena de placer en cada punto sensible que la acercaba, inexorable, al culmen.

Olivia era un libro abierto para Andrew, que le brindaba generosa el camino inequívoco para colmarla de sensaciones deliciosas. Y él leía a la perfección; cada susurro, cada jadeo, cada movimiento que lo guiaba a la liberación de su esposa que ya estaba ansiosa, acariciando su cabeza y tironeando levemente su cabello.

Y aquello fue señal suficiente para él, se limpió la boca con el dorso de su mano de la fragante humedad de ella y la besó profundo, compartiendo el remanente de su esencia al mismo tiempo que la penetraba de una sola vez.

Olivia gimió dentro de la boca de él y arqueó su espalda ante ese exquisito primer envite que tanto anhelaba. Oh, cómo quería sentirlo dentro de ella, llenando cada rincón de su feminidad. Se estaba volviendo loca, sin poder siquiera rasguñar el éxtasis.

Abrió más sus piernas, elevó sus caderas y aferró sus manos a las nalgas de su hombre, lista y preparada para iniciar esa atávica danza. Andrew se retiró solo un poco, sonrió con malicia y se quedó quieto, jugando un poco con la ansiedad de su mujer.

Y sin aviso, embistió.

Y Olivia lo siguió. Una y otra, y otra, y otra vez, sintiendo que, poco a poco, llegaba al efímero paraíso que siempre visitaba con Andrew. Y él, con gran dominio de sí mismo y de sus instintos, disfrutaba del cálido y maravilloso interior de su mujer, que lo recibía y lo dejaba ir, empujándolo a ir más rápido, más profundo, más duro.

En aquel momento, sus cinco sentidos estaban involucrados en aquel primigenio encuentro. A sus oídos solo llegaban sonidos eróticos; murmullos, gemidos, la respiración agitada, el leve crujido de la madera de la cama. La vista era estimulada por las sombras; la penumbra apenas era iluminada por el fuego de la chimenea y el de la vela que estaba a punto de apagarse, era como estar sumido en un siniestro y sensual sueño. En esas cuatro paredes, solo se respiraba la fragancia del placer. La boca se les secaba de cansancio, estaban tan cerca, tan cerca de probar la delicia del clímax… Y sus pieles se rozaban, caldeadas en medio de la sensualidad, sobreexcitadas y sensibles.

Olivia no soportó más aquel delirio. El orgasmo la golpeó sin más. Ella solo sentía que moría de placer, a la vez que necesitaba, como la vida misma, alargar ese instante; tensando su cuerpo, recibiendo la última embestida de Andrew que la seguía, vaciando su semilla en ella, emitiendo un gemido casi gutural.

La voluptuosa fruición compartida se prolongó por largos segundos, y mientras recuperaban el resuello, se observaban con amor, ternura, gratitud y felicidad.

Mientras estuvieran juntos, no necesitaban nada más.

Lord Hastings, sin saber cuánto rato había pasado, lograba sentir que su respiración ya era normal. Miró hacia la ventana. No lo había notado, pero el sol ya se había ocultado y el despacho estaba penumbras, que lo devoraba todo, sumiendo el lugar de manera lenta e inexorable en una densa oscuridad.

Estaba harto de esas crisis. Todos los días luchaba por hacer algo tan simple como respirar.

Una joven criada golpeó la puerta y pidió permiso para encender las velas. El viejo duque autorizó lacónico y dejó que la muchacha lo hiciera en silencio y con eficiencia. En cuestión de un minuto, la habitación estaba iluminada y él nuevamente se encontraba a solas.

Hastings entornó sus ojos, intentando relajarse, las consecuencias de la inesperada visita de su detestable e inútil familia se traducían en accesos de tos y dolores de pecho que le quitaban el aire. Cada vez le costaba un poco más recuperarse, cada vez sentía un poco más de miedo. La muerte era lo único a lo que él le temía.

La puerta fue golpeada tres veces de una forma un tanto nerviosa, Hastings bufó de un modo poco caballeroso, su paciencia estaba colmada.

—¡Pase de una vez! —Autorizó de mal talante.

—Milord, tiene una… —Por segunda vez en esa misma semana, la visita se adelantó antes del anuncio, entrando sin más a la habitación.

Hastings, al reconocer al visitante, frunció el ceño, ¿qué cosa querría ese petimetre? La última vez que lo vio fue…

El duque blasfemó mentalmente, habían pasado tres años, y prácticamente, se había olvidado de ese sujeto.

El mayordomo, sin tener más que hacer, se retiró en silencio. Hastings, sin dirigirle la palabra a su visita, abrió la caja de sus cigarros, sacó uno y lo encendió; luego se sirvió una copa de oporto. Sí que necesitaba relajarse un poco, era imperativo, y nada mejor para ello que tabaco y alcohol.

El hombre que observaba el ritual del duque, era de contextura delgada —mucho más de lo que dictaban los cánones de belleza masculina— y sus ojos hacían gala de profundas y oscuras ojeras. Hastings pensaba que él nunca tuvo, y nunca tendría, la apariencia y el porte de un real aristócrata. Sin embargo, el viejo no evidenció su estupor al contemplar a ese hombre, y notar que estaba mucho peor que antes; no era ni la sombra del que vio la última vez.

En la lectura del testamento de Magnus Woods.

Más bien, lo vio cuando terminaron de leer el testamento. Ese hombre no era uno de los herederos, pero estaba muy interesado en la propiedad que le habían legado a Olivia, y eso que, en ese entonces, se suponía que solo era una propiedad insignificante sin ningún valor.

—Su excelencia —saludó el visitante con una inclinación.

El duque solo saludó con un gesto de cabeza y haciendo un brindis con su copa de oporto.

—Tome asiento, por favor —invitó—. ¿A qué le debo el honor de esta sorpresiva visita? —interrogó y tomó un trago.

—He esperado un tiempo más que prudente para venir a visitarlo —explicó mientras se sentaba frente a Hastings—, pero como usted no ha dado ninguna señal de buena voluntad, me he visto en la obligación de interrumpir mis asuntos y venir a buscar explicaciones.

—¿Buena voluntad? —El viejo duque alzó una ceja y aspiró el humo de su cigarro—. Interesante… —Soltó todo el aire de sus pulmones, impregnando el lugar con el fuerte aroma del tabaco—. Yo hice todo lo que estaba a mi alcance, si usted no aprovechó su oportunidad, y todavía no ha hecho nada, no veo ningún motivo por el cual tenga que hacer algo yo —argumentó, desentendiéndose del trato que había acordado con aquel hombre.

—¿Qué no he hecho nada? Vaya, sí qué tiene sentido del humor, Hastings —ironizó, negando con su cabeza—. He hecho lo indecible, y las cosas solo han empeorado.

—No es mi problema que su ambición no tenga límites. Desde el momento en que esa mujer se casó, dejó de estar en mis manos su problema. Cumplí con alejarla de Londres en las peores condiciones para provocar su muerte y la de su bastardo con lentitud, tomando la debida precaución para que nosotros no nos viéramos involucrados de manera directa. Si eso sucedía, mi inútil nieto heredaría lo que Magnus le legó a esa mujer. Hubiera sido simple para mí hacerme de ello, para poder venderle la propiedad. No contaba con que esa zorra fuera tan obstinada y astuta. —Ni tampoco con la confirmación de la existencia de oro en aquella mina, pero eso, el duque se lo calló.

—Agréguele que la diosa de la fortuna la ha favorecido más de la cuenta —agregó con cinismo—. Si usted cree que no he hecho nada, está equivocado. Desde hace un par de meses, cuando esa mujerzuela dejó su claustro…

—¿Cómo diablos se enteró que ella había abandonado Pine Park? —interrumpió el duque con suspicacia.

—Tengo mis métodos, usted no es el único que tiene informantes. ¿O, acaso, supuso que lo dejaría todo en sus manos, sin más? —replicó sereno—. Lord Rothbury lo ha dificultado todo…

—Como ya le dije, ya no es mi problema —concluyó desdeñoso—. La propiedad ya no le pertenece a Olivia, le pertenece a Rothbury, y no pretendo involucrarme en ello —declaró el duque, resuelto, pues ya había ganado lo suficiente.

—Esa propiedad nunca debió heredarla su nieta. Y usted debió cumplir con su parte.

—¿Y qué quiere que haga? Magnus fue muy astuto en hacer un testamento antes de casarse —argumentó el duque, hartándose de la situación. Aquella conversación le estaba empezando a causar un tremendo dolor de cabeza, un agudo dolor le atravesaba el cerebro.

—Debemos impedir que el abogado se encuentre con Rothbury —señaló el hombre, incluyendo a Hastings en su plan.

—¿Debemos? ¿En serio? —Rio el duque con sorna para luego toser con fuerza, casi ahogándose. Cuando cesó aquel ataque, tomó un sorbo de licor y se aclaró la garganta—. ¿Y cómo puede ser eso posible? —preguntó, aspirando una bocanada de su cigarro.

—Usted debe impedir que el abogado de Magnus visite a Rothbury —remarcó—. Si lo hago yo o alguien ligado a mí, será demasiado sospechoso —explicó con un tono neurótico y se levantó de su asiento, empezando a dar vueltas como una bestia enjaulada.

—¿Y cómo pretende que haga eso? —preguntó con interés ante la respuesta de aquel hombre.

—La reputación del ducado está en la cuerda floja, no querrá agregar a eso su participación en el asesinato de Magnus Woods. —Fue la velada amenaza, una que Hastings nunca esperó volver a escuchar en su vida—. Ingénieselas, su excelencia.

—¡Ya le dije en su momento que fue un accidente! —aseguró, iracundo—. Nunca pretendí ni deseé que eso sucediera… Solo se debía retrasar el carruaje antes de que él cerrara el trato con el vendedor.

—Pero sucedió, lord Hastings —refutó—. Y todo fue por nada, la propiedad ya estaba comprada cuando usted intentó impedirlo.

Hastings nunca sentía arrepentimiento por nada, a excepción de una sola cosa, cometer la torpeza de contratar para su plan a un delincuente que también hacía algunos encargos para el hombre que ahora lo amenazaba.

Pero, en ese instante de su vida, aquella amenaza ya no tenía ninguna importancia, él ya no ejercía poder sobre nadie, la reputación de la familia estaba arrastrada en el fango sin siquiera haber comenzado la temporada de manera oficial.

Y aunque la muerte le significaba un terror atroz, prefería morir antes que ver qué tan bajo podía caer el nombre del ducado, para cuando empezaran sus labores en el parlamento; prefería que el retrasado mental de su hijo llevara la vergüenza.

—Está perdiendo su tiempo, sus amenazas no me afectan. Además, le informo que Rothbury ya tiene la propiedad en su poder, el abogado de pacotilla se le adelantó al inicio de esta semana. Debo insistirle que nada me podrá persuadir de ayudarle, ni sus motivos, ni mis promesas sin cumplir, ni sus amenazas.

—Veo que usted es todo lo que dicen… —El hombre se dio cuenta de que su suerte ya estaba echada, el duque ya no le servía de nada. Debía hacer lo que había postergado y ser más resuelto, el tiempo se le acababa.

—Eso y mucho más… Retírese, por favor. No tiene nada que hacer aquí.

—Ya me di cuenta… Hasta nunca… su excelencia —se despidió con sorna, porque ese viejo, de noble, no tenía nada.

—Ahórrese el sarcasmo, suficiente tengo con tolerar el que proviene del imbécil de mi nieto.

No hubo más palabras, Hastings se quedó solo. El silencio era su única compañía.

Capítulo XXIII

Andrew tenía una cita de negocios en el *White's* con lord Black, el mismo caballero especialista en desperdigar rumores en todo Londres y que, después de ver tan seguido a Rothbury en el club, empezó a acostumbrarse a su aterradora apariencia. Según decían, él era una de las fuentes del «Susurros de elite».

El club quedaba relativamente cerca de Peony House, por lo que Andrew estaba muy feliz de caminar y prescindir de la caja con ruedas que tanto detestaba.

No alcanzó a poner un pie en la escalera de entrada del afamado y exclusivo club, cuando Michael salía, prácticamente de la nada, con una expresión de agitada preocupación dibujada en el rostro.

No había que ser adivino para notar que su cuñado traía información más que importante.

—¡Rothbury! Al fin te encuentro, he estado persiguiendo tus pasos toda la tarde. —Fue el «saludo» de Michael al llegar a su lado, al parecer, no había tiempo para las buenas maneras.

El rostro de Andrew se tornó pétreo ante aquella inesperada bienvenida.

—Michael —saludó a su cuñado con un apretón de manos e interpeló—: Entremos al club para que me cuentes el motivo de tu urgencia —invitó.

—No, hay demasiados oídos en este lugar. —Miró de soslayo la fachada del club—. Serán caballeros, pero la mayoría no son discretos —se negó Michael, ajustando sus gafas y saludando con una inclinación a un conocido que salía del club.

—Está bien —claudicó Andrew—, iba a reunirme con Black, quiere venderme una propiedad e íbamos a revisar los términos.

—Ese chismoso tiene excelentes propiedades en todo el país, pero no puede hacerse cargo de todas. Está deshaciéndose de las más lejanas.

—Precisamente, eso fue lo que me informaron. Tiene una en particular que me interesa en Cragside y que colinda con mi propiedad. Si lo deseas, puedes esperarme aquí y yo entraré a excusarme con él para que podamos volver a Peony House.

Michael accedió y contempló con inquietud cómo Andrew se internaba en el club. Consultó su reloj de bolsillo, faltaban quince minutos para las cinco de la tarde. No pasó mucho rato, solo cinco minutos de espera, y su cuñado ya estaba de vuelta.

—Caminemos entonces —invitó Andrew, haciendo un gesto con su mano—. Si quieres, puedes contarme mientras recorremos el camino a casa.

—Me parece muy bien ganar algo de tiempo —aceptó mientras enfilaban sus pasos a Peony House—. Bueno, al mediodía me reuní con mi asesor financiero, al que le encargué que me hiciera un informe de las finanzas de Felton y, de esa manera, descartar su participación en los atentados en contra de Olivia y William.

—Asumo que ese es el motivo por el cual estás preocupado.

—En los últimos años, todas las propiedades que heredó Felton y que no son parte del patrimonio del condado, fueron vendidas. La familia Woods está en pie de guerra con Armand por estas acciones.

—¿Está en la bancarrota?

—En apariencia. Pero siguiendo el flujo de dinero, el señor Brown se dio cuenta de que en realidad, casi todo fue invertido en acciones de la *London & Westminster Chartered Gas-Light Company*.

—¿En serio? Es muy arriesgado apostar el capital en una sola compañía, pero a la vez, es muy inteligente. El alumbrado a gas es el futuro, es una verdadera maravilla ver el puente de Westminster o Pall Mall iluminado.

—Estás muy bien informado, ¿eh?

—Así es. Según tengo entendido, la *London & Westminster* está funcionando desde hace seis años, cuando les dieron la carta real y están llenando de tuberías todo Londres —respondió ufano—. Entonces, ¿qué es lo grave? —interrogó sin poder llegar al *quid* de la cuestión.

—Lo grave es que la inversión fue demasiado alta, de momento es rentable, pero no lo suficiente para todo lo que significa el condado. Felton no tiene ingresos extras —respondió Michael con preocupación.

—Entonces, sí está muy cerca de la bancarrota —aseveró, captando el punto—. Cualquier paso en falso y se acaba la bonanza.

—Y hubiera sido la salvación para Felton tener dentro de sus posesiones, una que le garantice beneficios constantes a largo plazo —argumentó Michael.

—¿Una propiedad cómo una mina de oro? —elucubró Andrew, siguiendo el hilo del argumento de su cuñado—. Una que, curiosamente, perteneció a Magnus y legó a su futura esposa, la cual a su muerte, estuvo confinada en un bosque por tres años. Hastings fue el que asistió a la lectura del testamento, y el actual conde de Felton, al enterarse de que la mina producía oro, pudo haber llegado a algún tipo de acuerdo con el viejo duque para tener una fuente de dinero prácticamente inagotable. Aunque no puedo imaginar cómo pudo convencer a ese viejo testarudo —conjeturó Andrew, sintiendo que la conclusión a la cual estaba llegando no era tan descabellada. Conociendo lo inescrupuloso que podía llegar a ser el abuelo de Olivia, nada podía dejarse al azar.

Es más, tenía la horrible sensación de que todo tenía sentido. Una espantosa causa y efecto.

—Y ahora, el duque ha perdido la mina —continuó Michael, notando cómo se transformaba el rostro de Andrew. La preocupación que ambos compartían no era por algo sin importancia—. Si estuviera en su lugar, estaría desesperado.

—Asumo que sabes donde vive Felton. —No fue una pregunta, era más bien una afirmación. Andrew estaba decidido, no había tiempo que perder, necesitaba saber hasta dónde estaba involucrado el conde.

—Asumes bien, iremos a darle una inesperada visita. Alquilemos un carruaje.

Olivia llegó puntual a las cinco de la tarde al *Gunter's Tea Shop*, lugar donde había acordado reunirse con su antigua amiga, y que quedaba a un par de calles de Peony House —una inmejorable ubicación—. Con una sonrisa recordaba el relato de sus hijos, cuando salieron de paseo con Michael, y lo emocionados que estaban por las golosinas y helados que consumieron. Sin duda, era un lugar muy popular y concurrido. Cuando llegó a Berkeley Square, pudo ver que muchos jóvenes transitaban en sus carruajes abiertos con compañía femenina, pidiendo su orden a los meseros que corrían con energía, cruzando la calle para llegar a la plaza y hacer su trabajo.

Sin embargo, ella entraría al salón de té para disfrutar —al menos, eso esperaba— de una larga conversación con lady Wexford.

Cuando divisó a su amiga, ella sonrió y se levantó para darle la bienvenida. Althea Cameron, condesa de Wexford, se veía muy diferente a la bella y recatada jovencita de cabello negro azabache y ojos verdes que Olivia recordaba. Ahora era una mujer de mundo, sofisticada, segura y elegante.

—Oh, querida Olivia, tanto tiempo sin saber de ti —saludó lady Wexford, tomándole las manos a su amiga—. Qué alegría verte de nuevo —expresó con los ojos húmedos de la emoción y la nostalgia, ambas habían sido muy buenas amigas en el pasado—. Quién lo diría, mírate nada más. Ahora eres lady Rothbury.

—Yo también estoy muy contenta de verte, Althea —respondió Olivia, sonriendo e intentando contener sus lágrimas de emoción—. Oh, por favor, no pongas esa cara, que me harás llorar.

Althea rio y se abanicó las pestañas para secar la humedad. Olivia también rio, su amiga era tan exagerada y divertida, al menos, eso no había cambiado.

Ambas se sentaron, el lugar estaba lleno y el barullo de los comensales las envolvía en un ambiente agradable y distendido.

—Quise verte aquí, porque mi suegra tiene la magnífica cualidad de incomodar a las personas. Yo estoy acostumbrada a ella, pero no quería someterte a sus extravagancias e intromisiones —explicó Althea—. A la condesa viuda le encanta hacer comentarios impertinentes, y no es fácil anticipar cómo van reaccionar las personas. La mayoría de las veces se ofenden y casi nadie le responde por temor.

—¿Y cómo es que convives con ella? —preguntó Olivia con curiosidad.

—Contestándole todo lo que ella lanza. En el fondo, mi querida suegra hace y dice lo que quiere y piensa, porque está en una edad y posición en que puede permitírselo… y yo también. —Sonrió con malicia—. Por eso le simpatizo, y aprobó mi matrimonio con James.

—Para la próxima tomemos el té con la condesa viuda, creo que a mí ya me simpatiza —propuso Olivia, relajada, y como en los viejos tiempos.

—Al parecer, ambas hemos cambiado —comentó Althea con esperanza—. La mayoría de quienes fueron nuestras amigas y conocidas ya no acuden a mis invitaciones, le temen a la lengua viperina de la madre de James, y dicen que soy demasiado desenfadada y voluntariosa —contó Althea con cierto pesar—. Pero es que he tenido que aprender a cultivar mi carácter, de lo contrario, nunca nos hubiéramos podido casar. James también tiene un carácter fuerte y determinado, y detesta hablar con gente que no pueda llevar el hilo de una conversación inteligente. No se imagina la vida al lado de una mujer sosa y sin pensamientos que no vayan más allá del color de un bonete. Ser la condesa de Wexford es una gran responsabilidad.

—Creo que lord Wexford también me simpatiza. —Sonrió Olivia—. Me encantaría que fueran a cenar la próxima semana a Peony House. Estoy segura que Andrew también estará encantado de recibirlos.

—Y yo estoy segura de que mi esposo estará también encantado. Será un honor para nosotros compartir la mesa. Ah, pero qué mal educada me he vuelto, solo he hablado de mí, querida. Cuéntame, ¿qué ha pasado en todo este tiempo? Recuerdo que la última vez que te vi fue para el funeral de lord Felton, que en paz descanse —recordó, apenada.

La sonrisa jovial de Olivia se desvaneció de a poco. Rememorar aquellos días le hacía volver a sentir dolor. Estaba resignada a esa pérdida, había continuado con su vida, y era inmensamente feliz. Pero cuando recordaba esa época, no podía evitar revivir esas tristes emociones.

Respiró hondo y sonrió, era una agradecida de la vida.

—Supongo que has leído el «Susurros de elite», ¿cierto? —interrogó Olivia con cierta picardía.

—Debo admitir que me divierte leerlo, a veces lo que cuenta es cierto y otras veces no —admitió Althea.

—Lo que dice de mí es cierto.

—¡Dios santo! —exclamó Althea sin medir el tono de su voz, y por un segundo, el lugar estuvo en un incómodo silencio, el cual fue reanudado en el acto, cuando Olivia rio femenina, sin ningún remilgo. Unas cuantas miradas reprobaron aquella situación.

—Increíble —continuó Althea—. Si se hubieran casado, todo habría sido perfectamente apropiado, no era nada del otro mundo lo que ustedes hicieron —declaró desenfadada lady Wexford, dándole una grata sorpresa a Olivia—. Después de todo, lord Felton y tú estaban comprometidos. Todo fue tan desafortunado; si él no hubiera fallecido, no habrías desaparecido.

—Estuve viviendo en Cragside. De hecho... —respondió Olivia—, en un pueblito cerca de Rothbury, en Northumberland —especificó ante la expresión de duda de Althea.

—Northumberland está lejísimos.

—Por eso mismo me enviaron a ese lugar...

Olivia le resumió a su amiga los últimos tres años de su vida, desde que llegó a Pine Park, hasta los eventos que desencadenaron el retorno anticipado a Londres. Althea la escuchaba con atención, y cada vez, el tono de la conversación entre ellas se iba volviendo más íntimo y serio. Para Olivia, la actitud franca de su amiga era genuina, eso no había cambiado en lo más mínimo, y fue suficiente prueba para confiar y retomar aquella amistad que no había sido mermada por el tiempo, las circunstancias, ni los cambios.

⁂

—Lord Felton no se encuentra en casa en este momento, milord. —Fue la flemática respuesta del mayordomo.

—Es de suma urgencia que él me conceda una entrevista —explicó Andrew—. ¿Es posible que me pueda decir dónde está en este momento? —insistió.

—Siento no ser de ayuda, milord. Lord Felton rara vez indica con precisión a dónde va a salir —respondió el mayordomo.

—Maldición —masculló Michael a espaldas de Andrew.

—Al regreso de lord Felton, comuníquele que mañana a las diez de la mañana vendré a visitarlo. —Andrew le entregó su tarjeta de visita al mayordomo—. Siento mucho que todo sea tan apresurado y de manera tan intempestiva, pero es imperativo. Muchas gracias, y buenas tardes —se despidió Andrew con una sensación desagradable que no podía ignorar.

—¿Esperarás hasta mañana? —interrogó Michael a su cuñado mientras se dirigían al carruaje de alquiler que los esperaba frente a la casa de lord Felton.

—Enviaré a Adam a que vigile, mientras tanto, voy a buscar a Olivia al *Gunter's*. Tenía una cita ahí con una vieja amiga a las cinco —respondió Andrew, nervioso—. ¿Conoces a lady Wexford?

—¿A Althea? Claro que sí. —Michael consultó la hora en su reloj, eran las seis de la tarde—. Más vale apresurarnos, ellas suelen conversar mucho, es posible que las alcancemos. —Hizo contacto visual con el cochero e instruyó—: Al *Gunter's* lo más rápido que pueda.

Subieron al carruaje, Andrew golpeó dos veces el techo con su bastón para indicar la partida, y se dirigieron al famoso y concurrido salón de té.

Althea y Olivia seguían conversando animadas. El sonido de las seis campanadas del reloj de pie, que estaba en una de las esquinas, interrumpió brevemente la charla.

—¡Cómo pasa la hora! —advirtió Olivia con una sonrisa, contenta—. Ve mañana a casa para que conozcas a mis pequeños y, por supuesto, trae a tu hijita —la invitó con cordialidad y entusiasmo.

—Será todo un placer, querida —aceptó Althea de la misma manera. Pero, de pronto, su semblante cambió al ver un rostro conocido—. Vaya, esto sí que es una sorpresa, él y yo rara vez coincidimos y menos en un lugar como este —susurró, y luego sonrió a quien no veía desde un tiempo, y que se dirigía directamente a su mesa. Olivia no podía verlo, estaba a sus espaldas. Althea sonrió como bienvenida—. Lord Felton, es todo un placer verlo —saludó.

Olivia sintió un leve escalofrío al escuchar aquel nombre, pero lo disimuló muy bien. Pensó que si veía y hablaba con ese hombre podría dilucidar qué tan involucrado estaba con los intentos de asesinato. Era una oportunidad de oro para medir a Armand Woods por sí misma, no quería que las desdeñosas palabras de Magnus influyeran en su juicio respecto al nuevo conde.

—Buenas tardes, lady Wexford. Siempre es una delicia saludarla —respondió lord Felton, con un tono de voz afable, ubicándose en medio de las dos mujeres.

Olivia alzó la vista, y fue como ver un fantasma. Armand era el vivo retrato de su difunto novio Magnus. Eran tan parecidos, como si hubieran sido engendrados por el mismo padre y paridos por la misma madre. Lady Rothbury parpadeó para poder sacudir su estupor, las similitudes eran asombrosas. No obstante, una vez repuesta de la primera impresión, notó que había pequeñas diferencias como el tamaño de la nariz, la forma en que llevaba el cabello, o la juventud de Armand, él era un poco más fornido que Magnus, y sin embargo, el traje negro, el chaleco de seda azul marino y el pañuelo blanco que vestía, lo lucía con virilidad y elegancia.

—Creo que ustedes no se conocen —continuó Althea, ignorante de los tumultuosos sentimientos de Olivia—. Lord Felton, permítale presentarle a mi amiga Olivia Witney, vizcondesa Rothbury.

—Es un placer poder conocerla al fin, lady Rothbury. —Esbozando una sonrisa, Armand se inclinó con elegancia ante ella, y Olivia respondió, levantándose de su silla, e hizo una digna reverencia—. Y precisamente por eso he venido a este lugar, mi estimada lady Wexford —señaló Felton—. Lady Rothbury, necesito conversar con usted con urgencia, fui a su casa y me indicaron que podía encontrarla aquí —explicó—. Ruego que ambas disculpen mi interrupción, pero no podía esperar hasta mañana.

Althea miró a su amiga, y en un lenguaje no verbal, acordaron dar por terminada la cita. Era importante lo que Felton traía entre manos, y ahora que Althea conocía los pormenores de los últimos tres años de la vida de su amiga, sabía que ella no iba a dejar pasar esa oportunidad.

—No se preocupe, lord Felton. Ya estábamos terminando nuestra reunión —comentó Althea—. Olivia querida, mañana nos veremos en tu casa.

—Sí, por supuesto, a las once de la mañana te estaré esperando. —De su ridículo[7] sacó unos peniques para pagar su parte de la cuenta y lo dejó sobre la mesa—. Ha sido una gran alegría verte de nuevo, querida Althea. —Se inclinó para abrazarla—. Adiós, te estaré esperando —insistió en un susurro solo para su amiga y luego miró al conde—. Lord Felton, si no le importa, por favor, acompáñeme a Peony House, y allí conversaremos con más tranquilidad y privacidad —señaló. Solo estaría expuesta cinco minutos, la casa quedaba cerca, estaban en una zona muy concurrida. Tendría que ser demasiado osado si él intentaba algo, pero la intuición de Olivia le susurraba que Felton no era una mala persona.

---

7 *El ridículo es un pequeño bolso de mano utilizado por las mujeres como complemento. Su uso para llevar el pañuelo u otros pequeños objetos, prácticamente, se ha perdido. Con forma de bolsa pendiente de unos cordones y similar a un portamonedas o una limosnera, solía llevarse prendido o atado a la muñeca*

—Gracias, lady Rothbury, por concederme esta entrevista.
—Ofreció su brazo y ella aceptó.

Andrew y Michael entraron al salón de té, y con una apremiante sensación de peligro, buscaron la presencia de Olivia o Althea en el comedor.

No había rastro de ninguna de las mujeres.

Andrew se acercó a un mesero que estaba con una bandeja, retirando con eficiencia unas tazas y platillos de una mesa desocupada.

—Disculpe, joven —interrumpió Andrew con amabilidad. La reacción del muchacho era la misma de siempre, una impresión silenciosa de horror, pero que en este caso el muchacho pudo ocultar con rapidez, cosa que Andrew internamente agradeció—. ¿Ha visto un par de damas? Una de ellas es más o menos de esta altura. —Con su mano indicó que le llegaba al hombro—. Cabello y ojos castaños, vestido azul, pelliza y bonete del mismo color, pero más oscuro.

El mesero la recordó en el acto. Ella había protagonizado, junto a su acompañante, aquel instante de incómodo silencio. Algo que nunca había sucedido antes, desde que él empezó a trabajar en el salón de té.

—Se fueron hace unos cinco minutos, milord —informó.

—Muchas gracias. —Andrew como muestra de agradecimiento le dio una propina muy generosa. Si se había ido hace tan poco, era probable que Olivia ya estuviera de vuelta en casa, lo que le dio cierto alivio.

—De nada, milord… —respondió con una inclinación—. Por cierto, la dama que usted señala, salió de aquí escoltada por un caballero muy elegante. La otra dama, en cambio, salió unos instantes después en dirección opuesta.

Aquello echó por tierra todo el alivio que Andrew sentía.

—Vamos a Peony House, Rothbury —sugirió Michael—. Volvamos al carruaje, es probable que la alcancemos de camino a casa.

—Tienes razón, no perdamos más tiempo —aceptó Andrew, maldiciendo su cojera, si no fuera por ella, habría ido corriendo—. Vamos.

Salieron del salón de té y volvieron a tomar el carruaje de alquiler. Michael y Andrew buscaban a Olivia, observando la calle a través de las ventanillas del coche, pero no había rastro de ella.

El recorrido fue un verdadero *vía crucis* para el vizconde y su cuñado. Ambos estaban nerviosos, esperaban encontrar a Olivia sana y salva, y pecar por ser demasiado protectores y exagerados en sus conjeturas, que solo se basaban en la información que Michael había obtenido de su asesor.

La última esperanza era encontrarla en Peony House.

Al llegar a la casa vizcondal, Michael pagó al cochero mientras Andrew se adelantaba y entraba a la casa. Pero no alcanzó a abrir la puerta, Carruthers lo recibía con la solemnidad que lo caracterizaba.

—Milord, bienvenido —saludó—. Tengo un…

—Carruthers, ¿lady Rothbury ha vuelto de su cita? —interrumpió sin importarle los buenos modales.

—No ha vuelto, milord —respondió el mayordomo.

Andrew sintió que la sangre abandonaba su cuerpo. El camino de vuelta del *Gunter's* no tomaba más de cinco minutos. Michael entraba al lugar que, de súbito, estaba demasiado silencioso.

—Un señor le dejó un mensaje, dijo que era urgente que lo leyera en cuando usted regresara —continuó Carruthers, sin saber muy bien si era oportuno dar esa información; su señor estaba con el rostro ceniciento—. Dijo que era de vida o muerte —agregó compungido.

Andrew entornó sus ojos. La angustia que sentía en su corazón era tan dolorosa que resultaba inenarrable.

—Deme el mensaje —exigió lacónico sin saber cómo tenía fuerzas para hablar.

El mayordomo sacó el papel doblado y sellado del bolsillo interior de su impecable y negra levita, y se lo entregó a su amo sin decir una palabra.

Andrew desplegó el papel y leyó. Sus manos temblaron, con torpeza la carta resbaló de sus dedos y cayó al suelo. Michael la recogió y sin importarle que fuera algo privado, rápidamente leyó…

«*Estimado lord Rothbury:*
»*Usted tiene algo que le pertenece a mi familia, y sabe perfectamente qué es.*

»*Si aprecia la vida de su esposa, encuéntrese conmigo a las nueve de la noche para hacer la transacción en Pillory Lane. Cuando llegue ahí, lo guiará un muchacho que lo estará esperando. No está demás exigirle que vaya solo y desarmado, si detecto que alguien lo acompaña o lo sigue, usted solo encontrará a una vizcondesa muerta.*»

Capítulo XXIV

—Lord Felton, sé que me está ocultando algo importante, hágame el favor de decirlo directamente —conminó Olivia.

—Usted es una dama muy sagaz, lady Rothbury, sin embargo, ¿por qué ha accedido con tanta facilidad a esta entrevista? Usted no me conoce —cuestionó Felton con asombro.

—Una vez, Magnus no se refirió a usted en buenos términos. No obstante, las personas no son lo que parecen, y en su caso, prefiero ser yo la que mida sus palabras —respondió Olivia.

—Lady Roth... —Fue lo último que escuchó Olivia antes de sentir que la tironeaban con fuerza del brazo, para luego empujarla con brusquedad al interior de un gran carruaje negro que estaba a la espera.

Su corazón empezó a latir frenéticamente. Intentó escapar, pero el largo del vestido se lo impedía, le dificultaba en extremo sus movimientos, y a pesar de sus esfuerzos, cayó. Pero ella no quiso rendirse, empezó a ponerse de pie de nuevo.

—¡Maldita furcia, quédate quieta! —Una voz masculina blasfemó y le haló el bonete, haciendo que las cintas que lo ataban, la estrangularan y la obligaran a retroceder. A Olivia no le importó perder el aire, intentó deshacer el nudo de las cintas para liberarse y lo logró, pero perdió el equilibrio en el proceso.

La libertad no duró mucho tiempo, el desconocido la tomó del cabello con fuerza y le azotó la cabeza contra una de las paredes del carruaje. Todo se sumió en la confusión, y luego, en oscuridad.

Olivia, cuando despertó, estaba inmovilizada en una silla; sus manos atadas a su espalda y sus tobillos, unidos. Se sentía desorientada y adolorida en medio de una habitación muy oscura, fría y maloliente. Se quedó quieta, su instinto de supervivencia le decía que si la querían muerta, ya lo habrían hecho.

Debía concentrarse y no caer en la desesperación. Conforme pasaban los minutos, los recuerdos se hilaban con coherencia en su cabeza. Todo había ocurrido demasiado rápido, confuso y violento.

Necesitaba ganar tiempo de algún modo, necesitaba mantenerse con vida, debía luchar de alguna forma, su objetivo llegar sana y salva a sus hijos, a Andrew. Intentó no evidenciar que ya había recuperado la conciencia.

Tenía que ser fuerte, debía esperar y conservar la calma.

Inspiró lento, y llenar de aire sus pulmones, pero no pudo. El maldito hedor del lugar se lo ponía muy difícil, era una mezcla de humedad, orín, moho, y descomposición. Las ganas de vomitar comenzaron a ser insoportables. Empezó a dar arcadas, la boca se le llenó de bilis.

No pudo soportarlo más, el impulso natural fue más fuerte que su voluntad y casi le hizo caer hacia adelante. La silla estaba desvencijada y crujió. Eternos segundos transcurrieron hasta que su estomagó se vació, dejando su pelliza hecho un desastre, ni siquiera podía limpiarse la boca.

—Todo acabará muy pronto, vizcondesa —anunció con sorna la misma voz masculina que la capturó, la que se escuchaba muy familiar. Provenía de un lugar que no estaba en su campo visual. Olivia no podía ver qué había a su alrededor, la precaria luz de una lejana vela solo dibujaba sombras tenebrosas en las ennegrecidas paredes

—¿¡Felton!? —interpeló ella a viva voz—. ¡Eres un malnacido hijo de…!

Él rio a carcajadas, interrumpiendo la intención de Olivia de darle una maleducada perorata.

—Le advierto que sus gritos son un esfuerzo en vano por llamar la atención, lady Rothbury. —Rio flojo—. Verá, aquí no hay ningún buen samaritano y nadie vendrá a su rescate. Estamos en los barrios bajos de Londres, y en este lugar, a nadie le importa si una mujer se desgarra la garganta gritando. Estamos rodeados de mendigos, ladrones y prostitutas. Pero no se preocupe, si su esposo la ama de verdad, no le importará hacer un pequeño sacrificio entregándome la mina de oro. Gracias al vizconde, el legado de mi linaje no será destruido.

Aquella declaración le dio respuestas a Olivia sobre quien quería verla muerta y a su hijo. Pero le faltaban las justificaciones que explicaran el asunto; para ella, no había coherencia alguna. Mientras sus ojos se acostumbraban a la penumbra, intentó comprobar con discreción qué tan fuerte estaban sus ataduras. La cuerda rasguñaba su piel, cada movimiento laceraba sus muñecas y tobillos, provocándole ardor. Un quejido grave interrumpió sus intentos por liberarse. Olivia miró a la derecha.

Nada. No había nadie.

A la izquierda… Armand Woods, conde de Felton.

El primo de Magnus estaba atado en las mismas condiciones que ella. Olivia no pudo contener el jadeo de sorpresa. Ella estaba segura que era Felton quien la había secuestrado por el timbre de su voz, pero se había equivocado rotundamente.

—Impresionante, ¿cierto? —Fue el cínico comentario del hombre misterioso—. Ese es el gran problema de tener un hermano mellizo, la eterna confusión a pesar de que no somos tan iguales. —El hombre salió de su rincón, llevando una palmatoria, y se acercó a lord Felton, que todavía no recuperaba del todo la conciencia. Al iluminarse esa parte de la habitación, se revelaron los golpes en el rostro de Armand y también el parecido entre ambos… y sus diferencias; mientras el conde gozaba de un buen estado físico y atractivo, su hermano, en cambio, estaba demacrado y en exceso delgado. Era increíble lo pesada que era la sangre de los Woods—. ¿Has despertado, hermano? —Le dio unas leves cachetadas para espabilarlo—. Mira dónde nos han traído tus ínfulas de superioridad intelectual —recriminó—. Me has obligado a hacer esto por el bien de todos.

Armand, a duras penas, podía enfocar la vista… Incluso, en ese momento, casi no podía creer que era verdad lo que había descubierto por casualidad. Su hermano intentaba hacerse de la propiedad que Magnus le legó a Olivia y también del título. Quizás, ¡qué otras cosas horribles era capaz de hacer a sus espaldas!

No obstante, la casualidad había llegado muy tarde para todos. No alcanzó a advertirle a lady y lord Rothbury de las criminales intenciones de su hermano, Nicholas, ni tampoco pudo detener su locura.

—No sé cómo hacerte entender que mis inversiones son seguras. Todos los días nuestra riqueza aumenta —explicó Armand, sintiendo que apenas podía abrir la boca por el dolor—. Nicholas, debes confiar en mi criterio.

—No debiste vender todas las propiedades, estúpido. ¿¡De qué renta viviremos!? —interpeló, furioso—. ¡Dime!

—Vivimos en perfectas condiciones —aseguró Felton con convicción, desafiando a su hermano. Armand estaba orgulloso de cómo había decidido aumentar la riqueza del condado—. Solo hay que prescindir de algunos lujos superfluos a los cuales estás acostumbrado.

—¿Superfluos? ¿Acaso, no sabes que todo el mundo cree que estamos en la bancarrota? Para el resto de la sociedad somos tan pobres como los miserables que viven en este asqueroso y repugnante lugar.

—Esto es solo temporal. Según mis cálculos, en el mediano plazo el valor de la renta aumentará y…

—¿¡Hasta cuando con tus falsas esperanzas!? —gritó Nicholas, colérico—. Durante generaciones hemos vivido de las rentas de nuestras tierras, y tú cambias todo de la noche a la mañana, dejando nuestra riqueza en manos de una empresa que no nos garantiza que tendrá éxito.

—¡Lo está teniendo! La empresa crece a pasos agigantados, ¡el alumbrado público de Londres es el futuro! —replicó Armand con pasión. No había invertido porque sí, era con conocimiento de causa. Había investigado, había colaborado con algunos de los involucrados en la *London & Westminster*. Pero eso nunca lo iba a entender Nicholas, ni tampoco lo comprendió Magnus, en su momento, quien siempre pensó en mantener las cosas que habían funcionado por generaciones; su primo era más conservador. Sus formas tan distintas de ver el mundo los distanciaron hasta ser dos extraños.

—¿El futuro? No, Armand, no hay futuro. Al menos, no para ti en el corto plazo —amenazó parafraseando a su hermano. Se quitó el pañuelo de su cuello y empezó a amordazarlo. Debía silenciarlo, no deseaba seguir escuchándolo más—. Cuando tenga la mina de oro a mi nombre, solo me bastará una bala para poder poner las cosas en su lugar. —Terminó de atar el pañuelo con fuerza y le arregló el cabello a su hermano, que lo miraba furibundo e impotente—. ¿Acaso crees que fue una casualidad que me descubrieras? Eres tan predecible, tan noble. Sabía que irías corriendo tras esta furcia a advertirle. No eres tan inteligente como supones, te he superado, y ahora resolveré mis dos problemas al mismo tiempo… Sin remordimientos…

Olivia observaba todo en silencio. Era muy probable que una vez que Andrew firmara los papeles, Nicholas no cumpliría con su parte. Si su plan era matar a Armand, lo que menos necesitaba era dejar testigos con vida.

Nicholas sacó un trapo de su bolsillo y procedió a amordazar a Olivia, que se mantenía estoica e impertérrita.

—A mí no me engañas con tu aparente tranquilidad, lady Rothbury. Eres una mujer demasiado astuta. Incluso, tienes la osadía de esconder un arma en tu ridículo... Pero dudo que sepas usarla —se mofó—. Tan lejos y tan cerca. —Con una risa perversa exhibió el pequeño bolso y burlándose de ella, lo dejó sobre su manchado regazo.

Olivia miró hacia el lado, en un inútil intento por ignorarlo y no responder a sus provocaciones. Si Nicholas pretendía verla llorar, gimotear y retorcerse hasta desfallecer, estaba completa y absolutamente equivocado.

En el corazón de Olivia había una pequeña luz de esperanza que iluminaba su destino, el arma seguía en el interior del ridículo. Era una señal.

Nicholas volvió a reír, le gustaba sentir el poder sobre los demás. Humillar y torturar a esa mujercita que demostraba, sin lugar a dudas, que era una verdadera fierecilla oculta en tan delicadas curvas y facciones. Lascivo, imaginó que ese carácter indómito también era evidenciado en la cama, esa mujer estaba muy lejos de ser una frígida. Con envidia, Nicholas pensó que lord Rothbury era un sujeto con demasiada suerte. Se sintió tentado por poseerla. Comprobar en carne propia qué tanto podía ella resistirse, gritar, arañar y defenderse ante su fuerza, y obligarla a claudicar.

Pero ese sería el broche de oro, primero era lo primero.

Encendió un par de velas más, le había hartado el dramatismo que le otorgaba la oscuridad, se acercaba la hora.

Andrew bajó del carruaje de alquiler en Pillory Lane. Estaba tenso, nervioso, sintiendo una horrible agonía ante lo incierto. Le pagó al cochero y caminó, adentrándose en la calle, portando los documentos que acreditaba que la mina de oro en Cornwall era de su propiedad.

Solo esperaba que todo saliera bien.

La noche estaba fría. La neblina, mezclada con el humo de las chimeneas de las frágiles construcciones, le daba la bienvenida con su particular olor, y le confería al ambiente un tono lúgubre e inhóspito. Todo estaba oscuro, a lo lejos se escuchaba el sereno que voceaba la hora, Andrew la confirmó con su reloj de bolsillo.

Eran las nueve en punto.

Un muchacho andrajoso de no más de quince años apareció entre las sombras y le hizo señas. Andrew exageró su cojera y se acercó a él con lentitud. El chico en silencio lo esculcó por todas partes, y estando conforme con que no había ninguna arma escondida en su abrigo y en el resto de sus ropas, procedió a guiarlo al lugar donde se encontraba su esposa cautiva.

Al llegar, Andrew se encontró al frente de la puerta que daba la entrada a una casucha, en apariencia, abandonada y cuyas ventanas estaban tapiadas. El muchacho miró hacia un rincón oscuro, un hombre muy alto y fornido estaba a la espera.

—El *caallero* no trajo ninguna pistola, *milor* —aseguró el chico al hombre.

—¿Y ese bastón lo revisaste? —preguntó lacónico, pero amenazante.

—N-no, *milor* —respondió vacilante y nervioso.

—Supongo que no osarán quitarle el bastón a un hombre inválido —intervino Andrew a favor del muchacho.

—No existe caballero que se precie de tal, que use un bastón sin un arma oculta —refutó el hombre que solo estiró el brazo, exigiendo el bastón y Andrew, relajado, se encogió de hombros y se lo entregó sin ofrecer ninguna resistencia.

El bastón tenía la apariencia y el peso de uno ordinario. El hombre buscó e intentó encontrar el arma o algún mecanismo pero, fuera de todo pronóstico, el bastón era uno común y corriente.

—No nos arriesgaremos a que de todos modos lo use en contra de mi amo —determinó con desconfianza—. Entre, lo esperan —invitó, abriendo la puerta que dio un quejumbroso chirrido.

Andrew traspasó el umbral y el hombre lo siguió de cerca, cerrando la puerta tras de sí. Lo primero que sintió fue la horrenda bocanada de un fétido hedor. Le hizo recordar las nefastas condiciones que vivió en la guerra. Cuando retornó a Inglaterra, Rothbury esperaba, de corazón, nunca más volver a experimentar esa sensación de náuseas provocadas por el aire infestado, pero ahí estaba, respirando esa asquerosidad.

Se internó en la casucha de una sola habitación, que no era más grande que la biblioteca de Rosebud Manor. Prácticamente, no había muebles, la chimenea estaba derrumbada, y cuyos escombros estaban esparcidos por doquier.

La débil luz de las velas le revelaba en el centro de la estancia a Olivia estoica, atada a una silla, amordazada y con su ropa sucia. Sus miradas se cruzaron; ella con tan solo un gesto, le dijo que estaba bien, que confiaba en él, que estaba feliz de verlo. Luego, Andrew bajó la vista y notó el ridículo sobre el regazo de su esposa. Él sabía perfectamente que había en su interior, y eso solo significaba una cosa, el hombre que había secuestrado a su esposa estaba muy seguro de salir airoso de la situación, situación que Andrew había pronosticado hasta cierto punto, pues algo estaba fuera de toda conjetura.

¿Por qué había un hombre cautivo en casi las mismas condiciones que su esposa? ¿Quién demonios era? Por su apariencia, era un caballero. El hombre lo miraba de un modo extraño, que Andrew no pudo interpretar.

Rothbury intentó contenerse y no actuar por impulso, debía ceñirse a lo que más pudiera a su plan, pese a tener una variante que nunca sospechó. Debía ser más frío que el sujeto que lo esperaba sentado frente a una mesa ubicada en un rincón, y que estaba apuntándole a Olivia con una pistola de doble cañón. Tenía todo dispuesto para que él firmara y traspasara la propiedad a su nombre.

—Aquí está el bastón, amo —señaló el fiel secuaz, entregándoselo en las manos de Nicholas con pleitesía—. No hay ninguna arma oculta —informó.

—Vaya, me sorprende, Rothbury. No esperaba que obedeciera mis demandas al pie de la letra —alardeó con sorna, sintiendo que todo estaba saliendo a la perfección.

—Algunas personas tenemos algo que se llama honor —señaló Andrew, impasible, ante el tono de ese hombre.

—Indudablemente, milord, indudablemente —concordó, estudiando con ligereza el bastón, y lo dejó apoyado en la pared, con indolencia—. Ve a vigilar afuera, Milton. No vaya a ser que el honor de lord Rothbury se limite solo a las armas ocultas.

—Como ordene, amo —acató el secuaz, cumpliendo, sin cuestionar, lo solicitado.

Al sentir que se cerraba la puerta, Andrew miró fijo al hombre.

—Quisiera saber a quién estoy a punto de entregar el legado de Magnus Woods —demandó Andrew con seguridad.

—Oh, he sido muy maleducado, milord. Permítame presentarme, soy Nicholas Woods, primo de Magnus y hermano menor del actual conde de Felton, aquí presente. —Esbozó una sonrisa que podía catalogarse como siniestra y desvió la vista hacia el hombre maniatado que, hasta ese momento, era desconocido para Andrew—. Por favor, procedamos con el traspaso de la propiedad. Supongo que trajo lo necesario.

—No he traído esta carpeta por nada, señor Woods. —Andrew no pudo evitar el sarcasmo para aplacar su furia—, solo necesito cera para acuñar mi sello, una pluma y tinta para firmar.

—Por supuesto. Tome asiento, por favor —invitó con un gesto, indicando la silla que estaba frente a él, sin dejar de amenazar con la pistola a Olivia, que lo miraba en silencio y atenta todos los movimientos.

Andrew, con toda la dignidad que pudo darle a sus pasos irregulares, se dirigió al lugar señalado y se sentó. Puso la carpeta con los documentos frente a Nicholas, y se dispuso a hacer todo lo que fuera necesario y al alcance de su mano para cambiar de dueño la deseada mina de oro. Después de todo, si el hombre que lo miraba con atención podía secuestrar a dos personas a plena luz del día, bien podía terminar de legalizar por sus medios la propiedad.

De un modo ceremonioso, la cera fue derretida y luego vertida sobre el papel, mientras que Andrew sacó del bolsillo interior de su abrigo el sello oficial del vizcondado, con el cual acuñó su emblema.

Nicholas le acercó la tinta y la pluma para que, además, firmara de puño y letra, y de esa forma, asegurar la legitimidad del documento. Andrew tomó la pluma, era perfecta, de una finísima y ornamentada punta de acero y la entintó.

El solemne silencio se vio de pronto interrumpido por el desafinado, soez y escandaloso canto de unos hombres, al parecer, borrachos, que pasaban por el lugar y que distrajeron por un segundo a Nicholas.

Era el momento.

Andrew, sin vacilar, tomó el tintero y le arrojó el contenido a la cara a Nicholas y le apuñaló el cuello con la pluma que alcanzó a penetrar la yugular, pero que no logró desgarrarla para que se desangrara. Woods, sorprendido, jamás imaginó que sería atacado de ese modo tan bajo para un supuesto caballero honorable como lord Rothbury.

Lo que no sabía era que Andrew no era un caballero, al menos, no para sujetos como él.

Nicholas se agarró el cuello, a ciegas, y sin pensarlo dos veces, disparó al mismo tiempo que Andrew empujaba la mesa para desestabilizarlo y desviar la trayectoria del tiro. El sonido reverberó en el lugar, y sin importarle que todavía quedara una bala por disparar, Andrew se abalanzó sobre él en una lucha para arrebatarle el arma.

Ambos cayeron al suelo aparatosamente, Andrew se golpeó en la cabeza con un pedazo de escombro y quedó aturdido y en desventaja, haciéndole soltar a su presa.

—¡Milton, ayuda! —vociferó Nicholas, luchando con todas sus fuerzas para recuperar el control de la situación. Se zafó de las manos de Andrew y se limpió la tinta de la cara con desesperación. Se encaminó vacilante hacia la puerta para escapar.

Olivia, que en todo ese rato estuvo intentando liberarse con algo de éxito, no halló mejor forma de impedir la huida de Nicholas que aprovechar el mal estado de la silla donde estaba confinada, se impulsó con todas su fuerzas hacia adelante y cayó al suelo, logrando que Nicholas tropezara con su cuerpo y cayera de bruces con violencia.

—¡Milton! ¿¡Dónde estás!? —gimió tratando de levantarse. La pluma enterrada en su cuello le impedía gritar con más fuerza. Estaba aterrado, si se la quitaba del cuello, estaba seguro que moriría desangrado en cuestión de minutos. Todos sus planes se habían torcido de una forma que no previó, era como vivir una pesadilla. Nunca pensó que una pluma sería usada como un arma, ni que esa mujer fuera tan voluntariosa y audaz.

Aquella movida de Olivia fue un tiempo precioso para Andrew, que bregaba contra el mareo y la visión doble. Se arrastró hacia Olivia, que empezaba a librarse de sus ataduras gracias a la caída; la madera de la vieja silla se había quebrado. Verla viva fue más que un alivio para él, sabía que había desviado el tiro, pero no sabía si había sido lo suficiente. La amaba tanto, y ahora la amaba más. Con la caída, el ridículo quedó a su alcance, se apoderó de él y sacó la diminuta pistola que ella siempre llevaba escondida desde su llegada a Londres.

Solo tenía un tiro.

Andrew se levantó, evadió a Olivia, conteniendo a duras penas sus ganas de ayudarla, y alcanzó a Nicholas, tirándole del cabello, obligándolo a mantenerse de rodillas.

—Te metiste con la familia equivocada —declaró Andrew, pegándole el cañón en la sien a Nicholas, y haló el percutor.

—No me iré solo —advirtió y apuntó, suponiendo donde estaba la cabeza de Andrew.

Dos disparos sonaron casi al mismo tiempo.

Solo un hombre quedó en pie.

—¡¡¡Andrew!!! —gritó Olivia, liberándose al fin.

Andrew estaba ensimismado mirando la nada, oía la voz de Olivia como si estuviera lejos. Entornó los ojos, todo había concluido. Agradeció con fervor a Dios por permitirle a él seguir con vida.

—¡Santo cielo, Andrew! —exclamó Olivia al llegar al lado de su esposo. La bala le había rozado la mejilla derecha cruzando la cicatriz que ya tenía. La herida le sangraba profusamente, pero no era mortal—. Debemos ir a ver a un cirujano ahora...

Andrew se espabiló y se llevó la mano a la cara y sintió la sangre.

—No te preocupes, querida... De verdad, no me duele —aseguró mientras se desataba el pañuelo para detener la hemorragia de la herida. Ardía un poco, pero sabía que era superficial.

—¡No me importa, debemos ver un...! —Olivia calló súbitamente. En ese momento recordó a Armand, y con temor dio media vuelta.

Estaba inmóvil y sangrando.

—Oh, Felton —susurró Olivia, temiendo lo peor. La bala que iba destinada a ella le había dado al conde.

La puerta se abrió de golpe. Adam y Michael entraban vestidos como unos verdaderos mendigos. Sus rostros magullados dieron cuenta de que no fue fácil la pelea afuera con el sirviente de Nicholas.

Michael abrazó a su hermana, feliz por verla a salvo, y Adam saludó a Andrew con un asentimiento. De inmediato, le restó importancia a la herida, si su amigo estaba en pie y tranquilo no había de qué preocuparse. Rothbury había tenido heridas infinitamente peores que aquella.

Adam estudió el lugar brevemente, y se dirigió hacia Felton para verificar sus signos vitales.

Todos se quedaron en silencio, el cual se alargó tenso, a la expectativa.

—Está vivo —afirmó seguro—. Debemos llevarlo a un cirujano. —Desató al conde, y con ayuda de Andrew lo dejaron con cuidado en suelo para poder examinarlo y precisar dónde estaba la herida.

No tardaron en encontrarla, estaba en el lado derecho del pecho.

—Michael, lleva a Olivia a Peony House, yo llevaré a Felton a su casa y buscaré un cirujano —delegó Andrew—. Adam...

—Yo me encargo de limpiar este desastre. No te preocupes, amigo. Todo está controlado, mi padre sabe de estas cosas, y estaremos atentos a tus instrucciones —aseguró tranquilo—. Díganle a la señorita Mary que volveré al amanecer, para que no imagine calamidades. —Miró a Michael y sonrió—. Tiene todo mi respeto, señor Martin, usted pelea tan sucio como cualquiera de sus amigos de este barrio. Ni todo el dinero que ofreció Woods influyó en sus conexiones. —Se rascó la cabeza mirando el cuerpo de Nicholas y continuó—. Necesito que me ayuden a entrar el cuerpo del hombretón...

Capítulo XXV

Armand sintió un fuerte dolor en el pecho. Intentó abrir los ojos, pero se sentía como si estuviera con la resaca más espantosa de su vida —que no habían sido muchas—. El dolor de la frente era agudo y su cara, ¡oh, Dios!, como si un caballo le hubiera pisoteado encima.

—¿Qué diablos pasó? —murmuró, sintiendo la saliva espesa. Lo que sí podía agradecer era que estaba en la comodidad de su cama; el aroma inconfundible de las sábanas era lo único que le confirmaba que estaba en su casa.

—Será mejor que mantenga siempre esa versión de los hechos, lord Felton. —Fue la voz grave y serena que escuchó con claridad—. ¿Qué es lo último que recuerda?

Armand no podía contestar esa pregunta, aunque el timbre de voz le era familiar —y no sentía desconfianza alguna por ello— debía, al menos, saber quién estaba con él en su habitación.

Abrió los ojos lentamente, la luz dorada de las velas y la calidez que irradiaba la chimenea lo calmaba. Londres estaba en la más profunda oscuridad.

El quejido de la madera, en conjunción con el susurro del tapizado del sitial que estaba al lado de su cama, le llamó la atención de inmediato, y un hombre alto entró en su campo visual. Era rubio, de ojos azules, y una venda le cubría el lado derecho de la cara que estaba bastante magullada. Y pese a que su atuendo estaba sucio y maltrecho, ese hombre era, a todas luces, un caballero.

Armand sabía que lo había visto antes. No lograba recordar dónde, pero sabía que podía confiar a ciegas en él. Su instinto se lo gritaba.

—¿Quién es usted y qué ha pasado? —interrogó Felton con firmeza. El hombre, como respuesta, esbozó una sonrisa de aprobación.

—Soy Andrew Witney, vizconde Rothbury, a su servicio, lord Felton —contestó solemne, haciendo una leve inclinación. Armand no pudo ocultar su expresión de sorpresa, el solo nombre de Rothbury le hizo estallar en su mente una oleada de recuerdos confusos, a la par de aterradores—. Y en respuesta a su segunda pregunta, primero, me gustaría saber qué es lo último que recuerda usted. ¡No se mueva! —advirtió ante el intento de Armand de sentarse—. Al menos, no hasta que el cirujano vuelva. El señor Carrol acaba de salir de la habitación para conversar con su madre sobre su estado.

—¿Cirujano? —interrogó confundido, estaba adolorido, pero, ¿un cirujano?, ¿tan grave era?

—Recibió un disparo en el lado derecho del pecho —acotó Andrew, respondiendo la sucinta interrogante—. Tuvo muchísima suerte, ¿quién diría que la libreta que guardaba en su abrigo amortiguó el impacto? —Se acercó a la mesa de noche y tomó el objeto salvador y se lo mostró a Armand. Un agujero la atravesaba de lado a lado—. El cirujano me informó que perdió bastante sangre, pero no ha sido mortal, se recuperará pronto.

—Siempre llevo esa libreta para hacer anotaciones, soy bastante distraído con algunos asuntos —explicó—… Recuerdo que ayer descubrí a mi hermano hablando con Milton sobre sus planes de secuestrar a lady Rothbury, y así obligarle a usted a cederle la propiedad que había legado Magnus, y cuando eso estuviera hecho, me eliminaría para quedarse con el título, pues no tengo herederos todavía… —Se encogió de hombros, dando a entender que tampoco le urgía tener hijos de momento—. Por eso fui en busca de su esposa, para advertirle a ella en primer lugar. No imaginé que el plan era matarnos a los dos al mismo tiempo.

—¿Recuerda cómo fue el secuestro? —interrogó Andrew, necesitaba tener todos los antecedentes antes de que llegara el cirujano y empezara a hacer preguntas.

—Ahora es más claro que hace unos segundos… —Se quedó un momento en silencio y continuó—: No me siento orgulloso de ello, pero a Milton le bastó golpearme una vez en la nuca y me dejó inconsciente, mientras que Nicholas se hizo cargo de lady Rothbury, ella le ofreció mucha más resistencia de la que él esperaba.

Supongo que mientras estuve inconsciente, me siguieron golpeando. Solo lo sé por cómo siento mi cara.

—Se ensañaron con usted, a decir verdad —comentó Andrew—. ¿Qué más recuerda?

—Casi todo desde que desperté en aquel lugar, hasta que perdí el conocimiento cuando sentí la bala en el pecho. La experiencia fue en extremo aterradora... —Las palabras de Armand murieron mientras recordaba parte de la pelea de Rothbury con Nicholas. Su hermano tenía solo dos caminos, el éxito o el fracaso—... ¿Mi hermano...? —dejó la pregunta en el aire, temía formularla completa.

—Creo que usted sabe lo que pasó —confirmó Andrew, sin decirlo realmente—. Y es por eso mismo que me he quedado aquí, para ser la primera persona en conversar con usted y tomar decisiones.

—Tiene toda mi atención.

—Nicholas... —Rothbury dejó de hablar e hizo contacto visual con Armand, y este asintió levemente—. Todavía no he llamado a las autoridades, por dos motivos. El primero es, porque no deseo que mi familia se vea involucrada en un hecho tan macabro, y el segundo motivo es, su familia, que también quedaría expuesta. Lamentablemente, los delitos de su hermano serán de dominio público y podrían afectar sus relaciones familiares y empresariales. Ya sabe que las personas, cuando se trata de juzgar, siempre se fijan en lo peor...

—Veo que ha pensado en todo. Tiene razón, los crímenes de mi hermano mancillarán el buen nombre de toda mi familia. En lo personal, no me afecta..., pero el resto sufrirá los daños colaterales, mis hermanas menores sobre todo.

—Por eso mismo me he visto en el deber de pensar en todas las alternativas, incluyendo las menos honorables... Y solo si usted está de acuerdo con mi plan, procederé. A mí solo me preocupa no someter a los míos en una situación incómoda, y si lo que desea es que se haga todo por la vía legal, no tendré problemas en declarar y dejar todo en manos de la justicia.

—¿Me está diciendo que está dispuesto a que lo juzguen por asesinato? —interpeló Felton con una mezcla de incredulidad y admiración por ese hombre.

—En efecto, en defensa propia y de mi esposa, pero es asesinato al fin y al cabo —confirmó Andrew.

—Ya veo… Mi madre… ¿Qué le dijo usted cuando llegué en estas condiciones?

—Que fue víctima de un atraco, y que yo le ayudé. Estaba muy preocupada por su estado… Las cosas sucedieron así: esta tarde fui a su casa para conversar con usted acerca de un tema privado, lo puede atestiguar su mayordomo y la tarjeta que dejé. Él me informó que no estaba en casa, por lo que me fui a atender mis otros asuntos. Me encontré con usted por mera casualidad en un callejón, herido e inconsciente, rodeado por un par de maleantes, e intervine para evitar que lo asesinaran, y me gané esta herida al repeler el atraco —explicó Andrew los hechos, disfrazando la verdad de un modo convincente—. Técnicamente, estábamos en otra parte de la ciudad a la misma hora, sin saber nada de las actividades de Nicholas.

—¿Qué hora es? —preguntó Armand, para saber cuánto tiempo había estado inconsciente.

—Las once y media —respondió Andrew—. Llegué a las nueve a verme con Nicholas.

Armand asintió y deliberó qué era lo mejor. En ese momento estaba conmocionado, dolido y decepcionado por su hermano; y a la vez, estaba triste por su pérdida, después de todo le tenía cariño a Nicholas. Sabía que Rothbury solo actuó por salvar la vida de todos, incluyendo, de forma indirecta, la de él mismo.

Estaba apenado por su hermano, pero no le podía perdonar el hecho de volverse un ser ambicioso, sin escrúpulos. Nicholas era tan recalcitrante en sus objetivos, en sus convicciones, que no escatimaba en nada para lograrlos, y si había sido capaz de intentar asesinar a tres personas sin remordimientos…

«Sin remordimientos…» resonó en la mente de Armand las últimas palabras de Nicholas, tan llenas de odio y resentimiento, que iban dirigidas a él.

—Entonces, el asalto del que fui víctima será la versión que mantendremos… —decidió Felton con convicción—. Mi madre adoraba a Nicholas y si se entera de todo, simplemente, quedará devastada. Ella tiene otra imagen de él… Siempre fue… era como si vivieran dos personas con personalidades opuestas en un mismo cuerpo… —relató, intentando serenar sus emociones; debía empezar desde ya a creer en esa historia—. Pero nunca llegué a sospechar que llegaría al extremo de querer asesinarme.

—Entiendo. Lamento mucho lo que ha sucedido… Aunque no lo crea, quitarle la vida a alguien no es algo sencillo y espero jamás volver a verme en la obligación de hacerlo. Pero ambos sabemos que no íbamos a salir con vida de esa casucha... Estoy seguro que usted hubiera hecho lo mismo que yo, si hubieran amenazado la vida de un ser querido de esa forma. —Andrew intentó justificarse, era cierta cada palabra, matar a alguien de forma deliberada era muy diferente a hacer lo mismo en el campo de batalla. El peso en la conciencia era diferente, pero no se arrepentía por un segundo—. Ni usted ni yo sabemos nada del paradero de su hermano... Que no volverá a aparecer.

—Está muy seguro de ello —replicó Armand con pesar.

—Soy una persona afortunada que tiene los mejores amigos, que son capaces de todo por protegerme, y yo les retribuyo del mismo modo —afirmó Andrew—. Y tienen las mejores conexiones...

Golpearon la puerta con suavidad. Armand y Andrew de manera tácita dieron por terminada la conversación. Felton autorizó el acceso. Su madre y el cirujano entraron a la habitación.

—Hijo querido —sollozó al llegar al lado de su hijo—. Tenía tanto miedo de perderte...

—Lo siento, madre. No quise asustarte de esta forma —consoló Armand—. Estoy bien, solo un poco magullado.

—Oh, estaba aterrada, hijo mío... Ahora solo me falta saber de Nicholas, que no ha llegado, ¿lo has visto el día de hoy? En el desayuno comentó que tenía asuntos importantísimos y que estaría fuera durante el día.

—No lo sé, madre —negó Armand—. Los asuntos de Nicholas son un misterio para mí.

Y así sería siempre.

Andrew llegó a su hogar unos minutos pasados de la medianoche. Decir que estaba cansado era solo un mal eufemismo para resumir lo que sentía en el cuerpo, y a pesar de ello, estaba satisfecho y feliz por regresar a su hogar, sin la pesada carga de no saber cuándo sería el próximo ataque a su esposa o a su hijo, sin estar del todo tranquilo.

Esa noche, después de mucho tiempo, dormiría en paz.

Al entrar al salón de estar se encontró con que su familia, en pleno, estaba aguardando por él. Los únicos que faltaban eran los niños, que estuvieron al cuidado de Albert y de Mary y que, en ese momento, ya dormían; y Adam, quien junto a su padre, estaba llevando a cabo la macabra misión de desaparecer el cuerpo de Nicholas en el mar.

Olivia lo recibió hecha un mar de lágrimas, recién en ese momento se permitió llorar y desahogar todos sus sentimientos en el sólido pecho de su esposo, al tiempo que él la abrazaba con fuerza, llevándose al alma el consuelo que le otorgaba el calor de sus cuerpos. Ella había soportado con estoicismo la espera, pero al verlo entrar, con su rostro vendado, ya no pudo reprimir más sus sentimientos. Lloró hasta calmar su corazón, hasta convencerse que el amor de su vida estaba bien y que había vuelto a ella, como siempre.

En silencio, el resto presenció la íntima escena de marido y mujer con respeto y comprensión. No importaba si era correcto o no demostrar su profundo afecto en frente de los demás. En ese instante, estaban ante el milagro que representaba fuerza de ese amor, que ese hombre y esa mujer se profesaban.

—¿Estás más tranquila, amor mío? —susurró Andrew cuando las lágrimas de Olivia cesaron.

Ella asintió sin despegar la frente de su pecho y le abrazó más fuerte.

—Te amo, Andrew —declaró Olivia en tono ahogado.

—Yo también te amo, mi preciosa Liv. —Besó su coronilla con suavidad y suspiró—. Debo conversar con todos ustedes —anunció solemne.

En la intimidad del salón hogareño, Andrew relató el acuerdo de ambas familias para que el asunto de Nicholas no pasara a mayores. El pacto de silencio ya era un hecho.

Albert, en su fuero interno no aprobaba lo decidido, pero sabía y aceptaba que, en ese caso, hacer lo correcto traía peores consecuencias que hacer desaparecer a quien intentó asesinar a su hija. Por lo que, sin decir nada, acató sin cuestionar más las medidas tomadas.

Por su parte, Michael era mucho más flexible, si hubiera sido por él, se habría desquitado arrastrando el cuerpo de Nicholas por todo Londres. Pero esa sórdida fantasía no tenía cabida en el mundo civilizado, y estando en completo acuerdo con su cuñado, mantendrían la versión de los hechos pactada.

A Mary no le importaba si era correcto o no, con tal de que su amiga y lord Rothbury estuvieran a salvo. Pero sabía que esa noche no dormiría, su vigilia sería por su valiente y leal Adam, que estaba junto a su futuro suegro, haciéndose cargo de los restos del hombre despreciable que fue capaz de mandar a matar a un inocente niño que no era culpable de nada.

—Bien, creo que iré a descansar —concluyó Albert—. Mis nietos tienen demasiada energía y poca compasión para este pobre hombre. Mis respetos a la señorita Mary por rescatarme de ese par de bribones. —Lord Bolton le guiñó un ojo a una tímida Mary, que todavía no se acostumbraba a no ser tratada como parte de la servidumbre, sino como algo más, una amiga de valor inestimable.

—Buenas noches —dijeron todos al unísono y rieron por la coincidencia.

—Bien, yo también me retiro a mi casa —anunció Michael, estirando su cuerpo. A él, las buenas maneras nunca le agradaron si con ello lograba alinear sus vertebras para sentir alivio en su espalda—. No puedo presentarme en estas condiciones en el «trabajo» —bromeó—. Tengo una reputación de galán que debo mantener y estos golpes son los de un marido celoso y furioso. No puedo exponerme a las habladurías.

—Descansa, Michael. Lo mereces —se despidió Andrew.

—Mañana ven a desayunar… —invitó Olivia, y aquello le hizo recordar—. Dios santo, había olvidado que mañana viene lady Wexford a las once. Creo que le pediré que no venga.

—No, querida. No sería adecuado cambiar los planes que tenías… Debemos continuar todo con normalidad, como si nada hubiera pasado. Afortunadamente, ese sujeto no te hizo daño, por lo que tu rostro no evidencia nada de lo ocurrido esta noche.

—Tienes razón —convino Olivia, pues era lo más sensato, y suspiró. Le iba a costar unos días asimilar todo—. Probablemente, tenga que inventar una excusa, ella presenció cuando Felton declaró que me estaba buscando y necesitaba conversar un tema serio conmigo.

—Puedes decirle que él quería saber sobre tus intenciones respecto a las aspiraciones al título que podría recaer en Will —sugirió Andrew—. Lógicamente, ese es un tema que, legalmente, está zanjado y no hay posibilidad alguna. Pero es una excusa plausible. Mañana puedo hablar con Felton para cubrir esa parte de la historia.

—Te lo agradecería mucho, cariño.

—Como pueden ver, todo está resuelto —intervino Michael—. Ustedes son la pareja más civilizada que conozco. Livy, mañana dormiré hasta tarde, así que declinaré tu invitación. Tal vez, venga a almorzar —agregó guasón—. Hasta mañana, querida familia. —Se despidió de todos y se fue.

—Buenas noches, lord Rothbury... Olivia... —dijo Mary con timidez, se acercó a su sorprendida amiga y le dio un abrazo—. No me dé más sustos de esa manera, se lo suplico. Quiero llegar viva a mi matrimonio con Adam —reveló en un susurro, sintiendo cómo sus mejillas se coloreaban de carmín—. Guarde mi secreto hasta que lo anunciemos juntos. Mañana le contaré todo.

Olivia sonrió de alegría, y si no fuera porque había llorado tanto, habría vuelto a hacerlo. Pero ahora estaba infinitamente feliz por su amiga. Adam era un excelente hombre, el mejor compañero de vida que pudo haber encontrado su amiga.

—¡Oh, Mary! Felicidades, querida mía —felicitó Olivia, también susurrando para mantener el secreto.

Un secreto que estaba feliz de guardar... por un tiempo.

—Descanse, Olivia. Dios sabe que lo necesita —se despidió Mary—. Hasta mañana a los dos. —Se retiró a sus aposentos, a ella la noche se le haría eterna, pero quería estar ahí para cuando Adam volviera.

Andrew y Olivia se quedaron en silencio por unos instantes. El ambiente estaba cargado por algo que era imposible de describir con palabras.

Pero era algo muy cercano a una tranquilidad que jamás imaginaron llegar a sentir.

—¿Me permite acompañarla a sus aposentos, lady Rothbury? —Andrew ofreció su brazo de muy buen humor—. Espero que a su esposo no le parezca inapropiado mi atrevimiento.

—Será todo un placer, lord Rothbury. Pero debo advertirle, a mi esposo le encanta lo inapropiado —respondió Olivia, seductora—. Sobre todo, si es atrevido.

Subieron con calma las escaleras, la noche era joven.

Durante muchos días las mañanas se volvieron dulces para Olivia. Por muy increíble que pareciera, percibía en el cuerpo un inusitado vigor que no sentía desde hacía mucho tiempo. Era como si hubiera despertado de un largo sueño, uno que empezó esa lejana y fría noche en la cual le anunciaron la muerte de Magnus, y que terminó con aquella espantosa consecuencia de la que fue víctima junto a Armand, y que nadie pudo prever.

Olivia sentía que su vida empezaba de nuevo.

La rutina matutina de Olivia consistía en atender la correspondencia que mantenía, principalmente, con Minerva y Althea; su cuñada, le detallaba los pormenores domésticos de Rosebud Manor, y la segunda, por mera diversión.

Pero esa mañana, al leer la carta de lady Somerton, Olivia no hizo otra cosa más que releerla de la pura impresión. Por un instante pensó que estaba soñando. Pero era muy real...

«Cragside, 27 de octubre de 1818

»Querida Olivia:

»He recibido hace unos instantes la carta de Andrew y la suya, y no sabe la felicidad que siento al enterarme que todo ha terminado. Al fin podrán estar tranquilos, sin que haya ninguna amenaza sobre ustedes. Ha sido increíble todo lo que me han relatado desde su llegada a Londres, pero estoy segura que todo ha valido la pena, indudablemente.

»Envíele mis felicitaciones al señor Adam y a la señorita Mary por su futuro enlace, me alegra mucho saber que ambos hayan congeniado tan bien. Hacen una pareja adorable.

»No obstante, mis parabienes, mi querida Olivia, no son el único motivo de esta misiva. Quisiera confesarle algo muy privado y sé que usted podrá contarle mejor —y, a la vez, justificarme— a mi hermano sobre las decisiones que he tomado en pos de mi felicidad, y por ende, la de mis hijos.

»Hace veinte años tuve un amor de juventud, el primero, único y verdadero. Yo apenas era una jovencita, y él un tanto mayor. Nos separamos a causa de los vicios de mi padre, que le hicieron romper relaciones con su tío, el vizconde de ese entonces, con el consiguiente problema económico que suponía perder el apoyo de él.

»Los años pasaron, en los que hicimos nuestras vidas por separado, mas nunca pude olvidarlo del todo, y a mi vuelta a Rosebud Manor, me he vuelto a encontrar con él. Su nombre es August Montgomery —quien es el nuevo abogado de vuestro padre—, se ha convertido en un honorable y buen hombre, y todo ha sido como si estos veinte años de distancia no hubieran pasado. Nuestros sentimientos siguen intactos, sin importar el paso del tiempo, y me atrevería a decir que solo se han fortalecido.

»August es viudo y padre de un par de gemelos que son —debo admitir— verdaderamente adorables y tan iguales a su padre como entre ellos mismos, y se han llevado de maravilla con mis hijos. Frank es el mayor de todos y, como un pequeño general de ejército, protege y dirige los juegos de sus tres soldados que conforman el escuadrón; los gemelos Ho-

ratio y Justin, y mi Ernest, ellos siempre están divirtiéndose con los juegos que inventan. ¡Oh, cómo me gustaría que William y Marian estuvieran aquí! Rosebud Manor sería más bullicioso que nunca.

»Me he desviado del tema en cuestión. Sé que mi esposo no volverá. Sus exorbitantes deudas fueron demasiadas, y para él era más fácil abandonarlo todo y huir. Todo este tiempo he estado averiguando con mis conocidos en Londres, acerca de su paradero actual, y nadie ha sabido nada de él, desde la época en la que me abandonó, lo cual es sumamente sospechoso, él era bastante popular, para mi desgracia. Lo último que se supo fue que pretendía embarcarse hacia la India en un barco llamado "Hope". Pero es solo un rumor, no tengo información concreta, ni siquiera sé si ese barco existe.

»Debido a todo lo expuesto anteriormente, August y yo hemos tomado la decisión hacer nuestra vida en común en Rothbury, sin importar que yo no pueda casarme con él. Pero hay una esperanza, el matrimonio entre nosotros no es imposible. Si esperamos siete años sin tener noticias de mi esposo —Dios me oiga—, podremos declarar a Frank como presuntamente muerto, y de esa forma, formalizaremos nuestra unión.

»Sin embargo, no queremos esperar más para estar juntos, y es por ello que le pido que interceda por mí ante mi hermano. Sé que él estima su juicio, y a pesar de que yo sé que a él no le importan el peso de mis decisiones, con tal de que yo sea feliz, prefiero que usted sea mi defensora en caso de que no apruebe lo que he hecho. Sé que para muchos puede ser indecente el camino que hemos elegido y, al parecer, es el más fácil. Pero a decir verdad, es todo lo contrario... y aun así soy tan, tan inmensamente feliz.

»Espero de corazón que Andrew acepte mi nueva vida, y no me devuelva el trato que alguna vez le di a usted por mi absurda y prejuiciosa manera de pensar. Estuve tan equivocada, y me han enseñado que esta vida no todo es blanco o negro, sino una infinidad de matices, imposibles de enumerar. Ahora los entiendo mejor que nunca, lo de ustedes nunca fue indecoroso, ni un pecado. Solo se aman como la vida misma..., así como yo amo a August y él me ama a mí.

»Los estaremos esperando con muchas ansias en Rosebud Manor para celebrar la Navidad. Los extraño a todos, sin excepción... Se han convertido en lo que jamás tuvimos con Andrew y Margaret, una verdadera familia, una que aprecio y atesoro con todo mi corazón.

»Su cuñada que la quiere.

»Minerva Smith.»

Olivia sonrió, indudablemente, ahora tenía una aliada para su proyecto personal que no había olvidado. Pero antes tenía que cumplir con la misión encomendada.

Comunicarle a su esposo que su hermana era al fin, una mujer feliz.

Capítulo XXVI

Susurros de Elite, Londres, 15 de noviembre de 1818

«*La temporada, como todos saben, empezará oficialmente a media-dos de febrero próximo y, aunque todavía faltan unos cuantos meses, no estamos exentos de noticias que podrían catalogarse como "colosalmente escandalosas".*

»Mis fuentes me han revelado que el cuñado de lord R, el conde de S, bien conocido por su vida disoluta y extravagantes gustos, tenía bien guardado que había enviado a su esposa a su propiedad ubicada en Richmond hace unos meses atrás.

»Y ustedes, queridos lectores míos, se preguntarán: ¿y qué tiene eso de extraño, si todos se van de Londres durante el verano? Lo inusual de esta situación es que lady S nunca… NUNCA ha dejado Londres, era una de las pocas personas que disfrutaban estar todo el año en la capital. Y si ella no está viviendo en esta ilustre ciudad, eso solo significa que algo muy extraño ha sucedido.

»Pero no los decepcionaré, sé muy bien lo que ha ocurrido.

»Lord S ha abandonado oficialmente a su mujer. Pero no, eso no es lo importante, eso pasa todos los días. El conde de S se ha dedicado a despilfarrar todo su dinero como si el día del juicio final fuera mañana, y sus deudas de juegos son tan altas, que ha llegado al extremo de vender y apostar todas sus posesiones personales.

»Incluyendo a su esposa e hijos.

»Eso, queridos lectores, es lo importante.

»¿Y qué clase de hombre acepta tal forma de pago para una deuda de juego?

»*Nada más y nada menos que el famoso granuja, truhan y libertino empedernido, el señor MM, hijo de lord B, nieto de lord H y hermano de lady R...*

»*Ahhh, sin duda, mis predicciones fueron correctas hace dos meses. Aquella familia tendría jugosas novedades, tarde o temprano. Y lo que está aconteciendo es realmente inaudito, un verdadero escándalo para la buena sociedad. Lady S le pertenece —dependiendo del criterio con el cual se interprete la ley— al señor MM.*

»*¿Lo peor de todo?*

»*Ella está en Richmond, ignorante de todo lo informado en este prestigioso magazine, viviendo en una de las propiedades que ya no le pertenecen a su... ¿ex esposo?, ¿ex dueño? —¡Oh, esto va más allá de mi comprensión!—, y pronto estarán desalojándola a ella y a sus pequeños.*

»*¿Reclamará también su propiedad el señor MM?*

»*¿Lady S aceptará que ella y sus hijos ahora pertenecen a otro hombre que no es su esposo?*

»*Estaremos atentos a todos los pormenores de esta situación que roza la indecencia... esa relación que es absolutamente indecorosa.*»

—¡Santo cielo! —exclamó Olivia—. Esto debe tener una explicación plausible.

—¿Qué dice ese pasquín, querida? —interrogó Andrew al ver la cara de estupefacción de su esposa. Su taza de té quedó a medio camino.

Olivia le entregó el ejemplar del «Susurros de elite» a su esposo, sin saber, a ciencia cierta, la reacción que iba a tener.

Andrew empezó a leer. Solo se escuchaba el tictac del reloj que había en el salón privado de Olivia, lugar donde acostumbraban tomar el té de las cinco.

Ella sabía que Andrew era muy flexible y liberal para algunas cosas, pero dudaba que fuera tan comprensivo con aquella situación tan «singular».

Al avanzar su lectura, el rostro de Andrew evidenciaba una divertida curiosidad. Pero poco a poco, la sonrisa relajada que tenía fue esfumándose, y su expresión se volvió inescrutable.

Inescrutable era mucho mejor que furioso, pensó Olivia.

—Más vale que Michael tenga una muy, muy... muy —subrayó— buena explicación para esto... ¿Dónde dijo que se iba de viaje?

—Richmond —susurró Olivia—. Ayer dijo que hoy partía al alba, pues tenía algo importante que hacer allí, pero no me dio más explicaciones. Supuse que se refería a su hijo y que quizás lo había encontrado, pero no ofreció más detalles. La última vez fue toda una desilusión hallar nada más que una información falsa.

—En Richmond también está Margaret... —puntualizó Andrew, alzando una ceja—. Y eso yo ya lo sabía antes de que apareciera en este pasquín.

—Ya tendremos noticias de cualquiera de los dos. Independiente de lo que fue a resolver Michael allá... —Olivia prefirió quitarle importancia al asunto, no solucionaría nada volviéndose loca con suposiciones—. Pero me atrevería a decir que mi hermano no sabe que lady Swindon es tu hermana. De otro modo, nos lo hubiera contado y no nos habríamos enterado de esta forma —conjeturó—. ¿Margaret no te ha escrito?

—Solo me cuenta trivialidades, y no menciona al imbécil de Swindon. Pero nada que se asemeje a esto. —Andrew se levantó de su poltrona y empezó a dirigir sus pasos a la salida—. Voy al club a averiguar si alguien sabe dónde está ese canalla. ¡Apostar a mi hermana y a mis sobrinos! ¡Esto es el colmo! ¡Quiero estrangular a ese infeliz!

—Andrew..., por favor. —Olivia también se levantó y alcanzó a su esposo—... Intenta calmarte, cariño.

—Dame un motivo para calmarme —replicó desafiante—. Uno.

—Michael ganó la apuesta —respondió Olivia, obteniendo toda la atención de Andrew—..., y si todo lo que dice ahí es cierto, lo habrá hecho por un muy buen motivo.

—¿Y cuál sería? —interrogó un tanto incrédulo.

—Conociendo, cómo es mi hermano en la actualidad, creo que aceptó esa forma de pago para liberar a tu hermana de ese canalla. En el fondo, Michael no es un hombre despreocupado y que hace las cosas a la ligera. Si tú te vieras en la misma posición, ¿harías lo mismo?

Andrew miró a los ojos de su esposa... ¿Por qué diablos ella podía pensar en ese tipo de posibilidades y él no? Fue como si le hubiera echado un cubo de agua fría a todas sus belicosas emociones... Ahora que lo pensaba mejor, debería felicitar al imbécil de lord Swindon.

Definitivamente, para su hermana Margaret era mejor opción que estuviera bajo el cuidado de Michael... temporalmente.

—Mejor iré a ver al señor Evans para que me dé su opinión profesional sobre la legalidad de todo esto —resolvió Andrew—... Creo que volveremos antes de lo previsto a Rosebud Manor.

Joseph Martin, duque de Hastings, intentó arrugar el pasquín para lanzarlo fuera de su vista. Pero sus fuerzas, con suerte, eran suficientes para sostener un mísero papel. El inútil de su nieto cada vez se superaba a sí mismo en sus escándalos. Y este era el epítome de todos ellos.

Pero nada podía hacer, llevaba dos semanas postrado en una cama.

Todo empezó cuando se enteró de la desaparición de Nicholas Woods, el hombre que conocía su sucio secreto acerca de su participación en la muerte de Magnus, y a raíz de este hecho, estaba exigiéndole que le vendiera la mina al mismo precio irrisorio que pagó su difunto primo. Pero Joseph no podía vendérsela de inmediato, por lo que llegó a un acuerdo en la cual, cuando estuviera en condiciones, lo haría. Para lograrlo, primero debía provocar la muerte circunstancial de Olivia y William, y luego, poder embaucar a su nieto y hacerse de la propiedad que ya estaba rentando jugosas ganancias.

Y como habían pasado tres años, francamente, la promesa hecha a Nicholas Woods pasó al olvido. Lord Hastings tenía cosas más importantes que hacer.

Fue una noticia tan excelente para el viejo, que la emoción fue demasiada para el corazón, que ni el mejor doctor de Londres pudo explicar cómo podía seguir latiendo.

Dolía respirar, el pecho le silbaba, sus cuerdas vocales apenas emitían gruñidos. Su estado se tornó, con una rapidez apabullante, en lamentable.

Los criados lo miraban con un atisbo de lástima al principio, «pobre viejo está tan solo». Pero cuando notaron que el duque ya no podía gritar, y mucho menos hablar, empezaron a tratarlo como si fuera escoria. Retribuyéndole, el trato tan «amable» que él siempre les dio.

Hastings solo quería morir. Deseaba con todo su corazón lo que más le aterraba. Pero ni siquiera tenía la fuerza suficiente para suicidarse.

Pero la muerte era esquiva, como si se estuviera burlando de él, haciéndole pagar con crueldad todos sus pecados; con cada acceso de tos, con cada arritmia, con cada vergüenza a la que era sometido cuando lo aseaban una vez al día y le quitaban los pañales sucios. Una humillación tras otra.

Sin avisar, alguien entró a su habitación. Hastings ya estaba acostumbrado a ello, pero no dejaba de desagradarle cada intrusión a su infierno personal.

Pero le sorprendió aquella visita. Era Albert, su hijo.

—Buenas tardes, su excelencia… —saludó lord Bolton, como si el hombre que estaba en la cama fuera un extraño.

Como respuesta, solo recibió una mirada fulminante, seguida de un gruñido de sufrimiento.

—Vengo a devolver unos documentos que son inservibles para mí —continuó Albert ignorando a su padre—. Pero creo que también son inservibles para usted, dada su situación actual de salud. Es extraño verlo en estas condiciones tan… —Miró todo a su alrededor, nada había cambiado, hasta que le llegó el leve hedor a orín que provenía de la cama del duque—… deplorables.

El duque solo resopló. Y luego tosió con mucha dificultad.

—Veo que todavía le interesan los pasquines de rumores. Es muy interesante el último… —señaló, mirando el ejemplar sobre el regazo del duque—. Le comento que lo que dice ahí es cierto, y Michael está camino hacia Richmond, ¿le suena de algo esa ciudad? —interpeló—. Supongo que sí, y no por la información que aparece en el «Susurros de elite». Michael encontró a Lawrence… así se llama mi nieto, pero eso usted también lo sabía. Se encargó muy bien de desperdigar información falsa para que nunca encontráramos a la esposa de Michael… Es una verdadera lástima que fuera cierto que ella falleció. Aquella muchacha no nos mereció como familia. Le falló Michael, yo le fallé a mi hijo, y usted… ni siquiera se le puede llamar padre… —Albert tragó el nudo de su garganta, iba a dedicar todo lo que le restaba de existencia a enmendar sus errores—. Entre sus documentos no solo descubrimos el paradero de mi nieto, sino algo que, a estas alturas de mi vida, solo me trae un poco de alivio. Asumo que usted por algo tenía guardado el diario personal de mi madre en aquel cofre. ¿Curioso, no?, sin importar lo que encontraría en él, lo leí.

El duque lo miró con desdén, lógicamente lo había guardado hacía muchos años, pero lo había olvidado. Lo leyó solo una vez y a medias. Solo se describía la aburrida vida de una mujer sosa e inservible, que solo se quejaba de su horrendo matrimonio. No reportaba mayor interés para él. Eleonor Martin llevaba más de treinta años muerta.

—Siempre supe que usted no la quiso, por la forma cruel y despiadada que la trataba. Pero en ese diario leí cosas que solo me destrozaron el corazón... Usted siempre la acusó de ser estéril, frígida, seca. Sin embargo, ella me dio a luz, fui un milagro, decían. Los milagros no existen, simplemente, usted era el infértil. Esos bastardos que educó ni siquiera son su sangre.

Lord Hastings abrió los ojos de manera desmedida, esa información nunca se le cruzó por la cabeza. Su amante le había dado todos los hijos que su esposa nunca pudo darle. Eleonor era un campo seco para su semilla, de eso él estaba seguro... hasta ahora.

—Había páginas pegadas en el diario, y varias de ellas, en particular, tenían signos de haber sido arrancadas con mucho cuidado. Pero esas páginas no estaban perdidas, solo escondidas con pericia en el lomo. Ahí se cuenta que tras cinco años de matrimonio, ella tuvo un amorío con otro hombre, uno que la amó, que la respetó y que, lamentablemente, falleció demasiado pronto... No la cuestiono, pues con un marido como usted, cualquier persona habría buscado un poco de felicidad en otros brazos. —Sonrió para sí mismo, esos valores tan rígidos que le inculcaron, ahora carecían de sentido ante la hipocresía de quién le exigía rectitud—. Debo admitir que es un verdadero tormento saber que comparto su sangre, que la maldad y la crueldad parece ser algo de familia y que, tarde o temprano, podría sucumbir a algo que puede ser más grande que yo. Pero ahora sé algo que creo que usted nunca pudo adivinar, y que mi madre me ha revelado a través de su diario.

Lord Hastings giró la cabeza, no quería escuchar, con pereza se tapó los oídos, pero no tenía la fuerza para aislar el sonido de la voz grave de Albert.

—Yo no soy su hijo, lord Hastings. No comparto ni una sola gota de su asquerosa sangre —declaró, sintiendo que su espíritu era libre, un alivio sin precedentes lo inundaba al poder decir en voz alta—: su linaje podrido y maldito terminará con usted. No sé quién fue el hombre que me engendró, pero ante Dios le juro, que agradezco que su semilla fuera la que fecundó a mi madre. Bastó solo un encuentro, a diferencia de usted, que por más que lo intentó, jamás pudo. ¿Cuánto tardaba su amante en concebir? ¿Demasiado para su gusto tal vez? ¿Su prole no fue tan numerosa como hubiera deseado? Solo dos bastardos.

Hastings hizo memoria... esa mujer, sí, tardaba demasiado. Tenían un trato de exclusividad, y muy a su pesar, cada vez era más coherente la hipótesis de Albert... quien, definitivamente, no era su hijo. No había parecido físico en ningún rasgo que poseían los Martin.

Furia, Hastings todo lo vio rojo… Durante cuarenta y tres años viviendo en el engaño; crió, educó y mantuvo a un vástago de quien sabe quién.

Y que, sin poder evitar de algún modo, sería el próximo duque de Hastings.

Y el dolor llegó, tan fuerte como la cólera que sentía en ese momento. Su corazón que latía pausado ahora lo hacía a un ritmo descontrolado, frenético.

Quería gritar, vociferar y vomitar con furor su rabia, pero no podía, su voz estaba muerta, solo los silbidos y gruñidos eran el eco de sus pensamientos.

Albert solo lo miraba, insufrible, ya no sentía nada por ese hombre que nunca conoció en profundidad, que jamás pudo comprender, y que ejerció tanto poder sobre él, hasta el punto de anular su voluntad y convertirlo en una marioneta que se movía y actuaba a su antojo.

Hubo un tiempo en que Albert quiso a su padre, pero también le temió, le obedeció, y buscó su aprobación. Pero, al fin y al cabo, nada valió la pena.

Ese hombre que estaba agonizando en medio de un ataque de ira, no era su padre.

El apellido, el título seguiría con vida, pero esa estirpe que no conocía el sentimiento de amar, moriría sin dejar rastro sobre la tierra.

El cuerpo de Hastings, intempestivamente, comenzó a convulsionar, llenándose de un vigor involuntario que le aterró. El dolor era inenarrable, el miedo, aun peor.

Después, nada. Todo terminó.

Lo último que percibió el duque, antes de sumirse en la horrorosa oscuridad de la incertidumbre de no saber qué había más allá, fue el sonido de la puerta al cerrarse.

Epílogo

Cragside, Navidad 1818.

Tal como lo había anticipado Minerva, Rosebud Manor jamás había estado tan bullicioso como en aquellos días. Desde que lord y lady Rothbury retornaron a Cragside, a finales de noviembre, para pasar la Navidad, la gran mansión se llenó de vida gracias a la cantidad de niños que jugaban en todas las habitaciones. Seis niños en total, el más pequeño era William y el mayor era Frank. Marian —bendita entre todos los varones— era una niña privilegiada, pues no podía ser excluida de los juegos. Intentaron una vez dejarla afuera, pero fue un gran error que los niños pagaron caro, y como castigo —decidido entre Olivia y Minerva—, obligaron a los niños a jugar a que Marian era la reina y los demás sus sirvientes por un día completo.

Nunca más osaron dejarla afuera, aunque fuera un juego estrictamente masculino, y ella se viera en la feliz obligación de usar pantalones, como los niños, para jugar mejor.

Olivia quería preparar a Marian para vivir en un mundo hecho para los hombres, y nada mejor para ello que conocerlos bien desde pequeños. Demostrarle a su hija que no eran superiores, y que ella tenía las mismas capacidades —con las lógicas salvedades físicas—. Su hermano y sus primos serían sus mejores maestros para conocer a fondo al sexo opuesto.

¿Y qué opinaba Andrew sobre esto?

Al principio, no le convencía la idea de que su hija se involucrara demasiado en los juegos de los varones. Pero siendo testigo de la vida de su madre, hermanas y esposa —que solo por ser del sexo femenino siempre estuvieron en desventaja—, decidió darle más armas que las que pudieron haber tenido las mujeres de su vida.

La familia estaba reunida casi en su totalidad. Se respiraba la Navidad, Rosebud Manor estaba engalanada con austeridad solo en sus salones principales, con ramas de laurel, abeto y papel dorado. El fuego de la chimenea, siempre crepitante, daba el intenso calor en cada rincón, y Andrew, como el señor de la mansión, le dio pequeños presentes a todos los trabajadores e inquilinos de sus tierras. Una tarea titánica, dada la envergadura de sus posesiones, pero él amaba la Navidad. Era una época del año que siempre disfrutó, tenía un sabor dulce, y ahora que tenía las posibilidades, estaba dispuesto a celebrarla sin escatimar en gastos.

Las celebraciones empezaron una semana antes de nochebuena, en las cuales presenciaron el canto de villancicos por parte de grupos de personas muy bien organizados, cenas abundantes y deliciosas —y no faltó el tradicional pudín de ciruela y los dulces—, e incluso Olivia, con ayuda de Minerva, organizaron un pequeño baile donde invitaron a todos los vecinos de la mansión, lo cual estrechó las relaciones entre el vizconde y las demás familias residentes en Cragside y Rothbury.

Olivia estaba feliz, después del servicio religioso en la Iglesia de Todos los Santos, conversó con el vicario para contar con su bendición y disposición para poner en marcha su escuela para damas, sin distinción de edad, estado civil, o clase social, para poder instruirlas, y que aprendieran a leer, escribir, aritmética, modales y también algún oficio.

Una iniciativa ambiciosa, y a la vez, generosa, pensó el vicario, pero si contaba con los recursos del vizcondado, no era imposible de realizar.

Olivia ya deseaba empezar, pero primero debía planificar. Para ello contaba con el apoyo incondicional de Minerva, quien estaría a cargo de ello mientras Olivia acompañaba a Andrew a Londres para la temporada parlamentaria, y a su retorno, Olivia relevaría a Minerva en sus labores para darle unas merecidas vacaciones.

Mary también estaba incluida y al tanto de todos estos planes, pero ella en esos momentos se encontraba en Hull visitando por primera vez, y en muchos años, a su familia. Fue con Adam, que ya era su flamante esposo, y el padre de él, el señor Churchill, que estaba más que encantado con su nuera y ansioso por ser abuelo.

La feliz pareja se había casado en Londres en una ceremonia sencilla. Andrew, como regalo de bodas, le entregó a Adam una porción de su nueva propiedad en Cragside para que construyera su hogar junto a Mary, y Olivia le regaló a su amiga su vestido de novia y una dote para empezar su nueva vida de casada. Olivia sentía que era poco, si no hubiera sido por su amiga, probablemente no habría sobrevivido sola en Pine Park.

Le debía la vida y la de su hijo.

Mary, con su lealtad y generosidad, había salvado su mundo.

Albert Martin, el nuevo duque de Hastings, también estaba presente en las celebraciones navideñas. Luego de la muerte de Joseph, debió quedarse en Londres un tiempo para hacerse cargo de todo lo necesario y darle sepultura al hombre que, por poco, arruinó casi toda su vida. Pero no venía solo. Althea y su familia —incluida su irreverente suegra— también viajaron con él para pasar las fiestas en Rosebud Manor. Y tal como había previsto Olivia, Andrew y James congeniaron muy bien, sin importar los orígenes de cada uno. Pero compartían muchas opiniones y maneras de pensar, por lo que acordaron apoyar sus intervenciones en el parlamento y conseguir aliados.

Al final del día, los niños estaban durmiendo agotados y felices por los pequeños presentes que recibieron por parte de lord y lady Rothbury. Los adultos todavía disfrutaban de la velada. Estaban reunidos en el salón principal tomando una de las famosas bebidas navideñas preparadas por la señora Ramsey, que tenía la mágica cualidad de llenar de risas y bromas el lugar.

Un grupo compuesto por Albert, James, Althea, y la condesa viuda de Wexford, jugaban *whist* con entusiasmo. Minerva tocaba el piano y entonaba con su dulce voz algunas canciones para amenizar. August era el nuevo abogado de Andrew, y estaba conversando con él acerca de la situación de Michael, el nuevo marqués de Bolton, quien todavía no daba ninguna noticia, lo cual era muy extraño, y Rothbury ya estaba preocupándose, sobre todo por su hermana, Margaret y sus sobrinos.

De su detestable cuñado, lord Swindon no sabía nada. Solo rumores y nada concreto.

Olivia observaba todo con una sensación de plenitud y deduciendo que tenía un futuro lleno de dicha. No se preocupaba particularmente por la ausencia de Michael, ella tenía el fuerte presentimiento que, más pronto que tarde, tendría novedades de él, de Lawrence, lady Swindon y sus hijos.

Suspiró, satisfecha.

Olivia enfiló sus pasos hacia su esposo, que ya había dejado de conversar con August. El hombre se dirigía con genuina felicidad hacia Minerva. Ella lo miró de soslayo, sin dejar de tocar y de cantar. Él se quedó al lado de su hermosa dama y comenzó a revisar las partituras para elegir una nueva canción. Eran una feliz pareja, la hermana de Andrew parecía rejuvenecida y llena de vida. Era otra mujer.

—Minerva tiene una voz preciosa —comentó Olivia al llegar al lado de Andrew—. Tiene mucho talento.

—Siempre disfrutó tocar el piano, me hace recordar cuando yo era un niño y me quedaba a escuchar sus clases. El tío abuelo siempre le pedía interpretar piezas alegres... Cuando él rompió las relaciones con mis padres, no pudieron seguir pagando los honorarios del maestro. Pero ella siempre practicó por cuenta propia —rememoró Andrew, era agridulce—. A propósito de ello, nunca te he visto tocar el piano.

—Ni lo harás, mi talento para la música es escaso —respondió Olivia con rebeldía—. Desafinada y descoordinada, un caso perdido. Pero mis bordados son notables, le he hecho muchos pañuelos a Marian, y también se me da muy bien la confección de ropa...

—Puedo constatarlo, tengo una prueba de tu pericia guardada como un tesoro.

—No me devolverás mi corsé, ¿cierto?

—Y eres muy inteligente, tus conocimientos generales sobrepasan muchas veces los míos —continuó evadiendo flagrantemente la respuesta, y Olivia, riendo, negó con su cabeza—. Por supuesto que no te lo devolveré, no hay necesidad de ello, no tengo dudas de que tú eres mi cenicienta —bromeó—. Además, todo lo tuyo es mío... Y todo lo mío es tuyo. Yo cumplo mis promesas ante Dios —declaró seductor y le ofreció su brazo—. ¿Me acompañas, querida? Hay algo que quiero mostrarte.

—Será un placer, querido. —respondió Olivia, sintiendo mucha curiosidad. Cada vez que él la invitaba a mostrarle algo, sabía que era algo especial.

Salieron del salón principal y Andrew la guió hacia el salón matinal. Estaba todo en penumbras.

—Hace frío... ¿Por qué me trajiste aquí? —interrogó Olivia, haciendo fricción en sus brazos.

—He salvado esto de la salida trasera de la cocina. —Andrew sacó del bolsillo de su pantalón una ramita de muérdago con cinco bayas—. Solo quedaron éstas, y hoy no he podido darte un solo beso con tanta gente en todas partes. —Alzó la ramita sobre su cabeza, y Olivia, sonriendo y captando al instante la petición implícita, se alzó sobre la punta de sus pies, y lo besó con ternura, cumpliendo con la tradición.

Andrew sacó una baya de la ramita y se la guardó en el bolsillo.

—Me quedan cuatro besos, querida —anunció con voz grave, teniendo en mente un rápido y fogoso interludio con su esposa.

—Guárdalos para más rato, mi amor… —Olivia echó por tierra las intenciones de Andrew con una sonrisa ladina—. Ahora quiero darte mi regalo de Navidad.

—¿En serio? Me gustan mucho los regalos.

—Este es uno que te va a encantar… cierra los ojos —ordenó con dulzura.

Andrew, intentando ocultar su sonrisa nerviosa, obedeció… y esperó. Ella se alzó sobre la punta de sus pies hasta llegar al oído de él y susurró…

—Querido, serás padre… Habrá otro par de piececitos corriendo en Rosebud Manor —reveló Olivia y le besó la mejilla. Hacía varias semanas que empezaron los síntomas, todos iguales a los que sintió con el embarazo de William. Ya estaba con los mareos y náuseas matutinas, señal inequívoca de su estado de buena esperanza.

Andrew abrió los ojos y se encontró con los de su esposa, que le devolvía expectante la mirada. Estaba aturdido y solo sonrió. Una inefable y extraña sensación inundó su corazón, calentando su alma. Era la felicidad extraordinaria de ser padre, pero como si ya la hubiera vivido antes. Ese amor infinito que sentía hacia sus otros dos hijos, era el mismo por ese ser que venía en camino. Ni más. Ni menos.

Siempre se preguntó si la sensación sería diferente, y lo era. Pero no en el sentido de amar en mayor o menor medida por haber engendrado, sino porque iba a vivir otras cosas. A ese nuevo hijo iba a verlo crecer en el vientre de Olivia, iba a esperarlo con ansias, podría tenerlo recién nacido entre sus brazos… Viviría al fin todas las primeras veces que no pudo con Marian o William.

La penumbra escondía la humedad de los ojos de Andrew. En silencio, solo abrazó a su esposa, aspirando su aroma, convenciéndose que era real ese momento y no un sueño maravilloso. Estaba agradecido de la vida, de Dios, quien le puso pruebas tan difíciles a lo largo de su existencia y que, finalmente, le recompensó, regalándole una extraordinaria mujer, su Olivia, que lo amaba sin importarle su apariencia o sus defectos. Ella y su amor incondicional, era más de lo que podía imaginar recibir.

—Gracias, amor mío —dijo Andrew al fin con voz trémula, sin poder disimular su emoción.

—A ti, mi precioso Andrew. —Olivia sonrió, ella también estaba dichosa. Daba gracias por tener a un hombre a su lado que ignoraba los prejuicios o lo que imponía la sociedad y las buenas costumbres. Él siempre obedeció sus propios preceptos y miraba más allá, y pudo verla, a ella, la mujer que siempre iba a amarlo, hasta el fin de sus días.

Acarició su rostro, sus dos cicatrices que conformaban una especie de equis. Ahora, su apariencia era más temible, más soberbia y gallarda. Pero solo los suyos sabían del amable corazón que albergaba ese hombre, que no conocía los límites y que, por ellos, era capaz de todo.

—Te amo. ¡Cómo te amo, mi cenicienta del bosque!

—Yo también te amo, mi bestia del lago.

Agradecimientos

Al terminar este nuevo desafío, no me queda más que agradecer a quienes me apoyan, independiente de la forma, en este oficio que llegó a mí de la manera más inesperada. Nunca, antes de los treinta y tres años, pensé que escribiría novelas románticas. Y aquí estoy, terminando mi décima historia.

Gracias a las lectoras, a mis amigas, a mi familia.

Gracias a mis hijos.

Gracias a mi esposo.

Soy feliz.

Gracias a todos.

Hilda Rojas Correa

Sobre la autora

Hilda Rojas Correa, es el seudónimo de Pamela Díaz Rivera, nació en julio de 1980, en Santiago de Chile. Es la mayor de tres hermanas, casada con un «hermoso marido, follador y bueno» —según las propias palabras de él—, madre de dos hijos —«la mejor del mundo», según ellos cuando les da golosinas—, y dueña de casa semi profesional. Se autodenomina una romántica «sentimentaloide» empedernida.

La primera novela que escribió fue, «Yo, tú, ellos... Nosotros» en el año 2013. Nunca antes había hecho nada igual en su vida, y un día solo se puso a escribir a modo de exorcismo, y el resultado gustó tanto a los demás, que simplemente siguió sin mayores pretensiones.

Recién en el año 2015 se tomó en serio el hermoso oficio de escribir y desde entonces ha publicado: «Libertad» en abril, «Un paso a la vez» en septiembre del mismo año. «Pide un deseo» en enero del 2016, en mayo «Te encontré en el olvido». En enero del 2017 publicó «Ángel, camino a la redención», en julio, «Contigo Aprendí» y en noviembre, «Enséñame». Abril del 2018 publica la novela «Buscando un destino», y ahora en agosto, su primera novela histórica titulada «Una relación inapropiada».

Todos los títulos, a excepción del último, también están disponibles en papel directamente con su autora.

Puedes seguirla en:

www.hildarojascorrea.com

@HildaRojasC

@hildarojascorrea

www.facebook.com/hildarojascorrea
«Novelas y algo más - Hilda Rojas Correa»